Mutterland

Alesia Fridman
Mutterland – In der Hitze Afrikas
1. Auflage, Dezember 2014

ISBN-13: 978-3-00-048294-6
ISBN-10: 300048294-6

Impressum:
Alexander Pohl
IDEEKARREE Leipzig
Alfred-Kästner-Straße 76
04275 Leipzig
E-Mail: office@ideekarree.de
Tel.: 0341 / 51 99 – 475

Herausgegeben von
Alexander Pohl
IDEEKARREE Leipzig
www.ideekarree.de

Druck:
Printed in Germany by Amazon Distribution GmbH, Leipzig
Lektorat: Susanne Jauss
www.jauss-lektorat.de

Umschlaggestaltung:
IDEEKARREE Leipzig unter Verwendung folgender Abbildungen:
198097121 von andrey_l/Shutterstock.com und
„Dead Vlei" von Alesia Fridman

Landkarte Namibia: abgeänderte Vektorgrafik mit der Bildnummer 149502404 von
Rainer Lesniewski/Shutterstock.com
Fotografien: Alesia Fridman

Alesia Fridman

Mutterland

In der Hitze Afrikas

Das Buch

Eine junge Ärztin begibt sich auf die Suche nach ihren familiären Wurzeln – und entdeckt sich selbst im Herzen Afrikas.

Tara hat einen erfüllenden Job und ist ein bisschen in ihren Kollegen Michael verliebt. Spontan entschließt sie sich, mit Michael und zwei Freunden eine Reise nach Namibia zu unternehmen, von woher möglicherweise auch Taras Familie stammt. Das geheimnisvolle Paradies im Süden Afrikas ist eine Landschaft krasser Gegensätze. Auch Tara bekommt bald zu spüren, dass hier neben der atemberaubenden Kulisse auch alte Vorurteile sehr lebendig sind und dass raue Schönheit schnell in tödliche Gefahr umschlagen kann. Die vier Reisenden folgen den Spuren eines sagenumwobenen Diamanten, der sie quer durch das Land und tief in die Vergangenheit zu dramatischen Ereignissen in Taras Familiengeschichte führt.

In der Gruppe kommt es zu Spannungen, als sich alle vier in einer cocktailge-schwängerten Nacht näherkommen und beschließen, ihr gemeinsames Abenteuer in der Hitze Afrikas zu wiederholen. Ist die Gruppe den zunehmenden Spannungen gewachsen oder wird die Freundschaft auseinanderbrechen? Wird Tara das Geheimnis ihrer Familie finden?

Eine einzigartige Liebeserklärung an die Weiten Afrikas. Ein mystisches Reisebuch voller Leidenschaft und lustvoller Geheimnisse.

Die Autorin

Schreiben ist ihre Leidenschaft. Die Autorin hat in der Schweiz, den USA und in Deutschland gelebt. Bevor sie in der Nähe von Frankfurt zur Ruhe gekommen ist und begonnen hat, Belletristik zu schreiben, ist sie viel gereist. Nichts ist so inspirierend und gibt dem Leben neue Impulse wie das Bereisen anderer Länder und die Auseinandersetzung mit fremden Kulturen und Menschen. Daher schreibt sie über das Reisen und die Liebe, die das Leben gleichermaßen bereichern und verändern. Gewürzt sind ihre Bücher mit einer anständigen Prise Erotik.

Die Autorin ist erreichbar unter:

info@alesiafridman.com

Mehr über die Autorin und ihre Bücher finden Sie hier:

www.alesiafridman.com

https://www.facebook.com/pages/Alesia-Fridman-Autorin/502771363171570

https://twitter.com/AlesiaFridman

Für dich,

du bist ein Fels in der Brandung,

gradlinig und durchschaubar,

du weißt, was du willst, und erreichst deine Ziele

und

für dich,

du bist das Gegenteil davon.

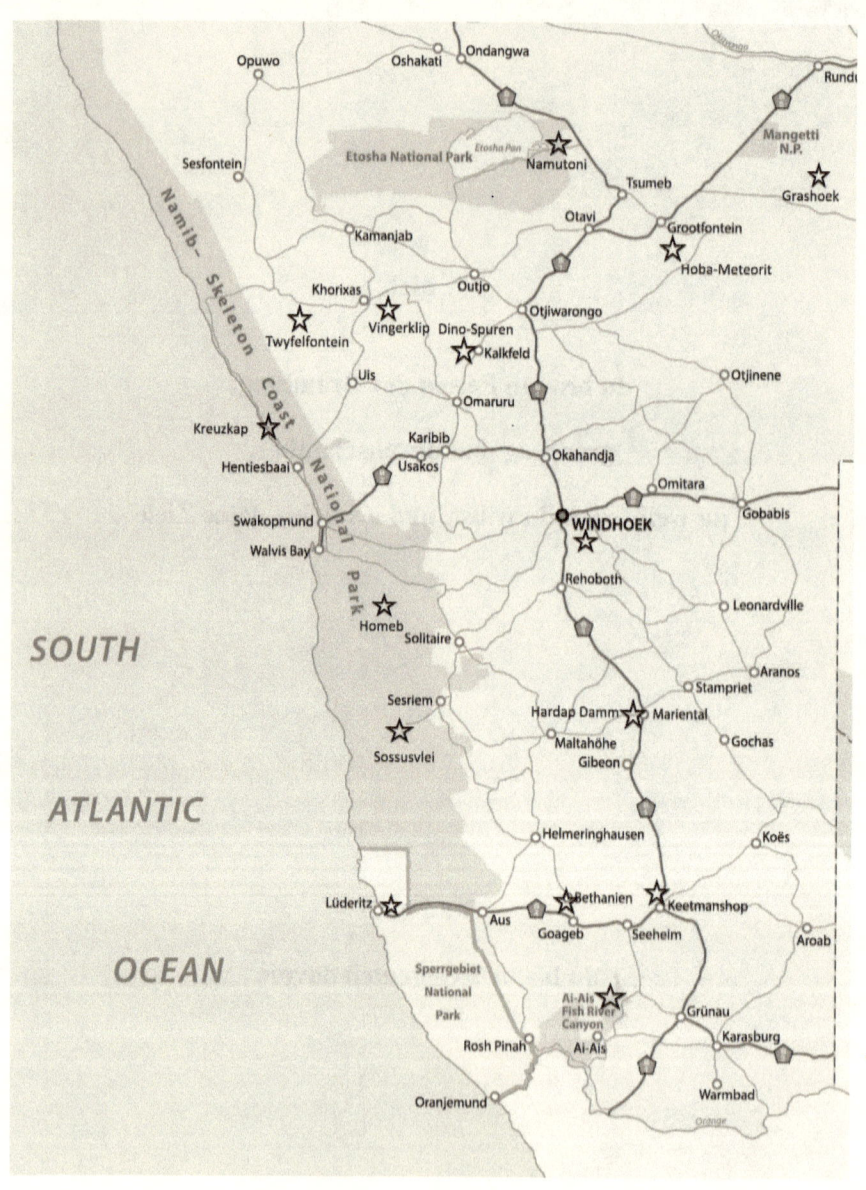

Landkarte Namibia mit den eingezeichneten Reisezielen unter Verwendung einer Vektorgrafik von Rainer Lesniewski/Shutterstock.com

INHALTSVERZEICHNIS:

PROLOG

Nescire quid ante quam natus sis acciderit, id est semper esse puerum.

Nicht zu wissen, was vor deiner Geburt geschehen ist, heißt, immer ein Kind zu bleiben.

Marcus Tullius Cicero (106-43 v.Chr.)

Orator 120

Manchmal merkt man erst, dass man auf der Suche nach etwas war, wenn man es gefunden hat.

Mein Leben war gradlinig und komplikationslos verlaufen. Ein fast perfektes Leben, in dem nur ich mir manchmal fehl am Platz vorkam. Es gab Momente, da fühlte ich mich wie ein Blatt im Wind. Ich führte mein Leben und wusste gar nicht, wie ich dort hingekommen war. Erst durch das Wissen um meine Vergangenheit habe ich erkannt, wer ich bin, und weiß jetzt, wohin ich will.

Dies ist meine Geschichte. Sie begann lange vor meiner Geburt und wird mich in meine Zukunft begleiten.

DAS ENDE UND DER ANFANG

Der Airbus A340 berührte die Landebahn. Tara, Michael, Sven und Felix blickten aus den Fenstern in das kalte Grau des Frankfurter Flughafens. Der Rückflug aus Windhoek war schweigsam verlaufen – im Gegensatz zu den letzten vier Wochen in Namibia. Jeder hing seinen Erinnerungen nach und nahm Abschied von der Faszination der vergangenen Tage. Vielleicht ahnten sie schon, dass es auch ein Abschied voneinander sein würde, zumindest für eine lange Zeit.

Gemeinsam würden sie ihre Koffer vom Rollfeld holen, sich mit einem Taxi zu dem illegal in einem Wohnviertel abgestellten Auto bringen lassen und in die kleine Universitätsstadt fahren, in deren Klinikum sie alle tätig waren. Jeder würde von nun an seinen eigenen Weg gehen, und wenn berufliche Angelegenheiten ein Treffen unvermeidbar machten, würden sie sich mit höflicher Distanz begegnen, sorgsam darauf bedacht, den gemeinsam verbrachten Urlaub aus dem Spiel zu lassen. In den vergangenen Wochen waren zu viele Grenzen zwischen ihnen überschritten worden. In der flirrenden Luft Namibias hatten die Ereignisse eine aufregende Selbstverständlichkeit besessen. Die nüchterne Realität des deutschen Alltags machte allein schon aus der Erinnerung an die gemeinsamen Erlebnisse einen Tabubruch.

Tara war Assistenzärztin in der Kinderklinik. Vor dem gemeinsamen Urlaub war sie auf der Neugeborenenstation tätig gewesen und bei Kaiserschnitten oder kritischen Entbindungen regelmäßig im Kreißsaal auf Michael und Felix gestoßen, die als Assistenzärzte in der Frauenklinik arbeiteten. Für die kommenden Monate war sie jedoch in

1

der Ambulanz eingeteilt und würde die beiden kaum noch sehen. Sven, der in der Röntgenabteilung beschäftigt war, würde sie nach wie vor gelegentlich treffen, aber nur die notwendigsten Worte mit ihm wechseln.

Taras Herz war schwer. Sie fasste an den kantigen Stein in dem kleinen Lederbeutel, der an einer Schnur aus geflochtenen schwarzen Haaren um ihren Hals hing. In den vergangenen Wochen hatte sie so viel erlebt und erfahren. Sie war nicht mehr die Person, die hier vor einem Monat den Hinflug angetreten hatte, und wusste nicht, wie sie zurück in ihr altes Leben finden sollte. Dieses alte Leben in Deutschland kam ihr absurd und unwichtig vor. Eigentlich liebte sie ihren Beruf als Kinderärztin. Sie war unternehmungslustig und gesellig und hatte vor dieser Reise im Kreis ihrer Freunde und Familie ein unbeschwertes Leben geführt. Natürlich, irgendetwas hatte gefehlt. Doch nun, da sie wusste, was ihr gefehlt hatte und auch weiterhin fehlen würde, schmerzte diese Leere in ihrem Leben, die sie zuvor nur vage wahrgenommen hatte. Die Reise nach Namibia hatte alles auf den Kopf gestellt. Sie war aufgewacht aus ihrem Dornröschenschlaf. Ihre Vergangenheit hatte sie eingeholt und die Perspektive ihrer Gegenwart verändert. Sie hatte Seiten an sich entdeckt, die ihr bislang unbekannt gewesen waren. Sie hatte keine Wahl. Irgendwie würde sie eine Möglichkeit finden müssen, mit dem Wissen über ihre Vergangenheit ihre Zukunft zu gestalten. In diesem Moment jedoch, als sie langsam über den Flughafen rollten und sie an Michaels Gesicht vorbei durch das ovale Fenster das geschäftige Treiben beobachtete, fiel ihr der Gedanke daran unendlich schwer. Michael hatte seinen Kopf an die Scheibe gelehnt und blickte ebenfalls aus dem Fenster. Seit einer halben Stunde hatten sie kein Wort mehr gewechselt, und sie würden auch nicht mehr miteinander sprechen. Es gab nichts mehr zu sagen. Tara kämpfte gegen ihre Tränen an, konnte aber dennoch den Blick nicht abwenden von dem ovalen Fenster und von Michaels Wange, seinem kantigen Kinn, seiner geraden, schmalen Nase und den hellen Wimpern. Sie konnte nur seinen Mundwinkel sehen, um den der verschlossene, abweisende Zug lag, den sie in den vergangenen Wochen zu fürchten gelernt hatte.

Angefangen hatte alles im vergangenen Sommer auf einer Party. Mitternacht war lange vorbei, und die Party hatte ihren Höhepunkt überschritten. In der geräumigen, loftartigen Wohnung des Gastgebers hatten sich auf dem Sofa, auf dem Bett, um den Esstisch und an der Theke Grüppchen gefunden, die mit einem letzten Bier der Müdigkeit zu trotzen versuchten. Es herrschte eine melancholische Stimmung, die nach der gelungenen Feier langsam das Ende des Abends ankündigte, zumal die meisten der Beteiligten mittlerweile über einen ausreichenden Alkoholpegel verfügten. Tara war mit zwei Freundinnen auf der Party gewesen. Beide hatten sich schon früh verabschiedet, da sie am nächsten Tag arbeiten mussten. Tara gesellte sich zu Michael, Sven und Felix auf einen Läufer vor dem Sofa. Den gläsernen Couchtisch, der sonst dort stand, hatte der Gastgeber vorsorglich anderweitig verstaut, und mit einigen Sofakissen hatten die vier ein bequemes Quartier gefunden. Das Sofa selbst war von zwei eng umschlungenen Pärchen eingenommen worden, die die Gruppe zu ihren Füßen ignorierten. Tara hatte diesen Platz nicht zufällig gewählt. Sie hatte Michaels Nähe gesucht, dessen widersprüchliche Charakterzüge sie anziehend fand, der ihr jedoch bislang keine große Beachtung geschenkt hatte. Tara war eine solch gleichgültige Haltung gegenüber ihrer Person nicht gewöhnt, was ihr Interesse an Michael nur noch verstärkte.

Sie war zu einem Viertel Afroamerikanerin und fiel auf, egal wo sie sich bewegte. Sie war groß, und vielleicht war es der Selektionsdruck, der auf ihre versklavten Vorfahren ausgeübt worden war, der ihr einen athletischen Körper verschafft hatte. Ihre Haut glänzte in einem Bronzeton, um den sie alle weißhäutigen Sonnenanbeterinnen nur beneiden konnten, und ihre schwarzen Haare fielen ihr in ungebändigten Locken auf die Schultern. Ihre überwiegend europäische Abstammung spiegelte sich in einer schmalen Nase, ausgeprägten Wangenknochen und fein geschwungenen Lippen wider. In der Regel fanden sie sowohl schwarze als auch weiße Männer attraktiv und buhlten um ihre Aufmerksamkeit. Zumeist vergeblich, denn Tara wiederum betrachtete sich keiner der beiden Rassen wirklich zugehörig. Sowohl im Umgang mit weißen als auch mit schwarzen Männern kam sie sich fremd vor, als wäre sie nicht am richtigen Ort angekommen. Seit anderthalb Jahren war sie Single und fühlte sich zu keinem der Männer, die sich für sie interessierten, besonders hingezogen. Mit Michael war es anders. Michael war etwas Besonderes. Obwohl er blond, blauäugig und von heller Hautfarbe war, gefiel er ihr. Normalerweise langweilte sie die fahle Farblosigkeit blonder Männer, aber wenn sie Michael in seiner blauen Kreißsaalkleidung sah, setzte ihr Herz jedes Mal einen Schlag lang aus, und sie fühlte sich körperlich stark von ihm angezogen. Daher war sie nun wie zufällig neben ihm auf dem Teppich gelandet. Sie trug Jeans und ein hellblau glitzerndes Trägertop. Die meisten Frauen hatten kurze Sommerkleider an, aber Tara trug ungern Röcke oder Kleider. Sie fühlte sich nicht wohl darin. Sah sie im Spiegel ihre muskulösen Oberschenkel unter zarten Stoffen hervorragen, kam sie sich lächerlich vor. In ihrem Kleiderschrank befanden sich einige Kleider, die sie versuchsweise gekauft, aber nur selten getragen hatte.

Michael unterhielt sich mit Sven und Felix über die gemeinsame Reise, die sie im November nach Namibia planten. Keiner der drei hatte momentan eine Partnerin, und vor einiger Zeit hatten sie beschlossen, ihren Jahresurlaub miteinander zu verbringen.

„Brauchen wir wirklich einen Geländewagen? Wir fahren doch nur auf befestigten Straßen, oder?" Tara musste innerlich über Felix' Fragen lächeln. Das sah ihm ähnlich, er war eben ein zurückhaltender, etwas ängstlicher Zeitgenosse.

„Klar fahren wir auch offroad, sonst sehen wir doch gar nichts von dem Land." Natürlich musste Michael mit seiner üblichen Großspurigkeit auftreten. Tara fragte sich, wen er mit diesem Auftreten beeindrucken wollte. In dieser Hinsicht schien Michael entwicklungsmäßig in der Pubertät steckengeblieben zu sein.

Sven brummte nur in seiner üblichen wortkargen Art, und Tara fand, dass er mit der Radiologie eine passende medizinische Fachrichtung gewählt hatte, da sich sein Patientenkontakt in dieser Abteilung vorwiegend auf Schichtaufnahmen derselben beschränkte.

„Geländewagen sind aber sehr teuer." Tara konnte sich das Lachen gerade noch verkneifen. Felix suchte anscheinend verzweifelt nach Argumenten, um das risikoreiche Fahren abseits der befestigen Straßen zu vermeiden. Dabei war er mit Abstand derjenige von den drei Jungs mit den geringsten Geldsorgen.

„Was machen wir mit den Unterkünften? Die buchen wir doch am besten im Vorfeld."

„Auf gar keinen Fall. Damit legen wir uns fest, wann wir wo sein müssen." Es war klar, dass Michael keine Unterkünfte vorbuchen wollte. So wie Tara ihn einschätzte, würde er zwar einen detaillierten Reiseplan erstellen, doch seine Freiheit durch festgelegte Unterkünfte einzuschränken, kam für ihn überhaupt nicht in Frage.

„Wir wissen doch gar nicht, wie die Verhältnisse in Namibia sind, dann finden wir vielleicht nichts, und wir können doch nicht irgendwo in Afrika im Auto übernachten."

„Sicherheitshalber nehmen wir eben ein Zelt mit."

Felix schüttelte seine dunkelblonden Locken. „Zelten? Im afrikanischen Busch? Du spinnst wohl!" Objektiv betrachtet war er der Attraktivste ihrer drei Kollegen, fand Tara. Er war etwas kleiner als sie, die mit ihren 1,80 Metern nicht wenige Männer überragte. Vielleicht war er etwas zu schlank, hatte feine Gesichtszüge, von langen, dunklen Wimpern umrandete blaue Augen und eine Hautfarbe, die stets den Anschein erweckte, als wäre sein letzter Badeurlaub noch nicht allzu lange her. In seiner ebenmäßigen Schönheit lag etwas Zerbrechliches.

„Über die Details können wir uns noch einigen, jetzt müssen wir erst einmal den Flug buchen. Habt ihr alle euren Urlaub eingereicht und genehmigt bekommen?", mischte sich Sven nun doch ein und glättete die Wogen. Sven war groß und kräftig mit dunkelbraunen, glatten Haaren, braunen Augen und einem meist finsteren Gesichtsausdruck. Tara hatte den Eindruck, dass Sven sie nicht besonders gut leiden konnte. Im Umgang mit ihr war er meist kurz angebunden und abweisend. Als Michael und Felix bestätigend nickten, fuhr er fort: „Dann suchen wir in der nächsten Woche Angebote im Internet und gehen am Samstag zum Vergleich noch ins Reisebüro. Oder hat jemand am Samstag Dienst?"

Michael, der jedes Wochenende Dienst zu haben schien, war auch am Samstag im Kreißsaal beschäftigt. Sie einigten sich darauf, Felix den Besuch im Reisebüro zu überlassen.

Tara kannte ihre drei Kollegen aus Studienzeiten. Sie alle hatten im gleichen Semester Medizin studiert und anschließend an der Heidelberger Universitätsklinik in verschiedenen Fachbereichen ihre Ausbildung begonnen. In unregelmäßigen Abständen trafen sie sich auch privat, in Kneipen oder auf Partys. Tara mochte die drei, die sie bereits während der Einführungsveranstaltung vor Studienbeginn kennengelernt hatte. Durch ihre unkonventionelle Art hoben sie sich erfrischend von den üblichen Medizinern ab. Jeder war ein Unikum, und eigentlich passten sie gar nicht zueinander. Doch seit jetzt schon mehr als neun Jahren waren sie befreundet, und Tara war sich sicher, dass sie sich während des gemeinsamen Urlaubs gut verstehen würden, auch wenn es bestimmt die eine oder andere Meinungsverschiedenheit geben würde. Ein weiterer Grund, warum Tara sich gerne in der Gesellschaft der drei aufhielt, war, dass keiner von ihnen versuchte, ihr zu gefallen. Keiner bemühte sich um sie, sie änderten ihre Gesprächsthemen und ihre Ausdrucksweise nicht, wenn sie dabei war. Dass sie ihre Zugehörigkeit zum anderen Geschlecht ignorierten, fand Tara sehr entspannend, auch wenn sie sich von Michaels Seite durchaus mehr Interesse gewünscht hätte.

Sie hörte der Unterhaltung der drei weiter zu, die sich nun um die Sehenswürdigkeiten drehte, die unbedingt auf dem Programm stehen sollten. Michael wollte alles sehen. Felix dagegen war der Meinung, es sei sinnvoller, sich auf wenige Punkte zu beschränken und sich dafür Zeit zu nehmen.

Tara lag auf der Seite auf ein Kissen gestützt und fragte sich wie schon häufiger, was sie an Michael so anziehend fand. Seine vorlaute Argumentation gefiel ihr nicht. Da sie sich mit ihrem Kopf sehr nahe an Michaels aufgestütztem Unterarm befand, hatte sie seine sehnigen Muskeln vor Augen. Bis zum Beginn seiner Studienzeit war er ein erfolgreicher Leistungsschwimmer gewesen und hatte demzufolge einen breiten Rücken und muskulöse Arme. Dazu kam sein herber Geruch, der Tara in die Nase stieg, wenn Michael mit heftigen Gesten seinen Argumenten Nachdruck verleihen wollte und dabei jedes Mal in ihr das Verlangen weckte, ihre Nase an seinem Hals zu vergraben. Sie kam zu ihrer üblichen Schlussfolgerung, dass ihr Verstand bei der Wahl ihres gewünschten Partners eine untergeordnete Rolle spielte.

Tara philosophierte gedanklich noch über das Geheimnis der körperlichen Anziehungskraft, als Michael sich ihr unvermittelt zuwandte. „Und was ist mit dir, Tara? Kommst du mit nach Namibia?"

Von der unerwarteten Frage überrumpelt antwortete sie etwas vorschnell: „Warum eigentlich nicht?"

„Dann reiche schnell für November Urlaub ein. Wir sind vier Wochen weg, das bekommst du wahrscheinlich nicht so ohne Weiteres genehmigt. Felix kümmert sich in der Zwischenzeit um einen zusätzlichen Flug." Es überraschte Tara, dass Michael ihre Antwort gleich als Zusage nahm. Noch während sie darüber nachdachte, schoss ihr durch den Kopf, dass Michael sich vielleicht nur einen Spaß mit ihr erlaubte. Doch er schien es ernst zu meinen. Wollte er sie wirklich dabeihaben? Das wäre zu schön, um wahr zu sein. Allerdings kam ihr die Idee, mit drei Jungs vier Wochen lang durch Namibia zu fahren, doch etwas merkwürdig vor.

„Ich bin nicht die Einzige, die darüber zu entscheiden hat. Was haltet ihr davon, Felix und Sven?", wandte sich Tara an die beiden anderen, in der Hoffnung, von ihnen einen Ausweg aus der Situation, in die sie sich hineinmanövriert hatte, angeboten zu bekommen.

Sven zuckte mit den Schultern. „Von mir aus."

„Ist das wirklich eine gute Idee? Das könnte zu Spannungen führen." Felix wiegte den Kopf hin und her. „Aber wenn du mitkommen möchtest, will ich dir nicht im Weg stehen."

Befangen und ohne weiter die Details erörtert zu haben, trennten sie sich in dieser Nacht.

TARAS GESCHICHTE

Tara erwachte erst am frühen Nachmittag des Sonntags verkatert und mit Kopfschmerzen. Mit einer Aspirin und einer Tasse Kaffee legte sie sich in die Badewanne und schloss die Augen. Was hatte sie nur dazu bewegt, auf der Party Michaels Vorschlag anzunehmen? Sie kannte Michael, Sven und Felix zwar schon lange, aber die Vorstellung, mit ihnen vier Wochen lang Tag und Nacht verbringen zu müssen, befremdete sie. Außerdem hatte Felix Recht: Sie war an Michael interessiert, und falls die Sympathie auf Gegenseitigkeit beruhen sollte, dann könnte das zu ziemlichen Spannungen in der Reisegruppe führen. Sicher wäre es besser, ihre Zusage zurückzunehmen. Der Alkoholspiegel des vergangenen Abends war Entschuldigung genug für die leichtfertig getroffene Entscheidung, und vermutlich wäre es den drei Jungs ohnehin lieber, wenn sie nicht mitreisen würde. Andererseits wollte sie schon immer einmal nach Afrika reisen, um den Kontinent ihrer Vorfahren kennenzulernen.

Taras Vater war sich seiner schwarzen Wurzeln stets bewusst und stolz auf seine Herkunft als Sklave. Irgendwann am Anfang des 19. Jahrhunderts wurden Taras Vorfahren vermutlich von der Westküste Afrikas, weit nördlich der unwirtlichen Küste Namibias, nach Amerika verschleppt. Obwohl der Wiener Kongress den Sklavenhandel 1815 verboten hatte, blühte der transatlantische Menschenhandel wie nie zuvor. Vermutlich stammten Taras Vorfahren sogar aus Zentralafrika, wo sie gefangen genommen und von Stammesfürsten gegen billigen

Tand bei portugiesischen oder spanischen Menschenhändlern eingetauscht worden waren. Trotz Hunger, Durst, Krankheiten und menschenunwürdigen Bedingungen gehörten sie zu den fünfundzwanzig Prozent, welche die Schiffsreise überstanden hatten. Auf den Baumwollfeldern Virginias oder den Reisfeldern North Carolinas wurden sie zu harter Arbeit gezwungen. Als die Plantagenwirtschaft in diesen Staaten im Laufe des 19. Jahrhunderts langsam ihrem Ende entgegenging, wurden sie höchstwahrscheinlich in einer weiteren strapaziösen Reise nach Louisiana verschleppt und dort auf den Zuckerrohrplantagen als Arbeitskräfte eingesetzt. Wie durch ein Wunder mussten Taras Vorfahren all dies überlebt und sogar Kinder bekommen haben. Als im Dezember 1865, ein halbes Jahr nach der Ermordung Abraham Lincolns, der 13. Zusatzartikel der Verfassung ratifiziert wurde, bekamen sie die Bürgerrechte formal zugesprochen. An den Lebensbedingungen änderte sich allerdings nicht viel, und es blieb ihnen keine andere Möglichkeit, als unter ähnlich unwürdigen Bedingungen auf den Plantagen weiterzuarbeiten.

Taras Großmutter Cecile wurde Anfang der Dreißigerjahre westlich von New Orleans als viertes Kind eines Feldarbeiters und eines Dienstmädchens geboren. Ihre Mutter hatte Cecile als Kind immer wieder die Geschichten ihres Urgroßvaters erzählt, der noch als Sklave auf den Zuckerrohrplantagen gearbeitet und auf seinem Sterbebett um 1900 herum gesagt hatte, er sei ein glücklicher Mann, weil er in Freiheit sterben dürfe. Sein Sohn und sein Enkel, Ceciles Vater, arbeiteten auf denselben Plantagen unter nicht viel besseren Bedingungen. Louisiana hatte die Black Codes, bundesstaatliche Gesetze, welche die schwarze Bevölkerung in ihrer Freiheit der Berufswahl, der Ortswahl und der Wahl des Ehepartners stark einschränkten, im Jahr 1865 von anderen Staaten übernommen. Damit sorgten sie dafür, dass die ehemaligen Sklaven den Plantagenbesitzern weiterhin als billige Arbeitskräfte zur Verfügung standen.

Diese Geschichten waren das Vermächtnis ihrer Vorfahren, und so wie Cecile ihrem Sohn immer und immer wieder davon erzählt hatte, war auch Taras Kindheit von ihnen geprägt. Sie war bereits in Deutschland geboren und hatte es geliebt, wenn ihr Vater ihr von der schwülen Hitze auf den Zuckerrohrfeldern berichtete, von den Sümpfen Louisianas, in denen die Alligatoren lauerten, deren lautes Bellen im Frühjahr zu hören war. Statt ihr eine Gutenachtgeschichte vorzulesen, hatte ihr Vater ihr fast jeden Abend die Geschichten der Sklaven erzählt und ihr deren Lieder vorgesungen. Tara hatte nie genug davon bekommen können. Noch heute waren es die Lieder der Sklaven, die sie summte, wenn sie allein und in Gedanken versunken war.

Taras Großmutter Cecile hatte als Dienstmädchen in dem gleichen Haushalt gearbeitet, in dem auch schon ihre Mutter beschäftigt war. Es gab einen Sohn in dieser Familie, Adam, der nur zwei Jahre älter als Cecile war und den sie glühend verehrte. Sie waren zusammen aufgewachsen, denn als Cecile klein war, hatte ihre Mutter sie immer mitgenommen, und den Großteil des Tages hatte sie in der Küche des Haushalts verbracht. Adam war vorwiegend von Ceciles Mutter aufgezogen worden. Wenn er sich das Knie aufgeschlagen hatte oder weinend aus der Schule kam, weil er verprügelt worden war, ging er nicht zu seiner Mutter, sondern ließ sich in der Küche von Ceciles Mutter trösten. Als Cecile fünfzehn Jahre alt war, trat sie ebenfalls in den Dienst der Familie. Adam nahm kaum noch Notiz von seiner ehemaligen Spielkameradin, sondern kommandierte sie höchstens herum. Er war ein pubertierender Halbstarker geworden, der eines Tages mit Freunden betrunken nach Hause kam und die damals siebzehnjährige Cecile vor den Augen seiner Freunde vergewaltigte. Cecile wurde schwanger und gebar einen Sohn, Taras Vater. Im Grunde seines Herzens war Adam kein schlechter Mensch, und er schämte sich sehr für seine Tat. Nie wieder berührte er Cecile, er wagte es noch nicht einmal mehr, ihr die Hand zu reichen, aber er sorgte für Cecile und den gemeinsamen Sohn Benedikt.

Als Adam heiratete und mit seiner Frau in ein eigenes Haus in Shreveport im nördlichen Louisiana zog, nahm er Cecile und Benedikt mit. Cecile arbeitete weiter als Dienstmädchen, und Adam sorgte dafür, dass Benedikt eine gute Ausbildung erhielt. Adam und seine Frau Claire bekamen keine Kinder. Claire wusste wohl, dass Benedikt Adams Sohn war, wenn auch niemals darüber geredet wurde. Claire war eine ruhige, liebenswürdige Frau, der Feindseligkeit fernlag, doch ihr Verhältnis zu Cecile war zu Beginn angespannt. Sie bat Adam, Cecile zu entlassen, aber in diesem Punkt war Adam unnachgiebig, und sie musste sich mit Ceciles Anwesenheit arrangieren. Im Laufe der Zeit entspannte sich das Verhältnis zwischen den beiden Frauen. Da Adam Cecile kaum in die Augen zu blicken wagte, merkte Claire bald, dass sie keine Konkurrenz für sie darstellte. Sie war sehr unglücklich darüber, keine Kinder bekommen zu können, und obwohl Adam ihr niemals Vorhaltungen deshalb machte, wusste sie doch, dass Adam sich Kinder von ihr wünschte. Der zurückhaltende, intelligente Benedikt in ihrem Haus stellte auch für Claire einen kleinen Trost dar. Adam konnte sich um Benedikts Ausbildung kümmern, und seine Existenz nahm einen Teil der Last von Claires Schultern, Adam keinen Sohn schenken zu können. Die Tatsache, dass Benedikt dunkelhäutig war, rückte im Laufe der Jahre immer stärker in den Hintergrund. Benedikt war ein ausgezeichneter Schüler und erfüllte alle Erwartungen, die ein Vater an seinen Sohn haben konnte.

Claire starb an Brustkrebs, als sie dreiundvierzig Jahre alt war. Cecile pflegte sie bis zum Schluss, und der junge Benedikt, der damals Medizin in Boston studierte, flog häufig nach Hause und verbrachte jede freie Minute an Claires Bett, um ihr vorzulesen oder ihr zu erzählen.

Adam heiratete nicht mehr, und bis zu seinem Tod zwanzig Jahre später blieb Cecile bei ihm und kümmerte sich um ihn. Sie hatte ihm längst verziehen, und aus ihrer jugendlichen Schwärmerei war trotz des brutalen Übergriffs eine unerfüllte Liebe geworden. Adam jedoch konnte sich nicht verzeihen und vermied weiterhin jeden Körperkontakt mit ihr. Erst als Adam sehr krank wurde, sprach er mit Cecile über die Ereignisse, seit denen fast ein halbes Jahrhundert vergangen war. Cecile versicherte ihm, keinen Groll mehr gegen ihn zu hegen und in Benedikt das schönste Geschenk ihres Lebens zu sehen. Zwei Jahre lang pflegte Cecile Adam liebevoll, bevor er in ihren Armen verstarb.

Benedikt hatte seiner Tochter Tara die Geschichte ihrer Großmutter oft erzählt. Er wollte die Erinnerung an Taras Wurzeln lebendig halten, wie es auch schon seine Mutter getan hatte. Einmal im Jahr besuchten sie Cecile, die noch immer in Adams Haus in Shreveport lebte, das nun ihr gehörte. Auch Adam hatte Tara noch kennengelernt. Sie war elf Jahre alt gewesen, als er starb, und er hatte sie immer zärtlich „meine kleine Prinzessin" genannt. Erst viele Jahre nach Adams Tod hatte Benedikt Tara auch über die gewaltsamen Umstände seiner Zeugung aufgeklärt. Tara konnte sich dies bis heute nicht vorstellen. Sie hatte ihren Großvater Adam in so herzlicher, liebevoller Erinnerung. Dabei wollte sie es auch belassen und nicht weiter darüber nachdenken. Wenn ihre Großmutter nach allem, was geschehen war, in der Lage gewesen war, Adam noch zu lieben, dann war sie es auch.

Als Barack Obama am 4. November 2008 zum Präsidenten der Vereinigten Staaten gewählt worden war, hatte Tara mit ihren Eltern und ihrer Großmutter in deren kleinem, gemütlichem Wohnzimmer vor dem Fernseher gesessen. Zur Wahl waren sie extra angereist. Taras Mutter Sofia hielt Benedikts Hand. Weder Cecile noch Benedikt waren in Jubelrufe ausgebrochen. Beiden liefen die Tränen über die Wangen, als die Wahlergebnisse verkündet wurden. Sie dachten an all die Opfer, die ihre Vorfahren gebracht hatten, und was für eine Utopie die Wahl eines Afroamerikaners zum Präsidenten noch war, als Benedikt geboren wurde. Tara konnte die Ergriffenheit spüren. Auch ihre Mutter hatte rote Augen. Für sie selbst war es ein historisch bedeutsames Ereignis, aber sie konnte die große persönliche Befreiung, die ihr Vater durch die Wahl erfuhr, nicht nachempfinden.

Trotz der Erzählungen und Erinnerungen ihrer Vorfahren fühlte sich Tara wurzellos. Es waren für sie Geschichten wie aus Tausendundeiner Nacht, die keinen Bezug zu ihrem Leben hatten. Ihre Mutter war Deutsche. Nach seinem Studium hatte Benedikt den Wunsch gehabt, ein anderes Land kennenzulernen, und war mit der Absicht, für ein Jahr als Gastarzt an der Charité in Berlin zu arbeiten, nach Deutschland aufgebrochen. Er fand dort einen Förderer, den Benedikts Geschick beim Operieren und seine ruhige, aber willensstarke Art beeindruckte. Benedikt blieb, lernte rasch Deutsch, wurde Bauchchirurg und fühlte sich als Wahlberliner wohl. Er war ein großer, stattlicher Mann mit der Prise Exotik, die ihn für viele weiße Berlinerinnen unwiderstehlich machte. Sie rissen sich um ihn, doch er heiratete eine Kollegin aus der Augenheilkunde. Sie bekamen eine Tochter und waren noch immer ineinander verliebt, wie Tara manchmal etwas befremdet feststellte, wenn ihr Vater ihrer Mutter einen Klaps auf den Po gab und sie anzüglich anblickte oder wenn sie sich für Taras Geschmack einen etwas zu intensiven Kuss gaben. Tara war in Deutschland geboren und aufgewachsen, sie fühlte sich als Deutsche. Jeden Morgen allerdings, wenn sie in den Spiegel blickte, wurde ihr bewusst, dass sie auch hier eine Fremde war.

Noch immer unschlüssig, ob sie sich mit einem Vorwand aus dem geplanten Projekt zurückziehen sollte, reichte Tara für November Urlaub ein, in der Hoffnung, er würde nicht genehmigt werden. Eigentlich hatte sie vorgesehen, im Herbst ihre Großmutter zu besuchen. Sicher wäre sie enttäuscht, wenn ihre Enkelin stattdessen nach Namibia fliegen würde.

Tara erzählte ihren Freundinnen von der Namibiareise.

„Bist du verrückt, mit den drei Sonderlingen nach Namibia fliegen zu wollen? Das wird bestimmt ganz furchtbar. Dann erwarten die drei am Ende noch von dir, dass du dir mit einem von ihnen ein Zimmer teilst. Das willst du doch nicht im Ernst, oder?"

„Flieg doch lieber mit uns auf die Kanarischen Inseln, und wir machen einen schönen Mädelsurlaub." So lauteten die gut gemeinten Kommentare ihrer Freundinnen Bea und Silke. Besonders hilfreich fand Tara das nicht. Die Kanarischen Inseln reizten sie überhaupt nicht, und die Vorstellung, mit den beiden zwei Wochen damit zu verbringen, am Strand zu liegen und abends in der Disco herumzuhüpfen, war noch befremdlicher als der Gedanke an die Reise mit den Jungs nach Namibia. Sie mochte ihre Freundinnen sehr und verbrachte auch gerne nette Abende mit ihnen. Aber was die Urlaubsgestaltung anging, lagen ihre eigenen Vorstellungen doch ziemlich weit weg von Beas und Silkes Wünschen. Namibia bot sicher deutlich mehr Abwechslung und Abenteuer als Teneriffa oder Gran Canaria.

Hin- und hergerissen rief Tara ihren Vater an und berichtete ihm von ihren Plänen.

„Nach Namibia, sagst du?"

„Ja, nach Namibia, mit drei Kollegen, alles Männer."

„Namibia …", wiederholte ihr Vater gedehnt.

Tara war mehr als überrascht. Sie hatte eigentlich von ihrem Vater energischen Widerspruch erwartet. Sein Beschützerinstinkt ihr gegenüber war schon immer sehr ausgeprägt gewesen. Jeder Freund, den sie mit nach Hause gebracht hatte, musste sich einer eingehenden Befragung und kritischen Prüfung durch ihren Vater stellen. Bislang hatte er noch keinen gutgeheißen, und Tara bezweifelte, dass ein Mann auf Erden existierte, den ihr Vater als gut genug für seine Tochter ansehen würde. Obwohl sie eine erwachsene Frau war, war sie sich sicher gewesen, dass er nicht damit einverstanden wäre, dass sie mit drei

Männern verreisen wollte. Doch ihr Vater schien nur das Wort *Namibia* gehört zu haben.

Nachdem eine Weile nur Stille am anderen Ende der Leitung geherrscht hatte, fragte ihn Tara schließlich: „Was ist denn mit Namibia?"

„So genau weiß ich das auch nicht. Kannst du am nächsten Wochenende nach Hause kommen? Dann zeige ich dir, warum ich so gestutzt habe, als du Namibia erwähnt hast."

Voller Neugier saß Tara am Freitagabend im Zug nach Berlin und überlegte, was ihr Vater ihr wohl zeigen wollte. Nach einem späten Abendessen, bei dem Tara unruhig auf ihrem Stuhl hin- und hergerutscht war, lehnte sich ihr Vater zurück und blickte sie an. „Es ist schon seltsam, dass du ausgerechnet nach Namibia fliegen willst."

„Das Reiseziel habe nicht ich ausgesucht. Es stand schon fest, bevor Michael mich gefragt hat, ob ich mitkomme. Und warum ist das so seltsam?"

Ihr Vater zog ein schwarzes Schmuckkästchen aus seiner Hosentasche, legte es auf den Tisch und öffnete es langsam. Aus einem kleinen Beutel, der an einem Lederband hing, nahm er einen etwa kirschkerngroßen bernsteinfarbenen Stein heraus und reichte ihn Tara. Der Stein hatte eine raue Oberfläche und die Form eines Quaders. Die Symmetrie der Form wurde jedoch unterbrochen durch eine glatte, glänzende Fläche, die aussah, als wäre ein Teil des Steines abgebrochen. Tara blickte ihren Vater fragend an.

„Das ist ein Rohdiamant. Ich habe ihn begutachten lassen. Er hat etwas mehr als vier Karat. Es ist ein sehr ungewöhnlicher Stein mit dieser Bruchkante."

Tara beobachtete, wie das Licht der Deckenlampe sich in dem Stein fing. Er schien von innen heraus zu leuchten, und wenn sie den Stein leicht bewegte, meinte sie, kleine Figuren in seinem Kern tanzen zu sehen, so als wollte der Stein ihr eine Geschichte erzählen. „Wem gehört er denn?"

„Deine Großmutter hat ihn mir vor Jahren gegeben. Sie hat damals über den Stein gesagt, dass er seit vielen Generationen im Familienbesitz sei, er sei sehr wichtig und müsse nach Namibia zurückgebracht werden. Ansonsten meinte sie nur, bei Gefahr müsse ich den Stein schlucken, sein Name sei *Ntaikxoana*, und wenn ich ihn nicht zurückbringen könne, solle ich ihn zu gegebener Zeit an dich weitergeben." Benedikt schenkte ihr und ihrer Mutter noch einen Schluck Wein ein. Neben vielem anderen schätzte er an seinem Leben in Deutschland die Weinkultur. Seine Begeisterung galt vor allem den Weinen aus der Pfalz, und er hatte sich zu einem wahren Kenner entwickelt.

„Was ist denn das für eine komische Geschichte?"

„Du kennst doch deine Großmutter. Sie neigt dazu, theatralisch zu sein, und praktiziert Voodoo. Ich habe der Geschichte nicht besonders viel Bedeutung beigemessen. Vor allem Namibia fand ich immer völlig abwegig. Schließlich ist es eines der wenigen afrikanischen Länder, von wo aus keine Sklaven nach Süd- und Nordamerika verschifft worden sind. Ehrlich gesagt habe ich schon lange nicht mehr an die Geschichte gedacht, bis du mir von deiner geplanten Reise nach Namibia erzählt hast." Ihr Vater zupfte an seinem linken Ohrläppchen herum, wie so oft, wenn er über etwas nachdachte. Während ihrer Teenagerzeit hatte Tara diese Angewohnheit immer lächerlich gefunden, doch mittlerweile hatte sie sich auch schon einige Male dabei ertappt, wie sie an ihrem Ohrläppchen herumzupfte, wenn sie in Gedanken versunken war.

„Hast du davon gewusst, Mama?", wandte Tara sich an ihre Mutter.

„Ja, dein Vater hat mir schon vor Jahren davon erzählt."

„Und was hältst du von dieser Geschichte und davon, dass ich mit drei Jungs nach Namibia fliegen will?"

Taras Mutter drehte ihr Weinglas auf dem Tisch. Der Fuß schabte leicht über das Holz des schlichten Eichentischs, an dem Tara schon als Erstklässlerin ihre Hausaufgaben gemacht hatte. „Das mit dem Stein ist eine merkwürdige Angelegenheit. Die Familie deiner Großmutter war so arm, dass ich kaum glauben kann, dass sie diesen Diamanten nicht verkauft haben. Sehr mysteriös, passt aber zu deiner Oma. Bei dem Gedanken an die Reise ist mir natürlich nicht ganz wohl. Aber du bist eine erwachsene Frau und musst deine eigenen Entscheidungen treffen. Ich gehe davon aus, dass du den drei jungen Männern, mit denen du verreisen willst, vertraust."

Tara nickte ihrer Mutter beruhigend zu. „Ja, ich vertraue Michael, Sven und Felix. Alle drei sind zwar etwas exzentrisch, aber sie haben das Herz auf dem rechten Fleck. Ich kenne sie ja auch schon seit neun Jahren." Sie drehte nochmals den Stein in ihren Händen und blickte ihren Vater an. „Was machen wir jetzt mit dem Stein?"

Er schob das Schmuckkästchen über den Tisch zu ihr hin. Für einen Moment lag seine große braune Hand mit den langen, schlanken Fingern, deren unglaubliches Geschick Tara schon immer bewundert hatte, neben ihrer Hand. Seine Haut war um einige Nuancen dunkler als ihre. Er hatte keine Probleme damit, sich voll und ganz als Schwarzer zu fühlen. „Nun, offensichtlich ist der Zeitpunkt gekommen, an dem ich ihn an dich weitergeben sollte. Von hier an entscheidest du."

Tara runzelte die Stirn. „Soll ich ihn wirklich mit nach Namibia nehmen? Wohin soll ich ihn denn bringen? Gibt es sonst keine Informationen dazu?"

Ihr Vater zuckte mit seinen breiten, muskulösen Schultern, die in kein Hemd so richtig passen wollten. „Ich weiß sonst nichts über den Stein, aber du kannst ja deine Oma anrufen und fragen, ob sie dir weiterhelfen kann."

Genau das tat Tara noch am selben Abend. Ihre Großmutter war ganz aufgeregt. „Natürlich fliegst du nach Namibia. Das ist viel wichtiger, als mich zu besuchen. Du musst Ntaikxoana mitnehmen und zurückbringen. Endlich wird sich der Kreis schließen."

„Wohin soll ich den Stein bringen? Hast du keine Anhaltspunkte für mich?" Tara fasste sich an den Hals. Sie hatte den Stein nicht wieder in seinem Schmuckkästchen verstaut, sondern sich ihn umgehängt. Das Lederband um ihren Hals fühlte sich vertraut an. Der Lederbeutel war im ersten Moment etwas kalt auf ihrer Haut gewesen, doch nun strahlte er eine angenehme Wärme aus. Sie wusste jetzt schon, dass ihr der Beutel fehlen würde, wenn sie ihn nicht mehr trug.

„Nein. Ich weiß nur, dass der Stein eine enorm große Bedeutung für unsere Familie hat. Meine Mutter hat ihn damals mir anvertraut, weil sie Sorge hatte, meine Brüder würden ihn verkaufen. Bei mir jedoch war sie sich sicher, dass ich es niemals tun würde. Ich denke, es gibt nur so wenige Informationen über den Stein, um zu verhindern, dass der Stein und das Wissen darüber in falsche Hände geraten."

„Ohne weitere Informationen werde ich niemals herausfinden, wohin ich diesen Stein bringen soll."

Tara hörte das vertraute, glucksende Lachen ihrer Großmutter, die alle Probleme mit einem Lachen beiseiteschieben konnte. „Nimm ihn einfach mit, Tara. Ich bin mir sicher, wenn du erst einmal in Namibia bist, wirst du einen Weg finden. Ist das nicht aufregend?"

Tara konnte ihre Begeisterung nicht teilen und hoffte, dass ihre Großmutter nicht allzu enttäuscht sein würde, wenn sie den Diamanten nicht an den Ort seiner Bestimmung bringen konnte.

Da der November kein beliebter Reisemonat war, bekam Tara zügig die Genehmigung für ihren Urlaub, und eine Woche später war der Flug gebucht. Die kleine Reisegruppe traf sich noch zweimal, um die Details zu besprechen. Wieder war Tara erstaunt, wie ungezwungen die drei Jungs mit ihr umgingen. Sie hatten sich offensichtlich damit arrangiert, dass sie mit von der Partie sein würde, und machten kein weiteres Aufheben davon. Michael hatte sich durchgesetzt, was die Unterkünfte anging, sie buchten nicht vor, und zwei Zelte waren im Gepäck vorgesehen. Bezüglich des Autos war die Wahl auf einen VW-Bus gefallen, der Preis für einen Geländewagen war horrend, und bei vier Mitreisenden bot der Bus auch mehr Platz. Tara zeigte ihren Reisebegleitern den Rohdiamanten und erzählte ihnen von dem Auftrag, der damit verbunden war. Das Familienerbstück wanderte von Hand zu Hand und wurde von allen Seiten betrachtet.

Felix nahm ihn zuerst. „Ich habe noch nie einen Rohdiamanten in der Hand gehalten. Er funkelt zwar nicht so wie ein geschliffener Diamant, ist aber auf seine urtümliche Weise sehr schön."

Dann legte Sven den Stein auf seine Handfläche und betrachtete ihn. „Und ich habe überhaupt noch nie einen Diamanten in der Hand gehalten."

„Wo sollst du den Stein hinbringen?", wollte Michael wissen.

„Ich habe keine Ahnung. Meine Großmutter konnte mir dazu nichts Genaueres sagen."

„Und der Stein hat einen Namen?"

„Ja, er nennt sich *Ntaikxoana*."

Michael steckte den Stein zurück in seinen Beutel und reichte ihn Tara. „Wir können aber nicht den ganzen Urlaub damit verbringen, uns um diesen Stein zu kümmern."

„Natürlich nicht. Ich habe ja auch keine Ahnung, wo ich mit der Suche anfangen soll. Den Stein nehme ich zwar mit, aber große Hoffnung, meinen Auftrag erfüllen zu können, habe ich nicht." Um genau zu sein, hatte sie keinerlei Hoffnung. Es war eine absurde Idee mit einem Stein, von dem sie sonst nichts wusste, auf die Suche zu gehen nach etwas, von dem sie keine Ahnung hatte, was es war. Sie schüttelte innerlich den Kopf. Michael hatte Recht, sie sollten während ihres Urlaubs keine Zeit damit verschwenden. Allerdings hatte sie sich von ihm ein wenig mehr Unterstützung oder Aufmunterung erhofft. Nun wusste sie zumindest, woran sie war. Von Michael hatte sie in dieser Hinsicht keine Hilfe zu erwarten.

DIE ANKUNFT

Im Handumdrehen stand die Abreise vor der Tür, und Tara fand sich zusammen mit Michael, Sven und Felix in Jeans und Sweatshirt und mit ihrem Rucksack auf dem Rücken auf dem Frankfurter Flughafen wieder. Alle waren an diesem Abend aufgedreht und nervös, was dazu führte, dass die drei Jungs einen dummen Spruch nach dem anderen vom Stapel ließen.

Tara seufzte. Da waren sie noch gar nicht abgeflogen, und schon nervten sie die drei. Sie verhielten sich wie pubertierende Schuljungen und nicht wie Ärzte Anfang dreißig. Tara hoffte, dass es sich nur um einen vorübergehenden Anfall von Reise-Lampenfieber handelte und sie sich nicht während der nächsten vier Wochen mit kindischen Männersprüchen herumschlagen musste.

Endlich saßen sie eingequetscht auf ihren Sitzen in der Economyclass. Da keiner so vorausschauend gewesen war, vorab Plätze zu reservieren, hatten sie nur zwei Plätze ganz hinten und zwei Plätze in der Mitte des Flugzeugs zugewiesen bekommen. Tara saß neben Sven, der sich auf seinem Platz mehr als breitgemacht hatte. Sein Ellbogen hing halb auf ihre Seite, und sein linkes Bein ragte unter den Sitz ihres Vordermannes. Sobald das Abendessen abgeräumt war, fing er an, laut zu schnarchen. Von Michael und Felix sah oder hörte sie auf dem zehnstündigen Flug nichts mehr, worüber sie nicht unglücklich war. Zum ersten Mal machte sie sich ernsthaft Sorgen darüber, wie sie die nächsten Wochen überstehen sollte, wenn sie bereits nach drei Stunden von der Gesellschaft ihrer Kollegen die Nase voll hatte. Sie legte den Kopf zurück und schloss die Augen. An Schlaf war nicht zu denken. Auf keinen Fall wollte sie Sven neben sich berühren, und sie musste sich in die Ecke quetschen, damit dies nicht zufällig geschah.

Michael hatte in den vergangenen Monaten keinerlei Anzeichen der Sympathie ihr gegenüber erkennen lassen. Außer dass er sie in volltrunkenem Zustand gefragt hatte, ob sie mitwolle, und dann zu seinem Wort gestanden hatte, hatte sich in der Nichtbeachtung, die er ihr schenkte, überhaupt nichts verändert. Natürlich hatten sie bei den Reisevorbereitungen miteinander gesprochen, aber nur um organisatorische Details zu klären. Insgeheim hatte Tara natürlich gehofft, dass Michael sie gefragt hatte, ob sie mitkommen wolle, weil er auch an ihr interessiert war. Doch mittlerweile war Tara zu dem Schluss gelangt, dass dies nur geschehen war, weil sie sich zufällig neben ihm aufgehalten hatte. Jede oder auch jeder andere, der bei ihnen gesessen hätte, wäre wohl auch gefragt worden. Der Unterschied ist nur, dass kein anderer so blöd gewesen wäre, Ja zu sagen, dachte Tara grimmig. Wieder einmal wunderte sie sich über die unterschiedlichen Verhaltensmuster, die Michael an den Tag legte und die es ihr schwer machten, ihn einzuschätzen. Sie dachte an die Geburt, bei der sie vor zwei Wochen dabei gewesen war und die Michael geleitet hatte.

Die Herztöne ließen darauf schließen, dass das noch nicht geborene Kind sich im Stress befand. Michael hatte aus der Kopfhaut des Kindes Blut abgenommen. Die Analyse des Blutes zeigte bereits einen leichten Sauerstoffmangel an. Daraufhin wurden in Kreißsaal 2 Vorbereitungen zum Kaiserschnitt getroffen. Dazu gehörte auch, dass ein Kinderarzt zugegen war.

Es war eine dieser chaotischen Nächte, in denen es im Kreißsaal drunter und drüber ging. Gerade waren per Kaiserschnitt Zwillinge auf die Welt geholt worden. Michael, ein bereits erfahrener Assistenzarzt, war von der Operation abgetreten, um Entscheidungen bezüglich der schlechten Herztöne des Kindes in Kreißsaal 2 zu treffen. Die beiden Versorgungseinheiten für Neugeborene waren mit den frühgeborenen Zwillingen belegt, die zwei Oberärzte der Kinderklinik beschäftigten. In jedem Kreißsaal gab es noch eine Einheit, die eigentlich nur für gesunde Neugeborene gedacht war, aber alle Möglichkeiten der Versorgung bot.

So kam es, dass Tara, die sonst bei den Geburten nicht anwesend war, sondern vor der Kreißsaaltür bei den Versorgungseinheiten darauf wartete, dass ihr das Neugeborene von der Hebamme gebracht wurde, Zeugin der Geburt wurde. Sie hatte sich bei der Entbindenden und ihrem Ehemann vorgestellt. „Hallo, mein Name ist Dr. Svenson. Ich bin Kinderärztin und werde hier im Kreißsaal alles für Ihr Baby vorbereiten, falls es nach der Geburt Probleme haben sollte. Das geschieht nur zur Sicherheit. Hoffentlich brauchen Sie mich gar nicht." Tara versuchte ein schwaches Lächeln.

Die Kreißende starrte Tara nur verständnislos an. Die Haare standen ihr wirr und verschwitzt vom Kopf ab, und sie hatte den Gesichtsausdruck einer Irrsinnigen, den der stundenlange Schmerz und die Anstrengung ihr verliehen hatten. Der Ehemann sah nicht viel besser aus. Er war bleich und der Ohnmacht nahe. Krampfhaft hielt er sich an der Hand seiner Frau fest und versuchte, möglichst wenig von dem Geschehen um sich herum zu sehen oder zu hören. Auch die junge und noch unerfahrene Hebamme war nervös. Sie wusste, im Operationssaal wurde die frischgebackene Zwillingsmutter noch zugenäht, und ein eventuell notwendiger Kaiserschnitt würde als Notbehelf im Kreißsaal durchgeführt werden müssen. Sicher hatte sie so eine Situation noch nicht erlebt und befürchtete, Fehler beim Ablauf zu machen.

Einzig Michael stellte den ruhenden Pol dar. Er bewegte sich bewusst langsam, um die Hektik abzumildern. Er trug noch die grüne Kleidung aus dem Operationssaal und nicht die blaue, die er sonst anhatte. In der Hektik hatte er sicher keine Zeit gehabt, sich umzuziehen. Die grünen Kittel und Hosen waren genauso unvorteilhaft geschnitten wie die blauen, und Tara fand trotzdem, dass er in den zu kurzen Hosen mit den darunter hervorschauenden weißen Socken und den Gummilatschen unglaublich gut aussah. Er blickte seiner Patientin fest in die Augen und sprach mit fröhlicher Stimme: „Frau Maier, machen Sie sich keine Sorgen. Ihrem Sprössling ist nur langweilig, und er bringt ein wenig Schwung in die Geburt. Sie haben es fast geschafft. Wir brauchen nur noch ein paar Wehen, dann ist er da. Ich werde Ihnen mit der Saugglocke dabei helfen, dann müssen Sie nicht alles alleine machen."

Die Gebärende nahm Michael kaum wahr, aber der werdende Vater zuckte bei dem Wort *Saugglocke* merklich zusammen. Die junge Hebamme flüsterte Michael aufgeregt zu: „Das Kind ist doch erst

Beckenmitte und der Kopf noch nicht voll ausrotiert. Für eine Saugglocke ist es zu früh, und die Herztöne werden immer schlechter."

Laut und deutlich antwortete Michael: „Der Kopf hat Platz, und Sie haben einfach nicht mehr genug Kraft nach den stundenlangen Wehen, Frau Maier. Deshalb helfen wir Ihnen. Ein paar Wehen lang haben wir noch Zeit, und falls es mit der Saugglocke nicht funktioniert, können wir den Kaiserschnitt immer noch machen. Sicherheitshalber bereiten wir alles dazu vor." Es gefiel Tara, dass sich Michael nicht von der Hebamme beirren ließ und auch nicht tuschelnd mit ihr etwas besprach, was das Paar noch mehr beunruhigt hätte. Er wirkte erfahren und sich seiner Sache sicher. Tara hätte ihm vertraut, wäre sie in diesem Moment seine Patientin gewesen.

In der Zwischenzeit hatte Tara mit wenigen Handgriffen die Neugeboreneneinheit vorbereitet, die Wärmelampe brannte, der Absaugschlauch war angeschlossen, ebenso wie die Beatmungsmaske. Jetzt stand sie herum, beobachtete das hektische Treiben und war wieder einmal froh, nur für das Neugeborene verantwortlich zu sein, und das auch erst dann, wenn es auf der Welt war. In Windeseile hatte die Hebamme die Gebärende wie auf dem gynäkologischen Untersuchungsstuhl gelagert, ihre Beine mit grünen Tüchern abgedeckt, und Michael saß mit der Saugglocke dazwischen. Er sprach Tara an: „Könntest du uns ausnahmsweise beim Kristellern helfen?"

Mehr musste er nicht sagen. Normalerweise war das sogenannte Kristellern, mit dem durch Druck auf die Bauchdecke von außen die Kraft einer Wehe verstärkt wurde, Aufgabe des jüngeren Assistenzarztes der Gynäkologie. Dieser stand jedoch noch mit am Operationstisch bei der Zwillingsmutter. Darauf hinzuweisen, dass augenblicklich ein akuter Personalmangel herrschte, weil noch eine Operation im Nebenraum lief, hätte nicht zur Beruhigung des Ehepaares beigetragen. Tara ließ sich von der Hebamme zeigen, wie sie sich mit dem Unterarm auf den Bauch der Frau stützen musste, um bei der nächsten Wehe den Druck zu verstärken. Michael hatte die Silikonglocke am Hinterkopf des Kindes angebracht, den Sog aufgebaut, und zum Tuckern des Sauggerätes gab er seine Anweisungen: „Bei der nächsten Wehe pressen Sie noch einmal mit aller Kraft, Frau Maier. Und du, Tara, hilfst – aber nur auf dem Höhepunkt der Wehe." Er nickte Tara aufmunternd zu. Es freute Tara, dass sie einmal mit ihm zusammenarbeiten konnte. Sie hatte ihn noch nie im

Umgang mit Patienten erlebt, und sein sicheres, freundliches Auftreten überraschte sie angenehm. Sie fügte sich gerne seinen Anweisungen, die er ihr ruhig und präzise gab.

Sie warteten eine endlos erscheinende Minute. Die Wehe kündigte sich mit einem Herztonabfall des Kindes an, dann spürte Tara, wie Frau Maiers Bauchdecke sich unter ihrer Hand verhärtete. Der Gesichtsausdruck der Entbindenden wurde noch gequälter.

„Wir warten, bis die Wehe ihren Höhepunkt erreicht hat. So, jetzt, Frau Maier, tief Luft holen, Mund zu und mit aller Kraft pressen", gab Michael das Tempo vor.

Tara wartete, bis Frau Maier presste, und übte dann Druck auf ihren Bauch aus, oberhalb der riesigen Wölbung, unter der sich das Kind versteckte. Erst vorsichtig und dann immer stärker, bis sie mit ihrem ganzen Gewicht quer über dem Bauch der armen Frau hing. Von oben konnte sie zwischen die Beine der Frau blicken und beobachtete, wie die Silikonglocke zwischen den geschwollenen Schamlippen austrat und daran hängend der Hinterkopf des Kindes.

„Tara, aufhören. Frau Maier, Luft holen", kommandierte Michael.

Die Hebamme schnitt rasch schräg in den Damm ein, wovon Frau Maier mit ihrer Rückenmarksnarkose und damit beschäftigt, nach Luft zu schnappen, gar nichts wahrnahm.

„Frau Maier, jetzt noch einmal mitschieben."

Das Kind tauchte mit einer Bewegung auf, als wollte es den Kopf in den Nacken legen. Sofort schaltete Michael das Gerät ab, und mit einem pfeifenden Geräusch wurde der Sog langsam abgebaut. Michael entfernte die Saugglocke, die an dem weichen Gewebe des Kopfes eine turmartige Schwellung hinterließ. Mit dem Kopf war grünes Fruchtwasser ausgetreten, und Michael saugte den Mund des Kindes aus. Dann starrten alle auf den Kopf des noch nicht vollständig geborenen Kindes, der zwischen den Beinen seiner Mutter herausragte und dessen Gesicht zum Boden gerichtet war.

„Das Schlimmste haben Sie überstanden, Frau Maier, der Kopf ist da. Wir warten auf die nächste Wehe, dann haben wir Ihr Kind. Wollen Sie den Kopf schon mal streicheln?", richtete sich Michael nun mit überraschend sanfter Stimme im Vergleich zu seinem vorherigen Kommandoton an die Frau.

Erschrocken blickte Frau Maier nach unten zwischen ihre auf Schienen liegenden Beine, fasste mit zittriger Hand das kleine, mit grünem Fruchtwasser und Blut verschmierte Köpfchen an und streichelte über die schwarzen, verklebten Härchen. Ein verklärtes Lächeln erschien auf ihrem abgekämpften Gesicht. Auch der Ehemann riskierte einen allerdings nur sehr kurzen Blick, bevor er sich wieder in sich zurückzog, damit beschäftigt, nicht in Ohnmacht zu fallen. Nach einer weiteren endlosen Minute baute sich die nächste Wehe auf, und der Kopf des Kindes drehte sich mit der Nase zur rechten Seite seiner Mutter. Michael umfasste ihn mit flachen Händen und drückte ihn in Richtung Boden.

„Nur ganz leicht mitpressen, Frau Maier."

Die Schulter des Kindes erschien, und mit einer raschen Bewegung rollte Michael das Kind über Frau Maiers Schambein auf ihren Bauch. Da lag der kleine, verschmierte, neugeborene Erdenbewohner. Die Hebamme trocknete ihn ab und legte warme Tücher auf ihn. Die Spannung war von Frau Maier und auch von ihrem Mann abgefallen. Beiden rollten die Tränen über die Wangen, und mit den Augen und zitternden Händen erkundeten sie ihren Sohn. Die Hebamme klemmte die Nabelschnur ab, und Herrn Maier wurde die Ehre zuteil, seinen Sohn abzunabeln, indem er die Nabelschnur durchschnitt.

Michael blickte die Patientin prüfend an und legte ihr die Hand auf die Schulter. „Das war sehr hart, aber Sie haben alles ganz hervorragend gemacht. Jetzt ist Ihr Kleiner endlich da." Er wies auf Tara. „Frau Dr. Svenson, die Kinderärztin, schaut sich Ihr Kind jetzt an, um sicherzugehen, dass alles in Ordnung ist."

Tara war entspannt, das Kind war rosig und räkelte sich auf dem Bauch seiner Mutter. Es gab keine Anzeichen für eine Sauerstoffmangelversorgung. Wieder einmal konnte sie kaum glauben, welche Überraschungen die Geburtshilfe trotz vorgeburtlicher Überwachungsmaßnahmen der modernen Medizin bereithielt. Manche Kinder, die während der Geburt völlig unauffällige Herztöne zeigten, hatten nach der Geburt große Schwierigkeiten. Dieser kleine Junge jedoch war trotz schlechter Herztöne und grünem Fruchtwasser quietschvergnügt.

„Dem kleinen Mann scheint es gut zu gehen, sicherheitshalber schaue ich ihn mir an. Ich bleibe hier im Zimmer, und wenn Sie möchten, Herr Maier, können Sie mitkommen und zusehen." Tara lächelte den Ehemann an, der nun wieder eine Gesichtsfarbe besaß, hob das kleine Bündel mitsamt den Tüchern auf und legte es unter die Wärmelampe. Laut genug, damit auch Frau Maier, die ihnen den Kopf zuwandte, sie hören konnte, erklärte Tara ihre Handgriffe: „Erst sauge ich noch einmal ab, um sicherzustellen, dass kein grünes Fruchtwasser mehr in die Luftröhre gelangen kann."

Sie untersuchte den kleinen Jungen, der angefangen hatte, mit piepsiger Neugeborenenstimme zu schreien, von Kopf bis Fuß und freute sich, ein gesundes, kräftiges Kind vorzufinden. Er schien vorwiegend erbost darüber zu sein, aus seiner warmen, weichen Höhle der gedämpften Farben und Geräusche an diesen kalten, grellen, unwirtlichen Ort geraten zu sein. Erst als Tara ihn wieder zurück auf den Bauch der Mutter legte, fing er mit kleinen Kopfbewegungen an zu suchen. Die Hebamme rückte ihn zurecht, so dass er fand, was er suchte, und mit leisen Schmatzern saugte er sich zufrieden fest. Nackt lag er auf dem Bauch seiner Mutter, bedeckt mit warmen Tüchern, und sonnte sich unter den liebevollen, bewundernden Blicken seiner Eltern. Tara weitete sich das Herz beim Anblick dieser intimen Szene, dem ersten, so intensiven gemeinsamen Moment einer kleinen Familie.

Gebannt von ihrem Sohn nahm Frau Maier kaum die Arbeiten wahr, die zwischen ihren Beinen erledigt wurden. Die Nachgeburt war ebenfalls geboren und als vollständig erachtet worden. Die Hebamme hatte alles vorbereitet, und Michael war damit beschäftigt, den Dammschnitt zu vernähen. Fasziniert sah sie zu, wie schnell und geschickt seine Hände arbeiteten. Das hätte sie ihm gar nicht zugetraut. Sonst wirkte er oft etwas fahrig. Tara hatte eine große Schwäche für geschickte Hände. Heimlich verliebt war sie in Michael ja vorher schon gewesen, aber in dieser Nacht hatte er sie sehr überrascht und war in ihrer Achtung stark gestiegen. Sie beobachtete, wie konzentriert er arbeitete. Nur einmal blickte auch er mit einem kleinen Lächeln um die Augen kurz auf das junge Familienglück.

Für Tara war es eine besondere Nacht gewesen, da sie selten Zeugin einer Geburt wurde – und auch, weil Michael sie durch seine kompetente und ruhige Art beeindruckt hatte. Sie schüttelte innerlich den Kopf, als sie versuchte, diesen Michael mit dem albernen, unreifen Michael vom Flughafen zusammenzubringen. Es war kaum vorstellbar, dass der beeindruckende Arzt, der die kritische Situation so souverän gemeistert hatte und dabei noch freundlich und mitfühlend geblieben war, die gleiche Person war wie der Michael, der in verschlissenen Jeans und Schlabberpullover auf dem Flughafen herumgealbert hatte. Was steckte nur dahinter? Und hinter welcher der beiden Persönlichkeiten verbarg sich der wahre Michael?

Am frühen Morgen spürte Tara den beginnenden Landeanflug an dem Druck auf ihren Ohren. Sie blickte aus dem Fenster auf eine Savannenebene, hier und da ein schmaler Feldweg und ganz vereinzelt ein Farmhaus. Sie war überrascht, da sie zumindest in der Nähe des Flughafens eine Großstadt erwartet hatte. Doch ihr Blick fiel nur auf Weite und Einsamkeit. Nach etwas mehr als zehn Stunden Flug konnte sich Tara endlich aus ihrer Zwangshaltung neben Sven befreien. Mit steifen Beinen durchschritt sie die Ankunftshalle des internationalen Flughafens Hosea Kutako. Alle drei Jungs hatten geschlafen und sofort zu der albernen Stimmung zurückgefunden, in der sie sich schon vor dem Flug befunden hatten. Tara folgte ihnen müde, gerädert und einsilbig durch das schmucklose Flughafengebäude. Sie sehnte sich nach ihrem Bett, einer Dusche und verfluchte die Entscheidung, die sie hierhergeführt hatte.

Einige Zeit später saßen sie in einem weißen VW-Bus und legten die fünfundvierzig Kilometer zu dem Talkessel, in dem sich die Stadt Windhoek befindet, zurück. Dort angelangt schlängelten sie sich durch den Verkehr. Ihr straffes, von Michael ausgearbeitetes Reiseprogramm sah für den ersten Tag vor, der Hauptstadt Namibias nur einen kurzen Besuch abzustatten, diese dann so schnell wie möglich zu verlassen und in Richtung Norden zu fahren. Einen direkten Weg vom Flughafen aus gab es nicht. Eine Besichtigung Windhoeks war für die letzten beiden Tage vor der Heimreise eingeplant – eine Einteilung, die Tara grundsätzlich vernünftig fand. Sven saß am Steuer und versuchte, sich im

Linksverkehr zurechtzufinden. Felix auf dem Sitz hinter ihm fummelte mit seinem Smartphone herum, auf der Suche nach GPS-Daten, denn der Bus verfügte über kein Navigationssystem. Michael rutschte auf dem Beifahrersitz unruhig hin und her, womit er Sven noch nervöser machte, als er es ohnehin schon war.

Sven blickte hektisch nach rechts und links. „Wie soll ich da vorne abbiegen?"

„Moment, Moment, ich habe es gleich." Felix' Kopf war tief über sein Handy gebeugt. Er hatte schon lange nicht mehr aufgeblickt, und Tara bezweifelte, dass seine Bemühungen ihnen helfen würden.

„Ich kann nicht warten, ich muss mich jetzt einordnen. Es ist ein Scheißverkehr, und die fahren hier wie die Idioten."

Michael zeigte in einen Straßenzug, in dem reger Verkehr herrschte. Autos und Fußgänger bewegten sich ohne erkennbare Ordnung in dichtem Gedränge. „Bieg nach rechts ab, da sieht es lustig aus."

Den Blick starr auf sein Smartphone gerichtet, murmelte Felix etwas von „kein Empfang" und „Satellitenkoordinaten".

„Wo wollen wir überhaupt hin? Du hast doch die Route ausgearbeitet, Michael. Jetzt mach dich mal nützlich", wetterte Sven weiter, folgte der einzigen Anweisung, die er bekommen hatte, und bog nach rechts ab. Obwohl Sven nervös wirkte, manövrierte er den Wagen souverän durch das Getümmel. Tara war erleichtert, nicht am Steuer zu sitzen. Einen großen Bus im Linksverkehr und dann noch in einem für deutsche Verhältnisse unglaublichen Verkehrschaos zu lenken, war kein Kinderspiel, und Tara hätte es sich nicht zugetraut, dies unfallfrei zu meistern.

Tara hielt sich aus der Diskussion zurück, einen sinnvollen Beitrag hatte sie ohnehin nicht zu leisten. Zu ihrer Schande musste sie sich eingestehen, sich auf die Reiseroute nicht gut vorbereitet zu haben. Sie hatte sich zwar einen Reiseführer besorgt und in diesem etwas herumgeblättert, sich aber nicht intensiv damit auseinandergesetzt. Sehr viel Zeit hatte sie dagegen im Internet verbracht, um nach Informationen zu dem Diamanten und zu der Geschichte, die mit ihm verbunden war, zu suchen, doch sie hatte nichts herausfinden können. Wie ihr Vater ihr bereits gesagt hatte, war Namibia kein Land, aus dem Sklaven verschifft worden waren. Schuld daran war nach den Informationen, die sie im Netz gefunden hatte, die unwirtliche, gefährliche Küste Namibias. Es hatte sehr wohl Sklaverei, Unterdrückung und Völkermord in Namibia gegeben, aber sie hatte keinen Hinweis darauf gefunden, dass Afroamerikaner ihre sklavischen Wurzeln nach Namibia zurückverfolgt hätten.

Planlos ließen sie sich vom Verkehr treiben. Da Michael der Einzige war, der nach Lust und Laune und mit wachsender Begeisterung Anweisungen gab, und Sven diesen fluchend Folge leistete, befanden sie sich irgendwann in einem Viertel Windhoeks, das sicher in keinem Reiseführer als touristisch interessant empfohlen wurde. Sie bogen an einem offensichtlich leer stehenden, mehrgeschossigen Gebäude mit zerbrochenen Fensterscheiben und beschmierten Fassaden nach links ab und standen plötzlich vor einer Ansammlung von Männern und Wagen. Rostige Autos und Pick-ups, beladen mit schwarzen Männern, die Plakate hochhielten und laut rufend ihre Rechte als Arbeitnehmer einforderten, fuhren im Schneckentempo die Straße entlang. Dazwischen marschierten Männer, die ebenfalls mit Schildern bewaffnet waren. Von hinten schlossen noch mehr Wagen auf, und so fanden sie sich auf einmal inmitten einer Gewerkschaftsdemonstration wieder. Mit wütenden Gesichtern gaben die Männer laut die Slogans von sich, die sie auch auf ihren Plakaten der NUNW, der National Union of Namibian Workers, stehen hatten:

„Bombing innocent people. Who are the terrorists?"

„Stop privatisation!"

„Affordable services for all!"

Tara wurde es mulmig zumute. Eingeschlossen zwischen den Demonstranten konnten sie mit ihrem VW-Bus nicht mehr vorwärts und auch nicht mehr zurück. Sollte dieser erste Tag in Namibia ihr letzter sein? Horrorvisionen schossen ihr durch den Kopf. Sven starrte mit undurchsichtiger Miene geradeaus, und Felix blickte verängstigt um sich – wie eine Maus zwischen den Pfoten einer Katze. Michael hingegen schien ihrer Situation etwas Erhebendes abgewinnen zu können, denn er grinste breit und winkte den Männern zu. Zu allem Überfluss leierte er auch noch die Scheibe an der Beifahrertür herunter.

„Lass das, du Idiot", schnauzte Sven ihn an. „Willst du uns umbringen?"

Michael ignorierte Sven und leierte weiter. Er grinste die Männer auf der Ladefläche des Pick-ups an, die sich nur eine Armlänge von ihm entfernt befanden. „Can I have a sign?"

Die grimmigen Mienen der Männer entspannten sich, und sie reichten ihm ein Plakat mit der Aufschrift *Workers of the world unite*.

Michael hielt das Plakat in die Höhe und stimmte in die Rufe der Männer ein. Daraufhin begannen diese, ebenfalls breit zu grinsen. Der Fahrer des Pick-ups ließ sich etwas zurückfallen, bis er sich auf Michaels Höhe befand. Er lehnte sich zu ihm aus dem Fenster, sagte etwas Unverständliches – vermutlich auf Afrikaans – und machte dazu die Handbewegung einer an den Mund geführten Flasche.

„Ah, Wasser. Ja klar, wir haben Wasser", interpretierte Michael die Geste. Dann wandte er sich an Tara. „Gib mir doch mal die Wasserflaschen."

Auf Felix' Drängen hin, der die Befürchtung gehegt hatte, auch in Namibias Hauptstadt könne man verdursten, hatten sie am Flughafen zu völlig überteuerten Preisen ein Sixpack großer PET-Wasserflaschen erstanden. Tara lehnte sich über die Rückbank und angelte nach den Wasserflaschen im Kofferraum. Sie gab Michael eine, die er lachend dem Fahrer des Pick-ups weiterreichte. Dieser schraubte sie sofort auf, nahm einen großen Schluck und händigte sie seinem Beifahrer aus. Mit einer Handbewegung deutete er auf die Männer auf der Ladefläche hinter ihm und fuhr ein Stück vor. Michael reichte den Männern alle Wasserflaschen, die sie hatten. Diese quittierten den Empfang lachend und grinsend. Michael lehnte sich weit aus dem Fenster und fragte zu Taras Überraschung: „Ntaikxoana?" Dass ausgerechnet Michael, der doch mit dem Stein gar nichts zu tun haben wollte, sofort die Initiative ergriff und nach ihm fragte, berührte Tara. Offensichtlich war er ja doch bereit, ihr zu helfen, wenn er auch erst einmal sicherstellen musste, dass sie keine Erwartungen an ihn hatte. Sie selbst wäre im Angesicht der abenteuerlichen Situation, in der sie sich befanden, gar nicht auf die Idee gekommen, nach dem Stein zu fragen.

Die Männer zuckten mit den Schultern, doch ein älterer Mann fuhr mit dem Kopf herum und sah Michael mit einem Stirnrunzeln an.

Michael versuchte es erneut. „Ntaikxoana?"

Der Mann sagte etwas, worauf Michael verständnislos mit den Schultern zuckte. Aus seiner Latzhose kramte der Mann einen schmutzigen Fetzen Papier und einen Bleistift. Er kritzelte etwas auf das Papier und reichte es Michael. Es war eine Adresse.

„How do we get there?"

„We show you", versicherte ein anderer Mann und klopfte an die Fahrerkabine.

Der Fahrer ließ den Pick-up erneut zurückfallen, und Michael reichte ihm das Papier mit der Adresse.

„Follow me." Der Fahrer winkte Sven zu.

Sie fuhren noch etwa zwanzig Minuten in der Demonstration mit. Michael schwenkte voller Begeisterung sein Plakat und beteiligte sich an den fordernden Rufen der Demonstranten. Tara hoffte nur, dass kein Polizeiaufgebot die Demonstration sprengen würde. Unbeschadet erreichten sie schließlich eine Kreuzung, an welcher der Pick-up nach links abbog und den Pulk verließ. Der Fahrer bedeutete mit einem Handwedeln dem Wagen hinter ihm, Sven ebenfalls ausscheren zu lassen. Sven folgte ihm, und sie fuhren ein paar Minuten durch die Stadt. Tara war noch immer mulmig zumute. Hoffentlich führte er sie nicht in eine dunkle Ecke, wo die geschätzten fünfzehn Männer auf der Ladefläche ein leichtes Spiel hätten, sie auszurauben – und noch Schlimmeres. Und das alles wegen dieses Steines. Auch Sven und Felix trauten dem Frieden nicht und blickten grimmig beziehungsweise ängstlich aus dem Wagen.

Nur Michael war vor Begeisterung kaum zu bremsen. „Das klappt doch super."

Der Fahrer des Pick-ups bog in eine enge Gasse ein und zeigte auf ein Geschäft, über dem ein Schild mit der Aufschrift *N=ai!xoana* hing. Tara stockte der Atem. Sollte sie etwa schon gefunden haben, wonach sie suchte? Sie konnte es kaum glauben.

Michael verabschiedete sich von dem Fahrer mit Handschlag und einem breiten Grinsen. Als er das Plakat zurückreichen wollte, grinste ihn der Fahrer an. „Keep it, souvenir." Lachend winkte Michael den Männern auf der Ladefläche zum Abschied zu, als der Wagen davonfuhr.

Sven parkte den Bus am Straßenrand, sie stiegen aus und blickten durch eine blinde Scheibe auf eine kleine Auslage. Verschiedene Kunsthandwerksgegenstände lagen bunt zusammengewürfelt auf einem roten Samttuch.

„Jetzt bin ich mal gespannt." Sven öffnete die Tür, die ihr Eintreten mit einem hellen Bimmeln ankündigte.

Sie fanden sich in einem winzigen, dunklen Verkaufsraum wieder, der vollgestopft war mit Schnitzereien, geflochtenen Körben, Schmuck und Halbedelsteinen vor einer niedrigen Ladentheke. Ein Vorhang aus

Perlenschnüren klimperte melodisch, als ein winziger Mann mit einer goldbraunen Hautfarbe, dessen Gesicht von unendlich vielen Falten kreuz und quer durchzogen war, hindurchtrat. „Sie wünschen?"

„Wir haben eine etwas seltsame Frage", begann Tara. „Im Besitz meiner Familie, die eigentlich aus Amerika kommt, befindet sich ein Stein, der aus Namibia stammen soll. Er hat einen ähnlichen Namen wie Ihr Geschäft: Ntaikxoana. Daher dachten wir, Sie könnten vielleicht etwas über den Stein wissen."

Der Mann hatte sie mit seinen kleinen, wachen Augen aufmerksam angeblickt und deutete dann auf Taras Hals, um den der Beutel mit dem Stein hing. „Ist der Stein da drin?"

Tara nahm den Beutel von ihrem Hals und reichte ihn dem Mann. „Ja."

Der Mann kramte nach einer Brille unter der Ladentheke, setzte sie umständlich auf und betrachtete den Diamanten eingehend. „Dieser Stein heißt *N≠ai!xoana?*" Er sprach den Namen anders aus, mit klickenden Lauten anstelle der Konsonanten t und k. Sehr vorsichtig, fast schon ehrfurchtsvoll drehte er den Stein zwischen seinen Fingern.

„Ja, so wurde es mir berichtet."

„*N≠ai!xoana* ist ein Wort aus der Sprache der San, der Buschmänner. Die Übersetzung ist etwas schwierig und bedeutet so etwas wie: *der Grund, warum ich weiterlebe*. Es ist ein sehr emotionaler Ausdruck der Hoffnung und des Respekts. Nur ein Gegenstand, der eine außergewöhnlich wichtige symbolische Bedeutung hat, kann einen solchen Namen tragen." Der Mann blickte von dem Stein auf. Genau so hatte Taras Großmutter die Bedeutung des Steins beschrieben. In der Hand des Mannes schien der Stein in einem warmen Orange zu leuchten. Vielleicht lag es nur an dem schummrigen Licht, das durch die blinden Fensterscheiben fiel, doch auf Tara wirkte es, als wolle *N≠ai!xoana* ihr zunicken und bestätigen: „Ja, du bist hier auf der richtigen Fährte."

Wie ein rohes Ei steckte er den Stein vorsichtig zurück in seinen Beutel. „Das ist ein ungewöhnlicher Rohdiamant. Er sieht aus wie ein Zwillingsdiamant, der von seinem Zwilling abgetrennt wurde. Ansonsten hat er eine perfekte kristalline Quaderform."

Tara war fasziniert, wie sich das Muster der Falten im Gesicht des Mannes beim Sprechen ständig änderte und die Haut sich zu neuen Formationen aufwarf. „Was ist ein Zwillingsdiamant?" Sie hatte diesen Ausdruck noch nie gehört.

„Die Entstehung und Klassifikation von Zwillingskristallen ist ein Spezialgebiet der Kristallographie. Ein Zwillingskristall hat beispielsweise eine Ebene, an der sich der Stein spiegeln lässt."

Tara war erstaunt, dass der Mann sich mit Spezialgebieten der Kristallographie auskannte. „Können Sie beurteilen, ob der Stein aus Namibia kommt?"

„Nein, das kann ich Ihnen nicht sagen. In Namibia findet man sekundäre Diamantenlagerstätten. Die Diamanten sind an einer ganz anderen Stelle, beispielsweise in Botswana entstanden und durch Flüsse bis nach Namibia transportiert worden. Niemand wird Ihnen genau sagen können, woher der Stein stammt." Noch mehr Spezialwissen! Das war wohl kaum der Wissensschatz, über den üblicherweise ein Verkäufer von Kunsthandwerk verfügte.

Ihr Gegenüber hatte ihren fragenden Blick richtig gedeutet. „Ich habe viele Jahre für den Diamantenkonzern De Beers gearbeitet."

Sicher war er dort nicht als einfacher Arbeiter im Abbau beschäftigt gewesen, dachte Tara, traute sich aber nicht, weiter nachzufragen. Es war ihr schon peinlich, dass er ihre Verwunderung angesichts seines Wissens bemerkt hatte. Er sollte sie nicht für arrogant halten, weil sie ihm aus einem Vorurteil heraus seine Kenntnisse nicht zugetraut hatte. Aus irgendeinem Grund wollte sie nicht, dass er etwas Schlechtes von ihr dachte. Sie kannte ihn nicht, und sein äußeres Erscheinungsbild war ihr sehr fremd. Noch nie hatte sie einen so zierlichen erwachsenen Mann gesehen oder ein Gesicht, das seinem ähnlich war. Trotz dieser Fremdartigkeit schwappte ihm eine Welle der Sympathie aus ihrem Inneren entgegen. Sie entschloss sich, mit offenen Karten zu spielen. „Meine Großmutter hat mir gesagt, dass der Stein nach Namibia zurückgebracht werden muss. Unsere Familie stammt aber von Sklaven ab, die nach Nordamerika gebracht wurden. Soweit ich weiß, sind aus Namibia keine Sklaven nach Amerika verschleppt worden. Ich habe keine Ahnung, was ich mit dem Stein machen soll."

Nachdenklich blickte der Mann Tara an. „Es gibt eine Legende von getrennten Zwillingssteinen. Ich kenne die Legende nicht, meine mich aber zu erinnern, davon gehört zu haben. Kommen Sie morgen wieder, ich versuche, etwas darüber herauszufinden. Ich heiße Kaqece und bin ein San, wenn ich auch kein Buschmann mehr bin." Mit diesen Worten wandte der Mann sich ab und verschwand hinter dem Perlenvorhang.

Tara, Felix, Michael und Sven blickten sich verwundert an und verließen den Laden. Kaqece war höflich, aber sehr zurückhaltend gewesen. Tara konnte nicht einschätzen, was er von ihrer Bitte hielt. Würde er wirklich versuchen, ihnen weiterzuhelfen, oder wollte er sie nur loswerden? Er hatte sie ziemlich abrupt in seinem Laden stehen lassen. Fast fühlte sie sich ein wenig zurückgewiesen. Offensichtlich beruhte die Sympathie, die sie für ihn empfand, nicht auf Gegenseitigkeit.

Michael schloss den Wagen auf, setzte sich auf den Beifahrersitz und reichte Sven den Schlüssel. „Eigentlich wollten wir heute noch weiterfahren."

Sven startete den Motor. „Diese eine Nacht können wir doch in Windhoek bleiben. Morgen früh gehen wir gleich hierher und fahren anschließend nach Norden. Jetzt interessiert es mich auch, was für eine Geschichte hinter diesem Stein steckt."

Michael zuckte mit den Schultern. „Von mir aus."

Sie suchten sich eine Pension in der Nähe und verbrachten den Rest des Tages mit einem Bummel durch die Innenstadt Windhoeks.

Am nächsten Morgen standen sie vor dem kleinen Laden, der noch geschlossen war.

„Wer weiß, wann Kaqece den Laden öffnet. Ich habe keine Lust, ewig hier zu warten." Michael trat von einem Bein auf das andere. Schon am ersten Tag ihrer Reise hatten sie seinen Plan nicht eingehalten. Tara merkte ihm an, wie ungeduldig ihn das machte.

„Gehen wir erst etwas frühstücken und sehen dann noch einmal nach", schlug Felix vor.

Als sie eine Stunde später erneut vor Kaqeces Geschäft standen, ließ sich die Tür zu Taras Erleichterung öffnen.

„Ah, da sind Sie ja." An diesem Tag wirkte Kaqece deutlich entspannter. Offen blickte er ihnen entgegen. „Leider habe ich nichts Genaues gefunden. Es gibt ein Buch über die Mythen und Legenden der San. Der Mann, der diese Geschichten gesammelt hat, ist schon verstorben. Allerdings hat er einen Sohn, der im Etosha Nationalpark arbeitet. Vielleicht weiß er etwas darüber." Kaqece reichte Tara ein Buch mit der Aufschrift *Tscha Tscha, der erste Mensch* von Jan van der Post und einen Zettel, auf dem ein Name stand: *N!ani.* Tara nahm das Buch aufgeregt entgegen und bedankte sich überschwänglich. Wer hätte das gedacht? Sie hatte eine Spur, und das schon an ihrem zweiten Tag in Namibia. Sie glaubte zwar nicht, dass eine Legendensammlung ihr helfen würde, Informationen zu ihrem Stein zu finden, doch immerhin konnte sie ihrer Großmutter berichten, dass sie etwas unternommen hatte – dank Michael, der am richtigen Ort und zur richtigen Zeit nach dem Stein gefragt hatte. Mit einem Lächeln im Gesicht suchte sie ein paar Kleinigkeiten aus dem Laden zusammen, die sie bezahlte, bevor sie sich verabschiedeten.

„Viel Glück bei Ihrer Suche, und lassen Sie mich wissen, ob Sie Erfolg hatten, wenn Sie wieder zurück in Windhoek sind." Kaqece gab ihr das Wechselgeld zurück, und mit einem Mal war Tara sich sicher, dass ihre Sympathie doch erwidert wurde.

„Danke. In knapp vier Wochen sind wir wieder in Windhoek, dann kommen wir in jedem Fall nochmals bei Ihnen vorbei", versprach Tara.

Ein leichtes Lächeln huschte über Kaqeces Gesicht und zauberte eine Landschaft aus Bergen und Tälern auf seine Wangen und seine Stirn. Tara konnte den Blick kaum abwenden von diesem so ungewohnten und, wie sie fand, so wunderschönen Relief, das kein Künstler harmonischer und vollkommener hätte schaffen können. Sie lächelte zurück und fühlte sich auf unerklärliche Weise verbunden mit Kaqece, den sie doch überhaupt nicht kannte.

KALKFELD UND GROOTFONTEIN

Sie fuhren auf einer gut ausgebauten Straße aus der Stadt in Richtung Norden. Tara war sehr müde. In der vergangenen Nacht hatte sie kaum geschlafen. Warum wusste sie nicht. Da es keine Zeitverschiebung gab, konnte sie diese nicht für ihre Schlaflosigkeit verantwortlich machen. Sie lehnte sich zurück und schloss die Augen. Das Geplapper ihrer Reisebegleiter nahm sie nur am Rande wahr, hörte jedoch nicht zu. Michael war bester Laune. Er kommentierte jeden Termitenhügel und schien in Hochstimmung, weil ihre eigentliche Reise endlich begonnen hatte.

Kurz nach zwölf trommelte Sven auf das Lenkrad. „Ich habe Hunger."

„Lasst uns noch bis Kalkfeld fahren, dann haben wir dort mehr Zeit", schlug Michael vor.

„Ich habe Hunger!" Svens Tonfall gab eindeutig zu verstehen, dass er für die Gesamtdauer der Reise zu keinem Kompromiss in Essensfragen bereit war. An der nächsten Tankstelle und Imbissbude hielt er an, und sie aßen einen fettigen Hamburger im Stehen. Felix füllte den sogar für afrikanische Verhältnisse überraschend schnell zur Neige gegangenen Wasservorrat auf. Sven erleichterte die Tankstelle um den Großteil ihrer Kekspackungen, für den Fall, dass er unwahrscheinlicherweise doch einmal bei einer Diskussion um das Essen den Kürzeren ziehen sollte. Mittlerweile war Tara so müde, dass sie kaum noch die Augen offen halten konnte. Erleichtert zumindest darüber, dass sie sich für einen VW-

Bus mit viel Platz entschieden hatten, legte sie sich auf die Rückbank und schlief augenblicklich ein.

Tara wachte auf, als der Bus anhielt. Sie befanden sich bei Kalkfeld, wo es nach Michaels Information versteinerte Dinosaurierspuren geben sollte. An einem staubigen Parkplatz, auf dem keine weiteren Fahrzeuge standen, stiegen sie aus. Noch im Halbschlaf schlurfte Tara hinter den unternehmungslustigen Jungs her. In weitem Umkreis konnte sie kein Haus, keine Hütte, noch nicht einmal eine Informationstafel sehen – nichts als rote Erde, Savannenlandschaft und schwarze Felsen. Ein paar Schritte abseits vom Parkplatz fanden sie nach einigem Suchen einen größeren, flachen Felsen, an dem ein kleines Messingschild angebracht war, das auf die Dinosaurierspuren hinwies: vage Abdrücke in dem schwarzen Gestein.

Tara brach in lautes Lachen aus. „Ist das alles, was du hier an Sehenswürdigkeiten finden konntest, Michael?"

Er runzelte verärgert die Stirn. „Die Dinospuren sind immerhin seit 1951 nationales Denkmal."

„Machen wir das jetzt die nächsten drei Wochen? Schwarze Felsen auf rotem Grund besichtigen?" Tara schüttelte sich noch immer vor Lachen. Irgendwie hatte sie etwas Spektakuläreres erwartet. Vor allem nachdem Michael den ganzen Tag voller aufgeregter Erwartung gewesen war.

Auch Sven und Felix stimmten in ihr Lachen ein. „Wow, sind das nicht außergewöhnlich gut erhaltene Abdrücke eines Stegosaurus?" Felix bewunderte eine handtellergroße, unregelmäßig geformte Delle im Stein.

Sven legte seine große, breite Hand in die Delle und füllte sie fast damit aus. „Eine archäologische Sensation."

Schweigend kletterte Michael von dem Stein herunter, ging zurück zum Bus, den sie nicht abgeschlossen hatten, da meilenweit niemand zu sehen war, und setzte sich auf den Beifahrersitz.

Tara war durch das Lachen vollends aufgewacht und froh, sich die Beine vertreten zu können. Auch um Michael zu ärgern, lief sie ein paar Schritte in die Savannenlandschaft hinein. Sven und Felix hatten offensichtlich auch noch keine Lust, weiterzufahren, und folgten ihr auf ihrer Erkundungstour. Zum ersten Mal nahm Tara die Landschaft bewusst wahr. Der Himmel war von einem strahlenden Blau, wie sie es aus Deutschland nicht kannte, und die Luft war so klar, dass sie eine geringere Dichte zu haben schien. Sie sog einen tiefen Atemzug davon ein und roch Sonne, Sand, Wind und Freiheit. Die Farben strahlten in einer ungeheuren Intensität: der ockerfarbene, sandige Boden, die schwarzen Steine, die strohfarbenen Gräser und die fast weißen Dornbüsche. Unter dem tiefblauen Himmel leuchteten die ansonsten unscheinbaren Farben lebendiger als jedes Grün oder Rot, an das sich Tara erinnern konnte. Zum ersten Mal erfasste Tara eine intensive Vorfreude darauf, Namibia kennenzulernen. Die menschenleere Landschaft barg Geheimnisse und schien ihr trotzdem auf eine seltsame Weise vertraut. Ihre Abenteuerlust war geweckt, und sie brannte darauf, das Land zu erkunden. Mit den Fingerspitzen strich sie vorsichtig über die spitzen Dornen. Sie ging in die Hocke, fuhr durch trockene Grashalme und ließ sich den Sand durch die Finger rieseln. Jedes Sandkorn schien eine andere Farbschattierung zu haben.

Tara blickte auf. Felix und Sven waren ebenfalls von der Landschaft eingenommen und streiften zwischen den niedrigen Büschen umher. Sie wirbelten mit den Schuhspitzen ockerfarbenen Staub auf und ließen ihren Blick über die Savanne schweifen. Taras und Felix' Augen trafen sich. Sie konnte nicht anders und schenkte ihm ein herzliches Lächeln.

Felix stutzte kurz und lächelte dann zurück. Er ging zu ihr, reichte ihr die Hand und zog sie aus der Hocke hoch. „Die Landschaft wirkt beruhigend in ihrer Weite, und gleichzeitig weckt sie alle Sinne. Ich bilde mir ein, schärfer zu sehen, besser zu hören und zu riechen, und meine ganze Haut prickelt."

„Das hast du sehr treffend und poetisch ausgedrückt, Felix." Tara drückte kurz seine Hand, bevor sie einander losließen.

Als sie nach einiger Zeit zum Auto zurückgingen, hatte sich Michaels blendende Laune in beleidigtes Schweigen verwandelt. Davon wiederum erheitert übernahmen die drei anderen Reisegenossen das Reden.

Tara hatte Gefallen daran gefunden, Michael mit ihren stichelnden Bemerkungen zu ärgern. „Was für eine großartige Sehenswürdigkeit steht denn als Nächstes auf dem Programm, Michael?"

„Haben wir ein Glück, mit einem so gut vorbereiteten Insider unterwegs zu sein." Auch Felix schien amüsiert darüber, wie empfindlich Michael auf die Anmerkungen zu seiner Reiseplanung reagierte. Es war ja noch nicht einmal Kritik gewesen.

Michael antwortete nicht, sondern sah nur aus dem Fenster auf die vorbeiziehende Landschaft. Neben einem schmalen Streifen Gras rechts und links der Straße verlief ein endloser Weidezaun, über den sie bis an den Horizont über sanfte Hügel blicken konnten, die von strohfarbenem Gras, Dornbüschen und niedrigen, knorrigen Bäumen bedeckt waren.

Es war später Nachmittag geworden, und Felix begann, unruhig zu werden. „Langsam müssen wir uns um ein Nachtquartier kümmern. Kommt irgendwann eine Ortschaft, Michael? Wir sind schon ewig an keiner mehr vorbeigekommen."

„Kümmert euch doch selber darum." Michael blickte unverwandt auf die Hügel, die nach mehreren Stunden Fahrt keine große Abwechslung mehr boten. Mittlerweile tat es Tara leid, dass sie Michael die Fahrt verdorben hatte. Er war so voller Vorfreude auf die Reise gewesen. Aber sie hatte ja nicht ahnen können, dass seine Stimmung durch ihre ironische Bemerkung so umschlagen würde.

Als hätte jemand Felix' Wunsch erhört, kamen sie etwa zwanzig Minuten später an einer unbefestigten Stichstraße vorbei, neben der ein handgeschriebenes Schild hing: *Rooms for rent.*

„Lasst uns da reinfahren und nachfragen", schlug Sven vor.

Mit gerunzelter Stirn blickte Felix auf das verblichene Schild. „Vertrauenerweckend sieht das nicht gerade aus." Auch Tara empfand das wackelige Schild keinesfalls als eine Einladung und wäre lieber weitergefahren. So spät war es auch noch nicht, und sie hätten zumindest mal auf die Karte schauen können, wo der nächste Ort eingezeichnet war.

Doch Sven war schon auf den schmalen Weg abgebogen. „Hast du vielleicht eine bessere Idee?"

Sie rumpelten einen guten Kilometer auf dem Pfad entlang und zogen eine rote Staubwolke hinter sich her, bis sie ein weißes Farmhaus erblickten, das von einem hohen Stacheldrahtzaun umgeben war. Als sie das Haus erreicht hatten, stand schon ein weißer Mann mit einem Hut auf dem Kopf und einem Gewehr in der Hand auf der Veranda.

„Sehr freundlicher Empfang", fand Tara. Sie stiegen aus, und Tara unterdrückte den Impuls, ihre Hände über den Kopf zu erheben. Sie hatte keine Angst. Vielmehr erinnerte sie die Situation an einen Slapstick.

In seinem holprigen Englisch erklärte Sven ihr Auftauchen. „Wir sind hier, weil wir eine Übernachtungsmöglichkeit suchen. Wir sind dem Schild an der Hauptstraße gefolgt."

„Sie sind Deutsche", stellte der Mann mit Hut und Waffe fest. Svens unflätiger germanischer Akzent hatte sie verraten. „Entschuldigen Sie mein Auftreten, aber hier im Busch kann man nicht vorsichtig genug sein." Der Farmer hob das Gewehr zur Bekräftigung hoch. Ohne die Waffe wegzulegen, schritt er auf die vier zu und schüttelte zunächst Sven die Hand. „Ich bin Tom Beckmann."

Sie stellten sich vor und gaben ihm der Reihe nach die Hand. Als er Tara begrüßte, runzelte er missbilligend die Stirn. Wahrscheinlich, weil sie mit drei Männern unterwegs war. Das konnte man ihm nicht verübeln, in seiner Generation wäre so etwas sicher undenkbar gewesen. Rasch wandte er sich von ihr ab und blickte Sven an. „Unsere Gästezimmer sind noch frei. Wenn Sie möchten, können Sie gerne hier übernachten."

„Ja, sehr gerne. Wir sind heute früh in Windhoek losgefahren und wollen morgen weiter in Richtung Etosha-Nationalpark. Wenn wir eine Nacht bei Ihnen bleiben könnten, wäre das super."

„Kommen Sie rein, meine Frau macht gerade Abendessen. Nach dem Essen zeige ich Ihnen die Gästelodge." Herr Beckmann ging vor ihnen die Stufen zur Veranda hoch und öffnete eine quietschende Tür, die mit einem Moskitonetz bespannt war, und danach noch eine zweite Holztür.

Felix trat hinter ihm in den dunklen Flur. „Wir möchten Sie nicht beim Abendessen stören, Herr Beckmann. Wir waren ja auch gar nicht angemeldet und sind zu viert."

„Ach was, meine Frau kocht immer für eine ganze Kompanie, und wir haben nicht so oft Gäste. Und nennen Sie mich Tom."

Sie betraten das Farmhaus und gingen durch einen langen Gang in die geräumige Küche, in der mehrere große Töpfe auf dem Herd standen und es nach Braten roch. Tara bemerkte erst jetzt ihren Hunger, und Svens Magen knurrte als Reaktion auf den Essensduft laut hörbar.

Eine kleine rundliche Frau mit grau melierten Locken und einer geblümten Schürze drehte sich um. „Wie schön, wir haben Gäste. Ich bin Elsa. Das Essen ist in zwanzig Minuten fertig." Sie wischte sich die Hand an ihrer Schürze ab und reichte sie erst Tara und dann den drei Jungs. In der Küche stand noch eine junge schwarze Frau mit Kopftuch und rührte langsam in einem der großen Töpfe. Sie wandte sich nicht zu ihnen um, sondern blickte starr in ihren Topf.

„Elsa kocht immer so viel, als wären unsere Kinder noch da." Tom lächelte seine Frau an. „Wir haben drei Jungs, die mittlerweile alle aus dem Haus sind. Der Älteste ist Guide für Jäger im Okavango-Delta, der Mittlere macht eine Lehre als Tourismuskaufmann in Windhoek, und der Jüngste studiert Maschinenbau in Südafrika." Mit einer Handbewegung bedeutete er ihnen, die Küche zu verlassen. „Kommen Sie mit ins Wohnzimmer, wir können einen Schluck Wein trinken, bis das Essen fertig ist."

In einem üppig mit vielen Teppichen, schweren Sofas und kitschigen Landschaftsbildern in vergoldeten Rahmen eingerichteten Wohnzimmer öffnete er eine Flasche Rotwein und reichte jedem ein Glas. „Südafrikanischer, der Beste überhaupt." Er lud sie ein, auf den Sofas und Sesseln Platz zu nehmen, und hob das Glas. „Herzlich willkommen auf unserer Farm."

Der Wein schmeckte stumpf, nach nasser Pappe. Nur aus Höflichkeit trank Tara einen kleinen Schluck. Tom hingegen schien an massiven Geschmacksstörungen zu leiden, denn er schenkte sich gleich noch einen Schluck nach und ließ sich dann auf einem schweren Ledersofa nieder. „Wo kommen Sie her, und was machen Sie beruflich?"

Felix nippte an seinem Glas, und Tara bezweifelte, dass er sich dabei die Lippen benetzte. „Wir sind aus Heidelberg und arbeiten alle am Universitätsklinikum als Ärzte."

„Ah, Ärzte, sehr interessant. Welche Fachrichtung denn?"

„Tara ist Kinderärztin, Sven Radiologe, Michael und ich sind Frauenärzte."

Wieder bedachte der Farmer Tara mit einem Stirnrunzeln. „Besuchen Sie Namibia zum ersten Mal?"

„Ja, keiner von uns war bislang in einem afrikanischen Land." Sie versuchte, Tom in die Augen zu blicken, doch er wich ihr aus. Mittlerweile war sich Tara ziemlich sicher, dass sich seine Missbilligung nicht auf ihr abweichendes Geschlecht, sondern auf ihre abweichende Hautfarbe bezog. Tom schien überrascht, ihr akzentfreies Deutsch zu hören, und Tara begann, sich über den abwertenden Blick ihres Gastgebers zu ärgern.

Felix störte anscheinend die Disharmonie in der Stimmung, denn er bat rasch noch um einen Schluck Wein, obwohl aus seinem Glas höchstens ein paar Milliliter verdunstet waren. „Leben Sie schon lange auf dieser Farm?"

„Schon immer. Mein Großvater kam 1904 als Soldat der Deutschen Schutztruppe, um Deutsch-Südwestafrika gegen den großen Aufstand der Herero und Khoi Khoi zu verteidigen. Er hat mit siebzehn Jahren in der großen Entscheidungsschlacht am Waterberg mitgekämpft."

Mit gespieltem Eifer hing Felix an seinen Lippen und nickte. „Ah, daher sprechen Sie deutsch." Offenbar wollte er in jedem Fall einen Konflikt vermeiden. Warum eigentlich? Tara hätte gerne mal nachgefragt, was denn das Problem mit ihrer Hautfarbe sei.

Tom schlug ein Bein über das andere. Ganz offensichtlich erzählte er diese Geschichte nicht zum ersten Mal, und er erzählte sie gerne. „Offizielle Landessprache ist zwar Englisch, aber fünfundzwanzig Prozent der Weißen in Namibia sprechen deutsch. Wir haben eine große deutsche Gemeinde in Otjiwarongo und treffen uns regelmäßig. Irgendwie muss man in diesem unzivilisierten Land unter lauter dummen Negern ja überleben."

Michael zuckte zusammen, als hätte er eine Ohrfeige bekommen. Er blickte Tom unter gesenkten Wimpern mit einem Blick an, mit dem er ihm auch ein Messer zwischen die Rippen hätte stoßen können. Um ihn herum schien sich eine Gewitterwolke zu bilden, und Tara spürte, wie die Luft knisterte. Tara war von Toms Kommentar nicht überrascht. Seine Blicke hatten ihre unausgesprochene Frage beantwortet. Als vehementer Verfechter der Apartheid hatte er sicher ein fundamentales Problem damit, dass sie sich mit ihrem fast schwarzen Hintern auf seinem Wohnzimmersessel lümmelte.

Obwohl Michaels Reaktion so heftig ausgefallen war, hatte Tom nichts davon bemerkt und erzählte munter weiter: „Die Farmen liegen weit auseinander, und es kann ganz schön einsam werden. Einmal im Monat fahren wir nach Windhoek zum Einkaufen, und alle zwei Wochen treffen wir uns in unserer Gemeinde."

Elsa öffnete die Tür und bat sie zum Abendessen. Sie versammelten sich um einen großen, schweren Holztisch auf Stühlen, die mit aufwendigen Schnitzereien überladen waren. Vor ihnen standen Teller mit Jagdmotiven und Goldrand. Tom saß am Kopfende und reichte Elsa und Felix, die sich rechts und links von ihm niedergelassen hatten, die Hand. „Lasst uns ein Tischgebet sprechen."

Etwas beklommen angesichts dieser für sie ungewohnten Einleitung des Essens senkte Tara den Kopf, während Tom sprach und murmelte zum Abschluss ein undeutliches „Amen".

Die junge schwarze Frau, die sie bereits in der Küche gesehen hatten, trug zum Service passende Schüsseln und Platten mit Fleisch, Soße und Knödeln auf. Sven freute sich und lud sich den Teller voll. „Das sieht ja super aus." Mit vollem Mund ergänzte er kurz darauf: „Und schmeckt noch besser."

Auch Tom schaufelte sich schwer beladene Gabeln in den Mund. „Es freut mich, endlich einmal wieder junge Männer mit gesundem Appetit am Tisch sitzen zu haben. Unsere Söhne kommen nur noch alle paar Monate für ein Wochenende zu Besuch."

Tara schnitt ein kleines Stück von dem Fleisch ab, das sie nicht zuordnen konnte. Es sah aus wie Rindfleisch, war aber noch dunkler. Vorsichtig probierte sie. Es war mager, zart und hatte einen unglaublich guten Geschmack. Der Braten war kaum gesalzen, was den hervorragenden Eigengeschmack noch hervorhob. „Das Essen ist wirklich vorzüglich", musste sie etwas widerwillig zugeben. „Was für ein Fleisch ist das denn?"

Elsa lächelte sie erfreut an. „Das ist Oryx, eine Antilopenart."

„Wir essen viel Wild, es wächst sozusagen vor der Haustür", ergänzte Tom.

„Wir haben auch Rinder, aber mein Mann geht gerne auf die Jagd, und das Fleisch muss gegessen werden."

Tom hatte bereits seine erste Portion verdrückt und lud sich den Teller nochmals voll. „Wir behalten nur die besten Stücke, alles andere bekommen unsere Arbeiter als Entlohnung. Mit Geld können die sowieso nichts anfangen, davon kaufen sie nur Schnaps, betrinken sich und prügeln ihre Frauen. Wenn ich ihnen Fleisch gebe, verputzen sie alles bis auf die Knochen. Die kochen sich sogar den Darm mit Inhalt und essen das stinkige Zeug."

Tara konnte förmlich zusehen, wie sich die Gewitterwolken um Michael herum weiter verdichteten.

Die junge schwarze Frau nahm die geleerte Fleischplatte vom Tisch, um sie in der Küche aufzufüllen. Dabei fiel ihr die Vorlegegabel mit lautem Geschepper auf das kleine Stück gefliesten Boden zwischen den dicken Teppichen.

„Pass doch auf, du Trampeltier!", herrschte Tom sie an und warf ihr noch einige nicht höflich klingende Worte auf Afrikaans hinterher, während sie aus dem Zimmer flüchtete. Kopfschüttelnd wandte er sich an Sven. „Mit diesem schwarzen Pack kann man nichts anfangen. Für die einfachsten Arbeiten sind sie zu blöd."

„Warum beschäftigen Sie dann überhaupt schwarze Bedienstete?" Michaels Stimme bebte vor Zorn, und Tara fragte sich, wie lange es noch dauern würde, bis er explodierte.

Tom sah Michael nur verständnislos an. Sowohl der Gedanke an ein Leben ohne Angestellte als auch die Vorstellung, ein Weißer wie Michael könnte mit dieser Frage Partei für seine wertlose Küchenhilfe ergreifen, lagen vermutlich seiner Denkweise so fern, dass er wohl dachte, sich verhört zu haben. „Sie glauben gar nicht, auf was man hier alles gefasst sein muss. Ich schlafe immer mit meinem Gewehr im Bett und mit den großen Hunden im Schlafzimmer. Abends müssen alle Schwarzen raus aus der Umzäunung. Ich will nicht, dass es uns ergeht wie unseren Nachbarn vor ein paar Jahren. Mitten in der Nacht sind sie in ihren Betten erstochen worden, und die Farm haben die Dreckskerle auch niedergebrannt", ereiferte sich Tom. „Wir halten auch immer nur zwei oder drei Arbeiter von einem Stamm. Dann sind die so damit beschäftigt, sich untereinander zu bekriegen, dass sie gar nicht auf die Idee kommen, sich gegen uns zu verbünden."

Tara legte unter dem Tisch ihre Hand auf Michaels Knie. Eigentlich hätte sie es gerne erlebt, wie Michael aus der Haut fuhr, und der Moment konnte nicht mehr allzu weit entfernt sein. Doch auf der anderen Seite hatte sie keine große Lust, mitten in der Nacht von Tom mit seinem Gewehr davongejagt zu werden. Zumal der Versuch, an Toms Rassismus zu rütteln, mit Sicherheit vergebene Liebesmühe wäre. Genauso gut könnte man versuchen, mit vernünftigen Argumenten einen Felsbrocken zum Schwimmen zu bewegen. Taras Hand schien Michael etwas zu beruhigen. Er rührte sein Essen nicht mehr an und senkte den Kopf. Vermutlich versuchte er angestrengt, Tom nicht mehr zuzuhören.

Die Schimpftriaden gingen noch eine Weile weiter, und das ursprünglich köstliche Essen hatte einen schalen Beigeschmack bekommen. Felix bestritt höflich die Unterhaltung mit dem Ehepaar weiter, und Sven war vollauf mit Essen beschäftigt. Tara hielt sicherheitshalber auch den Mund. Sie wollte Tom keine Angriffsfläche bieten, um die Situation nicht noch weiter zu verschärfen. Es erstaunte sie, wie wenig Tom sie mit seinen rassistischen Äußerungen angreifen konnte. Schließlich war sie eine Farbige und müsste eigentlich verletzt sein. Zwar fand sie Toms Einstellung ungerecht und anmaßend, aber sie fühlte sich nicht persönlich angegriffen. Sie identifizierte sich zu wenig mit den schwarzen Einwohnern Namibias. Umso ergriffener war sie von Michaels Reaktion auf Toms Worte. War er wegen ihr so aufgebracht, oder war er grundsätzlich so kämpferisch, wenn es um Rassismus ging? Sie beobachtete ihn von der Seite, sah den verkniffenen Zug um seinen Mund und die unterdrückte Wut, die in seinem Gesicht geschrieben stand. Sie hätte nicht gedacht, dass er so emotional reagieren würde. Sonst machte er sich über alles und jeden lustig. Außer seinem Beruf schien er nichts ernst zu nehmen. Doch die gelebte Apartheid in diesem Land brachte ihn in Wallung. Tara gefiel diese neu entdeckte Seite an

Michael.

Nach dem Essen verabschiedeten sie sich rasch mit dem noch nicht einmal an den Haaren herbeigezogenen Vorwand, entsetzlich müde zu sein.

„Was schulden wir Ihnen für die Übernachtung und das Essen?", fragte Michael, als sie Tom zu einem Anbau führte, in dem sich die Gästeunterkünfte befanden.

Tom klapperte mit seinen Schlüsseln. „Das können wir doch morgen nach dem Frühstück machen."

Tara konnte im Schein der Taschenlampe, die Tom bei sich trug, sehen, wie Michael heftig den Kopf schüttelte. „Nein, ich möchte gleich bezahlen, wir wollen morgen sehr früh los."

Tom nannte ihnen einen lächerlich niedrigen Preis, den ihm Michael sofort in die Hand drückte. Er schloss ihnen die Tür zur Gästeunterkunft auf und warf einen letzten missbilligenden Blick auf Tara. „Wir haben zwei Zimmer mit Doppelbetten, die bezogen sind."

Michael legte seinen Arm um Taras Schultern, als wollte er sie damit vor Toms Blicken schützen, und schob sie in die Wohnung. Tara freute sich über diese Geste. Bislang hatte er sich ihr gegenüber noch nie fürsorglich oder beschützend gezeigt. Leider zog er seinen Arm sofort wieder zurück, als sie die Schwelle überschritten hatten.

„Vielen Dank und gute Nacht." Felix schloss die Tür und schob den altmodischen Riegel vor.

„So ein Arschloch!", rief Michael laut genug, damit Tom es vor der Tür noch hören musste.

Sie blickten sich in den spärlich möblierten Räumlichkeiten um. Alles war von einer dicken Staub- und Sandschicht überzogen. Der Raum, in dem sie sich befanden, war mit einem Doppelbett sowie einem alten Tisch mit vier wackeligen Stühlen ausgestattet. Durch eine geöffnete Tür konnten sie in einen winzigen Raum blicken, in dem gerade noch ein Doppelbett Platz gefunden hatte. Auf den Kopfkissen der Betten lagen Hunderte von Insektenleichen, und an den Wänden saßen die noch Überlebenden der diversen Spezies.

Felix zog die Schultern hoch und schüttelte sich. „Oh mein Gott!"

Auch Tara verzog angewidert das Gesicht. Wären sie doch besser an diesem klapprigen Schild vorbeigefahren. Hoffentlich sahen die sonstigen Übernachtungsmöglichkeiten in Namibia nicht genauso aus. Sollte das der Fall sein, schloss sie eine vorzeitige Abreise nicht aus. Und Felix würde sie mit Sicherheit begleiten.

Michael stellte seinen Rucksack ab. „Scheißegal. Lasst uns ein paar Stunden schlafen und dann so schnell wie möglich von hier abhauen."

Sven sagte nichts. Scheinbar unbeeindruckt ging er ins Bad, und sie hörten ihn durch die offene Tür urinieren. Er kam mit offener Hose zurück, zog sie aus und legte sich in Boxershorts, T-Shirt und Socken mitten auf einen der Insektenfriedhöfe in dem größeren Zimmer. Felix beeilte sich, als Nächster ins Bad zu gehen, schloss sorgfältig die Tür und kam in einem gebügelten Karopyjama zurück. Aus seinem Rucksack holte er einen Schlafsack, schüttelte akribisch alle Insekten von dem Bett neben Sven und verkroch sich in den Schlafsack, bis nur noch seine Nasenspitze zu sehen war.

Michael hatte sich auf einen Stuhl gesetzt, nach vorne gebeugt und den Kopf auf die Hände gestützt. Er machte sich nicht die Mühe, aufzublicken. „Tara, du bist dran."

Tara betrat das dunkelgrün gekachelte Bad mit rostigen, alten Armaturen und einer rötlich verfärbten Badewanne. Sie stellte sich kurz unter die Dusche, putzte ihre Zähne und folgte Felix' Beispiel mit dem Schlafsack im Bett. Sie hörte, wie auch Michael die Dusche laufen ließ, und fühlte sich etwas beklommen, weil sie sich mit ihm das Bett teilen würde. In ihrem Schlafsack wand sie sich hin und her und überlegte, wie sie sich am besten positionieren sollte. Sollte sie sich mit dem Gesicht zu ihm hinwenden, einfach zur Decke blicken oder sich von ihm abwenden? Sie entschloss sich, ihm den Rücken zuzukehren. Er hatte ihr keinen Hinweis darauf gegeben, ihr näherkommen zu wollen, und sie wollte sich ihm nicht wie ein dummes Schulmädchen anbiedern. Ob er die Tür zum Nebenzimmer wohl schließen würde? Die Dusche lief immer noch, als Tara die Augen zufielen.

Mitten in der Nacht erwachte sie von einem Schrei neben sich. Michael saß schweißgebadet neben ihr im Bett. Tara schälte sich aus ihrem Schlafsack. „Was ist los?"

Michael antwortete nicht. Ohne darüber nachzudenken, zog sie ihn in den Arm, und er ließ den Kopf auf ihre Schulter sinken. „Schsch, es ist alles in Ordnung." Sie versuchte, ihn zu beruhigen, da sie spürte, dass sein Herz wild klopfte.

Wenige Minuten später schlief er ohne ein Wort in ihren Armen wieder ein. Tara war jedoch hellwach, roch an seinen Haaren und kostete das Gefühl aus, ihm so nahe zu sein. Sie hatte das Bedürfnis, ihn zu streicheln, doch sie fuhr nur mit ihrer freien Hand ein kleines Stück in den Ärmel seines T-Shirts und legte sie auf die glatte, feste Haut seines muskulösen Oberarmes. Schon lange hatte sie sich gewünscht, ihm so nahezukommen. Sein Geruch war himmlisch. Bislang hatte sie immer nur einen Hauch davon ergattern können, wenn er in ihrer Nähe gewesen war. Sie bedauerte es, als ihr Geruchssinn von seinem Duft gesättigt war und sie ihn nicht mehr wahrnehmen konnte. Sich zu bewegen, wagte sie nicht. Sollte er aufwachen, würde er sicher von ihr abrücken. Sie versuchte, das Gefühl seiner Nähe in ihr Gedächtnis einzubrennen. Irgendwann schlief sie allerdings doch ein, und als sie aufwachte, war das Bett neben ihr leer, und die Dusche lief. Es war noch stockfinster, und der Blick auf ihre Uhr mit den Leuchtziffern zeigte, dass es erst halb sechs war. Tara drehte sich auf die andere Seite und versuchte, nochmals einzuschlafen.

Kurz darauf weckte Michael schon fertig angezogen seine Reisebegleiter. „Los, aufstehen, ich will hier weg."

Felix rollte sich noch tiefer in seinen Schlafsack, und Sven brummte. Als Michael ihm jedoch die Decke wegzog, nahm er die Bibel, die neben ihm auf dem Nachttisch lag, und warf sie Michael an den Kopf.

Der grinste aber nur. „Raus aus dem Bett, sonst hole ich einen Eimer Wasser."

Tara seufzte und stand auf. Michael würde sich von seinem Vorhaben, das Feld vor Sonnenaufgang zu räumen, kaum abbringen lassen, Auch Felix und Sven ließen sich von Michaels feinfühligen Worten überzeugen und zogen sich rasch an. Fünfzehn Minuten später saßen sie in ihrem Bus, und Michael ratterte in viel zu hohem Tempo die steinige Straße entlang zurück zur B1. „Am liebsten hätte ich die Hütte noch abgefackelt."

Tara blickte zurück auf das Haus hinter dem Stacheldrahtzaun. Diese Nacht würde sie nicht so schnell vergessen. Michael schlafend in ihrem Arm zu halten, hatte sie eindeutig über die Insektenleichen hinweggetröstet. „Gastfreundlich waren die Beckmanns ja schon. Immerhin haben wir ein gutes Essen und eine Übernachtungsmöglichkeit zu einem Spottpreis bekommen. Und wenn wir angemeldet gewesen wären, hätten sie vielleicht auch die Zimmer sauber gemacht."

„Wie kannst du diese Rassisten auch noch verteidigen! Sie machen sich in dem Land breit, lassen sich von den Schwarzen bedienen und fühlen sich als etwas Besseres. Das ist nicht dein Ernst, Tara. Auch du wärst hier bestenfalls ein Dienstmädchen." Michael warf ihr einen Blick unter zusammengezogenen Brauen zu und drückte das Gaspedal noch weiter durch. Tara lächelte in sich hinein, während sie bei der holprigen Fahrt auf ihrem Sitz auf und ab hüpfte. Sie konnte Toms Gerede nicht wirklich ernst nehmen. Seine Ansichten waren zu weit weg von ihrer Realität, um sie zu betreffen. Doch dass Michael sich darüber Gedanken machte, was hier aus ihr geworden wäre, freute sie.

Felix hielt sich am Vordersitz fest. „Nicht so schnell! Wenn wir eine Panne haben, kannst du noch mal bei deinem Freund Tom übernachten."

Doch Michael fuhr in ungebremstem Tempo weiter und schlingerte in einer halsbrecherischen Kurve zurück auf die Hauptstraße.

Nach kurzer Fahrt erreichten sie den verschlafenen Ort Otjiwarongo. Der Ortskern war durch aufwendige Bewässerungssysteme grün, und die Häuser strahlten frisch getüncht. Alles wirkte zu sauber und aufgeräumt. An vielen Geschäften hingen Schilder auf Deutsch, und wären die Wellblechhütten in den Straßenzügen außerhalb des Ortskerns nicht gewesen, hätte Tara sich wie in einem deutschen Musterstädtchen gefühlt. Sie frühstückten in der deutschen Bäckerei Carstensen, wo sie zum Mittagessen auch Kohlrouladen hätten bestellen können. Tara fühlte sich wie in den Kulissen eines Hollywoodfilms. Die ganze Atmosphäre in diesem Ort war unwirklich, fast schon surreal. Der Traum vom perfekten deutschen Kleinstadtleben, aufgebaut in der afrikanischen Savanne, schien hier trotzig gelebt zu werden, auch wenn er nicht in die Gegebenheiten passte.

Bis zur nächsten Sehenswürdigkeit bei Grootfontain, die Michael auf den Reiseplan gesetzt hatte, waren es zweihundert Kilometer. Um sich die Zeit zu vertreiben, fingen Sven, Felix und Michael erneut an, herumzualbern. Tara hatte den Verdacht, dass sie gezielt versuchten, sie zu provozieren. Michael hatte sicher auch vor, sich für die Spitzen, mit denen sie ihn am Vortag geärgert hatte, zu revanchieren.

Sven fasste sich an den Schritt. „Ich muss pissen."

Felix nickte. „Ich auch."

Michael, der am Steuer saß, hielt an einer Stelle, an der weit und breit kein größerer Busch zu sehen war, hinter dem Tara einen Sichtschutz gefunden hätte. Dreckig grinsend warf er ihr einen Blick zu, bevor sie alle ausstiegen und sich an den Straßenrand stellten, um ihre Reißverschlüsse zu öffnen.

Wenn das mal kein männliches Imponiergehabe war. Dann wollte Tara die drei auch nicht enttäuschen und sich ansehen, was sie zu bieten hatten. Sie stellte sich seitlich neben sie, betrachtete unumwunden die drei Schwänze, die die Jungs aus ihren Jeans zogen, und die gelben Bogen, die sie mit männlichem Stolz daraus entstehen ließen. „Und ich? Ich muss auch mal."

„Dann mach doch." Auch Sven grinste sie anzüglich an.

Tara ging zur gegenüberliegenden Straßenseite und hockte sich hinter einen niedrigen Busch, der nicht viel mehr als ihre Knöchel verbarg. Als die drei ihre Markierungsarbeiten beendet hatten, stellten sie sich nebeneinander vor Tara hin und sahen ihr zu. Unangenehm war ihr das schon, aber sie versuchte, sich nichts anmerken zu lassen.

Michael legte den Kopf schief. „Das sieht schon erbärmlich aus, wenn eine Frau sich zum Pinkeln hinhockt."

„Und hinterher sind immer die Schuhe nass." Felix schüttelte sich.

Tara beendete schweigend ihre Tätigkeit und zog ihre Jeans hoch. Glücklicherweise war sie nicht empfindlich, und ihr war klar, wenn sie jetzt mit mädchenhafter Scham reagieren würde, hätten die drei ein gefundenes Fressen an ihr. Dann würden sie ihr die nächsten Tage zur Hölle machen. Sie stieg auf den Fahrersitz.

„Was hast du vor?", fragte Felix.

„Ich werde fahren. Ihr seid alle schon gefahren, jetzt bin ich dran."

Sven stemmte die Hände in die Hüften. „Mensch, Tara, wir wollen alle diese Reise überleben."

„Dann schnallt euch an!" Sie war keine besonders geübte Autofahrerin. Zum Studienbeginn hatte ihr Vater ihr einen Golf geschenkt, aber in Heidelberg war mit dem Fahrrad alles unkomplizierter zu erreichen. Wenn sie für ein Wochenende nach Berlin fuhr, nahm sie lieber den Zug. Sie hatte jedoch nicht die Absicht, nur die Männer fahren zu lassen. Auch sie wollte ans Steuer. Außerdem musste sie ein Zeichen setzen. Es war ihr egal, dass sie von den dreien nicht besonders höflich behandelt wurde. Sie hatte von Anfang an gewusst, dass auf ihre Weiblichkeit im Kreis dieser Reisegenossen keine Rücksicht genommen werden würde. Sie hatte ja sogar den Vorteil darin gesehen, dass sie so entspannter miteinander umgehen konnten und sie nicht das Problem hatte, Avancen abwehren zu müssen. Doch auf keinen Fall wollte sie zu einem Spielball werden, auf deren Kosten sich die drei amüsieren konnten. Der Spott würde an ihr abprallen, und auch sie war in der Lage, auszuteilen, wenn es die Situation erforderlich machte. Zu ihrer eigenen Verwunderung fühlte sie ein freudiges Kribbeln beim Gedanken daran, diese Herausforderung anzunehmen. Sie würde diejenige sein, die sich amüsierte, wenn die Jungs überrascht von ihrer Lockerheit und Schlagfertigkeit wären. Die gegenseitigen Neckereien würden nicht ausarten, da war sie sich sicher. Es war ein Spiel, und sie respektierten sich gegenseitig. Keiner würde verletzt werden.

Während der nächsten halben Stunde kamen ihnen ein Karren, gezogen von einem Esel, und zwei Autos entgegen. Da Tara auf der leeren Fahrbahn längere Zeit keinen Gegenverkehr hatte, der sie an den Linksverkehr erinnerte, wechselte sie nach einer Biegung unwillkürlich die Fahrbahnseite und fuhr rechts. Ihren Mitfahrern fiel auch nichts auf. Erst als ein entgegenkommendes Fahrzeug sie hupend darauf aufmerksam machte, lenkte Tara mit einem hektischen Schlenker zurück auf die richtige Seite.

„Scheiße, Tara, willst du uns umbringen?", rief Felix.

Tara brauchte eine Sekunde, um sich von ihrem Schreck zu erholen. Danach straffte sie die Schultern. „Jetzt macht euch nicht in die Hose, ihr Memmen. Immer große Sprüche klopfen und dann gleich einnässen, wenn's brenzlig wird."

Michael lachte laut auf. Offensichtlich gefiel ihm ihre Schlagfertigkeit, und er wusste jetzt, dass er in ihr eine ebenbürtige Gegenspielerin hatte.

Kurz vor der Ortschaft Grootfontain bogen sie einem Hinweisschild folgend auf eine staubige Seitenstraße ab. Nach einigen Biegungen und Abzweigungen gelangten sie auf einen Parkplatz, neben dem sich eine Art Kiosk befand, der allerdings geschlossen war.

Felix blickte sich um. Zwei weitere Autos standen bereits auf dem Parkplatz. „Hier ist ja richtig was los. Deine Sehenswürdigkeit scheint ein echtes Highlight zu sein, Michael."

Sie folgten den Hinweisschildern und fanden einen großen, schwarz glänzenden Fels von etwa drei Metern Durchmesser vor, um den eine Art Amphitheater errichtet worden war. An einer Metallstange schaukelte leise quietschend ein braunes Schild mit weißer Aufschrift: *Beware of Falling Meteorits*. Darunter stand: *Vorsicht vor herabfallenden Meteoriten*. Sven klopfte sich auf die Schenkel und brach in schallendes Gelächter aus. Auch Tara und Felix schüttelten sich vor Lachen.

„Hier gibt es Elefanten, Giraffen, Löwen, Wüsten und Diamantenminen. Und du zeigst uns die Steine, Michael", stieß Felix prustend hervor.

„Ihr seid ignorante Dumpfbacken. Das hier ist der Hoba-Meteorit, der größte Metall-Meteorit, der je auf der Erde gefunden wurde. Er wiegt etwa sechzig Tonnen und ist mehr als zweihundert Millionen Jahre alt."

Doch seine Reisekameraden konnten gar nicht aufhören zu lachen.

Michael runzelte verärgert die Stirn. „Wenn ich gewusst hätte, wie dämlich ihr seid, hätte ich euch nach Mallorca auf den Ballermann geschickt."

Tara klopfte ihm auf die Schulter. Sie hatte genug von den Neckereien und wollte Michael nicht schon wieder die Freude verderben. Schließlich hatte er sich die Mühe gemacht, die Route auszuarbeiten, da war es nicht fair, wenn sie ihn auslachten. „Komm, Michael, setz dich auf deinen Meteoriten, wir machen ein Foto von dir."

Sie alberten auf dem Meteoriten herum und fotografierten sich gegenseitig. „Wollt ihr überhaupt wissen, warum dieser Meteorit so einzigartig ist? Ich habe extra dazu recherchiert", fragte Michael, als sie auf dem außerirdischen Stein saßen und die Landschaft auf sich wirken ließen.

Felix strich über die glatte, metallisch glänzende Oberfläche. „Ja, bilde uns weiter."

„Die meisten Meteoriten stammen aus dem Planetoidengürtel zwischen Mars und Jupiter. Ein Meteor, der sich der Erde nähert, verglüht meistens in der Stratosphäre. Verglühen ist dabei nicht das richtige Wort. Das Gestein dringt mit extrem hoher Geschwindigkeit in die Erdatmosphäre ein und komprimiert dabei die Luft vor sich. Die Luft heizt sich durch die Kompression auf und bringt durch die enorme Hitze die Oberfläche des Meteors zum Schmelzen. Das wiederum führt zu einer Ionisierung der Luft um den Meteor herum. Die Wolke freier Elektronen um den Meteor rekombiniert sich mit mit positiv geladenen Ionen, was Energie freisetzt. Dadurch glüht die Luft um den Meteor auf, und wir sehen eine Sternschnuppe. Nur bei sehr großen Meteoriten erreichen teilweise enorme Massen den Erdboden. Sie verdampfen durch die hohe Aufprallenergie zum größten Teil, reißen riesige Krater in die Erdkruste und können zu Katastrophen führen."

Tara blickte Michael erstaunt von der Seite an. Das nannte sie mal eine gründliche Recherche.

„Zum Beispiel zum Aussterben der Dinosaurier", ergänzte Felix.

„Ja, eine Theorie zum Aussterben der Dinosaurier ist, dass der Einschlag eines riesigen Asteroiden in der Nähe der mexikanischen Halbinsel Yukatan vor fünfundsechzig Millionen Jahren zu verheerenden Erdbeben, Tsunamis und zu einer Verdunklung der Sonne geführt hat. Langfristig sollen dadurch drei Viertel des damaligen Lebens ausgelöscht worden sein."

Sven kratzte sich am Hinterkopf. „Und warum ist der Hoba-Meteorit nicht verdampft oder zerschellt und hat keinen Krater hinterlassen?"

„Im Verhältnis ist er ziemlich klein. Durch welchen Zufall auch immer ist er nicht verglüht, sondern wurde beim Eintritt in die Atmosphäre so stark abgebremst, dass er sehr langsam war, als er aufgeschlagen ist. Dadurch hat er keinen nennenswerten Krater in die Erde gerissen und ist beim Aufprall auch nicht kaputtgegangen."

Mit nun deutlich mehr Respekt vor dem außerirdischen Gesteinsbrocken stieg Tara wieder von ihm herunter, und sie setzten ihre Fahrt fort. Tara war zwar klar gewesen, dass Michael sich gut auf die Reise vorbereitet hatte, doch wie intensiv er sich damit auseinandergesetzt hatte, hatte sie nicht geahnt. Für ihn schien diese Reise eine deutlich größere Bedeutung zu haben, als sie gedacht hatte. Es musste ein lang gehegter Wunsch sein, den er sich hier erfüllte. Er hatte ihnen das nie gesagt. Jetzt verstand sie auch, warum er am Vortag so empfindlich reagiert hatte.

In dem erstaunlich grünen Ort Grootfontain aßen sie zu Mittag. Michael deutete auf die üppige Vegetation. „Grootfontain heißt *große Quelle*, hier ist es verhältnismäßig feucht und fruchtbar. Deshalb ist es auch Malariagebiet."

Felix blickte ihn sorgenvoll an und zog sofort ein langärmeliges Hemd aus seinem Rucksack. Sie hatten zwar bereits am Tag vor ihrer Abreise eine Malariaprophylaxe begonnen, aber man konnte ja nie wissen.

ETOSHA

Bis Namutoni, dem Osteingang des Etosha-Nationalparks, hatten sie noch hundertachtzig Kilometer zurückzulegen. An der Schranke unter dem weißen Lindequist Gate am Eingang des Parks spielten drei schwarze Kinder. Michael stieg aus und sprach das etwa achtjährige Mädchen an, das mit den beiden jüngeren Kindern im Sand saß. Er scherzte mit ihnen, obwohl sie ihn und er sie nicht verstehen konnten, und schenkte ihnen eine von Svens Kekspackungen. Tara beobachtete, wie ungezwungen Michael sich mit den Kindern verständigte. Ein offenes Lachen drang an Taras Ohr. Dieses befreiende Lachen kannte sie von Michael gar nicht. Sonst wirkte er immer etwas gehemmt, und auch sein Lachen schien nie von Herzen zu kommen. Mit den Kindern wirkte er in sich ruhend und gelöst. So hatte Tara ihn noch nicht erlebt. Überrascht trat sie neben ihn und blickte ihn von der Seite an. Als Michael Tara neben sich bemerkte, wurde sein Gesichtsausdruck wieder ernst, und der gelöste Moment war vorbei. Es stimmte Tara traurig, dass er sich in ihrer Gegenwart nicht entspannen konnte, und sie versuchte zu ergründen, warum. Sie glaubte nicht daran, dass er sie nicht mochte oder sie ihm gleichgültig war. Dann wäre ihre Anwesenheit ja kein Störfaktor, sondern könnte Michael egal sein. Er war wohl verletzlicher, als sie gedacht hatte. Sie nahm sich vor, behutsam mit ihm umzugehen. Sein Vertrauen zu gewinnen, würde nicht leicht werden. Im Umgang mit den beiden anderen würde sie nach wie vor den etwas ruppigeren Tonfall anschlagen müssen, der sich zwischen ihnen eingebürgert hatte, damit er sein Gesicht wahren konnte. Wie sollte sie es bewerkstelligen, dennoch eine vertrautere Atmosphäre zu Michael aufzubauen?

Nachdem sie die Formalitäten erledigt und sich mit Kartenmaterial versorgt hatten, fuhren sie in den vollständig von einem fast drei Meter hohen Zaun umschlossenen Park hinein. Das ältere Mädchen lehnte sich über die Schranke und blickte ihnen mit einem schwermütigen Blick nach, als wäre es sich der sozialen Ungerechtigkeit und seiner ungewissen Zukunft bewusst.

Kaum hatten sie ein paar Meter im Nationalpark zurückgelegt, sahen sie schon die ersten Tiere. Drei Exemplare, etwa so groß wie Rehe, mit hellbraunen Rücken, die sich durch dunkelbraune Streifen vom weißen Bauch abhoben, tauchten zwischen den Dornenbüschen auf. Aus großen braunen Augen unter unendlich langen schwarzen Wimpern blickten sie gelangweilt in Richtung des Busses. Sie trugen herzförmig zulaufende Hörner auf dem Kopf.

Tara zeigte auf die Gruppe. „Da schaut mal, Antilopen."

Felix hatte schon seine Kamera im Anschlag. „Das sind Springböcke."

Wieder zeigte es sich, wie gut Michael auf die Reise vorbereitet war, als sie langsam auf der staubigen Piste durch den Park rollten. „Der Name Etosha ist ein Begriff aus der Sprache der Ovambo und bedeutet *großer weißer Platz*. Die Etosha-Pfanne ist der Boden eines großen Binnensees, der verdunstet ist. Die Pfanne ist 5000 Quadratkilometer groß und der gesamte Nationalpark 22270 Quadratkilometer."

In der Nähe des alten deutschen Forts Namutoni entdeckten sie zwei Giraffen, die mit weit gespreizten Vorderbeinen an einem Wasserloch standen, den langen Hals zum Wasser gereckt. Um sie herum hatten sich weitere Tiere locker gruppiert.

„Das ist ja wie im Zoo." Sven riss erstaunt die Augen auf. Er hatte wohl nicht erwartet, so viele Tiere auf einmal zu sehen. Tara im Übrigen auch nicht.

„Sind das auch Antilopen?" Tara zeigte auf eine Gruppe grauer Tiere mit langen schwarzen Hörnern und einem schwarzen Streifen am Unterbauch und an den Beinen.

„Die hast du bei unserem lieben Freund Tom schon gegessen. Das sind Oryxantilopen." Felix deutete auf eine Gruppe etwa einen Meter hoher, zierlicher kastanienbrauner Tiere ohne Hörner. „Und da drüben stehen Impalas – nur Weibchen." Mit den Tieren schien sich Felix am besten auszukennen. Da machte es sich bemerkbar, dass er großes Interesse an allem fand, was mit Naturwissenschaften zu tun hatte.

Sie beobachteten andächtig die Tiere beim Trinken und Äsen, bis es dämmrig wurde.

Felix blickte auf die Uhr. „Wir müssen vor Sonnenuntergang zurück im Camp sein." Tara hatte Felix' Uhr schon des Öfteren bewundert, und als sie ihn einmal danach gefragt hatte, hatte er ihr stolz erklärt, dass es sich um das Modell Saxonia von Lange und Söhne handelte. Seine Eltern hatten sie ihm zum Studienabschluss geschenkt.

Sie fuhren zum Camp Namutoni zurück und erkundigten sich nach Zimmern.

Eine schwarze Frau mittleren Alters antwortete ihnen auf Englisch. „Ja, wir haben noch zwei Doppelzimmer frei. Das kostet dann siebenhundertfünfzig Namibia-Dollar pro Person mit Frühstück."

„Etwa fünfundsiebzig Euro pro Person. Das ist ganz schön teuer", beschwerte sich Sven.

„Sie können auch campen, wenn Sie Zelte haben. In zwei Zelten kostet Sie das zusammen achthundert Namibia-Dollar." Die Dame hatte Svens deutsche Worte anscheinend verstanden.

Felix schüttelte energisch den Kopf. „Campen kommt gar nicht in Frage."

„Ja, eine vernünftige Dusche im Zimmer zu haben, wäre schon schön", stimmte ihm Michael zu. Nach der vergangenen Nacht war Tara eindeutig auch für ein Zimmer mit einer anständigen Dusche und frisch bezogenen Betten. Auf die Idee, dass sie als Frau auch ein eigenes Zimmer nehmen könnte, war bislang noch keiner der Jungs gekommen. In Windhoek hatten Felix und Michael die Zimmer reserviert, während sie mit Sven noch nach einem Parkplatz gesucht hatte, und sie war mit Felix im Zimmer gelandet. Bei den Beckmanns hatten sie keine Wahl gehabt. Für Tara war es in Ordnung, sich das Zimmer mit einem der Jungs zu teilen. Aus Kostengründen war es ja auch vernünftiger. Sie hoffte natürlich, dass Michael ihr Zimmergenosse sein würde.

Schließlich nahmen sie die Zimmer. Bevor sie weiterfuhren, zeigte Tara der Dame am Empfang den Zettel mit dem Namen, den ihnen Kaqece gegeben hatte. „Ja, N!ani arbeitet zurzeit im Camp Halali als Parkwächter." Sie sprach den Namen als „Nkani" aus, wobei das „k" auch wieder von einem klickenden Geräusch begleitet wurde. Das Camp Halali lag weiter im Zentrum des Etosha-Nationalparks, und eine Übernachtung dort hatten sie für den Folgetag eingeplant.

Sie holten ihr Gepäck aus dem Auto, und Tara wurde von Michael angewiesen, sich das Zimmer mit Sven zu teilen. Die Anweisung kam knapp und duldete keinen Widerspruch. Entgegen ihren Hoffnungen war Tara darüber nicht überrascht. Sie hatte sich schon gedacht, dass es Michael unangenehm gewesen war, in ihrem Arm aufzuwachen, und dass er einer Wiederholung aus dem Weg gehen wollte. Die Zimmer waren im modernen afrikanischen Schick eingerichtet. Zum Essen hatten sie sich im African Fusion Restaurant verabredet, doch zuvor wollte Tara noch eine Dusche nehmen. Zu ihrer Überraschung fand sie eine einladende Außendusche vor, die mit Holzpalisaden vor Blicken geschützt war. Sven war mit Felix auf die Mauer des Forts gestiegen, um sich den Sonnenuntergang anzusehen. Daher konnte sie ungestört duschen. Das warme Wasser auf ihrer Haut war eine Wohltat, und dabei das Rauschen des lauen Windes und die Vögel zwitschern zu hören, verlieh dem Duscherlebnis eine außergewöhnliche Note. Als sie sich die Haare ausgespült hatte und die Augen öffnete, stand Sven im Zimmer und starrte sie an. Sie hatte die Glasschiebetür zur Dusche offen gelassen. Er schien den Blick nicht von ihr abwenden zu können. Sie blickte ihm ruhig entgegen. Es war ihr nicht peinlich. Sie hatte eine ziemlich gute Figur, und es war offensichtlich, dass Sven gefiel, was er sah.

„Holst du mir bitte ein Handtuch? Ich habe vergessen, eines

mitzunehmen." Ihre Bitte riss Sven aus seiner Starre. Er griff nach einem Handtuch, breitete es aus und legte es Tara um die Schultern. Seine Hände ruhten einen kurzen Moment auf ihrer feuchten Haut, bevor er sie zurückzog.

„Danke."

„Entschuldige bitte, ich wusste nicht, dass du unter der Dusche warst."

„Das ist schon in Ordnung. Du konntest es ja nicht wissen." Tara blickte in seine dunklen Augen unter den dichten Brauen und lächelte ihn kurz an. Sven schien es jetzt peinlich zu sein, dass er sie beobachtet hatte, und sie wollte ihm zu verstehen geben, dass es für sie kein Problem war. Sein Blick und sein Verhalten waren trotz der offenkundigen Bewunderung nicht aufdringlich gewesen. Sie hatte keine Sorge, dass er sie bedrängen würde.

Das Restaurant war sehr ansprechend eingerichtet. Schlichte Tische und Stühle gaben den geschickt aufgestellten afrikanischen Kunstgegenständen genügend Raum, um zu wirken. Felix ließ sich die Weinkarte bringen. „Es muss etwas Besseres geben als das gepanschte Gesöff, das uns der alte Tom gestern eingeschenkt hat. Sollen wir es riskieren und einen südafrikanischen Rotwein probieren?"

Sven nickte. „Mit Sicherheit gibt es hervorragende südafrikanische Rotweine."

Felix bestellte eine Flasche Diemersdal Grenache. Durch das köstliche Fleisch, das ihnen Elsa am Vorabend serviert hatte, waren sie neugierig auf das namibische Wild geworden. Tara und Felix bestellten Kudu, Michael Rind, und Sven wagte sich an Straußenfleisch. Der Wein schmeckte exzellent, und bevor das Fleisch gebracht wurde, hatte jeder schon ein Glas getrunken. Tara spürte den Alkohol auf nüchternen Magen sofort und war gut gelaunt. Neugierig blickte sie auf Svens Teller. „Darf ich mal von deinem Straußenfleisch probieren?"

„Klar." Sven spießte ein großes Stück des rötlichen Fleisches, das eher wie Rindfleisch aussah, auf seine Gabel und fütterte Tara damit.

„Hmm, sehr lecker." Das Fleisch war fest, aber zart, sehr mager und trotzdem kräftig im Geschmack.

„Will noch jemand probieren?"

„Ja, gerne." Auch Felix wurde von Sven gefüttert.

„Jetzt möchte ich aber auch euren Kudu probieren", meinte Sven und bekam von Felix ein großes Stück in den Mund geschoben.

Tara zeigte mit ihrer Gabel auf Michaels Teller. „Und wie ist das Rind?"

In bester Laune fütterten sie sich gegenseitig von ihren Tellern und waren vom Geschmack des Fleisches restlos begeistert. Genau wie der Oryx vom Vortag hatte das Kudufleisch keine Spur des typischen Wildgeschmacks, den sie vom deutschen Reh- oder Hirschbraten kannten. Auch das Rindfleisch war butterzart und schmeckte ausgezeichnet.

Als er den letzten Bissen verspeist hatte, lehnte sich Sven mit einem zufriedenen Gesichtsausdruck zurück. „Ich habe noch nie so gutes Fleisch gegessen."

Sie verbrachten einen sehr netten Abend miteinander und redeten über verschiedene Themen. Hauptsächlich drehte es sich um die Klinik. Für sie alle war der Beruf der Mittelpunkt ihres Lebens, und Abstand davon zu gewinnen, war gar nicht so einfach. Vielleicht wird die Reise mit den dreien doch ganz schön, dachte Tara für sich, als ihr Felix von dem Rotwein nachschenkte und sie dabei entspannt angrinste.

Als sie sich in ihre Zimmer zurückzogen, wirkte Sven etwas verlegen. Sorgfältig achtete er darauf, Tara die Zeit zu geben, sich ungestört umzuziehen. Als sie nebeneinander im Bett lagen, kehrte er ihr den Rücken zu und murmelte: „Gute Nacht."

„Schlaf gut, Sven." Im Dunkeln lächelte Tara vor sich hin. Sven war es anscheinend wirklich unangenehm, dass er sie nackt beobachtet hatte. Nun, solange es dazu führte, dass der ungehobelte Kerl zum Gentleman mutierte, wenn er mit ihr allein war, sollte es ihr Recht sein.

Nach dem Frühstück packten sie ihren Bus, um aus dem Camp zu fahren. Der Himmel war wolkenverhangen, und es nieselte leicht. Blinzelnd blickte Sven in die graue Wolkendecke, bevor er in den Wagen stieg. „Sind wir nicht Glückspilze? Hier gibt es kaum Wasser, und wir kommen in den Regen."

„Im Etosha-Nationalpark gibt es durchschnittlich zweiundvierzig Regentage im Jahr, und jetzt im November beginnt die Regenzeit." Während er die Schiebetür mit einem schabenden Geräusch zuzog, ordnete Michael Svens Feststellung in die klimatischen Gegebenheiten ein, über die er sich offensichtlich ebenfalls informiert hatte. Sie fuhren durch die Kurzstrauch-Savanne am Südrand der Salzpfanne entlang. An verschiedenen Wasserlöchern boten sich ihnen Gelegenheiten für beeindruckende Tieraufnahmen. Die Gnus und Giraffen waren an die rollenden Touristenkäfige gewöhnt und ließen sich von ihnen in keinster Weise aus der Ruhe bringen.

„Da drüben, Elefanten!" Aufgeregt zeigte Felix auf die imposanten Dickhäuter unterschiedlicher Größe, die für sie alle unübersehbar rechts der Schotterpiste standen. Tara hielt den Wagen an, damit sie den sich träge bewegenden Tieren zusehen konnten. Ein besonders großes

Exemplar schritt gemächlich auf sie zu.

Nervös fingerte Tara am Zündschloss herum und überlegte, ob sie den Wagen wieder starten sollte. Das war ihr jetzt schon unheimlich. Der Riese schien genau auf sie zuzusteuern, und mit der Elefantenmimik kannte sie sich nicht gut genug aus, um beurteilen zu können, ob dieser Annäherungsversuch aggressiv, neugierig oder einfach nur freundlich gemeint war. „Was mache ich denn jetzt?"

Michael lachte. „Einfach stehen bleiben und nach Möglichkeit nicht aussteigen."

Der Dickhäuter überquerte in aller Ruhe direkt vor ihrem Auto die Straße. Durch die Windschutzscheibe konnte Tara das Hautrelief auf seinen Beinen ganz genau erkennen. Andächtig sah sie dem Elefanten nach, der sich mit schlenkerndem Rüssel wieder von ihnen entfernte. So nahe würde ihr wohl kein Elefant mehr kommen. Wäre die Scheibe nicht dazwischen gewesen, hätte sie ihn streicheln können. Dass der Elefant eine so große Nähe zwischen ihnen zugelassen hatte, kam fast schon einer Intimität gleich. Vor lauter Aufregung hatte sie vergessen, Aufnahmen zu machen.

Sie fuhren am Südrand der Etoshapfanne entlang in Richtung Westen. Über die Kurzstrauch-Savanne erhaschten sie Blicke auf die vegetationslose Salzwüste und passierten Grasflächen, auf denen Zebras und Gnus weideten.

„Da vorne, was ist denn das?" Sven, der auf dem Beifahrersitz saß, zeigte aus dem Fenster.

Tara ließ den Wagen ausrollen, und sie blickten angestrengt in die Richtung, in die Sven gedeutet hatte.

Felix zog sein Fernglas aus der Tasche und reichte es Sven, der hindurchsah. „Ich glaube, es ist eine Hyäne. Felix, schau auch mal." Er gab Felix das Fernglas zurück.

„Ja, es ist eine Fleckenhyäne. Versuch mal, ob du näher heranfahren kannst", bestätigte Felix, nachdem er ebenfalls durch das Binokular geblickt hatte.

Langsam fuhr Tara die staubige Piste entlang. Die Hyäne duckte sich ins Gras, lief aber nicht weg und ließ Tara näher kommen. Sven leierte die Scheibe herunter und fotografierte sie. Vom Rücksitz aus beugte sich Michael über Sven und hielt sein großes Teleobjektiv ebenfalls aus dem Beifahrerfenster hinaus.

Bevor es dämmerte, fuhren sie ins Camp Halali. Sie hatten beschlossen, drei Nächte in den Camps des Nationalparks zu übernachten, auch wenn die Unterkünfte relativ teuer waren. Ein Bush Chalet mit vier Betten war noch frei, und Tara genoss die schönen, ebenfalls im modernen afrikanischen Stil eingerichteten Zimmer und das luxuriöse Bad. Michael trug ihren Rucksack in das Chalet und stellte ihn neben Felix' Reisegepäck in eines der beiden Zimmer. Damit hatte er unmissverständlich die Zimmeraufteilung geklärt. Da es Sven und Felix völlig egal zu sein schien, mit wem sie sich das Zimmer teilten, war von deren Seite kein Widerspruch zu erwarten. Tara zuckte innerlich mit den Schultern. Da blieb ihr wohl auch nichts anderes übrig, als sich Michaels Entscheidung zu fügen.

Nachdem sie ihr Chalet bezogen hatten, erkundigten sie sich an der Rezeption nach N!ani. „Was wollen Sie denn von N!ani?" Der Mann, an dessen Revers ein Schild mit dem Namen *Simon* hing, beäugte sie misstrauisch.

„Wir interessieren uns für eine Legende der San. N!anis Vater hat ein Buch darüber geschrieben, und wir wollten uns erkundigen, ob er etwas dazu weiß", erklärte Tara.

Simon blickte Tara verständnislos an.

Michael trommelte mit seinen Fingern ungeduldig auf die Theke. „Ein Ladenbesitzer aus Windhoek, der Kunsthandwerk der San verkauft, hat uns seinen Namen aufgeschrieben."

Simon betrachtete sie skeptisch, während er den Telefonhörer nahm, eine Nummer wählte und ein paar Worte sprach. Nachdem anscheinend Rückfragen kamen, wetterte er mit verärgerter Stimme in den Hörer und knallte ihn auf. „N!ani kommt gleich." Er ließ sie ohne ein weiteres Wort am Tresen stehen. Freundlich war etwas anderes. Was sollte das? Aber vielleicht hatte der gute Simon nur Verdauungsprobleme und sah sich daher nicht in der Lage, ihnen gegenüber zumindest den Schein der Höflichkeit zu wahren.

Kurze Zeit später betrat ein älterer Mann in einem khakifarbenen Overall die Eingangshalle. Er war genauso klein und schmal wie Kaqece und hatte ein ähnlich faltiges Gesicht. Nachdem sie ihr Anliegen erklärt hatten, nickte N!ani. „Ja, mein Vater hat das Buch zwar nicht geschrieben, aber er hat in den Sechzigerjahren Jan van der Post geholfen, die Legenden der San zu sammeln. Leider ist er vor einigen Jahren gestorben."

„Das tut uns leid", meinte Michael bedauernd. „Dürfen wir Sie zum Abendessen einladen?"

N!ani blickte ihn überrascht an und wiegte den Kopf einen Moment lang hin und her, bevor er zögernd antwortete: „Ja, warum eigentlich nicht?" Sicher war er es nicht gewöhnt, von Gästen zum Essen eingeladen zu werden, und wusste nicht so recht, ob er dieses Angebot annehmen konnte. Aber sie hatten ja auch ein ungewöhnliches Anliegen.

Sie setzten sich in eine abgelegene Ecke des Restaurants und fragten N!ani nach der Legende des Zwillingsdiamanten. „Es gibt eine Legende von getrennten Zwillingsdiamanten, die in der Zeit unserer Ahnen getrennt wurden und bis zum heutigen Tag verzweifelt nacheinander suchen. Auf den Felstafeln bei Twyfelfontein soll die Legende festgehalten sein. Es ist keine Legende der Ju/'hoansi oder der Hai//om, die hier im Norden Namibias ihre Heimat haben, daher wurde sie auch nicht in das Buch aufgenommen. Außerdem ist die Legende nur bruchstückhaft überliefert." N!ani sprach die Namen der Stämme ebenfalls mit den fremdartig klingenden Klicklauten aus. Es gab sie also tatsächlich, die Legende der getrennten Zwillingsdiamanten. Wie aufregend! Ob ihr Stein wohl wirklich einer der Zwillinge war? Das wäre schon ein seltsamer Zufall, aber es war die einzige Spur, die sie hatten.

Michael hatte für sie alle bestellt und blickte N!ani interessiert an. „Stammen Sie aus dem Norden Namibias?"

„Ja, ich bin ein Hai//om. Unsere Heimat war das Gebiet des heutigen Etosha-Nationalparks, bis ein Naturschutzgebiet daraus gemacht wurde." N!ani blickte unruhig um sich, als hätte er Sorge, jemand könnte ihn aus dem Restaurant schicken. Offensichtlich fühlte er sich in ihrer Gesellschaft und in seinem Arbeitsoverall fehl am Platz.

„Hat man die Hai//om einfach aus ihrem Land vertrieben?" Michael hatte wieder diesen empörten Gesichtsausdruck, den Tara bei ihm zum ersten Mal gesehen hatte, als Tom Beckman ihnen klargemacht hatte, was gelebte Apartheid in Namibia bedeutete.

N!ani blickte Michael mit großen Augen an. Michaels ehrlich empfundene Empörung hatte er vermutlich nicht erwartet. „Man hat vorher schon viele von uns umgesiedelt in eine aus dem Boden gestampfte Ortschaft namens Tsumkwe, einem Ort der Hoffnungslosigkeit. Dort gibt es keine Arbeit, kein Geld, keine Zukunft, nur soziale Probleme. Ich wollte nicht weg aus der Heimat meiner Vorfahren, daher arbeite ich hier."

Tara schwieg erschrocken darüber, dass die Menschen aus ihren angestammten Lebensräumen vertrieben worden waren, um die Natur zu schützen. Noch nie hatte sie darüber nachgedacht, welcher Preis dafür bezahlt worden war, um diesen traumhaften Nationalpark zu erschaffen. Es war ihr nie in den Sinn gekommen, dass dieses lobenswerte Projekt auch eine dunkle Seite hatte, die die Bewohner des Landes heimatlos zurückließ.

N!ani erzählte weiter, während er mit flinken Bewegungen große Mengen an Essen in seinen winzigen Körper schaufelte. Michael sorgte dafür, dass sein Teller nie leer wurde. „Vertreibungen sind die San gewöhnt. Seit Jahrhunderten werden wir aus unseren Lebensräumen vertrieben."

Er entspannte sich zusehends. Das Essen schien ihm zu schmecken, und Michaels Beflissenheit, ihm das Essen zu servieren, trug sicher dazu bei, dass er sich in ihrer Gesellschaft nun wohler fühlte. „Die Buschmänner sind die ursprünglichen Bewohner dieses Landes. Wir waren schon immer hier. Wir gehören zu diesem Land wie die gelbkehlige Eidechse oder der Springbock. Die Ovambo und Herero, die jetzt so laut schreien, die Weißen sollen ihnen ihr Land zurückgeben, haben das Land auch nur gestohlen – von uns, den Buschmännern Namibias. Zuerst haben uns die Bantu-Völker aus dem Norden vertrieben, sind immer weiter in unser Land vorgedrungen. Dann kamen die Weißen von Süden her und haben uns in die Enge getrieben. Uns blieben nur noch die Wüstengebiete der Kalahari, in die sich lange keiner vorgewagt hat. Doch mittlerweile leben auch in den Wüstengebieten kaum noch San auf ihre traditionelle Weise als Jäger und Sammler. Wir passen nicht mehr in diese Zeit. Die San gelten als eines der ältesten Völker der Menschheit, doch jetzt sterben wir. Wir liegen in den letzten Zügen, und bald schon werden wir Vergangenheit sein."

N!ani sprach mit munterer Stimme, als erzählte er ein Märchen und nicht die bittere Realität seines Volkes. Tara blutete das Herz. Sie sah die vielen Männer, Frauen und Kinder, die Opfer geworden waren in dem bitteren Kampf um das karge Land Namibias. Wie in der Geschichte ihres eigenen Volkes, den afroamerikanischen Sklaven, war der zurückliegende Weg blutbefleckt und gekennzeichnet von Tod und Unterdrückung. Doch im Gegensatz zu den Afroamerikanern, die sich einen Lebensraum erkämpft hatten, wenn auch durch Anpassung und Eingliederung, standen die San vor dem Abgrund. Es gab keinen Platz für sie in dieser Welt.

N!ani, der ihre Ergriffenheit bemerkt hatte, nickte ihr beruhigend zu. „So ist es, und doch werden wir immer hier sein. Das Blut meiner verstorbenen Brüder und Schwestern hat die Erde getränkt und wird immer Bestandteil des Bodens sein, auf dem die Füße der Eroberer stehen. Unser Blut hat sich vermischt mit dem unserer Unterdrücker, und für ewige Zeiten wird ein Teil unseres Blutes in ihren Adern fließen." Er wirkte gefasst und ruhig und hatte wohl seinen Frieden gefunden mit der Unvermeidbarkeit des Untergangs.

Tara hingegen war aufgewühlt und sprachlos. Den anderen schien es genauso zu gehen. Noch lange nachdem N!ani gegangen war, saßen sie schweigend am Tisch. Erst spät trennten sie sich und gingen auf ihre Zimmer.

Kurze Zeit später teilte sich Tara das Bett mit Felix. Er war ein unkomplizierter Bettgenosse. Nachdem sie das Licht gelöscht hatten, plauderte er noch eine Weile mit ihr. Als sie in der Dunkelheit nebeneinanderlagen, fanden sie endlich Worte, um über N!ani und das, was sie von ihm erfahren hatten, zu sprechen. Es tat beiden gut, doch noch darüber zu reden und sich gegenseitig die Betroffenheit mitteilen zu können, die die traurige Geschichte der Buschmänner bei ihnen hinterlassen hatte. Nachdem sie sich durch das Gespräch etwas Distanz zum Schicksal der San verschafft hatten, sprachen sie auch über die Tiere und Landschaften Namibias.

„Ist Namibia so, wie du es dir vorgestellt hast?", wollte Felix wissen.

„Auf jeden Fall gibt es viel weniger Menschen und viel mehr unberührte Natur, als ich gedacht habe. Um ehrlich zu sein, habe ich mich auf die Reise nicht gut vorbereitet. Eigentlich wollte ich einen Reiseführer lesen, aber ich hatte so viel zu tun, dass ich es nicht geschafft habe. Die Arbeit auf der Neugeborenenstation ist mit den vielen Nachtdiensten ziemlich anstrengend. Die Zeit, die ich hatte, um mich auf die Reise vorzubereiten, habe ich damit verbracht, etwas über den Diamanten zu erfahren und darüber, was meine Familie mit Namibia zu tun haben könnte. Herausgefunden habe ich allerdings nichts. Außerdem ist meine Mutter im September und Oktober ziemlich krank gewesen, was mich sehr mitgenommen hat. Irgendwann habe ich dann beschlossen, mich gar nicht vorzubereiten und das Land erst mal auf mich wirken zu lassen."

Tara hörte, wie sich Felix zu ihr umdrehte. „Geht es deiner Mutter jetzt wieder besser?" Aus seiner Stimme sprach echte Anteilnahme. Er war wirklich ein feiner Kerl.

„Ja, Gott sei Dank geht es ihr besser. Im September hatte sie eine starke Halsentzündung mit hohem Fieber und Schluckbeschwerden. Weil es nach einer Woche nicht besser wurde, hat sie Antibiotika bekommen. Ein paar Tage darauf hatte sie plötzlich einen sehr hohen Blutdruck, Atemnot und ein akutes Nierenversagen." Tara erschauderte, als sie an die furchtbaren Tage dachte, an denen sie im Ungewissen gewesen waren, ob ihre Mutter überhaupt überleben würde. Ihr Vater war fast verrückt geworden.

„Hat sie eine postinfektiöse Glomerulonephritis entwickelt?", mutmaßte Felix.

„Ja, genau. Es war erschreckend zu sehen, wie sie in einem Moment noch völlig gesund war und im nächsten sterbenskrank." Auch Tara hatte sich zu Felix umgedreht und lag auf der Seite. Ihre Augen hatten sich an die Dunkelheit gewöhnt, und sie konnte schemenhaft sein Gesicht erkennen.

„Hat deine Mutter eine Vorerkrankung? Diabetes?" Felix schien ernsthaft interessiert. Er beschränkte sich nicht auf höfliche Floskeln, sondern fragte gezielt nach. Es wärmte Tara das Herz, dass er sich wirklich für ihre Belange interessierte. Er konnte offenbar nachvollziehen, wie beängstigend es war, wenn die Mutter, die immer unumstößlich für einen da gewesen war, plötzlich auf der Schwelle des Todes stand.

„Nein. Ich weiß, es ist ungewöhnlich, dass sie aus voller Gesundheit heraus diese Komplikation nach einer scheinbar harmlosen Infektion entwickelt hat."

„Sind die Nierenwerte wieder normal?"

„Noch nicht ganz, sie scheidet immer noch Eiweiß aus. Es hat Wochen gedauert, bis sie sich einigermaßen erholt hat. Ihr Internist ist zuversichtlich, dass die Nieren sich wieder vollständig regenerieren werden, ohne Schaden zu nehmen." Wenn ihrer Mutter nur die Dialyse erspart bliebe. Diese Sorge war noch immer nicht ganz aus der Welt und belastete Tara und vor allem ihren Vater.

„Das hoffe ich sehr für deine Mutter." Felix' Stimme war weich, warm und tröstete sie in der Erinnerung an die Schrecken der vergangenen Monate.

Zärtlich und auch etwas wehmütig dachte Tara an ihre Mutter. Tara liebte ihre Mutter heiß und innig. Ihr Vater hatte zwar in ihrem Leben die dominantere Rolle, mit ihm diskutierte und stritt sie. Was er von ihren Entscheidungen hielt, war ihr besonders wichtig, und wenn er sie kritisierte, belastete sie das sehr. Doch ihre Mutter war ihr Anker. Ihre Liebe war ihr sicher, unabhängig von ihren Entscheidungen und Handlungen. An ihr musste sie sich nicht reiben. Als Sofia im September so krank geworden war, hatte Tara mit Schrecken gespürt, dass es gar nicht so selbstverständlich war, ihre Mutter für sich zu haben. Der Gedanke an den Zeitpunkt, an dem ihre Mutter einmal nicht mehr da sein würde, war näher gerückt und hatte Tara Angst gemacht.

Am Folgetag fuhren sie weiter nach Westen am Südrand der Etoshapfanne entlang.

„Können wir diesen Felsgravuren von Twyfelfontein einen Besuch abstatten?", fragte Tara, nachdem sie ein paar Kilometer gefahren waren. „Ich kann mir zwar nicht vorstellen, dass wir dort weiterkommen, aber versuchen möchte ich es gerne." Am Vorabend waren sie so fasziniert von N!anis Geschichte gewesen, dass sie nicht mehr über den Stein gesprochen hatten.

Michael schüttelte ungehalten den Kopf. Klar, wer so gut auf eine Reise vorbereitet war, hatte natürlich kein Verständnis für ihre Unwissenheit. „Natürlich sehen wir uns Twyfelfontein an. Es ist der reichste Fundort von Felsgravuren in Namibia. Seit 2007 gehören sie zum UNESCO-Welterbe. Sie sind einer der Höhepunkte unserer Reise."

Ihr erstes Zwischenziel war der Etosha Lookout, der ihnen einen beeindruckenden Blick über die unendlich scheinende Weite der Salzpfanne bot. Die gebrochene Salzkruste, die sich wie ein Meer vor ihnen ausstreckte, erschien ihnen wie eine Landschaft von einem anderen Planeten. Es gab keine Vegetation auf dieser Fläche. Kein Grashalm konnte sich in der salzigen Erde entwickeln. Vereinzelte Abdrücke von Hufen ließen erkennen, dass Antilopen den Weg über die Pfanne gewagt hatten. Schweigend standen sie nebeneinander und blickten in die Ferne. Der Wind pfiff über die Ebene, die sich bis zum Horizont ausdehnte. Tara atmete tief durch. Die Salzpfanne hatte etwas Majestätisches in ihrem Ausmaß. Sie beanspruchte eine riesige Fläche allein für sich und erlaubte keinem Lebewesen, weder Pflanze noch Tier, diesen Platz mit ihr zu teilen.

Durch den leichten Niederschlag am Vortag war die Savanne wie verwandelt. Kleine grüne Blättchen hatten sich an den Dornbüschen geöffnet, und winzige weiße Blüten bedeckten die Sträucher. Das gestern noch strohfarbene Gras war über Nacht grün geworden. Angesichts dieses Wunders verschlug es allen die Sprache. Staunend fuhren sie durch den Park. Tara fühlte sich winzig und unbedeutend in dieser Gegend, in der die Natur das Sagen hatte, das Erscheinungsbild bestimmte und der Mensch sich unterordnen musste. Tara war ein Berliner Großstadtkind. Bislang war die Natur für sie ein gepflegter Ort gewesen, in dem sie Erholung suchen konnte. Die ungezähmte Wildheit, der sie hier begegnete, traf sie völlig unvorbereitet. Mit großen Augen blickte sie über die raue, lebensfeindliche Salzpfanne in der einen Richtung und auf die filigranen weißen Blüten an den Dornbüschen, die gestern noch wie tot gewirkt hatten, auf der anderen Seite. Ein paar Regentropfen nur, und das Leben drängte sich mit aller Macht hervor.

Nachmittags ratterte Tara über eine Schotterpiste in der Nähe des Okondeka-Wasserlochs.

Felix tippte ihr von hinten auf die Schulter. „Nicht so schnell, Tara. Hier ist nur Tempo sechzig erlaubt, und die Straße ist voller Geröllbrocken. Wir fahren keinen Geländewagen."

„In Ordnung." Mit unverminderter Geschwindigkeit fuhr Tara weiter. Felix' Vorschlag war natürlich vernünftig, aber bei dem Schneckentempo, in dem er vorhin gefahren war, wurde sie ganz nervös.

„Pass auf, da liegt ein spitzer Stein auf der Straße!" Michael, der auf dem Beifahrersitz saß, zeigte nach vorne.

Tara versuchte auszuweichen und erwischte mit dem rechten Vorderreifen das Hindernis. Mit einem pfeifenden Geräusch wich die Luft aus dem Reifen.

Stöhnend fasste sich Michael an den Kopf. „Ach herrje, Tara, musste das sein?"

„Jetzt könnt ihr endlich beweisen, dass ihr echte Männer seid und einen Reifen wechseln könnt." Ungerührt zog Tara den Autoschlüssel ab. Ein bisschen unangenehm war es ihr schon, dass sie den Reifen auf dem Gewissen hatte, doch das wollte sie sich auf keinen Fall anmerken lassen.

Felix beugte sich zwischen ihnen nach vorne. „Wir dürfen doch im Park gar nicht aus dem Auto aussteigen."

„Meinst du, der Reifen wechselt sich von alleine?" Sven zog die Schiebetür auf und stieg aus.

„Beim Frühstück hat mir eine Frau vom Nachbartisch erzählt, dass sie gestern hier Löwen gesehen hat."

Michael hob eine Augenbraue. „Die Löwen wechseln dir den Reifen auch nicht."

„Hast du nicht die Fotos und Warnhinweise gesehen, dass man in der Nähe von Löwen auf keinen Fall den Wagen verlassen darf? Im Krüger Nationalpark sind Touristen schon von Löwen zerfleischt worden." Unruhig rutschte Felix auf seinem Platz hin und her. Jetzt übertrieb er es aber, fand Tara. Bislang hatten sie noch keinen Löwen zu Gesicht bekommen. Warum sollte dann ausgerechnet einer hier auf der Straße herumspazieren?

„Und was willst du machen? Hier sitzen bleiben und auf bessere Zeiten warten?" Sven ging in die Knie und begutachtete den Schaden. Hoffentlich konnte wenigstens er einen Reifen wechseln. Tara hatte keine Ahnung, wie man einen Wagenheber richtig ansetzte, schon gleich gar nicht bei so einem Ungetüm wie dem VW-Bus. Und sie bezweifelte stark, dass Felix oder Michael dazu in der Lage waren.

Felix streckte seinen Kopf aus der Tür heraus. „Haben wir überhaupt einen Ersatzreifen?"

„Ja, unter dem ganzen Krempel hinten. Jetzt steigt endlich aus und räumt den Kofferraum aus."

„Vielleicht kommt jemand vorbei und hilft uns, oder wir können im Camp anrufen und uns abschleppen lassen", schlug Felix vor. Mittlerweile ging Tara Felix' Überängstlichkeit auf die Nerven. Damit machte er es noch schlimmer. Es war ihr ja schon peinlich genug.

„Raus jetzt!" Endlich legte Sven ein Machtwort ein und machte sich an die Arbeit.

Sie stiegen aus und legten ihre Rucksäcke auf die staubige, steinige Piste. Wie erwartet erwiesen sich sowohl Felix als auch Michael als gänzlich unbrauchbar bei Notfällen auf der Straße. Sie standen im Weg herum und gaben nutzlose Kommentare von sich. Sven setzte den Wagenheber an und wechselte den Reifen. Tara als Verursacherin des Unfalls sah sich genötigt, ihm zur Hand zu gehen. Immerhin fand sie es sehr anständig von Sven, dass er ihr hämische Kommentare ersparte und resolut sein Werk verrichtete.

Einige Zeit später luden sie ihre Sachen wieder ein, und Sven setzte sich ans Steuer. „Wir müssen langsam und vorsichtig fahren. Der Ersatzreifen ist nicht so belastbar, und wir haben jetzt keinen mehr. Im Park bekommen wir mit Sicherheit keinen neuen Reifen. Tara darf nicht mehr fahren."

Tara wagte keinen Widerspruch. Sven hatte ja Recht, sie war zu schnell gefahren und hatte auch nicht richtig reagiert, als Michael sie auf den Stein aufmerksam gemacht hatte. Sven fuhr los, nur um ein paar Meter später abrupt anzuhalten. Wortlos zeigte er auf einen Baum, der sich in einiger Entfernung rechts der Fahrbahn befand. Unter dem Baum lagen Löwen und blickten gelangweilt in ihre Richtung.

Felix schlug sich mit der Hand auf den Mund. „Oh mein Gott."

Michael grinste. „Sven, die haben dir die ganze Zeit zugesehen und sich über deine Stümperarbeit lustig gemacht. So viel Inkompetenz wollten auch die Löwen nicht zum Mittagessen."

Tara war nicht zum Lachen zumute. Das hätte schief gehen können, und sie wäre schuld gewesen. Sie war erleichtert, dass nichts passiert war, und machte sich Vorwürfe. Die Schamesröte stieg ihr ins Gesicht, und sie war froh, dass die Jungs durch die Löwen abgelenkt waren. Sie fuhren näher an das Rudel heran und schossen Fotos.

„Nicht die Scheiben herunterleiern. Es steht extra im Camp, man soll das bei Löwen nicht machen."

„Mann, Felix, jetzt halt die Klappe!" Michael leierte weiter.

Die Löwen standen auf, streckten sich und liefen gemächlich auf ihren Bus zu. Michael entschloss sich nun doch, die Scheibe wieder zu schließen. Die Löwen kamen schnurstracks auf sie zu, um kurz vor dem Wagen an einem kleinen Wasserlauf zu trinken, den sie auf dem von der Fahrbahn schräg abfallenden Gelände nicht bemerkt hatten. So konnten sie die Löwen aus nächster Nähe beobachten und Großaufnahmen ihrer Gesichter machen.

In aller Ruhe stillten die Löwen ihren Durst und trotteten anschließend gemächlich zurück zu dem Baum, der ihnen ein schattiges Plätzchen in der Nachmittagssonne bot.

Ihre letzte Nacht im Etosha-Park verbrachten sie im Camp Okaukuejo. Nach dem Abendessen setzten sie sich an das beleuchtete Wasserloch, der Attraktion des Camps. Im Lichtkegel der Lampen schwirrten Hunderte von Insekten, und Felix begann, mit Insektenvernichter wild um sich zu sprühen. Auf den Stufen saßen schon mehrere kleine Touristengruppen, die mit Bierdosen und Zigaretten einen bequemen Tierseh-Abend eingeplant hatten. Die bestellten Ansichtsobjekte ließen auch nicht lange auf sich warten. Zunächst trollte sich ein faltiges Spitzmaulnashorn zu den bereits als Statisten in lockeren Verbänden aufgereihten Giraffen. Kurze Zeit später gesellte sich ein Elefant dazu. Elefant und Nashorn standen sich gegenüber und boten den Zuschauern einen kleinen Schaukampf, indem sie jeweils ein paar Schritte vor und zurück gingen. Dann zog das Nashorn von dannen.

„Das ist zwar ganz nett, aber auch nicht aufregender als im Zoo." Ein etwa vierzigjähriger Mann, der sich neben Tara gesetzt hatte, sah sie von der Seite an.

„Ja, das stimmt." Mehr aus Höflichkeit stimmte Tara zu. Es war zwar in der Tat nicht besonders aufregend, hinter einer Absperrung zu sitzen und die Tiere zu beobachten, aber anders als im Zoo war das Nashorn gerade eben freiwillig vorbeigekommen. Außerdem erlebten sie hier Afrika hautnah mit den funkelnden Sternen und den zirpenden, schwirrenden und bellenden Lauten, welche die Nacht belebten.

Der ernst aussehende Mann mit mittelbraunem Haar und Brille reichte ihr die Hand. „Hallo, ich bin Johannes. Ich bin mit meiner Frau Louisa hier. Sie hat allerdings Kopfschmerzen und liegt deshalb schon im Bett."

„Mein Name ist Tara, und ich bin mit Sven, Michael und Felix unterwegs." Tara deutete auf die Jungs, die aufgereiht neben ihr saßen.

„Hallo." Johannes nickte ihnen zu. „Wenn Sie eine aufregendere Tierbeobachtung mitmachen möchten, dann kann ich Ihnen eine Farm zwischen Outjo und Khorixas empfehlen. Der Besitzer ist extrem nett und bietet an, einen morgens mit auf die Pirsch zu nehmen."

„Danke für den Hinweis." Wie immer bei Fremden war Felix ausgesprochen höflich.

„Wie lange sind Sie schon im Park?"

„Wir sind vorgestern angekommen", antwortete Tara.

„Wir sind bereits fast eine Woche hier. Ich bin zum dritten Mal in Namibia, aber Louisa ist zum ersten Mal dabei, deshalb haben wir viel Zeit für den Park eingeplant. Seit ich das letzte Mal vor über zehn Jahren hier war, hat sich einiges verändert." Er nahm seine Brille ab und putzte sie ausgiebig mit einem blütenweißen Taschentuch.

„Was denn?" Jetzt blickte auch Tara ihn interessiert an.

„Vor allem die Camps sind komplett umgebaut und modernisiert worden. Früher waren sie ganz einfach und auch viel billiger. Mir gefällt es gar nicht, dass solche Luxusherbergen daraus gemacht wurden."

Tara machte eine Kopfbewegung, die ein Schütteln und Nicken zugleich war. „Ja, etwas Einfacheres hätte besser hierher gepasst." Den Luxus, den die Camps boten, wusste sie allerdings durchaus zu schätzen.

„Außerdem sind noch mehr Tiere da. Vor zehn Jahren waren es schon viele, aber mittlerweile hat der Park ein echtes Problem, vor allem mit zu viel Elefanten."

Felix beugte sich nach vorne und blickte an Tara vorbei zu Johannes. „Warum ist das ein Problem?"

„Die Überpopulation verstärkt den Wassermangel und fördert die Ausbreitung von Krankheitserregern. In den letzten Jahren gab es immer wieder Fälle von Milzbrand. Die infizierten Tiere sterben schnell und lassen Leichen zurück, die von Anthraxbakterien nur so wimmeln. Die Aasfresser und Löwen erkranken zwar nicht, tragen aber die Bakterien an die Wasserstellen, wo sich dann weitere Tiere anstecken."

Felix zuckte zusammen bei dem Gedanken an all die Gefahren, denen sie in den vergangenen Tagen Auge in Auge gegenübergestanden hatten, ohne es zu ahnen.

„Außerdem sind hier mittlerweile viel zu viele Touristen. Die ganzen Übernachtungsmöglichkeiten rund um den Park gab es früher noch nicht. Es war viel beschaulicher."

Sven nahm einen Schluck aus seiner Bierflasche. „So voll kommt es uns gar nicht vor."

„Im Vergleich zu früher schon. Die vielen Touristen mit ihren Abgasen und ihrem Müll tun dem Park nicht gut."

Sie verabschiedeten sich von Johannes und verbrachten eine geruhsame Nacht in ihren luxuriösen Buschunterkünften. Beim Frühstück am nächsten Morgen sahen sie Johannes neben einer rothaarigen, mindestens fünfzehn Jahre jüngeren Frau sitzen. Er winkte ihnen zu, beugte sich zu seiner Frau und berichtete ihr höchstwahrscheinlich von ihrer Begegnung am vergangenen Abend. Als sie das nächste Mal zum Buffet ging, kam die junge Frau, die einen knappen Minirock und ein schwarzes T-Shirt mit Totenkopfmotiv trug, an ihrem Tisch vorbei. Sie strahlte sie mit smaragdgrünen Augen aus einem mit Sommersprossen gesprenkelten Gesicht an, schenkte ihnen ein herzliches Lächeln und duzte sie ganz unkompliziert: „Hallo, ich bin Louisa. Johannes hat erzählt, dass er euch gestern kennengelernt hat. Das Nashorn habe ich leider verpasst, dafür habe ich gut geschlafen. Viel

Spaß wünsche ich euch weiterhin."

Tara lachte. „Danke, euch auch."

Auf dem Rückweg zu ihrem Tisch winkte Louisa ihnen nochmals lachend zu. Sie versprühte einen Hauch guter Laune, dem sich keiner entziehen konnte. Als sie an ihrem Tisch angelangt war, nahm Johannes ihr zuvorkommend den Teller ab und half ihr auf den Stuhl. Er gab ihr einen Kuss und schenkte ihr einen verliebten Blick, bevor er sich ebenfalls wieder setzte.

Sven und Felix blicken sich etwas betreten an. Johannes' höflicher Umgang mit seiner Frau stand in ziemlichem Kontrast zu dem kumpelhaften Umgang, den sie mit Tara pflegten. Mit einem Mal schien ihnen der raue Umgangston nicht mehr angemessen zu sein. Felix beeilte sich, Tara Kaffee nachzuschenken, und Sven brachte ihr eine Schale Obst mit, als er vom Buffet zurückkam. Tara blickte die beiden überrascht und erfreut an. Michael hingegen schien den kleinen Stimmungswandel nicht registriert zu haben oder ließ sich zumindest nichts anmerken.

OUTJO

Angesteckt von Louisas großzügig verteilter guter Stimmung brachen sie nach dem Frühstück auf. Sie fuhren noch eine kleine Schleife nach Norden, am Westrand der Salzpfanne entlang. Noch ein letztes Mal bestaunten sie Tiere aus nächster Nähe. An einem Schlammloch, das von abgestorbenen Bäumen umgeben war, beobachteten sie eine Herde Elefanten, die im Schlamm badeten. Auch ein kleiner Elefant, sicher noch kein Jahr alt, war dabei und wälzte sich übermütig in dem grauen Lehm. Sie lachten, als sie sahen, wie der Kleine so übermütig mit seinem Rüssel schlenkerte, dass er fast umgefallen wäre. Seine Mutter versetzte ihm mit ihrem Rüssel einen kleinen Klaps. Sicher ermahnte sie ihn, es nicht zu übertreiben.

Felix lachte. „Der ist ja süß."

„Der Elefantenzwerg scheint eine unbeschwerte Kindheit hier im Park zu haben." In Michaels Stimme meinte Tara, einen Hauch Wehmut mitschwingen zu hören. Was hatte das zu bedeuten? Tara hatte Michael noch nie etwas aus seiner Kindheit erzählen hören. Jetzt erst fiel ihr auf, dass sie kaum etwas von seiner Familie wusste. Er sprach gelegentlich von seiner Mutter, doch sie wusste noch nicht einmal, ob er Geschwister hatte.

Am Nachmittag mussten sie Abschied vom Nationalpark nehmen. Die Reise ging weiter. Ob sie wohl je wieder afrikanische Tiere aus nächster Nähe und doch in Freiheit würden beobachten können? Tara hatte so viele unvergessliche Eindrücke gewonnen, dass sie schon jetzt

Sehnsucht danach bekam, in die kleinen, verschmitzten Augen eines Elefanten oder die großen, melancholischen Augen eines Kudu zu blicken. Durch das Anderson's Gate im Süden verließen sie den Etosha-Nationalpark und machten sich auf den Weg in Richtung Outjo. Sven fuhr langsam, um den Ersatzreifen nicht so sehr zu belasten. Man hatte ihnen in Okaukuejo versichert, in Outjo gebe es eine Werkstatt, die ihnen den Reifen reparieren könne.

Auf einmal rief Felix: „Halt an!" Er stürzte aus dem Wagen und übergab sich schwallartig auf den Straßenrand.

Tara stieg aus. „Was ist los, Felix?"

„Was soll schon sein? Mir ist schlecht", fuhr Felix sie ungehalten an, als er wieder sprechen konnte.

„Hast du etwas Verdorbenes gegessen? Fühlst du dich krank?"

„Woher soll ich das denn wissen? Klar fühle ich mich schlecht." Felix stand nach vorne gebeugt und stützte sich mit beiden Händen auf den Oberschenkeln ab.

Sie brachte ihm eine Flasche Wasser und ein paar Taschentücher. Nachdem es Felix etwas besser zu gehen schien und er sich wieder aufgerichtet hatte, blickte er Tara an und nahm die Flasche und die Tücher. „Entschuldigung", murmelte er.

„Schon okay. Geht es wieder? Meinst du, wir können weiterfahren?"

Felix nickte und stieg in den Bus. Die etwa hundert Kilometer bis Outjo wurden eine Tortur. Ständig mussten sie anhalten, und Felix übergab sich oder hockte sich hinter einen Busch. Er hatte eine grünliche Gesichtsfarbe, und innerhalb von zwei Stunden schien sein Gesicht eingefallen zu sein.

„Felix, jetzt kneif deine Arschbacken zusammen, damit wir endlich die letzten paar Kilometer bis Outjo schaffen!" Mit einem lauten Knall zog Michael die Schiebetür zu, nachdem Felix sich im Schneckentempo wieder in den Wagen gehievt hatte.

„Halt die Klappe!", fuhr Tara ihm über den Mund. Sah Michael denn nicht, wie schlecht es Felix ging?

In Outjo fuhren sie direkt zur Ombinda Country Lodge, wo sie eine reetgedeckte Hütte mit zwei Schlafzimmern buchten, die sich *Familienchalet* nannte.

Sven half Felix ins Bad. „Kommst du klar?"

Felix nickte.

„Brauchst du noch was?" Als Felix daraufhin den Kopf schüttelte, klopfte Sven ihm aufmunternd auf die Schulter. „Ich fahre den Wagen gleich zur Werkstatt." Sven hatte das Gepäck ausgeladen, in das Chalet getragen und setzte sich wieder auf den Fahrersitz.

„Ich komme mit. Tara kann sich um Felix kümmern." Michael beeilte sich, die Beifahrertür hinter sich zu schließen.

Sie fuhren davon, und Tara sah nach Felix, der hinter der geschlossenen Badezimmertür würgte. „Kann ich dir helfen?"

„Nein." Felix keuchte nur.

Doch sie ließ sich nicht abwimmeln, sondern ging ins Badezimmer, wo Felix auf dem Boden neben der Toilette saß. Seine Kleidung war voller Erbrochenem, und so wie er roch, hatten auch am anderen Ende Undichtigkeiten ihre Spuren hinterlassen.

„Wenn es dir einen Moment besser geht, dann helfe ich dir unter die Dusche", bot Tara an.

Felix antwortete nicht. Sie ließ ihm ein paar Minuten Zeit, bevor sie ihn vom Boden hochzog. Widerstandslos ließ er sich von ihr das Poloshirt über den Kopf ziehen. Ohne Umschweife machte sie sich an seiner Hose zu schaffen und zog sie ihm über die Hüften. Felix schwankte, und Tara bugsierte ihn auf den Toilettendeckel. Sie kniete sich vor ihn, zog ihm Schuhe und Hose aus, bevor sie die Dusche aufdrehte und die Temperatur einstellte. Felix begann wieder zu würgen. Schnell zog sie ihn vom Toilettendeckel und hielt ihn fest, als er sich wieder über die Schüssel beugte. Als er fertig war, half sie ihm unter die Dusche. Er sah wirklich gut aus, fand Tara, als er nackt vor ihr stand. Alles passte bei ihm zusammen und gestaltete ein perfektes harmonisches Zusammenspiel. Obwohl er sich kaum auf den Beinen halten konnte, strahlte er eine gewisse Eleganz aus. Tara fragte sich, wie er das in seinem Zustand hinbekam.

„Mir ist schwindlig." Felix' Stimme klang ganz schwach.

„Ich passe auf dich auf." Beruhigend hielt Tara seinen Arm, während er schwankend in die Duschwanne stieg.

Er hielt sich an der Wand fest, sie seifte ihn rasch ein und wusch auch seine verschmierten Haare. Zügig wickelte sie ihn in ein Handtuch und begleitete ihn zu einem der Betten. Aus seinem Rucksack holte sie einen Schlafanzug und half ihm beim Anziehen. Felix rollte sich auf die Seite, und Tara deckte ihn zu. „Danke."

„Gern geschehen."

„Ich bin gleich zurück." Sie holte seine Kleider aus dem Bad, trat aus der Hütte und ging zu den Waschmaschinen im Haupthaus, die den Gästen zur Verfügung standen. Sie mochte Felix. Er war sensibel und humorvoll, ein angenehmer und unaufdringlicher Reisegenosse. Sie konnte sich vorstellen, wie unangenehm es ihm war, die Reisegruppe aufzuhalten, weil er krank war. Michaels Verhalten ärgerte sie. Warum war er nur so hart zu Felix? Eigentlich waren Michael und Felix gut befreundet. Sie verbrachten viel Zeit miteinander. Tara wusste, dass sie sich oft zum Essen trafen und fast jeden Winter gemeinsam eine Woche in den Bergen beim Skifahren verbrachten. Tara konnte sich keinen Reim auf Michaels Aggressivität machen. Trotz seines Verhaltens hatten sich Taras Empfindungen für Michael in den letzten Tagen verstärkt. Seit Michael während der Nacht bei den Beckmanns in ihren Armen gelegen hatte, sehnte sie sich danach, ihn zu berühren. Michael gab ihr jedoch keine Gelegenheit dazu. Er vermied es, mit ihr alleine zu sein, und hielt Abstand von ihr, soweit ihm dies möglich war. Schließlich verbrachten sie ja den ganzen Tag zusammen. Tara ärgerte sich über ihr Verlangen nach Michael. Wenn sie sich doch nur von ihm hätte frei machen können, doch dies war ihr nicht möglich. Sie fühlte sich körperlich sehr stark von ihm angezogen, sein unerklärliches Verhalten reizte sie, und sie wollte wissen, was dahintersteckte. Auch zu Felix fühlte sie sich hingezogen – zwar nicht auf eine sexuell erregende Weise, aber es hatte ihr gefallen, ihn zu berühren. Es hatte ein schönes Gefühl bei ihr ausgelöst. Nicht aufregend oder anregend, sondern einfach nur angenehm. Sie konnte es nicht richtig einordnen, doch sie würde ihn gerne nochmals berühren und über seine zarte, glatte Haut streichen.

Sven und Michael ließen sich Zeit. Sie kamen erst drei Stunden später zurück, nachdem sie gegessen und noch in aller Ruhe ein Bier getrunken hatten. Zumindest brachten sie Tara einen kalt gewordenen Burger mit. Felix war eingeschlafen.

Am nächsten Morgen wurde Tara von Würgegeräuschen aus dem Bad geweckt. Felix kniete über der Schüssel.

„Da kann doch gar nichts mehr kommen", wunderte sich Tara.

„Es kommt auch nichts mehr, aber ich muss trotzdem würgen. Es geht mir hundeelend. Ich glaube, ich muss ins Krankenhaus. Mir ist schwindlig, und ich bin ausgetrocknet. Ich brauche Infusionen."

Michael stand mittlerweile ebenfalls an der Schwelle zum Bad. „Felix, du bist ein Weichei. Wir müssen los. Wir können nicht ewig hier in Outjo bleiben."

„Wir können nicht weiterfahren, wenn es Felix so schlecht geht." Tara warf Michael einen vorwurfsvollen Blick zu. „Geh zur Rezeption und frage, ob es hier ein Krankenhaus oder zumindest einen Arzt gibt."

Michael machte keine Anstalten, ihrer Anweisung zu folgen. „Felix muss doch nicht ins Krankenhaus, weil er einen Tag Dünnpfiff hat."

„Jetzt geh schon."

Sven holte den reparierten Wagen am späten Vormittag ab, und Tara wollte Felix zu einem Arzt fahren, der ihnen an der Rezeption empfohlen worden war.

„Wenn ihr zurück seid, fahren wir weiter. Ich packe unseren Krempel ein. Felix soll sich eine Infusion und etwas gegen den Durchfall geben lassen. Der Wagen ist repariert, und bis heute Abend will ich zumindest den Vingerklip abgehakt haben." Michael nahm Felix' Rucksack und begann, wahllos seine Sachen hineinzustopfen.

„Wir fahren auf keinen Fall weiter, solange es Felix so schlecht geht." Tara nahm ihm den Rucksack wieder ab und warf ihm einen strengen Blick zu.

„Felix soll sich nicht so anstellen. Du wärst auf Mallorca wirklich besser aufgehoben gewesen", beschimpfte er Felix, der bleich und zusammengesunken auf dem Bett saß.

„Lass Felix endlich in Ruhe", herrschte nun auch Sven Michael an und zog ihn unsanft am Ärmel aus dem Zimmer. Wenigstens benahm sich Sven gegenüber Felix anständig. Auf seine etwas unbeholfene Art zeigte er Verständnis und Fürsorge und schien sich genauso wie Tara über Michaels unmögliches Verhalten zu ärgern.

Sie verbrachten zwei Stunden im Wartezimmer. Felix saß stumm und blass auf einem hellblauen Plastikstuhl, und Tara blätterte in einer Zeitschrift. Als Felix aus dem Sprechzimmer zurückkam, war sein blasses Gesicht rot geworden.

„Und, was hat der Arzt gesagt? Hast du eine Infusion bekommen?"

Felix senkte den Blick. „Nein, er hat nur gesagt, ich soll Limonade trinken und Salzstangen essen."

Wortlos nahm Tara Felix am Arm und führte ihn zurück zum Wagen. Es tat ihr leid, dass er von dem Arzt auch noch belächelt worden war. Sie drückte ihn kurz an sich. „Mach dir nichts draus, Felix. Der Quacksalber in diesem gottverlassenen Nest hat vermutlich keine Ahnung. Leg dich erst noch mal ein paar Stunden hin, und wenn es nicht besser wird, suchen wir einen vernünftigen Arzt."

„In Ordnung", stimmte Felix schwach zu.

Zurück in ihrer Hütte legte sich Felix aufs Bett. Tara besorgte die verordneten Lebensmittel. Von den anderen beiden war nichts zu sehen.

Felix war das alles sehr peinlich. Wie schon oft in seinem Leben ärgerte er sich über seinen schwächlichen Körper. Schon als Kind war er häufig krank gewesen. Immer war er gehänselt worden, weil er dünn und schwach war. In seiner Haut hatte er sich noch nie wohl gefühlt. Er war das einzige Kind zweier Universitätsprofessoren. Sein Vater war Physiker und seine Mutter Altphilologin. Beide hatten schon von ihren Eltern Geld geerbt und vergrößerten mit ihren Berufen, die zwar kein Vermögen einbrachten, aber auch nicht schlecht bezahlt wurden, Felix'

Erbe weiter. Seine Eltern liebten ihn und waren immer für ihn da, wenn er sie brauchte. Obwohl er vorwiegend von einem Kindermädchen aufgezogen wurde, hatte er nie das Gefühl, von ihnen abgeschoben worden zu sein. Für praktische Tätigkeiten wie die Kindererziehung und das Führen eines Haushaltes schwebten sie allerdings geistig zu sehr in anderen Sphären.

Abgesehen von dem Ärger, den er mit seinem Körper hatte, war seine Kindheit sehr glücklich verlaufen. Seine Eltern waren vielseitig interessiert und unternahmen mit ihm fantastische Reisen in die USA, nach Asien und Australien. Sie brachten ihm die Welt der Literatur und Physik näher und vermittelten ihm ihre Begeisterung für klassische Musik und Kunst. Für seine Eltern war er immer ein gleichwertiger Partner, den sie mit Liebe und Respekt behandelten. Als er den Wunsch äußerte, Medizin zu studieren, zweifelte sein Vater, ob es das Richtige für ihn sei. „Meinst du wirklich, dass es dich erfüllt, empirische Maßnahmen an Menschen vorzunehmen, in der Hoffnung, dass es ihnen hilft? Medizin ist keine Naturwissenschaft. Du lernst im Studium zwar rudimentäre naturwissenschaftliche Grundlagen, aber du wirst nirgendwo in die Tiefe gehen können. Alles wird sich nur an der Oberfläche abspielen, und letzten Endes gründen sich die Therapieempfehlungen auf obskure klinische Studien, die keiner wirklich wissenschaftlichen Prüfung standhalten."

Abgesehen davon versuchte sein Vater nicht weiter, ihn zu beeinflussen. Er verschaffte Felix vielmehr einen Termin bei einem befreundeten Kollegen an der Universität, dem Ordinarius für Innere Medizin, damit er sich mit ihm über seine Pläne unterhalten konnte. Der Chefarzt schwärmte Felix selbstherrlich von der Medizin vor, jammerte aber, wie hart der Konkurrenzkampf in der Inneren Medizin sei. „Entscheiden Sie sich für die Gynäkologie", riet er. „Als Mann haben Sie dort die besten Karrierechancen. Viele Frauen entscheiden sich für das Fach, werden dann aber doch irgendwann schwanger und sind keine Konkurrenz mehr. Die gynäkologischen Chefs nehmen Sie mit Kusshand, nur weil Sie keine Frau sind."

Felix befolgte seinen Rat, fühlte sich aber in dem Fach alles andere als wohl. Die Hektik und die schnell zu treffenden Entscheidungen im Kreißsaal überforderten ihn. Die gynäkologischen Operationen, bei denen mehr Blut floss als in allen anderen operativen Fächern, flößten ihm Furcht ein. Außerdem ekelte er sich vor den Patientinnen, die nackt mit gespreizten Beinen vor ihm lagen. Der Geruch, der schleimige Ausfluss, das faltige rote Fleisch – all das führte dazu, dass er ständig einen Würgereiz unterdrücken musste. Glücklich war er nur, wenn er im Labor arbeitete. Er liebte es, in aller Ruhe Experimente zu planen und diese dann mit akribischer Genauigkeit durchzuführen. Wenn sein Versuch das erwartete Ergebnis bestätigte, verschaffte ihm das eine tiefe Befriedigung. Falls seine Experimente hingegen ein unerwartetes Ergebnis lieferten, war seine Neugier geweckt, und er fand nicht eher Ruhe, bis er verstand, wie dieses Ergebnis zustande kam. Während seiner Doktorarbeit nahm er sich zwei Jahre frei, arbeitete im Deutschen Krebsforschungszentrum und lieferte eine anspruchsvolle molekularbiologische Arbeit ab. Daher war er auch in seiner Assistenzarztausbildung noch nicht so weit wie Michael. Da er erfolgreich mehrere Anträge für Drittmittelgelder gestellt und schon einige Publikationen in guten Zeitschriften veröffentlicht hatte, stellte ihn sein Chef häufig für seine Labortätigkeit frei. Mit Hängen und Würgen absolvierte er nur die notwendigste Zeit in der Klinik. Oft dachte er darüber nach, ganz ins Labor zu wechseln, fühlte sich aber verpflichtet, zumindest seine Facharztausbildung abzuschließen.

Bei all den Peinlichkeiten, denen er in den vergangenen vierundzwanzig Stunden ausgeliefert gewesen war, hatte es ihm seltsamerweise nichts ausgemacht, von Tara ausgezogen und unter die Dusche gestellt worden zu sein. Die fürsorgliche und pragmatische Art, mit der sie ihn berührte, beruhigte ihn. Sie ekelte sich nicht vor ihm, sondern packte einfach nur zu und half. Nachdem Tara am Tag zuvor von den Waschmaschinen zurückgekommen war, hatte sie sich eine Weile in den Rattansessel gesetzt, der im Zimmer stand, und in ihrem Reiseführer gelesen. Alles war ruhig und friedlich. Endlich konnte er sich entspannen. Nach einer Weile fragte sie: „Schläfst du, Felix?"

„Nein." Er lag mit dem Rücken zu ihr und spürte, wie sie sich auf die Bettkante setzte.

„Geht es dir etwas besser?"

„Ja, wenn ich ruhig auf der Seite liege, geht es ganz gut."

Sie legte ihm die Hand auf den Rücken und streichelte ihn. Nur kurz, dann zog sie ihre Hand wieder weg.

„Das war schön." Sein Flüstern dürfte kaum hörbar gewesen sein.

Tara schlug die Decke zurück und fuhr mit der Hand unter sein Pyjamaoberteil. Mit langsamen Bewegungen streichelte sie seinen Rücken. Das tat so unendlich gut. Er schloss die Augen und gab sich vollständig ihren Berührungen hin. Nach einer Weile fing sie leise an zu summen, eine ruhige, etwas schwermütige Melodie, die er nicht kannte. Sein Bewusstsein verließ ihn langsam und allmählich, nur noch ihre Berührungen und den Klang ihrer Stimme nahm er wahr. Kurz bevor sie ihn gänzlich in den Schlaf leitete, spürte er, wie sie ihm über die Haare streichelte und ihm einen sanften Kuss auf die Schläfe gab.

Bei Tara fühlte Felix sich sicher und geborgen, vor ihr musste er sich nicht schämen, weil er schwach war. Sie mochte ihn so, wie er war, da war er sich sicher, und sie körperlich zu spüren, war beruhigend und angenehm. Anders war es mit Michael. Seine verletzenden Worte hatten ihn getroffen. Er wand sich innerlich bei dem Gedanken an die nächsten Gemeinheiten, mit denen Michael auf ihn zielen würde. Er verstand Michael nicht. Seit er Michael kannte, gab dieser ihm Rätsel auf. Er schien selbst ziemliche Probleme mit sich zu haben, war aber gnadenlos, wenn es darum ging, die Schwächen anderer zu verurteilen – vermutlich, um von seinen eigenen Unzulänglichkeiten abzulenken. Bislang war er, Felix, allerdings als Ziel seines Spotts weitgehend verschont geblieben. Während der ersten Tage ihrer Reise hatte Michael versucht, Tara als Ventil zu nutzen. Felix hatte sich deshalb schon Sorgen gemacht und befürchtet, Michael würde die Stimmung in der Reisegruppe verderben, indem er Tara in die Enge trieb. Doch bei Tara biss Michael auf Granit. Sie hatte über seine Versuche, sie zu ärgern, nur gelacht. Da Michael offensichtlich jemanden brauchte, den er stoßen konnte, war er selbst nun anscheinend der Auserwählte. Wieder einmal erwies er sich als das schwächste Glied in der Kette. Michael war so intensiv in all seinen Reaktionen. Er kam Felix vor wie ein Vulkan, in dem es brodelte und der jeden Augenblick ausbrechen konnte. Gleichzeitig fühlte sich Felix von ihm magisch angezogen, und das machte ihm Angst.

Am meisten überrascht hatte ihn allerdings Sven. Von ihm, der groß, stark und männlich war, hatte er am ehesten Spott hinsichtlich seiner körperlichen Schwäche erwartet. Doch Sven war freundlich zu ihm gewesen, ohne dass es überheblich wirkte. Er hatte ihm aus dem Auto über den Parkplatz geholfen, und als er bemerkte, wie Felix schwankte, hatte er ihn fast in die Hütte getragen. Unwillkürlich hatte Felix kurz seinen Kopf auf Svens Brust gelegt, woraufhin Sven ihn noch fester an sich presste. Bei dem Gedanken an Svens starke Arme um sich machte sich in Felix ein seltsames Gefühl breit. Eine vage Erregung, die durch seinen geschwächten Körper schlich. Schnell schüttelte Felix den Gedanken ab.

Als Sven und Michael am späten Nachmittag von ihrer Erkundungstour durch Outjo zurückkamen, fing Tara sie vor der Hütte ab. Sie blickte Michael eindringlich an. „Lass Felix bitte in Ruhe. Er hat wirklich genug. Es geht ihm deutlich besser, und morgen können wir sicher weiterfahren. Wenn du unbedingt einen von uns treten musst, dann nimm mich oder noch besser Sven."

Anders als sie befürchtet hatte, gab Michael keine dumme Bemerkung von sich, sondern sah sie nachdenklich an und nickte. Den ganzen Abend über verhielt er sich sanft wie ein Lämmchen und fragte Felix sogar, ob er ihm noch ein paar Salzstangen besorgen solle. Felix allerdings wich seinem Blick aus. Es war ihm anzusehen, wie verletzt er war. Nun war doch jemand zu Schaden gekommen, stellte Tara traurig fest. Sie hatte nicht gedacht, dass es so weit kommen würde. Felix tat ihr sehr leid, aber im Moment gab es nichts, was sie tun konnte. Sie durfte sich nicht zu sehr einmischen. Michael und Felix mussten von sich aus wieder zueinanderfinden. Sie hoffte nur, dass die Spannungen zwischen den beiden ihnen nicht den Rest der Reise verderben würden.

Am späten Vormittag des nächsten Tages erklärte sich Felix abfahrbereit, und sie konnten in Richtung Khorixas aufbrechen. Während der Fahrt dachte Tara über das Buch nach, dass ihr Kaqece in Windhoek gegeben hatte. Sie hatte die Zeit in Outjo, während sie neben Felix gesessen hatte, dazu genutzt, *Tscha Tscha, der erste Mensch* zu lesen. Es handelte sich um die 1973 herausgegebene Übersetzung eines im Jahre 1963 auf Afrikaans erschienenen Buches und war illustriert mit Zeichnungen von Felsgravuren aus Namibia und Südafrika. Der Autor Jan van der Post, der 1927 im damaligen Südwestafrika geboren wurde und am Rande der Kalahari aufgewachsen war, galt als Kenner der Buschmänner, mit denen er einige Jahre verbracht hatte. Das Buch war mit einem Vorwort versehen, das dazu dienen sollte, einem die Geschichte und das Leben der Buschmänner näherzubringen. Es zeichnete ein durchaus liebevolles Bild von den Buschmännern und fand anerkennende Worte für deren Fähigkeiten, in der Wüste zu überleben. Allerdings las es sich eher wie die Beschreibung einer seltenen Tierart. Das Vorwort mochte in der damaligen Zeit angemessen gewesen sein, doch Tara berührte es unangenehm, wie weit entfernt sich der Autor des Vorwortes zu der Spezies der Buschmänner sah. Von Jan van der Post gab es keine weiteren Erläuterungen zu den Geschichten, in denen der Mond oftmals eine zentrale Rolle spielte, da er alles auf der Welt erschaffen haben sollte. Die Geschichten erzählten von der Erschaffung des ersten Menschen, davon, wie der Buschmann lernte, Giftpfeile zu nutzen, um seine Beute zu jagen, und gingen der Frage nach, warum der Leopard Flecken hat. Der Mond war dabei abwechselnd ein gütiger, weiser oder grausamer Herrscher, der die Menschen und Tiere wechselweise ertrinken oder verdursten ließ. Die Geschichten waren mit der gleichen kindlichen Naivität erzählt, wie sie Tara schon bei Überlieferungen von Geschichten der amerikanischen Indianer oder der australischen Aborigines begegnet war. Sie stellte sich die Frage, ob diese Form der Darstellung von Mythen von Ureinwohnern der eigentlichen Bedeutung der Erzählungen gerecht wurde, oder ob es vielmehr dem Bild entsprach, das sich die sogenannte zivilisierte, moderne, gebildete Welt gerne von Ureinwohnern machte.

Nachdem sie etwa achtzig Kilometer auf der C39 zurückgelegt hatten, bog Sven nach links ab. „Irgendwo muss doch dieser blöde Vingerklip ausgeschildert sein", murrte er.

„Da vorne siehst du ihn schon." Michael zeigte auf einen sandfarbenen Felsen, der in der Ferne wie ein erhobener Zeigefinger steil aufragte.

„Ich finde aber keinen Weg, der dorthin führt." Ungehalten trat Sven auf das Gaspedal.

Eine halbe Stunde fuhren sie herum und suchten die Zufahrt zu dem Felsen. Schließlich runzelte Sven die Stirn und meinte: „Langsam habe ich keine Lust mehr. Wir haben das Ding mittlerweile von fast allen Seiten gesehen, lasst uns einfach weiterfahren."

Michael schüttelte den Kopf. „Nein, man kann ein Stück weit auf den Felsen klettern und hat von dort aus einen schönen Ausblick über die Tafelberge des Ugab-Tals."

Sven trommelte mit den Fingern auf das Lenkrad. „Ich habe keine Lust zu wandern. Gestern bin ich mit dir drei Stunden durch Outjo gelatscht, das reicht mir fürs Erste."

„Da vorne kommt ein Auto. Halten wir es an, vielleicht kann uns jemand den Weg zeigen." Ohne eine Antwort abzuwarten, öffnete Tara die Schiebetür des Busses, noch bevor dieser vollends zum Stehen gekommen war.

Sven bremste endgültig ab, Tara sprang auf die Straße und winkte dem Pick-up zu, der auf sie zurollte und dabei eine Staubwolke hinter sich herzog. Der Wagen wurde langsamer und hielt an. Ein Mann mit wettergegerbtem Gesicht und Hut steckte den Kopf aus dem Fenster. „Brauchen Sie Hilfe?"

„Wir suchen den Weg zum Vingerklip."

„Sie sind zu früh von der C39 abgebogen, aber Sie können einen anderen Weg zur Farm Bertram fahren, auf der der Vingerklip steht. Sehen Sie den Ovambo-Mercedes da vorn?"

Tara blickte überrascht in die Richtung, in die seine Hand zeigte. Dort bog ein von drei Eseln gezogener Karren gerade von einem kleinen Pfad auf die Straße ab, auf der sie sich befanden.

„Wenn Sie diesem Pfad folgen, kommen Sie zum Vingerklip. Der Pfad ist zwar schmal, aber eben, Sie kommen auch ohne Allradantrieb problemlos durch."

Tara bedankte sich und stieg mit Michael, der ihr gefolgt war, zurück in den Bus.

„Ovambo-Mercedes!" Michael schnaubte durch die Nase. „Hier leben eigentlich die Damara."

Sie bogen auf die schmale Sandpiste und näherten sich langsam dem fünfunddreißig Meter hohen Felsen aus verbackenem Sedimentgestein.

Als sie den Fuß des Hügels erreicht hatten, auf dem der Vingerklip stand, blickte Felix an dem imposanten Felsfinger empor. „Ich kann aber nicht mit wandern gehen, dazu fühle ich mich noch zu schwach."

„Das ist doch keine Wanderung, sondern nur ein kleiner Spaziergang." Michael sah ihn von der Seite an.

Felix blickte zu Boden. „Es geht nicht."

„Ich bleibe bei Felix, ich habe sowieso keine Lust", bot Sven an.

„Ich gehe auf jeden Fall. Kommst du mit, Tara?"

„Ja, gern." Nach den langen Autofahrten und dem vielen Sitzen in Outjo verlangte ihr Körper dringend nach ein wenig Bewegung.

„Wenn ihr zu lange wegbleibt, fahren wir ohne euch weiter", rief Sven ihnen hinterher.

Sie spazierten zwischen Felsbrocken und Büschen entlang eines Trampelpfades auf den imposanten Steinturm zu. Schweigend kletterten sie ein Stück den Fels empor, bis sie eine kleine Plattform erreicht hatten. Tara setzte sich hin und ließ ihren Blick über die flache Landschaft schweifen, aus der sich in unregelmäßigen Abständen steil aufragende und oben tischförmig abgeflachte Tafelberge erhoben. Michael setzte sich ebenfalls und lehnte sich mit seinem Rücken gegen ihren. Tara war überrascht, dass er Kontakt zu ihrem Körper gesucht hatte – der erste seit der Nacht bei den Beckmanns. Sie hatte keine Ahnung, wie sie reagieren sollte, und blieb einfach reglos sitzen. Ihr Herz klopfte heftig. Allein seinen Rücken durch zwei T-Shirts hindurch an ihrem zu spüren, brachte sie aus der Fassung. Michaels unverwechselbarer, herber Geruch, in den sich ein wenig Schweiß mischte, stieg ihr in die Nase. Sie musste sich zusammenreißen, um nicht schnüffelnd seinen Duft einfangen zu wollen. Langsam neigte sich die Sonne dem Horizont zu und färbte die Steine rot. Rücken an Rücken saßen sie lange schweigend da, bis die Sonne fast untergegangen war.

Die Schatten der Tafelberge auf der mit dürren Büschen bewachsenen Ebene wurden immer länger und zeichneten dunkle Muster auf die ockerfarbene Fläche, die bis zum Horizont reichte. Eine friedliche Stimmung legte sich über Michael und Tara und die Ebene, die sich vor ihnen ausbreitete. An dem rhythmischen Druck gegen ihren Rücken konnte sie Michaels ruhigen, gleichmäßigen Atem spüren.

Michael war es schließlich, der das lange Schweigen brach. „Bereust du es, mitgefahren zu sein?"

„Nein. Und du? Hast du schon bereut, mich gefragt zu haben?" Sie war unsicher, wie Michaels Antwort lauten würde. In den vergangenen Tagen hatte sie gespürt, dass es ihm unangenehm war, sie in seiner Nähe zu haben.

„Nein", erwiderte er und ergänzte leise: „Es kommt mir vor wie ein Traum, hier zu sein."

Vorsichtig fasste Tara hinter sich und fand Michaels Hand. Ohne zu zögern, schlang Michael seine Finger um ihre und drückte zu. Sein Druck wurde immer stärker, er klammerte sich an ihre Hand. Tara schlug das Herz bis zum Hals. Den Druck seiner Hand und seinen Rücken zu spüren, kam einer ungeheuerlichen Intimität gleich, und sie spürte die gewaltige Intensität seiner körperlichen Nähe. Doch mit einem Mal ließ Michael los und stand ruckartig auf. Etwas verdattert erhob sich Tara ebenfalls. Hatte er auch so intensiv empfunden? Hatte es ihn erschreckt?

Im schwindenden Licht kletterten sie von dem Felsen herunter und suchten sich ihren Weg zurück zum Auto.

„Ihr habt ja auf uns gewartet." Michael grinste Sven breit an, als er die Schiebetür öffnete.

Felix runzelte die Stirn. „Spinnt ihr eigentlich? Es wird schon dunkel. Wir haben uns Sorgen gemacht. Und außerdem haben wir noch keine Übernachtungsmöglichkeit."

„Man kann hier direkt am Vingerklip auf der Farm übernachten." Michael ließ sich auf die Rückbank fallen. Er war wieder ganz der Alte. Was auch immer es gewesen war, das sie auf dem Felsplateau verbunden hatte – es war verschwunden.

Sven schüttelte den Kopf. „Das ist bestimmt überteuert. Nach den Luxusherbergen im Etosha-Nationalpark möchte ich nicht mehr so viel Geld für ein Bett ausgeben."

„Lasst uns doch zu der Farm fahren, die Johannes empfohlen hat, die muss hier in der Nähe sein", schlug Felix vor.

„Oh nein, nicht schon wieder einen Abend mit einem rassistischen Großgrundbesitzer und eine Nacht mit Insektenleichen", wehrte Michael ab.

Sven ließ den Motor an. „Es ist schon ziemlich spät, und ich habe keine Lust, ewig herumzusuchen. Wenn das Essen so gut ist wie bei Elsa, dann ist mir der Rest egal."

Sie fuhren zu der Abzweigung zwischen Outjo und Khorixas, die ihnen Johannes genannt hatte, und fanden ein kleines, schmuckloses Farmhaus hinter der obligatorischen Umzäunung vor. Niemand kam aus der Tür, als sie vorfuhren. Sie stiegen aus und blieben vor dem Tor in der Stacheldrahtumzäunung stehen.

„Probier mal, ob die Tür aufgeht." Michael schob Tara vor. Was bezweckter er damit? Sollte sie als Erste erschossen werden? Ein Feigling war sie jedenfalls nicht und öffnete die Tür mit einem leisen Quietschen.

„Hoffentlich zählt das in Namibia nicht als Hausfriedensbruch." Felix schritt als Letzter durch die Umzäunung auf das Gelände.

Ein schwarzer älterer Herr trat aus dem Haus und winkte ihnen mit einem zahnlosen Lächeln zu. Er wedelte mit den Armen und bedeutete ihnen, um das Haus herum zu gehen. Als sie an einer fensterlosen Wand vorbei auf der Rückseite des Hauses angelangt waren, trafen sie auf einen braun gebrannten jungen Mann mit dunkelblonden, schulterlangen Haaren und Dreitagebart, der in Jeans und einem fleckigen Holzfällerhemd auf einer Terrasse stand und ein Stück Fleisch auf einem Grill wendete. Die mit trockenem Gras überwucherte Terrasse wurde von mehreren Lampen beleuchtet, in deren Lichtkegel die Insekten tanzten.

Der Mann blickte auf. „Oh hallo, ich habe gar kein Auto kommen hören."

Die vier trugen ihr Anliegen vor.

„Ja klar, Sie können gerne hier übernachten. Meine Frau und unser Sohn sind zwar bis übermorgen in Windhoek, aber wenn Ihnen zum Abendessen ein paar gegrillte Steaks reichen, sind Sie herzlich eingeladen." Während er sprach, wendete er weitere Steaks. Mindestens zwanzig davon lagen auf dem Grill, und Tara fragte sich, ob der junge Mann sie als Abendessen für sich alleine vorgesehen hatte.

Svens Blick verriet seine Begeisterung. „Das sieht super aus."

Der schwarze ältere Herr kam aus dem Haus und brachte eine weitere Platte mit Fleisch.

„Das ist Elias, und mein Name ist Frank", stellte der junge Mann sie beide vor. „Nehmen Sie sich doch schon mal ein Bier." Er zeigte mit dem Kinn auf einen großen schwarzen Bottich, in dem Bierdosen in einem Gemisch aus Wasser und Eis lagen.

„Danke, gerne." Sven nahm sich eine Bierdose und öffnete sie. Michael, Felix und Tara taten es ihm gleich. Frank war wohl aus einem anderen Holz geschnitzt als Tom. Er schien sehr offen und unkompliziert zu sein.

Nach und nach kamen schwarze Männer und Frauen aus dem Haus oder um das Haus herum. Alle waren verschwitzt und trugen fleckige Arbeitskleidung. Frank redete mit dem einen oder anderen ein paar Worte auf Afrikaans, und alle bedienten sich am Bierbottich und Grill. Kurze Zeit später hatten sich kleine Grüppchen auf den klapprigen Bierbänken, ein paar Plastikstühlen und auf den Stufen der Terrasse gebildet.

Frank setzte sich zu Tara, Michael, Sven und Felix auf eine Bierbank. „Woher kommen Sie denn?"

„Aus Heidelberg", gab Sven kauend zur Antwort.

„Und wie lange sind Sie schon in Namibia?"

„Knapp eine Woche. Wir sind von Windhoek aus in den Etosha-Nationalpark gefahren und haben dort ein paar Tage verbracht." Tara nahm einen Schluck aus ihrer Bierdose. Das tat gut. Sie hatte gerade erst bemerkt, wie hungrig und durstig sie geworden war. Die Intimität mit Michael auf dem Vingerklip hatte sie komplett gefangen genommen.

„Leben Sie schon lange hier?" Felix säbelte mit einem stumpfen Messer an seinem Fleisch herum.

„Ich bin hier geboren. Mein Vater war Versicherungskaufmann in Deutschland und hatte keine Lust mehr dazu. Da er als Jagdtourist einmal in Namibia gewesen war und es ihm gut gefallen hat, ist er mit meiner Mutter hierher ausgewandert. Damals konnte man als Ausländer noch problemlos Land kaufen, seit dem Landreformgesetz 1995 ist das nicht mehr möglich."

„Leben Ihre Eltern auch noch hier?", fragte Tara.

„Mein Vater ist vor ein paar Jahren gestorben. Danach ist meine Mutter zurück nach Deutschland zu ihrer Schwester gezogen. Mein älterer Bruder lebt auch in Deutschland. Er ist zum Studium nach Hannover gegangen und anschließend dort geblieben. Heute wohnt er mit seiner Frau und seinen zwei Kinder immer noch da."

„Sie sind aber hiergeblieben?"

„Die Farm ist meine Heimat, ich bin hier aufgewachsen. Wenn ich in Deutschland zu Besuch bin, bekomme ich regelrechte Panikzustände von den vielen Menschen. Ich brauche Platz zum Atmen. Namibia hat insgesamt nur etwas mehr als zwei Millionen Einwohner auf einer Fläche von über achthunderttausend Quadratkilometern, das macht zweieinhalb Einwohner pro Quadratkilometer." Er lachte. „Damit kann ich leben."

„Sie besitzen ja auch ein riesiges Grundstück, das kann sich nicht jeder leisten." Michael stellte seine Bierdose ab und sah Frank herausfordernd an.

Frank bedachte ihn mit einem überraschten Seitenblick. „Das ist richtig, aber die Farmen müssen so groß sein, sonst können sie nicht bewirtschaftet werden. Das Land hier stellt andere Anforderungen. Bei den geringen Niederschlagsmengen ist nur Viehzucht möglich, und der Bodenbewuchs ist ein sehr empfindliches Ökosystem. Im feuchteren Norden Namibias ist schon eine Weidefläche von etwa fünfzehn Hektar pro Rind erforderlich, und im niederschlagsärmeren Süden sogar dreißig bis fünfunddreißig Hektar, sonst kommt es zur Verbuschung des Landes."

„Was passiert bei der Verbuschung?", wollte Tara wissen.

„Bei großem Weidedruck werden zu viele Gräser abgefressen, was zur Vermehrung der Holzgewächse, vor allem der Dornenbüsche führt. Das wenige Regenwasser sickert dann sofort tiefer, sodass ein Teufelskreis entsteht und auch keine Gräser mehr nachwachsen können", erläuterte Frank.

„Das Problem ist ja hausgemacht. Früher gab es hier nur Nomaden, die den Boden nicht zerstört haben." Wie nicht anders zu erwarten, spitzte Michael seine Kritik weiter zu.

Felix bedachte ihn mit einem verärgerten Blick. Es gefiel ihm sicher nicht, dass Michael versuchte, ihren Gastgeber zu provozieren.

Ohne Ärger in der Stimme blickte Frank Michael ruhig in die Augen. „Sie meinen also, wir weißen Besatzer sollen alle verschwinden und den

Schwarzen ihr Land zurückgeben?"

„Warum nicht?" Michael scheute keine Konfrontation, während er sich das Steak ihres Gastgebers schmecken ließ.

„Sie vergessen, dass die Schwarzen von heute auch nicht mehr die Nomaden von damals sind. Seit in der Kolonialzeit das Land unrechtmäßig enteignet wurde, ist viel Zeit vergangen. Die Menschen, die heute in Namibia leben, haben sich verändert, haben andere Bedürfnisse und wollen auch nicht mehr durch das Land ziehen. Außerdem haben wir mit unserem Nachbarn Zimbabwe ein abschreckendes Beispiel vor Augen, was passiert, wenn eine Landreform radikal und gewaltsam durchgeführt wird."

„Inwiefern?" Felix blickte Frank interessiert an.

„Präsident Mugabe hat die weißen Farmer enteignet, um das Land wieder in schwarze Hände zu bringen. Die Weißen haben ihre Farmen abgebrannt, das Vieh getötet und die Straßen zerstört, bevor sie sich ins Ausland abgesetzt haben. Die Schwarzen, die die Farmen übernommen haben, hatten nicht das Know-how, um die Farmen wiederaufzubauen oder sie zu bewirtschaften. Zimbabwe ist wirtschaftlich völlig zusammengebrochen, und vor allem die Lebensqualität der armen schwarzen Bevölkerung hat sich dramatisch verschlechtert."

„Und die Regierung in Namibia macht es besser, indem sie alles beim Alten belässt?" Michael schien sich in der Rolle des Provokateurs zu gefallen.

„Sie lassen nicht alles beim Alten. Und ja, sie machen es besser. Trotz aller Radikalität ist die SWAPO bisher vernünftig genug, die Landfrage, das größte aktuelle Problem Namibias, langsam anzugehen."

„Was ist die SWAPO?", fragte Tara.

Ungehalten pickte Michael mit seiner Gabel in die Luft. „Mensch, Tara, als Viertelschwarze hättest du dich schon ein bisschen besser informieren können. Die SWAPO ist die South-West Africa People's Organisation, seit 1990 die Regierungspartei Namibias."

„Ja, sie wurde 1960 als marxistisch orientierte Befreiungsbewegung gegründet. Vorläufer war die Ovamboland Volksorganisation, und auch heute noch macht der Volksstamm der Ovambo fünfzig Prozent der namibischen Bevölkerung aus. Die SWAPO führte bewaffnete Kämpfe gegen die Besatzung Namibias durch Südafrika. 1973 erkannten die Vereinten Nationen der SWAPO das Alleinvertretungsrecht für Namibia zu, und als 1989 die ersten freien Wahlen stattfanden, wurde Sam Nujoma, der Vorsitzende der SWAPO, zum Präsidenten ernannt."

Frank holte sich noch ein zweites Steak. Nachdem er aufgestanden war, raunte Felix Michael zu: „Michael, was soll denn das? Frank bietet uns Essen und eine Übernachtung an, unterhält sich freundlich mit uns, und du benimmst dich unmöglich." Michael zuckte nur mit den Schultern. Tara fand die Unterhaltung interessant, nicht nur wegen der Inhalte, sondern auch weil sie sehen wollte, wie weit Michael gehen und wie lange Frank gelassen bleiben würde. Bei einer Wette hätte sie Frank den Zuschlag gegeben. Er wirkte sehr abgeklärt, und sie glaubte nicht, dass Michael ihn mit seinen Argumenten erschüttern konnte.

Als Frank mit seinem Steak zurück war, nahm Michael die Unterhaltung wieder auf. „Und was tut die Partei für ihr Volk?"

„Wir Weißen sind auch ihr Volk. Wir machen zwar nur fünf Prozent der Bevölkerung aus, aber wir sind auch namibische Staatsbürger, die von der Regierung und dem Präsidenten, jetzt ist das Hifikepunye Pohamba, vertreten werden. Die SWAPO hat auch weiße Mitglieder. Und ja, die Partei hat eine afrikanisch-nationalistische Einstellung und bemüht sich um mehr soziale Gerechtigkeit. Sie haben aber auch verstanden, dass eine Verbesserung des sozialen Standards nur mit einer funktionierenden Wirtschaft zu erreichen ist. Das Landreformgesetz, das 1995 verabschiedet wurde, hat zum Ziel, nicht-weiße Farmer stärker am Landbesitz zu beteiligen, aber weitgehend ohne Enteignungen, sondern durch Vorkaufsrechte und allmähliche Umverteilung." Frank blieb sachlich, freundlich und ließ sich durch Michaels offensichtliche Angriffe nicht aus der Ruhe bringen. Er schien sogar etwas amüsiert über dessen Eifer. Schließlich stand er auf. „Ich bin sehr müde und gehe ins Bett. Elias zeigt Ihnen die Zimmer. Sie sind sehr einfach eingerichtet, weil wir keine eigentliche Gästefarm sind, sondern ein landwirtschaftlicher Betrieb, der nebenbei anspruchslose Gäste beherbergt. Wenn Sie möchten, können Sie morgen früh um halb sechs mit mir durch das Farmgelände fahren. Morgens drehe ich immer eine Runde, um nach dem Rechten zu sehen. Danach können wir frühstücken."

Felix stand auf und räumte seine Sachen zusammen. „Vielen Dank für das Angebot." Danach verabschiedeten sie sich von ihm.

In spartanisch eingerichteten, aber sauberen Zimmern in einem Nebengebäude aus Holz mit Strohdach übernachteten sie.

Am nächsten Morgen um fünf Uhr trommelte Tara alle aus den Betten. „Kommt, aufstehen. Ich möchte mitfahren."

„Dann fahr doch mit. Ich habe keine Lust auf eine Alles-Meins-Rundfahrt", knurrte Michael verschlafen.

„Sei doch kein Idiot, Michael. Frank ist sehr nett, und eine Fahrt in der Morgendämmerung ist bestimmt interessant."

Michael weigerte sich, aufzustehen, aber Tara konnte Sven und Felix motivieren, mitzukommen. Sven zog sich ein quietschgelbes T-Shirt über, auf dem zwei Bierkrüge mit der Aufschrift *Prost* abgebildet waren.

„Willst du nicht ein anderes T-Shirt anziehen? Wenn du so eine Signalfarbe trägst, sehen wir bestimmt keine Tiere." Felix trug ein beigefarbenes, rustikales Hemd, das jedem Großwildjäger Ehre gemacht hätte.

Doch Sven ließ sich nicht beirren und bestand auf seinem T-Shirt.

Frank wartete bereits auf sie und reichte ihnen eine Tasse Kaffee. „Ich hoffe, Sie haben gut geschlafen."

Dankbar griff Felix zu einer der Tassen. „Ja, sehr gut."

„Wo ist denn der Befreiungskämpfer? Kommt er nicht mit?"

„Nein, er kommt nicht mit." Tara hatte keine Lust, eine umständliche Erklärung abzugeben. Sie ärgerte sich über Michael, der sich sonst für alles hier in Namibia interessierte und außerdem ein Frühaufsteher war, den es keine Mühe gekostet hätte, sich ihnen anzuschließen.

„Na, dann wollen wir mal."

In dem offenen Jeep setzte sich Sven vorne neben Frank, während

Felix und Tara hinten auf zwei Rückbänken Platz nahmen, die im Neunzig-Grad-Winkel zur Fahrtrichtung auf der Ladefläche angebracht waren. Neben ihnen saßen zwei schwarze Männer, die Wollmützen und Gewehre trugen. Seitlich neben Frank stand ein junger Schwarzer mit einer bunten Wollmütze und einer zerrissenen Strickjacke auf dem Trittbrett, als es in holpriger Fahrt losging. Im Auto befanden sich außerdem noch drei Terrier mit struppigem Fell. Einer sprang auf Svens Schoß und rollte sich dort zusammen. Die anderen beiden saßen auf der Ladefläche. Es war noch dunkel, und die ersten Streifen der Morgendämmerung zeigten sich im Osten. Sie fuhren ohne Licht.

Nach ein paar Minuten zeigte der Schwarze neben Frank nach vorne und sagte etwas zu ihm.

„Samuel hat scharfe Augen und einen geübten Blick. Er sieht Spuren und Wild lange vor mir." Einige Meter weiter hielt Frank an, und Samuel sprang vom Trittbrett. Er blickte auf eine Hufspur, die vor ihnen im Sand verlief, ging dann zu dem Zaun, der sich links von der Piste erstreckte, strich mit seinem Finger über etwas und leckte es ab. Zurück auf dem Trittbrett beugte er sich zu Frank, und die Fahrt ging weiter.

„Ein Hartebeest hat sich beim Sprung über den Zaun verletzt. Wegen der Rinder müssen wir alles einzäunen, die Zäune sind aber so konzipiert, dass das Wild problemlos darüberspringen kann. Das Hartebeest ist entweder alt oder krank gewesen. Samuel meint zu wissen, wo es hingelaufen ist. Wir fahren hin und sehen nach. Wenn ich es erwische, erschieße ich es", erklärte Frank.

Sie fuhren in der Morgendämmerung durch die Landschaft mit Dornbüschen und Gräsern, die ihnen jetzt schon vertraut vorkam. Samuel zeigte ihnen eine Gruppe Oryxs, die in einiger Entfernung ästen und sofort auseinandersprangen, als sie sich mit dem Geländewagen näherten.

„Die Tiere sind hier nicht so zahm wie im Etosha-Nationalpark. Sie verhalten sich wie das, was sie sind: Wildtiere."

Frank deutete auf eine Felsformation, die rechts von ihnen in einiger Entfernung auftauchte. „Da drüben bei den Felsen lebt eine Gruppe Paviane. Sie sind ziemlich aggressiv und haben schon mehrere meiner Hunde zerrissen. Sie sind mit ein Grund dafür, dass ich mein Haus umzäunt habe. Wenn sie meinen kleinen Sohn beim Spielen erwischen würden … Ich möchte gar nicht darüber nachdenken, was passieren könnte."

Samuel streckte die Hand aus, und Frank drosselte das Tempo. Nach einigem Suchen konnte auch Tara eine abgemagerte Kuhantilope zwischen den Dornbüschen ausmachen. Frank fuhr noch ein paar Meter weiter, bis er freies Schussfeld hatte. Er entsicherte seine Waffe, legte an, und mit einem lauten Knall löste sich der Schuss. Tara sah, wie das Tier zuckte und dann mit ein paar großen Sätzen davonlief. Sofort sprangen die Hunde, die schon vor dem Schuss nervös von einem Bein auf das andere getreten waren und unterdrückt gewinselt hatten, aus dem Auto. Mit lautem Gebell rannten sie hinter dem Hartebeest her. Die drei Schwarzen mit ihren Waffen folgten ihnen.

„Wir versuchen, etwas näher heranzufahren", erklärte Frank und bog von der Schotterpiste auf das unbefestigte Gelände ab. Sie rumpelten hin und her und duckten sich, um den Dornbüschen auszuweichen. Kurze Zeit später hielt Frank an und sprang mit seinem Gewehr aus dem Wagen. „Weiter können wir nicht fahren. Kommt mit."

Sie hörten einen Schuss ganz in der Nähe. „Das war Hennock, er hat dem Hartebeest einen Fangschuss verpasst."

Nach wenigen Minuten sahen sie die Kuhantilope auf der Seite liegen. Einer der Schwarzen stand mit seinem Stiefel auf einem ihrer Hörner und fixierte sie in ihrem Todeskampf. Ein paar Mal bäumte sie sich noch auf, bevor sie mit brechenden Augen ruhig liegen blieb. Die Hunde umringten das sterbende Tier wie wild, bissen in das Fell und leckten Blut von der Einschusswunde. Die Männer holten ein Seil aus dem Geländewagen, banden die Hinterläufe des Tieres zusammen und zerrten es über das Gestrüpp zum Wagen, wo sie es auf die Ladefläche bugsierten.

Als sie die Fahrt fortsetzten, lag das tote Tier zwischen ihnen auf der Lagefläche. Die Hunde zerrten mit blutigen Schnauzen an dem erlegten Wild herum, und Fliegen versammelten sich um seine offenen Augen. Tara war froh, dass Michael nicht dabei war. Sie konnte sich vorstellen, wie sehr ihn dieses Jagderlebnis abgestoßen hätte. Vermutlich hätte er – wie für alle Verfolgten und Unterdrückten – auch für die Antilopen Partei ergriffen und sich um Kopf und Kragen geredet, um ihre Freiheit zu verteidigen. Tara selbst fand die Einblicke, die Frank ihnen in sein Alltagsleben auf der Farm gewährte, sehr eindrücklich. Das Erlegen der Antilope hatte in diesem Umfeld natürlich und unumgänglich gewirkt. Sie aß gerne Fleisch und wusste, dass auch in Deutschland Tiere getötet werden mussten, um sie zu essen. Hier allerdings war der Zusammenhang zwischen Töten und Essen so viel enger und ursprünglicher. Es war für sie nicht abschreckend, es war einfach so und konnte in diesem wilden, urtümlichen Land auch gar nicht anders sein.

Frank lenkte den Wagen durch einen ausgetrockneten Flusslauf. „In der Regenzeit kann das ein reißender Fluss werden. Dann können wir manchmal tagelang nicht auf die andere Seite des Geländes fahren."

Frank und die schwarzen Arbeiter kontrollierten zwei Wasserlöcher. „Die Wasserlöcher sind künstlich angelegt, für die Rinder und auch für das Wild. Wir stellen jeden Tag sicher, dass kein Kadaver im oder am Wasser liegt, damit sich keine Krankheiten ausbreiten."

Als sie sich einem der Wasserlöcher näherten, zeigte Samuel auf den schlammigen Bereich am Rand des Wassers. Es dauerte einen Moment, bis sie ein Warzenschwein erkennen konnten. Der Keiler war allein und suhlte sich im Schlamm. Als sie näher kamen, trabte er gemächlich davon.

„Wir haben drei große Naturweiden, auf denen sich die Rinder aufhalten. Alle paar Wochen treiben wir mit Pferden die Rinder zusammen und bringen sie auf eine andere Weide. Auf diese Weise kann sich der Boden wieder erholen. Das Zusammentreiben auf den riesigen Flächen ist ziemlich mühsam und dauert mehrere Tage", erklärte Frank ihnen weiter.

Zwischen den Dornbüschen zeigte ihnen Samuel drei Kuduböcke mit ihren imposanten Schraubengehörnern. Zuletzt stießen sie auf eine Gruppe von etwa fünfzehn Hartebeestern, die ein hustendes Warnschnauben ausstießen, als sie in einiger Entfernung von ihnen anhielten und sie beobachteten.

Unterwegs fragte Tara Frank nach den getrennten Zwillingsdiamanten, doch ihm war weder der Name des Steins noch die Legende bekannt. Nach etwa zwei Stunden kehrten sie zurück, und als sie die Küche betraten, saß dort schon Michael vor einer Tasse Kaffee. Die schwarze Frau, die in der Küche das Frühstück vorbereitete, krümmte sich gerade vor Lachen. Sie sagte etwas auf Afrikaans zu Frank und tätschelte Michael den Rücken, bevor sie sich wieder dem Herd zuwandte, um Spiegeleier in eine riesige gusseiserne Pfanne aufzuschlagen.

„Der Befreiungskämpfer hat ja auch eine humorvolle Seite. Ich habe Mathilda selten so lachen sehen." Frank goss sich eine Tasse Kaffee ein und setzte sich neben Michael. „Haben Sie endlich einmal richtig ausschlafen können?"

„Danke, ich habe hervorragend geschlafen. Mit Sicherheit habe ich das aufregendste Ereignis unseres Urlaubs gerade verpasst, aber keine Sorge, Tara wird mir nachher alle Details berichten."

Mathilda versorgte sie mit Spiegeleiern und Speck, bevor sie sich zu ihnen an den Küchentisch setzte. „Bleiben Sie länger?"

„Nein, nach dem Frühstück fahren wir weiter." Michael legte den Kopf schief und grinste Mathilda an.

Sie lachte. „Oh, das ist aber schade. Sie sind so ein lustiger Vogel."

Dass Michael ein lustiger Vogel sein sollte, war Tara allerdings neu. Für besonders humorvoll hatte sie ihn bislang nicht gehalten. Anscheinend brachte es ganz neue Seiten an Michael zum Vorschein, dass er sich mit dieser Reise seinen großen Traum erfüllte.

Nachdem sie ihre Sachen zusammengepackt und im Bus verstaut hatten, suchten sie Frank, um sich von ihm zu verabschieden. Seitlich der Gästezimmer hing die erlegte Kuhantilope an einer Metallstange. Das Fell hatten ihr Samuel, Hennock und ihre Kollegen bereits abgezogen. Die Männer standen mit Gummistiefeln in einer Blutlache und zerlegten das Tier.

Sie fanden Frank auf dem Hof, wo er gerade einen der Vorderreifen des Jeeps wechselte. Er zeigte mit seinem Werkzeug auf den platten Reifen. „Das muss vorhin passiert sein, als wir mit dem Hartebeest zurück auf die Piste gefahren sind." Geschickt wechselte er den Reifen und war im Handumdrehen fertig. Beeindruckt davon, wie schnell und geübt er arbeitete, sahen sie ihm zu.

Michael klopfte Sven auf die Schulter. „Siehst du, so macht ein Profi das."

Frank räumte das Werkzeug in eine alte Blechkiste. „Reifenwechseln lernt man hier zwangsläufig aus dem Effeff."

Zum Abschied reichten sie Frank die Hand. Als dieser Michael die Hand schüttelte, grinste er ihn an. „Alles Gute bei Ihrem Feldzug."

Michael lachte auf. „Ebenfalls alles Gute bei der Verteidigungsschlacht."

TWYFELFONTEIN

Ihr erstes Reiseziel des Tages waren die Orgelpfeifen, die sich nicht weit entfernt von Franks Farm befanden. Inmitten der schwarzen Basaltgebilde fanden sie bei ihrer Erkundungstour entlang der etwa hundert Meter langen Formation aus eckigen, bis fünf Meter hohen Säulen eine kleine Plattform. Sie setzten sich und fotografierten sich gegenseitig. Es war später Vormittag, und die Sonne brannte intensiv von einem strahlend blauen Himmel.

Tara blickte blinzelnd in das helle Licht, das von den dunklen Säulen verschluckt wurde. „Wie sind die eckigen Säulen entstanden, Michael? Mit Steinen kennst du dich doch aus."

„Vor ungefähr hundertzwanzig Millionen Jahren ist Lava zwischen die Schiefergesteinsschichten eingedrungen. Durch Erosion wurde das härtere Lavagestein dann wieder freigelegt."

Sie saßen auf der Plattform. Es gab nur sie vier inmitten der imposanten Steinorgel. Tara fühlte sich wie ein Teil der Landschaft. Die Hektik ihres Klinikalltags in Deutschland existierte nur noch als schwache Erinnerung und erschien Tara wie ein absurder Witz. Die vielen Millionen Jahre, die die Natur sich für ein Werk ließ, gaben auch ihr und ihren Freunden die Gelassenheit, sich Zeit zu nehmen. Tara lauschte dem Rauschen des Windes, der an der Orgel vorbeipfiff. Sonst war kein Geräusch zu vernehmen. Sie fühlte die Nähe ihrer Begleiter. Es beruhigte sie, Svens Arm an ihrem zu spüren. Durch die Verbundenheit mit ihren Reisegefährten kam sie sich nicht mehr ganz so winzig und unbedeutend vor.

Nach geraumer Zeit, als ihnen der Po auf dem harten Untergrund bereits wehtat, stand Sven auf. „Was sehen wir uns als Nächstes an?"

„Der verbrannte Berg ist in der Nähe. Er ist auch durch Lavamassen entstanden, die in bestehende Gesteinsschichten eines etwa zweihundert Meter hohen Hügels eingedrungen sind", erklärte Michael. „Heute Nachmittag fahren wir dann nach Twyfelfontein, das ist auch nur ein paar Kilometer von hier entfernt. Am Spätnachmittag steht dort das Licht besser, dann liegen die Gravuren nicht mehr im Schatten."

Sven nickte. „Klingt gut."

Felix hatte an diesem Tag noch kein Wort mit Michael gewechselt. Er war wohl noch immer verletzt darüber, wie grob dieser mit ihm umgegangen war.

„Bist du auch einverstanden, Felix?" Michael schienen seine Beleidigungen leidzutun.

Felix' Stimme klang rau. „Ja, keine Angst, ich werde dir schon kein Klotz am Bein sein."

Bei Twyfelfontein fanden sie zwei armselige Wellblechhütten vor. Müll lag um die Hütten herum auf dem Boden verstreut. Dazwischen standen ein paar magere Karakulschafe und zupften an dürren Grashalmen. Mit ausdruckslosem Gesicht nahm ihnen ein schwarzer älterer Herr ihr Eintrittsgeld ab.

Er stopfte das Geld in eine Plastiktüte. „Sie brauen einen Guide."

„Wir möchten aber keinen Guide", antwortete Michael.

„Kein Guide, keine Tour." Verärgert zog der Mann das Geld wieder aus der Tüte.

Michael hob abwehrend die Hand. „Okay, kein Problem, wir nehmen einen Guide."

Als Guide wurde ihnen eine junge, dickliche Frau zugewiesen, die ein buntes Kleid trug. Dazu hatte sie sich ein ebenfalls buntes, farblich nicht dazu passendes Kopftuch turbanartig um den Kopf gewickelt. Mit gelangweiltem Gesicht schlurfte die Frau, die wohl zum Volksstamm der Damara gehörte, barfuß vor ihnen her auf einen Hügel zu, um den herum abgebrochene Steinplatten in wilder Anordnung gruppiert lagen. Erstaunlich leichtfüßig kletterte sie auf die Felsen und zeigte ihnen die eingravierten Darstellungen von Tieren, Fährten verschiedener Tiere und abstrakte Figuren. Weiterführende Erklärungen hatte sie nicht im Repertoire, und sie blieb gegenüber Michaels Versuchen, sie aus der Reserve zu locken, resistent.

Michael, der auch über die Felsgravuren Bescheid wusste, versorgte sie stattdessen mit den Hintergrundinformationen. „Es gibt Gravuren, die erst in der Neuzeit entstanden sind. Die ältesten Gravuren werden dagegen auf 24.000 vor Christus datiert. Die Gravuren konnten nur in frisch abgebrochene Steinplatten geritzt werden, da der Stein mit der Zeit aushärtet."

Die Tiere waren sehr gut erkennbar. Spezielle Merkmale wie die Hälse der Giraffen oder die langen, gebogenen Hörner der Oryxantilopen waren so überspitzt dargestellt, dass sie fast schon wie Karikaturen wirkten. Sven war vor einer großen, schräg stehenden Platte stehen geblieben. „Schaut euch mal den Löwen an, der hat vielleicht einen Schwanz."

Ein markanter Löwe mit einem rechtwinklig nach oben geknickten Schwanz und überdimensional großen Tatzen dominierte die übrigen Bilder auf der Steinplatte. An der Schwanzspitze befand sich eine zusätzliche Tatze.

Hinter ihrem schweigsamen, gelangweilten Guide kletterte Tara über die Felsbrocken und sah sich alle Platten an. Es war schwer vorstellbar, dass bereits vor Tausenden von Jahren Menschen hier gewesen waren und mit spitzen Steinen Figuren in die Felsen geritzt hatten. Warum sie es wohl getan hatten? Nur zum Vergnügen? Um anderen etwas zu erklären? Um Aufzeichnungen für die Nachkommen zu hinterlassen? Und wie hatte die Welt um sie herum ausgesehen? War hier schon eine trockene Savanne gewesen oder eine grüne, blühende Landschaft? Wie hatten die Menschen ausgesehen? Wie hatten sie gelebt? Tara versuchte, sich eine Vorstellung von der unfassbaren Zeitspanne zu machen, die vergangen war, seit die ersten Menschen hier Botschaften hinterlassen hatten.

Sie fragten ihren Guide nach Aufzeichnungen zu den Zwillingsdiamanten und nannten ihr den Namen des Steines, aber die junge Damara zuckte nur mit den Schultern. Nachdem sie alle Platten gesehen hatten, wollte die Frau sie zurück zum Ausgang führen, doch Michael sagte ihr, sie seien noch nicht fertig mit ihrer Besichtigung. Etwas verärgert blieb sie noch eine Weile bei ihnen stehen. Als sie merkte, dass keiner von ihnen Anstalten machte, die Besichtigung abzubrechen, ging sie zurück zu den Wellblechhütten.

Sven schien erleichtert, als die Frau weg war. „So, jetzt können wir endlich in Ruhe nach der Legende suchen."

Eine Weile kletterte Tara aufgeregt, aber planlos zwischen den Platten umher. Sie hoffte sehr, etwas zu finden.

„Wir sollten Fotos von allen Platten machen, und falls uns jetzt nichts auffällt, können wir später alles nochmals in Ruhe durchsehen", schlug Felix vor.

„Gute Idee." Michael, der über die beste Fotoausrüstung verfügte, begann sofort zu fotografieren.

Tara versuchte, die Zeichnungen im Kopf zu sortieren. Sie suchte die Platten nacheinander nach Tieren, Menschen und anderen Figuren ab. Allerdings wusste sie gar nicht, wonach sie suchen sollte. Am ehesten nach abstrakten Figuren, die die Form eines Quaders hatten, doch die abstrakten Zeichnungen verliefen vorwiegend spiralförmig und wellig. Sie fand nichts, was sie mit dem Stein oder der Legende in Verbindung bringen konnte. Michael war inzwischen mit seinen Aufnahmen fertig. Hoffnungsvoll blickte Tara Sven und Felix an. Doch beide schüttelten den Kopf, auch sie hatten keinen Hinweis gefunden.

Mit hängenden Schultern ging Tara hinter den anderen zurück zum Auto. Das war es jetzt wohl gewesen. Dabei hatte alles so vielversprechend angefangen. Sie hatte sich schon am Ziel gewähnt, als sie vor Kaqeces kleinem Laden gestanden hatten. Doch mehr als weitere Fragen hatten sich bislang nicht aufgetan.

Sie fanden ein kleines Hotel in Khorixas. Tara bat die anderen, sie einen Moment allein zu lassen. Sie legte sich auf ein Bett und schloss die Augen. Die Suche nach der Herkunft des Diamanten war ihr doch wichtiger geworden, als sie gedacht hatte. Hier in Namibia schien die Geschichte nicht mehr so absurd und unrealistisch zu sein, wie sie ihr in Deutschland vorgekommen war. Sie passte zu diesem Land, und Tara war sich mit einem Mal sicher, dass es Antworten zu den Fragen gab, die sich ihr stellten. Sie spürte, wie sehr sie darauf brannte, diese Antworten zu finden, es schien ihr plötzlich enorm wichtig geworden zu sein. Sie verstand nicht warum, aber sie spürte, dass es eine große Bedeutung für sie und ihr zukünftiges Leben haben könnte.

Nach etwa einer Stunde meldete sich Taras knurrender Magen. Sie raffte sich auf, wusch sich das Gesicht und ging in das Restaurant, in dem ihre Begleiter auf sie warteten. Als sie die Gaststätte betrat, hatten Michael, Sven und Felix ihre Köpfe über Felix' Laptop gebeugt. Ihre abgegessenen Teller hatten sie beiseitegeschoben. Neben Felix lag ein Block, auf dem er schon einige Notizen in seiner schönen steilen Schrift hinterlassen hatte.

Er hob den Kopf. „Ah, Tara, schau mal. Wir haben die Aufnahmen der Felstafeln auf den Laptop geladen und katalogisieren die Zeichnungen. Parallel versuche ich, im Internet etwas darüber herauszufinden, wie alt die einzelnen Gravuren sind. Wenn die Zeichnungen irgendetwas mit deiner Familie zu tun haben, können sie wohl kaum fünftausend Jahre alt sein. Es muss sich dann um jüngere Gravuren handeln."

Gerührt erkannte Tara, wie eifrig die drei sich bemühten, ihr zu helfen. Eine Welle der Zärtlichkeit für jeden durchlief sie, und am liebsten hätte sie sich von ihnen umarmen lassen. Es hätte ihr jetzt gutgetan, die Nähe der Jungs auch körperlich zu spüren. Stattdessen setzte sie sich auf die Bank in einigem Abstand zu Sven. Dieser schien ihre Niedergeschlagenheit und ihr Bedürfnis nach Nähe zu spüren. Er rückte an sie heran und legte den Arm um sie. „Ich glaube, du solltest erst einmal etwas essen. Dann geht es dir bestimmt gleich viel besser." Das war sein Rezept gegen Beschwerden aller Art. Er bestellte ihr ein Steak und hielt ihr sein Bierglas hin. „Trink schon mal was." Sie nahm einen Schluck und lehnte sich an ihn. Seine bodenständige Art tat ihr gut, und auch sein Rezept gegen Kummer wirkte. In Svens Arm fühlte sie sich gleich nicht mehr so mutlos. Michael blickte mit einem Stirnrunzeln auf Tara und Sven, bevor er sich wieder über den Laptop beugte und gemeinsam mit Felix die Gravuren weiter katalogisierte.

Nachdem sie gegessen hatte, ließ sie sich von Felix erklären, was sie bereits erarbeitet hatten. Er zeigte ihr alle Bilder der Platten. Sehr sorgfältig hatte Michael von allen Platten detaillierte Aufnahmen gemacht, die die Gravuren zeigten. Mit wissenschaftlicher Präzision hatte Felix eine Tabelle angelegt, in der er die Figuren aufgeführt hatte und nach bestimmten Begriffen wie beispielsweise *kreisförmige Figur* oder *Antilope* suchen konnte. Da er die Platten nummeriert hatte, konnte er ihr auch sofort ein Bild der Gravur zeigen, um die es sich handelte.

Sie saßen in dem Lokal, bis der Wirt sie aufforderte zu gehen, da er schließen wollte. Im Hotelzimmer arbeiteten Felix und Michael unermüdlich weiter. Michael diktierte Felix die Details, die dieser in die Tabelle eingab. Sven hatte sich in der Zwischenzeit auf eines der Betten gelegt und schnarchte leise. Tara saß bei den beiden, konnte allerdings nicht besonders viel helfen. Stattdessen sah sie ihnen nur zu und kämpfte gegen ihre Müdigkeit. Sie wollte die beiden in ihrem Eifer nicht bremsen und rechnete es ihnen hoch an, dass sie sich so sehr darum bemühten, der Lösung des Rätsels auf die Spur zu kommen. Doch sie glaubte nicht daran, dass Felix und Michael auf diese Weise weiterkommen würden. Was sollte die Tabelle denn schon bringen? Zumindest schienen die beiden sich wieder zu vertragen. Anscheinend hatte Felix Michael dessen Grobheiten verziehen, stellte Tara mit Freude fest, als sie den hellblonden und den goldblonden Schopf betrachtete, die beide dicht nebeneinander über den Bildschirm gebeugt waren. Es hatte ihr sehr leidgetan zu sehen, wie sehr Felix durch Michaels Worte verletzt worden war. Irgendwann war sie so müde, dass ihr ständig die Augenlider zufielen und der Kopf nach unten sackte, wodurch sie wieder unsanft aus ihrem Sekundenschlaf gerissen wurde.

Felix blickte sie an. „Leg dich doch hin und schlafe eine Runde, Tara. Wir machen hier weiter, aber du brauchst nicht dabeizubleiben."

Erleichtert legte sich Tara neben Sven und schlief ein, noch während ihr Kopf in das Kissen sank.

Dicht an Sven gedrängt wachte Tara am nächsten Morgen auf. Auf ihrer anderen Seite lag Felix. Michael saß auf einem Sessel, hatte seine Füße auf das Bett gelegt und schlief mit leicht geöffnetem Mund. Vorsichtig kletterte sie aus dem Bett und ging ins Bad. Als sie zurückkam, entdeckte sie einen Zettel, der auf dem Tisch neben Felix' Laptop lag. „Wir haben etwas gefunden!", las sie leise und war mit einem Schlag hellwach. Am liebsten hätte sie Felix sofort geweckt! Rasch duschte sie, zog sich an und spazierte eine Stunde unruhig durch Khorixas. Dann besorgte sie Kaffee und Gebäckstücke, bevor sie zurück in das Hotelzimmer ging. Sven putzte sich gerade die Zähne, Michael räkelte sich im Sessel, während Felix noch zusammengerollt auf dem Bett lag und schlief.

Sie drückte Michael einen Becher Kaffee in die Hand. „Und? Was habt ihr gefunden?"

„Lass mich doch erst mal aufwachen", knurrte Michael noch ganz verschlafen.

„Sorry, aber ich platze gleich vor Neugier."

„Wir haben zwei kleine kantige Zeichen gefunden, die in unterschiedliche Platten geritzt sind. Wenn man sie im Computer nebeneinander ansieht, sind sie spiegelgleich. Mit ein bisschen Fantasie könnte einer davon dein Stein sein."

„Ja und noch was", ergänzte Felix, der mittlerweile durch ihr Gespräch geweckt worden war, „die Zeichen sehen anders aus als die übrigen Zeichen auf den Platten, stärker verwittert, nur noch sehr schlecht zu erkennen, als hätte man sie auf eine andere Weise hergestellt als die meisten Zeichen."

„Auf den Fotos kann man das natürlich nicht besonders gut erkennen. Wir müssen noch mal hinfahren und uns das auf den Platten ansehen." Zu Taras Erstaunen verlor Michael kein Wort darüber, dass sie den Reiseplan, den er ausgearbeitet hatte, auf diese Weise nicht würden einhalten können. Mit einer ungezwungenen Selbstverständlichkeit hatten die drei Taras Suche zu ihrer gemeinsamen Suche gemacht. Von Dankbarkeit überwältigt fiel Tara Michael um den Hals, doch dieser wand sich sofort wieder aus ihrer Umarmung. „Ist ja schon gut."

Gelöst lachte Tara ihn an. „Vielen Dank!" Und an Felix gerichtet sagte sie: „Auch dir vielen Dank, Felix. Ich bin ganz gerührt darüber, dass ihr euch so eine Arbeit gemacht habt, um mir zu helfen."

„Es ist doch klar, dass wir helfen. Wir wollen ja auch wissen, was es mit dem Stein auf sich hat." Felix breitete die Arme aus und zog Tara, die wiederum ihre Arme um seinen Hals schlang, an sich. Es fühlte sich gut an, seinen warmen Körper zu spüren, und sein leises Lachen klang melodisch und vertraut an ihrem Ohr. Es ging ihr gut mit diesen Jungs.

Es war bereits früher Nachmittag, als sie wieder in Twyfelfontein ankamen. Mit skeptischem Blick kassierte der Schwarze erneut das

Eintrittsgeld von ihnen und rief die junge Frau herbei, die sie bereits am Vortag geführt hatte. Erstaunt blickte sie die kleine Gruppe an und brachte sie erneut zu den Felszeichnungen. Ohne Umweg kletterten sie zu der Felsplatte, auf der sich die kleine, unscheinbare Gravur befand.

Aufgeregt zeigte Felix auf das Zeichen. „Hier, siehst du, die Gravur ist nicht so tief wie die anderen, nur ganz oberflächlich, und die Ränder sind nicht so scharf wie bei den anderen Symbolen."

„Vielleicht wurde sie später angebracht, als der Fels schon stärker ausgehärtet war", meinte Michael.

Felix nickte. „Das könnte erklären, warum sie nicht so tief in den Fels eingraviert wurde und warum an den Kanten Stein abgebröckelt ist. Wir sollten nach anderen Gravuren suchen, die auch so aussehen. Vielleicht hilft uns das weiter."

Die junge Damara hatte sich auf einen Felsblock in der Nähe gesetzt und stützte den Kopf auf die Hand. Während Tara, Sven und Felix die Platten absuchten, setzte sich Michael neben sie auf den Stein und versuchte, sie in ein Gespräch zu verwickeln. Nach einer Weile hellte sich der mürrische Blick der jungen Frau auf. Aus den Augenwinkeln sah Tara, wie ein flüchtiges Lächeln über ihr Gesicht huschte. Kurze Zeit später beobachtete sie, wie die Frau etwas zu Michael sagte. Tara beschäftigte sich weiter mit den Platten und entfernte sich ein Stück. Als sie nach etwa zwanzig Minuten zurückkam, hielt die Frau eine der Wasserflaschen in der Hand, die Michael in seinem Rucksack mitgebracht hatte, und unterhielt sich mit ihm. Verständigungsschwierigkeiten schien sie mit Händen und Füßen überwinden zu wollen, denn sie gestikulierte lebhaft. Der gelangweilte Blick war aus ihrem Gesicht verschwunden, und mit einem Mal sah sie sehr hübsch aus. Eine Reihe ebenmäßiger weißer Zähne blitzte beim Lachen aus ihrem dunklen Gesicht, und kleine Grübchen bildeten sich auf ihren Wangen. Tara ging zu den beiden hin und setzte sich neben Michael, der locker mit der jungen Frau flirtete. Noch nie hatte Tara ihn in so einem Tonfall sprechen hören. Er hörte sich fröhlich und entspannt an. Wenn er dagegen mit ihr sprach, klang er meist etwas gereizt, oder es schwang ein sarkastischer Unterton mit. Noch nie hatte er sich mit ihr so gelöst und freundlich unterhalten wie mit dieser jungen Frau. Tara konnte nicht verhindern, dass ein Stich der Eifersucht sie traf.

Michael drehte sich zu Tara um. „Donsy hat mir etwas sehr Interessantes über die Gravuren erzählt: Wenn die Sonne untergeht, dann bilden sich durch die Schatten der Felsen Figuren über den Gravuren. Diese Schatten ordnen Bilder einander zu oder bezeichnen Pfade, auf denen Tiere während der Trockenzeit ziehen."

„Das ist ja sehr spannend." Tara blickte Donsy überrascht an. Offensichtlich wusste diese durchaus einiges über die Gravuren, hatte anscheinend jedoch keine Lust, ihr Wissen mit jedem dahergelaufenen Touristen zu teilen.

Nachdem Felix und Sven noch einige Gravuren identifiziert hatten, die ebenfalls etwas verwittert aussahen, fotografierte Michael diese. Den Rest des Nachmittags verbrachten sie damit, dass sie auf den Steinen saßen und auf den Sonnenuntergang warteten. Donsy war zurück zu den Hütten gegangen. Schweigend blickten sie auf die Felsgravuren. Mit der sinkenden Sonne änderte sich die Farbe der Steine. Durch die Tiefe der Gravuren bildeten sich kleine Schatten und verliehen den Bildern eine dritte Dimension. Nachdem Tara so lange auf die Platten gestarrt hatte, war ihr, als sähe sie die Antilopen ziehen. Die Beine der Tiere begannen sich zu bewegen, und sie sah die Staubwolken über der Savanne aufsteigen, als die Herde über die Ebene zog. Fasziniert erkannte sie, wie die Bilder zum Leben erwachten und ihre Geschichte erzählten. In wogendem Rhythmus schritt die majestätische Giraffe zwischen den Dornenbüschen der untergehenden Sonne zu, und die Löwin leckte sich träge über ihr blutverschmiertes Maul, während sie den vorbeiziehenden Springböcken nachsah. Ganz ruhig und in nächster Nähe trotteten diese gemächlich an der Löwin vorbei, von der sie wussten, dass sie satt war.

„Da, schaut euch das mal an!" Svens lauter Ausruf unterbrach jäh die friedliche Szene, die sich vor Taras Augen abgespielt hatte. Er war aufgesprungen und zeigte auf einen Schatten, der sich allmählich über einer Felsplatte ausbreitete. Tara, Felix und Michael standen ebenfalls auf und blickten auf die Platte, auf der sich der Löwe mit dem abgeknickten Schwanz befand. Ein kreuzförmiges Muster bildete sich über ihm und wanderte auf den Winkel zu, den der Schwanz mit dem Körper bildete. Es dauerte noch eine Weile, bis der Schatten genau auf dem Winkel zu liegen kam. Michael schoss pausenlos Fotos.

Wie ein schwarzer Balken lief der Schatten nun durch den Körper des

Löwen weiter an der Platte entlang und verschwand dann hinter einem Felsen. Er verschwand hinter dem Felsen? Rasch trat Tara ein paar Schritte zurück. Ja, natürlich, er verlief auch auf dem Felsen davor.

„Schnell, Michael, mach Fotos von allen Figuren, die der Schatten auf dieser Platte hier trifft!", rief Tara und sprang nach vorne, um den anderen Schenkel des Schattens zu suchen, der entlang des Schwanzes nach oben verlief und ebenfalls auf eine Platte mit Gravuren traf.

„Unglaublich, es sind die beiden Platten, auf denen sich die eckigen Figuren befinden, die wir identifiziert haben!" Fassungslos blickte Felix auf die Figuren, die gleichzeitig genau auf den Schattenlinien lagen, die sich jeweils auf den beiden Felsblöcken abzeichneten.

Michael fotografierte eilig alles, was durch die beiden Schattenlinien noch miteinander verbunden war. In der Zwischenzeit hatte Tara in der Verlängerung der Linie, die sich entlang des Löwenschwanzes bildete, einige Wellenlinien ausgemacht, neben der sich drei trapezförmige Zeichnungen befanden. Ein Trapez war unterbrochen, als bestünde es aus zwei Hälften.

Tara zeigte Felix aufgeregt ihre Entdeckung. „Diese Figuren sind auch nicht so tief im Stein, genau wie die Quader."

Fieberhaft suchten sie nach weiteren Hinweisen, konnten aber nichts mehr entdecken. In der Zwischenzeit war der Schatten weitergewandert und die Sonne fast untergegangen. Michael fotografierte, und Felix zeichnete die verschiedenen abstrakten Figuren, die auf den Platten zu sehen waren, in sein Notizbuch.

Nach etwa einer Stunde wurde Sven unruhig. „Okay, lasst uns fahren. Hier kommen wir jetzt auch nicht mehr weiter. Außerdem habe ich einen Bärenhunger."

„Vielleicht finden wir ja noch etwas, wenn wir Michaels Fotos auswerten", meinte Felix hoffnungsvoll. Tara wusste nicht genau, ob sie euphorisch oder enttäuscht sein sollte, wahrscheinlich von beidem etwas. Sie hatten eine faszinierende Entdeckung gemacht, aber hatte sie etwas mit ihrem Stein zu tun? Und was hatte das alles zu bedeuten?

Nachdem sie nach Khorixas zurückgekehrt waren und etwas gegessen hatten, waren alle so müde, dass sie sich sofort trennten, um schlafen zu gehen.

SKELETTKÜSTENPARK UND SWAKOPMUND

Am nächsten Morgen brachen sie früh von ihrer Unterkunft auf, nachdem sie am Abend zuvor beschlossen hatten, ihre Reise fortzusetzen. Sven trug auch an diesem Tag wieder sein gelbes T-Shirt und verbreitete im Auto einen leichten Schweißgeruch.

Michael rümpfte die Nase. „Sven, du stinkst. Kannst du kein frisches T-Shirt anziehen?"

Sven ignorierte Michaels Beschwerden. Sie sprachen nicht über den Stein und die Hinweise, die sie gestern gefunden hatten. Auch Tara versuchte, nicht daran zu denken. Sie wollte ihren Reisebegleitern nicht damit auf die Nerven gehen, sich ständig mit der Legende beschäftigen zu müssen. Außerdem hatte sie selbst ebenfalls das Bedürfnis, die Hinweise erst einmal ruhen zu lassen und einen gewissen Abstand zu schaffen. Vielleicht würde ihr etwas Distanz helfen, Licht in das Dunkel zu bringen.

Zügig gelangten sie zum Kontrollpunkt Springbokwater, einem der Zugänge zum Skelettküsten-Park. Wie an einem Grenzübergang standen dort zwei bewaffnete Männer in Uniform. Michael leierte die Scheibe herunter. „Guten Morgen."

„Hallo." Einer der schwarzen Männer tippte an seine Mütze.

„Wir möchten durch den Skelettküsten-Park fahren." Anscheinend meinte Michael, den Männern ihr offensichtliches Vorhaben erklären zu müssen.

„Haben Sie eine Unterkunft im Park gebucht?"

Es stellte sich heraus, dass sie im Vorfeld eine Unterkunft hätten buchen müssen. So mussten sie sich dazu verpflichten, den Park vor Sonnenuntergang wieder zu verlassen, und wurden noch gefragt, ob sie ausreichend Trinkwasser und Benzin bei sich hätten. Nachdem sie das Eintrittsgeld bezahlt hatten, wurde ihnen endlich die Zufahrt gewährt.

Felix sah unglücklich aus. „Das klingt alles ziemlich risikoreich. Müssen wir wirklich durch den Park fahren?"

„Natürlich fahren wir da durch", gab Michael unwirsch zurück.

Felix' Mundwinkel zuckten, und er blickte zum Fenster hinaus.

Sven legte seine Hand auf Felix' Schulter. „Jetzt sind wir schon mal hier, und so gefährlich wird es schon nicht sein."

Tara ärgerte sich über Michael. Warum nur musste er Felix so anfahren? Am Vortag war die Stimmung zwischen den beiden wieder so gut gewesen. Konnte Michael nicht ein wenig rücksichtsvoller sein?

Schweigend fuhren sie durch die unwirtliche Landschaft des Parks. So weit das Auge reichte, tat sich eine monotone Wüste aus Sand und Stein vor ihnen auf. Kein Fahrzeug begegnete ihnen auf ihrer Fahrt. Tara saß auf dem Beifahrersitz neben Michael und lehnte den Kopf gegen die Scheibe. Ihr Blick schweifte über das lebensfeindliche Gelände. Sie waren schon seit mehr als einer Woche in Namibia, und sehr oft gab es nur sie vier in der Natur. Das Land legte in seiner Weite und Einsamkeit ein Band um ihre kleine Gruppe. Unwillkürlich waren sie zusammengerückt, als könnten sie sich dadurch gegen die Übermacht der Elemente um sie herum behaupten. Tara spürte die Nähe zu Felix und Sven, besonders wenn sie mit einem der beiden alleine war. Die anfänglichen Sticheleien und Reibereien waren verschwunden und hatten einem vertrauten Umgang miteinander Platz gemacht. Die Nähe, die sich zwischen ihnen entwickelt hatte, schloss auch Michael mit ein, er war ein Bestandteil ihrer Gemeinschaft, auch wenn er sich dagegen wehrte. Er versuchte, die Zusammengehörigkeit zu zerstören, indem er weiterhin zu kleinen Bosheiten und Albernheiten griff, so wie vorhin, als er Felix angefahren hatte. Michael vermied es, mit Tara alleine zu sein. Abends bestimmte er die Zimmereinteilung vorschnell und sorgte dafür, dass Tara sich das Zimmer mit Sven oder Felix teilte. Nur während ihrer ersten Nacht und auf dem Vingerklip waren sie alleine gewesen. Auf dem Vingerklip war Michaels Widerstand gegen die Vertrautheit zwischen ihnen kurzzeitig in sich zusammengefallen, und Tara hatte seine körperliche und emotionale Nähe mit einer gewaltigen Intensität gespürt. Sie war sich sicher, dass er diese Empfindung mit ihr teilte. Damit umgehen konnte er jedoch nicht. Ob ihm das Angst machte? Und warum?

Nach etwa zwei Stunden Fahrt tauchte vor ihnen das Blau des Atlantischen Ozeans auf. Kein Übergang war zwischen der Wüstenlandschaft und der Küste, die als der größte Schiffsfriedhof der Welt galt, erkennbar.

„Das muss extrem frustrierend gewesen sein für die Schiffbrüchigen, die sich hier an die Küste retten konnten", stellte Felix fest.

Sven nickte. „Lange überlebt haben die hier nicht."

An der Küste entlang fuhren sie nach Süden.

„Irgendwo hier muss es ein Schiffswrack geben, das man zu Fuß erreichen kann."

Sie fanden eine Abzweigung, die sie von der gut ausgebauten Hauptstraße in Richtung Küste führte.

„Sollen wir da wirklich entlangfahren?", fragte Felix. „Mit unserem Bus können wir hier ruckzuck steckenbleiben." Keiner machte sich über ihn lustig. Alle blickten zweifelnd auf die Fahrspuren, die im Wüstensand verliefen. Die Fahrzeuge, die diese Spuren hinterlassen hatten, waren sicher mit Allradantrieb ausgestattet gewesen, vermutete Tara. Sie wollte auf keinen Fall mit dem Bus in dieser gottverlassenen Wüste im Sand stecken bleiben. Wer weiß, wann hier jemand vorbeikäme, um ihnen zu helfen, und ihr Handy hatte hier natürlich keinen Empfang.

Sven stieg aus und prüfte die Fahrbahn. „Sie macht einen gut befestigten Eindruck."

„Lasst uns lieber zu Fuß gehen", schlug Felix vor.

„Bis zur Küste ist es aber bestimmt noch einen Kilometer." Sven kratzte sich am Hinterkopf.

Tara war ebenfalls ausgestiegen und blickte entlang der Piste, die fast gradlinig zum Wasser führte. „Ich bin auch dafür, zu Fuß zu gehen. Der VW-Bus ist alles andere als geländetauglich."

Sie stiegen wieder in den Bus, suchten eine geeignete Stelle, wo sie ihn parken konnten, und machten sich mit zwei Flaschen Wasser bewaffnet auf den Weg. Zunächst war der Weg gut befestigt, und es bereitete ihnen keine Mühe, zügig voranzukommen. „Das hätten wir auch mit dem Bus geschafft", meinte Sven, kurz bevor er bis zum Knöchel im Sand versank. „Oh, jetzt hätten wir Schwierigkeiten bekommen."

Nebel zog auf, und die Schwaden versperrten ihnen zeitweilig die Sicht auf den Ozean. Es war kühl, und sie fröstelten in ihren T-Shirts. An der Küste entdeckten sie die kläglichen Überreste eines Kutters, die halb im Sand versunken waren. Sie standen zwischen den verwitterten Holzteilen und ließen gedankenverloren ihren Blick schweifen über das Meer aus Wasser in der einen und das Meer aus Sand in der anderen Richtung. Tara konnte die Verzweiflung nachempfinden, die einen Schiffbrüchigen ergriffen haben musste, als er durch diese Wüste gestolpert war. Gerade noch war er dem Tod durch Ertrinken entkommen und hatte sich mit letzter Kraft auf das vermeintlich rettende Land geschleppt. Dann musste er feststellen, dass der Tod im Wasser eine Gnade gewesen wäre. Nichts gab es hier. Kein Wasser, keine Pflanzen, keine Tiere. Nichts, das ihn vor seinem grausamen Schicksal bewahrt hätte. Tara schauderte in den kalten Nebelschwaden, die sie streiften. Noch nie hatte sie Nebel in dieser handgreiflichen Form gespürt. Wie kalte Finger griffen die Schwaden nach ihr.

Eine Weile lauschten sie dem Heulen des Windes und starrten auf die letzten Zeugen des Unglücks, das sich vor der Küste ereignet hatte. „Schiffe! Das Meer und drei Schiffe, eines davon ein Wrack!", rief Felix plötzlich.

Wie Schuppen fiel es Tara von den Augen. „Du hast Recht! Das Meer und Schiffe, das könnten die Wellen und die Trapeze auf dem Felsen bedeuten." Anerkennend blickte sie Felix an. „Vielleicht sind wir jetzt wirklich einen Schritt weitergekommen." Sie blickte auf die unruhige Oberfläche des Meeres und überlegte, was die Zeichnungen wohl festhielten. War es ihr Stein, der den Weg über das Meer angetreten hatte? Was hatte es mit dem Wrack auf sich? Und waren das Meer und Schiffe überhaupt die richtige Deutung der Zeichen?

Sie machten sich auf den Rückweg und waren froh, als sie ihren Bus wieder erreicht hatten und sie sich in der Sicherheit ihres fahrbaren Untersatzes befanden, der ihnen eine Flucht aus diesem Friedhof ermöglichte. Tara war nicht abergläubisch und hatte im Gegensatz zu ihrer Großmutter keinen Hang zum Voodoo. Doch die dichten Nebelschwaden waren ihr wie die unruhigen Seelen der nicht zur Ruhe gekommenen Schiffbrüchigen vorgekommen.

„Es ist unheimlich hier." Felix sprach aus, was auch Tara empfand.

Sie nickte bedächtig. „Ja, die Küste trägt ihren Namen zu Recht."

Am Übergang Ugabmund verließen sie den Park wieder. Felix schlang seine Arme um sich und erschauderte kurz. „Der Abschied fällt mir wirklich nicht schwer."

Schweigend fuhren sie entlang der Küste durch die Wüste nach Süden. Es dauerte eine Weile, bis Tara das unbehagliche Gefühl abschütteln konnte, das sie an der Skelettküste umfangen hatte.

Ihr nächster Zwischenstopp war das Kreuzkap mit seiner Robbenkolonie. Auf dem Parkplatz befanden sich erstaunlich viele Fahrzeuge. Touristen spazierten auf dem Platz herum oder saßen auf einer niedrigen Mauer, hinter der sie bereits vom Auto aus ein Meer aus Robben erkennen konnten. Als sie die Schiebetüren des Busses öffneten, schlugen ihnen ein penetranter Gestank und ein ohrenbetäubender Lärm entgegen, den die Robben verursachten. Der Lärm und das Gewusel der Tiere und Menschen stand in einem so drastischen Gegensatz zu der unheimlichen Einsamkeit und dem monotonen Rauschen des Windes, die sie im Skelettküstenpark umfangen hatten, dass sie zurückschreckten und sich völlig überreizt fühlten.

„Oh mein Gott." Michael fasste sich stöhnend an den Kopf. „Das ist ja kaum zu ertragen."

Sie gingen über den Platz und beobachteten die Robben, die auf den Steinen lagen oder sich im Wasser tummelten. Überall waren kleine Babyrobben zu sehen, die aus Leibeskräften schrien, um ihre Mütter auf sich aufmerksam zu machen, wenn diese von der Jagd zurückkamen. Die aus dem Wasser kommenden Tiere nahmen auf ihrem Weg an Land keine Rücksicht. Sie robbten über ihre Artgenossen, egal ob groß oder klein. Auch die Leichen einiger Jungtiere, an denen sich die Möwen zu schaffen machten, lagen zwischen den Steinen.

Fasziniert schoss Tara pausenlos Fotos. Auch hier herrschte das unbarmherzige Gesetz der Natur. Individuen hatten keinerlei Bedeutung. Es passte zu Namibia, dass der Kampf ums Überleben so überdeutlich zu erkennen war: grausam, faszinierend und schön zugleich. Die eleganten Bewegungen der Robben im Wasser, die von der zwischen den scharfkantigen Felsen tobenden Brandung völlig unbeeindruckt waren, bildeten einen eigenartigen Kontrast zu den unbeholfenen, schwerfälligen Vorwärtsbewegungen der plumpen Tiere an Land.

„Mir reicht's", verkündete Michael nach ein paar Minuten. „Wenn ich hier stehen bleibe, kotze ich auf den Parkplatz. Ich gehe zurück ins Auto."

Tara machte der Gestank jedoch nichts aus. „Ich bleibe noch", beschloss sie.

Auch Sven saß ungerührt auf der Steinmauer. „Ich auch."

Felix schließlich, der ganz grün im Gesicht geworden war, folgte Michael wortlos.

„Bleibt nicht mehr so lange, im Auto stinkt es bestimmt auch schon. Sonst kann ich für nichts garantieren", rief Michael Tara und Sven noch über die Schulter zu, als er sich auf den Weg zum Auto machte.

Tara und Sven beobachteten die Robben noch eine Weile und studierten die Schautafel auf dem Parkplatz, die darüber informierte, dass Diego Cão hier 1486 zu Ehren des Königs Johannes von Portugal ein Kreuz errichtet hatte, das im 19. Jahrhundert in ein Berliner Museum gebracht worden war. Als Deutsch-Südwestafrika etabliert wurde, sollte das Kreuzkap als Hafen dienen. Da man kein Trinkwasser fand, konnte dieser Plan nicht umgesetzt werden. Dennoch wurde das Kreuzkap zu einem wirtschaftlich bedeutsamen Ort, denn die Robben wurden zu Tausenden wegen ihrer Felle, ihres Fleisches und Fettes geschlachtet. Zudem wurde bis zum Ende des 19. Jahrhunderts Guano aus reichhaltigen Vorkommen abgebaut.

„Siehst du die Robbe, die da drüben gerade aus dem Wasser gesprungen ist? Sie schreit und bewegt den Kopf hin und her. Bestimmt hält sie nach ihrem Jungen Ausschau." Sven deutete auf eine Robbe, die suchend umherblickte und sich mit angestrengten Bewegungen über die Felsen wuchtete.

„Beobachten wir, ob sie ihr Kind findet", schlug Tara vor.

Sie verfolgten den Weg der Robbe durch die Massen und versuchten, das Junge auszumachen, nach dem sie auf der Suche war. Immer wieder hielt die Robbe inne, legte den Kopf in den Nacken und stieß einen Schrei aus, der in dem allgemeinen Lärm gnadenlos unterging. Auch die vielen kleinen Robben schrien ohne Unterlass. Sie fieberten mit der Robbe mit. Tara wäre es schwergefallen zu gehen, solange sie nicht dieses eine Junge in der sicheren Obhut seiner Mutter wusste. Endlich fand die Mutter ihr Kleines und wurde aufgeregt begrüßt. Zärtlich stupste sie ihr Junges an, und Tara konnte sich erleichtert abwenden.

Sven lächelte sie an. Er hatte nicht den sonst üblichen, leicht grimmigen Ausdruck im Gesicht. Etwas fast schon Zärtliches lag in seinem Blick. „Mutter bleibt Mutter, egal ob Mensch oder Tier."

Tara lächelte zurück. „Ich bin froh, dass sie ihr Kleines gefunden hat."

Sven legte den Arm um sie, und Tara lehnte ihren Kopf an seine Schulter. Wie schon zwei Tage zuvor in Khorixas fühlte sie sich in Svens Nähe überraschend wohl. Seine Berührung gab ihr Sicherheit, und sie fühlte sich beschützt. Arm in Arm gingen sie über den Parkplatz zurück zum Bus. Als sie einstiegen, beschimpfte Michael sie: „Erbarmt ihr euch endlich? Der Gestank ist eine absolute Zumutung. Dagegen ist das, was Sven absondert, ein Veilchenduft. Nichts wie weg hier."

Tara blickte Michael überrascht an. Er schien sehr verärgert. Lag es nur daran, dass sie sich bei den Robben Zeit gelassen hatten? Michael wich ihrem Blick aus und startete den Motor.

Sie fuhren bis Henties Bay. Mittlerweile war es dunkel geworden. Michael lenkte den Wagen durch die breiten Straßen des kleinen Ortes. „So, jetzt sind wir weit genug von den stinkenden Mistviechern entfernt. Von mir aus können wir uns hier eine Übernachtungsmöglichkeit suchen."

Sie fanden ein einfaches Hotel und spazierten durch den Ort auf der Suche nach einem Restaurant. Im Vergleich zu den Orten, an denen sie sich bisher aufgehalten hatten, war hier einiges los. Es schienen viele Touristen da zu sein, nicht nur Ausländer, sondern auch weiße Namibier, die in Henties Bay ihren Urlaub verbrachten, oder Rentner, die zum Angeln hier waren. In einer Sportsbar, die Steaks und Burger zum laufenden Fernsehprogramm anbot, nahmen sie auf einer Holzbank Platz. Es war voll und laut, was Tara seltsam anmutete. Sie war nicht mehr daran gewöhnt, so viele Menschen um sich zu haben. Ihren Reisebegleitern schien es ähnlich zu gehen.

Sven nahm einen großen Schluck von seinem Windhoek Lager und ließ den Blick durch den Raum schweifen. „Es geht mir fast schon wie Frank. Die vielen Leute machen mich nervös. In den letzten Tagen habe ich mich daran gewöhnt, Platz um mich herum zu haben."

Felix hielt sich kurz die Ohren zu. „Und es ist auch so laut."

„Die könnten wenigstens den Fernseher leiser stellen, dann müssten die Leute auch nicht so schreien", tat auch Michael seinen Unmut kund.

Kurz nachdem die Kellnerin riesige Portionen Fleisch mit Pommes vor sie gestellt hatte, trat ein älteres Ehepaar zu ihnen, das sich als Herr und Frau Rosenfeld vorstellte. „Dürfen wir uns zu Ihnen setzen? Sonst ist nichts mehr frei."

„Selbstverständlich." Felix beeilte sich, etwas näher an Sven heranzurutschen, um den beiden Platz zu machen. Nachdem sie aus

Höflichkeit ein paar Floskeln ausgetauscht hatten, wandte sich Herr Rosenfeld an Felix: „Sind sie von Swakopmund aus hierhergefahren oder aus dem Norden?"

„Wir waren heute im Skelettküstenpark und bei der Robbenkolonie."

„Ah, wir kommen aus der anderen Richtung. Auf die Skelettküste freue ich mich schon. Die vielen Gerüchte, die sich darum ranken … Wir haben auch eine Tour mit einem Landrover gebucht, um einen besseren Eindruck von der Landschaft zu bekommen." Er zwinkerte seiner Frau zu, die Vorfreude war ihm anzumerken.

„Uns war der Park etwas unheimlich", gab Felix zu. „Da wächst ja wirklich gar nichts."

„Das stimmt nicht", widersprach Herr Rosenfeld. „Der Wüstenboden ist fast komplett mit Flechten bewachsen. Wenn man einmal darüberläuft, hat man seine Fußspuren für die nächsten Jahre verewigt. Es dauert sehr lange, bis der Flechtenteppich wiederhergestellt ist, da die Flechten eine Wachstumsgeschwindigkeit von weniger als einem Millimeter pro Jahr haben. Die zerstörte Oberfläche ist auch Angriffsfläche für Erosion durch den starken Wind. Bei Swakopmund kann man Spuren erkennen, die Ochsenkarren vor vielen Jahrzehnten hinterlassen haben."

Tara betrachtete den Burger mit der riesigen Portion Pommes, der vor ihr stand. „Das ist sehr interessant. Wenn wir das gewusst hätten, wären wir ausgestiegen und hätten uns den Boden näher angesehen."

„Das können Sie von Swakopmund aus immer noch machen. Wenn sie den Welwitchia-Drive entlangfahren, was ich Ihnen nur empfehlen kann, finden Sie diese Flechten auch. Gießen Sie ein paar Tropfen Wasser auf die grauen Flechten. Innerhalb von wenigen Minuten entfalten sich die schrumpeligen, vertrockneten Blättchen und werden grün."

„Danke für den Tipp." Tara zog eine Pommes durch das Gemisch aus Ketchup und Mayonnaise und hinterließ eine rot-weiße Spirale. Die Kalorien auf diesem Teller würden sie am Leben erhalten, auch wenn sie bis zum Ende ihrer Reise nichts mehr zu essen bekäme.

„Es gibt auch Tiere, die an das Leben in der Wüste angepasst sind: Schabrackenschakale und -hyänen, einige wenige Wüstenlöwen und den endemischen Nebeltrinker-Käfer. Außerdem haben sich die legendären Wüstenelefanten perfekt an das Leben in der Trockenheit angepasst. Sie haben die größten Ohren aller Elefanten. Durch die große Oberfläche, die dem Blut in den Ohren zur Verfügung steht, können sie sich sogar bei der größten Hitze Abkühlung verschaffen. Außerdem speichern sie in ihrem Schlund einen Wasservorrat."

Felix nippte an seinem Bier. „Tiere haben wir leider keine gesehen – außer den Robben."

„Hat Ihnen die Robbenkolonie bei Cape Cross gefallen?"

„Ehrlich gesagt hat es so gestunken, dass ich es nicht lange ausgehalten habe." Allein bei der Erinnerung an den Geruch verfärbte sich Felix' Gesicht schon wieder ins Grünliche.

Herr Rosenfeld lachte. „Ein reines Vergnügen ist der Besuch einer Robbenkolonie sicher nicht. An der Küste Namibias gibt es dreiundzwanzig Robbenkolonien mit insgesamt etwa einer Million Tieren. Das Kreuzkap ist eine der größten Kolonien mit ungefähr 250.000 Pelzrobben. Auch heute noch werden in Namibia Robben geschlachtet, weil ihr Fell so begehrt ist. Angeblich fressen sie auch zu viele Fische. Allerdings dürfen sie nur zu bestimmten Zeiten geschlachtet werden."

Schließlich verabschiedeten sie sich von dem gut informierten Urlauber und gingen auf ihre Zimmer, wo Felix seinen Laptop hochfuhr. „Lasst uns doch mal zusammenfassen, was wir über den Stein herausgefunden haben. Vielleicht wird uns dann etwas klarer, was das alles zu bedeuten hat."

Tara freute sich, dass Felix von sich aus Interesse an der Legende zeigte. Sie setzten sich gemeinsam auf eines der Betten und sahen sich die kleinen, kantigen Gravuren an, die sie für die Darstellung der Zwillingsdiamanten hielten. Felix vergrößerte die Fotos der quaderförmigen Gravuren. „Es existiert eine Legende zu getrennten Zwillingsdiamanten, die in den Felsgravuren festgehalten sein soll. Wir haben zwei Figuren gefunden, die diese Diamanten darstellen könnten. Die Gravuren befinden sich auf unterschiedlichen Felsplatten und sehen anders aus als die meisten der Gravuren auf den Platten."

Michael nickte. „Außerdem gehen wir davon aus, dass die Gravuren jünger sind als die Hauptgravuren. Bei Sonnenuntergang verläuft ein Schatten durch den Löwen und seinen abgewinkelten Schwanz, durch die beiden Diamanten und in einem Schenkel durch eine Zeichnung, die eine kleine Flotte Segelschiffe darstellen könnte, von denen eines Schiffbruch erlitten hat."

„Möglicherweise bedeutet es, dass einer der Diamanten mit einem Schiff abtransportiert wurde, vielleicht Schiffbruch erlitten hat und sich jetzt auf dem Meeresgrund befindet", mutmaßte Felix.

Tara schüttelte den Kopf. „Das wäre ja das Ende der Geschichte. Daran kann ich nicht glauben. Mit einem Schiff abtransportiert, ja, das ist eine gute Erklärung. Aber ich glaube nicht, dass ein Zwillingsstein auf den Meeresgrund gesunken ist."

Sven lag auf dem Rücken, hatte die Hände hinter dem Kopf verschränkt und ihnen bis dahin nur zugehört. „Was mich an der Geschichte am meisten stört", warf er nun ein, „ist, dass die Gravur des Löwen sehr alt ist und die Gravuren der Steine und der Schiffe jünger sein sollen. Das macht doch keinen Sinn."

„Vielleicht haben diejenigen, die die Geschichte des Zwillingsdiamanten festhalten wollten, sich an einer Zeichnung orientiert, die schon lange bestanden hatte. Sie wussten, dass die Schatten sich im Löwen kreuzen, und haben dieses Phänomen genutzt, um ihre Geschichte in der Verlängerung der Schatten darzustellen", wagte Michael einen Erklärungsversuch.

„Das wäre möglich. Wenn also der eine Schenkel des Schattens den Weg des einen Zwillingsdiamanten über das Meer beschreibt, dann müssten wir im anderen Schenkel ja Hinweise auf den zweiten Diamanten finden. Und ich gehe mal davon aus, dass mein Diamant derjenige ist, der über das Meer verschwunden ist."

Felix lud die Fotos hoch, die Michael von den Zeichnungen gemacht hatte, die sich in der Verlängerung des Schattens durch den Körper des Löwen befanden. Es gab einige symbolhafte Gravuren in dem Schatten, doch keiner konnte sich einen Reim auf die Bedeutung dieser Symbole machen. Nachdem sie eine Weile ergebnislos gerätselt hatten, trennten sie sich und gingen zu Bett.

Beim Frühstück tauchte Sven wieder mit seinem gelben T-Shirt auf. Er roch relativ streng.

Michael rückte von ihm ab, als sich Sven neben ihm auf einen Stuhl fallen ließ. „Sven, heute stinkst du fast genauso schlimm wie die Robben. Wir haben fließendes Wasser auf den Zimmern, falls du das noch nicht herausgefunden hast. Und wenn du kein T-Shirt mehr in deinem Rucksack findest, leihe ich dir zur Not eines – auch auf die Gefahr hin, dass du es sprengst."

Tara seufzte. Sie hatte sich das Zimmer mit Sven geteilt, und Svens Geruch nach Schweiß hatte sie doch ziemlich gestört. Gegen einen leichten männlichen Geruch nach Anstrengung hatte sie nichts einzuwenden, das mochte sie sogar. Doch die Intensität des Geruchs, den Sven verbreitete, war auch ihr unangenehm geworden. Vergeblich hatte sie ihn am Vorabend davon zu überzeugen versucht, eine Dusche zu nehmen. Höflich, aber bestimmt hatte er ihre Bitte abgelehnt. „Ich dusche morgen früh." Doch vor dem Frühstück hatte er keine Zeit mehr dafür gefunden. Ihre Reisebegleiter hatten schon ein seltsames Verhältnis zur Körperhygiene, musste Tara mit einem leichten Kopfschütteln feststellen. Sven hielt Duschen für überflüssig, wohingegen Michael jeden Morgen und jeden Abend ausgiebig duschte, unbeeindruckt davon, dass in diesem Land Wassermangel herrschte. In bislang jedem Hotelzimmer hatten sie Schilder vorgefunden, die sie ermahnten, mit Wasser sparsam umzugehen.

Es war nur eine kurze Strecke bis Swakopmund. „Was machen wir heute?", fragte Sven unternehmungslustig, als sie sich auf der C34, einer mit Salz befestigten Straße, der Stadt von Norden her näherten.

Michael blickte Sven verärgert von der Seite an. „Wir besichtigen Swakopmund. Dann müssen wir nicht mehr mit dir im Auto sitzen und deinen Geruch ertragen. Vielleicht weht in der Stadt ein anständiger Wind, der es uns leichter macht."

„Wenn wir gleich eine Unterkunft suchen, müssen wir uns heute Abend nicht mehr darum kümmern", schlug Felix vor.

In der Nähe der *Jetty*, einer unvollendeten eisernen Landungsbrücke, fanden sie ein nettes Ferienapartment mit zwei Schlafzimmern, das Michael für drei Nächte mietete.

„Wieso für drei Nächte?", wunderte sich Tara. „Was machen wir hier so lange?"

Michael stellte seinen Rucksack in die Ecke des größeren Zimmers. „Von hier aus kann man mehrere interessante Ausflüge machen, den Welwitchia-Drive, den Herr Rosenfeld empfohlen hat, die Mondlandschaft und die Dünen."

Sie verbrachten den Tag mit einem Bummel durch Swakopmund, das ein eigenartiges Flair hatte. Es wirkte wie ein deutsches Ostseebad mit Fachwerkhäusern, flanierenden Rentnern, kühlem Nebelwetter und deutschen Schildern. Wäre da nicht die Wüste im Hinterland gewesen ... Tara fühlte sich, als bewegte sie sich einem Bild von Dali. Die Stadt schien nicht real zu sein. Nichts passte zusammen. Der schwarze Mann, der sich vor einem Gebäude aus der deutschen Kaiserzeit gegen eine altmodische Straßenlaterne lehnte. Die sandigen Wege zwischen den in leuchtend bunten Farben gestrichenen Häusern. Ein Leuchtturm, das Wahrzeichen der Stadt, ragte inmitten einer sehr gepflegten, bewässerten Anlage in die Höhe. Die Anlage stach von dem Sand, der sie umgab, in einem unwirklichen Grün ab, das in den Augen schmerzte.

Als das Deutsche Reich 1884 Südwestafrika zum deutschen Schutzgebiet deklarierte, konnte der Kontakt zum Mutterland nur über einen Hafen gehalten werden. An der tausendvierhundert Kilometer langen Küste waren nur zwei Buchten für die Anlage von Häfen geeignet: Lüderitz und Walvis Bay. Beide hatten den Nachteil, dass das Hinterland aus Wüste bestand. Lüderitz lag zudem sehr weit im Süden, ein für die Erkundung des Landes ungeeigneter Ausgangspunkt. Walvis Bay war in britischem Besitz und somit nicht nutzbar. An der Mündung des Swakop stand zwar Süßwasser zur Verfügung, aber die Schiffe mussten einen Kilometer von der Küste entfernt auf Reede gelegt werden. Frachten und Passagiere konnten nur mit kleinen Booten über das stark brandende Meer abgeholt werden. Eine eiserne Landungsbrücke, die sechshundertvierzig Meter weit in den Atlantik ragen sollte, wurde gebaut. Der Erste Weltkrieg unterbrach jedoch den Bau, und die Brücke wuchs nie über die Hälfte der geplanten Länge hinaus.

Im Museum von Swakopmund informierten sie sich über die Geschichte der Stadt nördlich der Mündung des Flusses Swakop, der allerdings nur selten Wasser führt. In dem Museum gab es auch eine Ausstellung zu dem Thema *Menschen in Namibia*, die über die

Ureinwohner Namibias und die verschiedenen Wellen der Einwanderung in das Land informierte. Für diese Abteilung interessierte sich Tara besonders. Insgeheim hoffte sie, einen Hinweis auf die Symbole zu finden, die sie am Vorabend identifiziert hatten.

„Tut mir leid, Tara, aber ich habe keine Lust, den ganzen Tag im Museum zu verbringen. Ich mache lieber einen Stadtbummel", lehnte Sven ihren Vorschlag ab, sich intensiver mit der Abteilung auseinanderzusetzen. So zogen Sven und Michael von dannen.

Felix dagegen erklärte sich bereit, Tara bei ihrer Suche zu helfen. Langsam gingen sie zwischen den Vitrinen auf dem dunkelgelb gekachelten Boden umher, betrachteten die Fotos und lasen aufmerksam alle Erläuterungen zu den Ausstellungsgegenständen. Sie erfuhren interessante Details zu den verschiedenen Volksstämmen, die das heutige Namibia ihre Heimat nennen. Auch zu den Ureinwohnern Namibias, den San, die als Jäger und Sammler im Busch gelebt hatten, und den Khoi Khoi, die halb sesshaft gewesen waren und Viehzucht betrieben hatten, gab es Informationen. Ihre ursprüngliche Lebensweisen, ihre Religionen, Sozialstrukturen und die einfachen, aber effektiven Jagdmethoden waren beschrieben. Eine Vitrine beschäftigte sich mit den Veränderungen, mit denen sich die San und Khoi Khoi seit der ersten Einwanderungswelle bis heute auseinandersetzen mussten. Tara fand die Erzählungen N!anis in den nüchternen Worten der Informationstafel bestätigt.

In dem Ausstellungsraum saß hinter einer kleinen Theke eine junge Frau, die bei ihrem Eintreffen kaum aus ihrem Buch aufgeblickt hatte. Nachdem Tara mit Felix mehr als eine Stunde in der Ausstellung verbracht hatte, spürte sie mehrfach den Blick der blonden Frau auf sich. Sie hatten jedes Detail gelesen, und Felix hatte sich nebenbei ein paar Notizen gemacht. Er setzte sich auf eine gepolsterte Bank, die an der Längsseite des Raumes gegenüber der Theke stand, und blickte auf seine Aufzeichnungen. In seinem Notizbuch befanden sich auch die Skizzen der abstrakten Gravuren, die in dem Schatten durch den Löwenkörper gelegen hatten. „Keine Ahnung, wie wir hier weiterkommen können", meinte er. „Die Ausstellung ist zwar interessant, hat uns aber in Bezug auf den Stein nicht weitergeholfen."

Tara, die sich neben ihn gesetzt hatte, sah von dem Notizbuch auf, und ihre Augen trafen den neugierigen Blick der Frau hinter der Theke.

Sie lächelte diese kurz an, und ihr Lächeln wurde erwidert. Die junge Frau kam hinter der Theke hervor und schritt auf sie zu. „Hallo, ich bin Amy. Ihr scheint ja ein ungewöhnlich großes Interesse an der Ausstellung zu haben. Kann ich euch irgendwie weiterhelfen?"

Felix zeigte Amy seine Zeichnungen. „Wir haben diese Symbole gefunden und suchen Hinweise darauf, was sie bedeuten könnten."

Amy setzte sich dicht neben Felix und blickte auf die Zeichnungen. „Irgendwie kommen mir diese Spiralen und Kreise bekannt vor. Wo habt ihr sie denn gefunden?"

Abwechselnd berichteten Tara und Felix ihr von dem Zwillingsdiamanten und ihren bisherigen Erkenntnissen.

Amy nickte. „Das ist ja interessant. Die Felsgravuren von Twyfelfontein habe ich mir auch schon angesehen, aber diese Spiralen und Kreise sind mir nicht aufgefallen. Von den vielen Gravuren habe ich hauptsächlich die Tierdarstellungen im Kopf. Diese Spiralen habe ich schon mal woanders gesehen. Mir fällt gerade nur nicht ein, wo."

Amy erzählte ihnen, dass sie Studentin der Michigan State University gewesen sei und nun am Anthropologischen Institut unter der Leitung von Professor Hitchcock an einer Doktorarbeit zum Wandel der Rolle der Frau in den Lebensgemeinschaften der Bewohner der Kalahari arbeite. Für zwei Jahre sei sie in Namibia, um verschiedene Feldstudien durchzuführen. Außerdem nutze sie die Zeit, um sich Namibia anzusehen. Zurzeit sei sie in Swakopmund, um sich hier im Museum nebenbei etwas Geld zu verdienen. Sie nahm Felix das Notizbuch aus der Hand und blickte auf die Figuren. „Sehr schöne Zeichnungen. Wo habe ich das denn schon mal gesehen? Mir fällt es absolut nicht ein."

„Wann hast du Feierabend?", wollte Tara wissen. „Dann würden wir dich auf einen Kaffee einladen. Vielleicht fällt es dir ja nachher noch ein."

„Ich kann jetzt schon Schluss machen. Das Museum schließt bald, und in die Ausstellung will heute sicher niemand mehr."

Als sie mit Amy vor einer Tasse Kaffee saßen, erzählte sie ihnen von ihrer Doktorarbeit. „Die sozialen Probleme, die die ehemaligen

Naturvölker haben, seit die moderne Zivilisation sie gestreift hat, sind erschreckend. Die Menschen haben nichts mehr zu tun. Früher waren sie damit beschäftigt, zu jagen und zu sammeln, um zu überleben. Heute bekommen sie Geld und Nahrungsmittel von der Sozialhilfe, haben aber keine Arbeit. Dadurch ist für viele der Sinn des Lebens verloren gegangen. Vor allem Alkohol hat bei den San eine verheerende Wirkung, denn ihnen fehlt das Enzym Alkoholdehydrogenase. Dadurch können sie den Alkohol nicht so schnell abbauen, und er steigt ihnen sofort zu Kopf. Manche junge Männer hängen den ganzen Tag betrunken herum. Dementsprechend kommt es auch zu Gewalttaten."

Amys Beschreibungen deckten sich mit dem, was N!ani ihnen erzählt hatte. Traurig hörte Tara Amy zu, wie sie über das schmachvolle, unwürdige Leben der Menschen berichtete. „Es gibt Bestrebungen, den San wieder ihr ursprüngliches Leben zu ermöglichen. Gerade über die San ist sehr viel geforscht worden, viel altes Wissen ist noch da. Auch mein Chef arbeitet seit Jahrzehnten mit den Ju/'hoansi, einem Stamm der San. Bei den Ju/'hoansi besteht auch eine gewisse Hoffnung, dass zumindest einige Menschen einen Weg finden, sich irgendwo zwischen ihrem ursprünglichen Leben und der Moderne einen Platz zu schaffen, wo sie leben können und sich auch wohlfühlen. Viele andere Stämme vor allem auch der Nama, die zu den Khoi Khoi gehören, haben schon vergessen, wie sie früher gelebt haben. Dieses Wissen ist für immer verloren."

Amy schwieg einen Moment und runzelte die Stirn. Dann meinte sie mit einem Lächeln: „Jetzt fällt es mir wieder ein. Ja, natürlich. Bei den Nama habe ich diese Spiralen gesehen, und zwar in Bethanien. In der Nähe von Lüderitz befindet sich die ehemalige Missionsstation Bethanien. Das Haus des ersten Missionars dort, Hinrich Schmelen, ist jetzt ein Museum, in dem unter anderem Informationen zu den Nama zu finden sind. Ihnen hat das Land gehört, bevor Lüderitz es ihnen abgeluchst hat. Da habe ich diese Spiralen gesehen."

Aufgeregt bedankte sich Tara bei Amy. Sie konnte kaum glauben, dass sie einen Schritt weitergekommen waren. Was es wohl mit diesen Spiralen auf sich hatte?

KULA-AMARULA

Zum Abendessen trafen sich Tara und Felix wieder mit Michael und Sven. Anschließend streiften sie durch die Stadt und fanden am Rande der eigentlichen Innenstadt eine kleine, heruntergekommene Kneipe, in der sie sich noch einen Absacker genehmigen wollten.

Was Felix und sie erfahren hatten, hatte Tara sehr aufgewühlt. Wenn es stimmte, was ihnen Amy erzählt hatte, waren sie einen guten Schritt weitergekommen. Beim Abendessen hatten sie besprochen, ihre geplante Reiseroute zu ändern und die ehemalige Missionsstation Bethanien aufzusuchen. Allerdings würden sie zunächst die Gegend um Swakopmund erkunden und dann in Richtung Süden aufbrechen. Die Jungs hatten sich bereit erklärt, die Zeit, die sie für den Süden Namibias eingeplant hatten, abzukürzen, um Raum für den Aufenthalt in Bethanien zu gewinnen. Allerdings bestand Michael auf einen Abstecher zum Fish River Canyon, bevor sie sich nach Bethanien aufmachten. Das Ganze bedeutete ziemlich viel Fahrerei, und Tara musste noch einige Tage warten, bis sie die Missionsstation erreichen konnten. Immerhin hatte sie ihren Reisebegleitern ja zugesagt, nicht die ganze Reise von der Suche nach der Geschichte ihres Diamanten bestimmen zu lassen. Sie war den dreien ohnehin sehr dankbar, dass sie überhaupt so viel Zeit und Energie in diese Suche investierten. Kurz überlegte sie, sich von ihnen zu trennen, sich einen Mietwagen zu nehmen und alleine weiterzufahren. Doch sie verwarf diese Idee schnell wieder. Der Gedanke, ohne die drei durch dieses lebensfeindliche Land zu fahren, war ihr unheimlich. Alleine als Frau unterwegs zu sein, wäre sicher leichtsinnig. Außerdem fühlte sie sich wohl in der Gesellschaft der Jungs. Sie würde jeden von ihnen vermissen. In dieser kurzen Zeit waren sie so etwas wie eine kleine Familie geworden. Also versuchte sie, sich in Geduld zu üben. Was würden sie wohl in Bethanien erfahren? Und wie konnte es sein, dass die Nama irgendetwas mit ihrer Familie zu tun hatten?

Sie setzten sich um einen alten, fleckigen Holztisch. Felix studierte die laminierte Cocktailkarte, über die wohl schon mindestens so viele Getränke geschüttet wurden, wie darauf verzeichnet waren. „Kula-Amarula, das klingt doch gut."

„Klar, Kula-Amarula für alle", fasste Michael zusammen und bestellte die Drinks bei dem Wirt, der inzwischen an ihren Tisch getreten war.

Kurze Zeit später standen Likörgläser vor ihnen, auf deren Boden sich ein dunkelbraunes Etwas gesammelt hatte, das von einer Flüssigkeit geringerer Dichte in der Farbe hellen Milchkaffees bedeckt wurde.

„Was hast du uns denn da bestellt?" Tara inspizierte ihr Glas skeptisch von der Seite.

Felix griff nochmals zur Karte. „Kahlua, ein mexikanischer Kaffeelikör, und Amarula, ein südafrikanischer Wildfrucht-Creme-Likör aus den Früchten des Marula-Baumes."

Vorsichtig probierten sie einen Schluck. Das dickflüssige Getränk war klebrig, süß und fand allgemeinen Anklang. Sie bestellten noch mehrere Runden und probierten verschiedene Trinkweisen, erst den Amarula, dann den Kaffeelikör, mit einem Strohhalm in umgekehrter Reihenfolge und schließlich verschiedene Mischungsverhältnisse. Der Alkoholspiegel pendelte sich bei allen auf einem hohen Niveau ein, und sie alberten herum. Mittlerweile hatte sich die kleine Bar gefüllt, alle Plätze waren besetzt, und überall standen weiße und auch ein paar schwarze Gäste herum.

„Hier wenigstens scheint die Rassentrennung nicht zu funktionieren." Michael blickte sich mit zufriedenem Gesichtsausdruck in dem Raum um.

Der Wirt drehte die Musik auf, und einige junge Frauen begannen, sich im Takt zu bewegen.

Michael grinste Tara an. „Tara, du feige Socke, du traust dich bestimmt nicht, auf dem Tisch zu tanzen.“

„Warum sollte ich denn auf dem Tisch tanzen?“ Erstaunt hob Tara die Augenbrauen. Wie kam Michael auf so eine Idee? Er musste schon ziemlich betrunken sein, denn es sah ihm gar nicht ähnlich, sie auf diese Weise herauszufordern.

„Um mir zu zeigen, dass du dich traust.“

„Und was krieg ich dafür?“

„Was willst du denn?“ Michael leerte das Glas, das er gerade erhalten hatte, in einem Zug.

„Einen Kuss von dir, aber dafür hast du ja nicht den Mumm in den Knochen.“ Tara wusste später nicht, was sie da geritten hatte. Der Alkohol hatte wohl auch ihre graue Gehirnmasse in einen labbrigen Sumpf verwandelt.

Michael stutzte kurz, bevor er Tara zunickte. „Dann zeig mal, was du drauf hast, Tara Svenson.“

Ohne Umschweife kletterte Tara auf den Tisch und begann, sich im Rhythmus der Musik zu bewegen. Sie war beschwipst genug für diese Aktion und wusste auch, dass sie sich gut zu Musik bewegen konnte, was sie ihren schwarzen Wurzeln zuschrieb. Die anderen Gäste drehten sich zu ihr um und applaudierten. Angeheizt vom Applaus und der hitzigen Stimmung in der überfüllten Kneipe bewegte sie sich immer freier. Im Gegensatz zu den lachenden Gesichtern der übrigen Gäste zogen ihre Reisebegleiter säuerliche Mienen. Felix blickte verstört zu ihr auf, Sven leckte sich über die Lippen, und Michael starrte sie mit ausdrucksloser Miene an. Bis zum Ende des Songs sonnte sich Tara noch in der allgemeinen Aufmerksamkeit. Als der nächste Titel angespielt wurde, kletterte sie zu Michael auf die Bank und setzte sich auf seinen Schoß.

„Jetzt zeig mal, was du drauf hast.“ Sie legte ihre Arme um seinen Hals und ihre Lippen auf seinen Mund.

Er schien wie erstarrt und saß mit zusammengepresstem Mund da.

Mit ihren Lippen drängte sie seine auseinander und stieß mit ihrer Zunge vorsichtig dazwischen. Plötzlich war sie wieder nüchtern und konzentriert. Einen Moment ließ sie ihm Zeit, bevor sie nochmals mit ihrer Zunge einen Vorstoß wagte. Zögerlich öffnete er endlich seinen Mund und ließ sie eindringen. Die Berührung ihrer Zungen löste eine Explosion in Taras Kopf aus. Sie verspürte einen Sog, und ihr Körper schrie danach, sich mit Michael zu vereinigen. Er schmeckte nach einer Mischung aus Vertrautem und Fremdem, die Tara den Atem raubte. Heiße Wellen durchliefen sie, und jeder ihrer Herzschläge dröhnte in ihrem Kopf. Sie konnte sich kaum bremsen. Am liebsten hätte sie sofort begonnen, mit den Händen den Rest seines Körpers zu erkunden, doch sie riss sich zusammen, denn sie spürte ja seine Unsicherheit. Sie beließ es dabei, zog ihre Zunge aus ihm zurück und löste ihre Lippen von seinen. Einen kurzen Moment lang verschmolzen ihre Blicke. Sie verlor sich in seinen blauen Augen, die so tief und unergründlich waren wie der Ozean. Diese Sekunde war noch intimer als der Kuss. Sie war allein mit Michael. Die Erde hatte aufgehört, sich zu drehen. Die vielen Menschen um sie herum existierten nicht mehr.

Nach diesem Moment, der sich unwiderruflich in ihre Erinnerung eingebrannt hatte, holte der Lärm sie zurück. Felix und Sven starrten sie an. Konnten sie erahnen, was gerade geschehen war? Tara kletterte von Michaels Schoß.

Ohne sie oder einen der anderen anzusehen, stand Michael sofort auf. „Gehen wir."

Sie bezahlten und wankten aus der vollen Kneipe auf die menschenleere Straße. Es war empfindlich kühl geworden. Tara war froh über die Kälte, denn ihr Körper schien innerlich noch immer in Flammen zu stehen. Nur langsam kühlte sie ab, und ihr Herzschlag normalisierte sich wieder.

Eine ganze Weile sagte keiner etwas. Tara hatte sich bei Felix eingehängt, stützte sich auf ihn und kämpfte gegen den Schwindel in ihrem Kopf an, von dem sie nicht wusste, ob er vom Alkohol oder von dem Kuss herrührte. Sie waren fast schon bei ihrem kleinen Apartment angekommen, als Michael sich bei Sven einhängte. „Sven, ganz im Ernst, du musst endlich duschen. Ich halte deinen Schweißgeruch nicht mehr aus. Und wenn du morgen immer noch das gleiche T-Shirt anhast, dann kippe ich Benzin über dich und verbrenne es zusammen mit dir."

„Du kannst mich mal, Alter."

„Auf keinen Fall, so wie du stinkst." Er wand sich zu Felix und Tara um. „Ihr seid doch auch der Meinung, dass Sven dringend duschen muss, oder?"

„Auf jeden Fall", stimmte Felix lallend zu.

Zurück in der Ferienwohnung schob Michael Sven in Richtung Badezimmer. „Los, du bist überstimmt, unter die Dusche." Tara wusste nicht so recht, was sie von dieser Aktion halten sollte. Sven hatte eine Dusche zwar dringend nötig, aber musste das jetzt sein? Warum bestand Michael so darauf? Suchte er einfach nur Ablenkung von ihrem Kuss? Sie war noch immer ganz gefangen von den starken Emotionen, die diese Intimität bei ihr ausgelöst hatte.

„Haut ab, ich muss pissen."

Als keiner der drei anderen Anstalten machte, das Badezimmer zu verlassen, öffnete Sven seine Hose und begann, in ihrem Beisein zu urinieren. Michael drehte die Dusche auf und stellte die Temperatur ein. Als Sven fertig war, packte ihn Michael, um ihn zur Dusche zu ziehen. „Los jetzt, das Wasser ist schon warm."

Sven jedoch zog wortlos den Reißverschluss seiner Hose hoch und machte sich auf, das Bad zu verlassen.

„Nicht rauslassen!", rief Michael Tara und Felix zu. Er holte den Duschkopf aus der Halterung und richtete den Wasserstrahl auf Sven.

Tara und Felix, die auch ihren Teil des Wassers abbekamen, versuchten, Sven am Verlassen des Bades zu hindern. Gemeinsam mit Michael gelang es ihnen unter Gelächter, den fluchenden Sven unter die Dusche zu bugsieren. Michael goss reichlich Shampoo über ihn und versuchte, ihm das T-Shirt über den Kopf zu ziehen. „Runter mit dem ekligen gelben Stinkeding."

Als er durch Svens heftige Gegenwehr damit nicht weiterkam, machte er sich an dessen Hose zu schaffen. Alle vier waren tropfnass, und das Bad schwamm. Da Sven damit beschäftigt war, Felix und Tara abzuwehren, gelang es Michael, Sven die Hose samt Boxershorts herunterzuziehen. Mit einem Mal gab Sven die Gegenwehr auf. Etwas betreten ließen auch Tara und Felix von ihm ab. Sven tat das einzig Sinnvolle, er zog die Hose, die Schuhe und das T-Shirt aus und begann sich, umringt von seinen Reisegefährten, einzuseifen. Keiner rührte sich von der Stelle. Gemeinsam standen sie beengt in der Duschkabine und sahen zu, wie sich Sven die Haare wusch, sich einseifte und auch seinen Penis in aller Ruhe einer gründlichen Reinigung unterzog. Tara betrachtete Sven ungeniert. Früher hatte sie ihn eher unattraktiv gefunden und nicht gewusst, wie sie ihn einordnen sollte. Mit seiner mürrischen Art hatte sie nichts anfangen können. Im Laufe der Reise war er ihr jedoch sympathischer geworden. Seine Anwesenheit beruhigte sie, er war zuverlässig und berechenbar. Als er nun so nackt vor ihr in der Duschkabine stand, gefiel ihr, was sie sah. Sven war sehr groß und kräftig mit gemütlichen Fettpölsterchen und einer relativ ausgeprägten, fast schwarzen Behaarung. Sein Schwanz hing groß und schwer zwischen seinen Schenkeln, wie sie interessiert feststellte. Der Anblick seines Gliedes erregte Tara, was sie verwundert zur Kenntnis nahm, war sie doch eben noch beinahe über Michael hergefallen. Wie konnte sie nun, nur ein paar Minuten später, Gefallen an einem anderen Mann finden? Ihre Empfindungen irritierten Tara sehr. Sie schob es auf den Alkohol und die Verwirrung, die Michaels Kuss in ihr ausgelöst hatte. Sven fing ihren Blick, der auf sein Glied fixiert war, auf und hielt ihm ruhig stand. Er grinste nicht und sagte nichts, sondern ließ ihr Zeit, ihn in aller Ruhe zu betrachten.

Michael zog sich ebenfalls das T-Shirt über den Kopf und machte sich an seiner Hose zu schaffen. Quer über seinen Bauch zog sich eine wulstige, gezackte Narbe, bei deren Anblick Tara der Atem stockte. Wo um Himmels willen hatte Michael diese riesige Narbe her? Hatte er einen Unfall gehabt? Michael erkannte ihre Reaktion und versuchte, sich von ihr abzuwenden, um ihr den Blick auf die Narbe zu verwehren, die seine ganze Bauchdecke eigenartig verzog, doch es war zu eng. Resigniert zuckte er mit den Schultern und zog sich die Hose aus. Nach kurzem Zögern entkleidete sich Tara ebenfalls. Felix starrte alle fassungslos an und begann dann mechanisch, als könnte er nicht anders, ebenfalls seine Kleider abzulegen. Als sie alle nackt unter der Dusche standen, grinste Tara und spritzte Felix, der mit starrem Gesichtsausdruck neben ihr stand, Shampoo auf den Bauch. Plötzlich löste sich die seltsam angespannte Stimmung, alle lachten los und schmierten sich gegenseitig wild mit Shampoo ein. Als die Flasche schließlich leer war und sie sich abgeduscht hatten, trockneten sie sich immer noch lachend ab und wateten durch das überflutete Badezimmer ins Nebenzimmer, wo sie sich in Handtücher eingehüllt aufs Bett fallen ließen.

Eine Weile lagen sie schweigend nebeneinander. Die erheiterte Stimmung schwand und ließ die Frage zurück, was sie von der Situation halten und wie sie nun weiter miteinander umgehen sollten. Sven rollte sich herum, sein Handtuch fiel von ihm ab, und er begann, Tara über die Schulter zu streicheln. Tara war nicht überrascht. Seit er sie im Camp Namutoni beim Duschen beobachtet hatte, hatte er ihr immer wieder begehrliche Blicke zugeworfen, sie aber nicht berührt, wenn sie alleine waren. Sie hatten sich in der Zwischenzeit mehrfach ein Bett geteilt, doch er hatte nie versucht, diese Situation auszunutzen. Im Gegenteil, er war ihr gegenüber zunehmend höflicher und zuvorkommender geworden, vielleicht hatte er ja auf ein Signal von ihrer Seite gewartet. Weil er so zurückhaltend gewesen war, hatte sie sich nicht von ihm bedrängt gefühlt. Sie wiederum hatte keinen Gedanken daran verschwendet, seinen vorsichtigen Avancen nachzugeben, denn sie war ja Michael verfallen. Doch in diesem Augenblick tat ihr der Körperkontakt so gut. Ihre Haut war wie elektrisiert unter seinen Händen. Vom Alkohol benebelt gelang es ihr nicht, einen klaren Gedanken zu fassen. Vergeblich versuchte sie, sich gegen ihre aufkeimende Erregung zu wehren. Sie wusste, es war nicht richtig. Es war auch eigentlich nicht das, was sie wollte, nicht der Mann, den sie wollte. Sven beugte sich leicht über sie, sodass sie ihn riechen konnte. Er roch gut, nach Shampoo und Mann, noch eine Spur herber als Michael. Ein Tropfen löste sich aus seinen noch feuchten Haaren und explodierte auf ihrer Haut. Tara erschauderte unter Svens zärtlichen Berührungen. Sie alle waren sich während der vergangenen Tage so nahegekommen, und doch war jeder in seiner Haut alleine geblieben. Erst jetzt empfand Tara die Spannung, die sich dadurch aufgebaut hatte. Die Luft schien wie elektrisch aufgeladen. Taras Unterbauch verwandelte sich in einen glühenden Feuerball. Eine unkontrollierbare Lust überkam sie. Sie war nicht mehr in der Lage, über Konsequenzen oder Folgen nachdenken, sondern handelte wie in Trance, drehte sich zu Sven und streifte ebenfalls ihr Handtuch ab. Ihre Blicke trafen sich. Aus seinen dunklen Augen sah er sie sanft und fordernd an. Sie legte ihm die Hand in den Nacken, zog ihn zu sich und küsste ihn auf den Mund. Im Gegensatz zu Michaels öffneten sich Svens Lippen willig und hießen sie willkommen.

Gierig nahm sie seine Zunge in Besitz. Ihr Unterleib pochte. Er richtete sich halb auf und beugte sich über sie. Tara löste ihre Hand von seinem Nacken, fuhr über seinen weichen, behaarten Bauch nach unten und fand seinen bereits voll erigierten Penis. Als sie den festen Schaft mit ihrer Hand umschloss, spürte sie, wie die Hitze sich in ihr zusammenballte. Sven stöhnte auf, als sie die glatte Haut über den Schaft bewegte. Er legte sich auf Tara, die ihre Beine für ihn spreizte. Sie spürte, wie sich das Gewicht seines schweren Körpers auf sie senkte, und eine weitere heiße Welle durchlief ihren Körper. Sie brannte, ihre Scham pochte, es erregte sie wahnsinnig. Aus den Augenwinkeln nahm sie wahr, dass Michael und Felix sie beobachteten – Felix mit weit aufgerissenen Augen und Michael mit einem unglücklichen Gesichtsausdruck. Verwirrt und durcheinander bemühte sich Tara vergeblich, zu erfassen, was hier gerade geschah. In ihrem Kopf drehte sich alles, nur ihr Körper schien zu wissen, was er wollte, und presste sich mit vehementer Verzweiflung gegen Sven. Langsam und vorsichtig drang Sven mit einem kehligen Grollen in sie ein. Tara spürte, wie er sie dehnte, und stand kurz vor der Explosion. Erst langsam, dann immer schneller stieß er in sie hinein. Nach wenigen Stößen war er kurz davor, zu kommen. Sanft stieß Tara ihn von sich weg. „Noch nicht kommen. Lass dir Zeit. Sonst ist es doch schon vorbei." Sie hielten kurz inne, und ein klarer Gedanke versuchte sich den Weg in Taras Kopf zu bahnen. Was tat sie da?

In seiner Umarmung wandte sie sich von ihm ab. Er grunzte und stieß mit der Stirn so fest zwischen ihre Schulterblätter, dass ihr kurz die Luft wegblieb. Ihr Blick traf Michael, der sie mit brennenden Augen ansah. In ihrem Kopf wirbelte wieder alles durcheinander, und wie ferngesteuert robbte sie unter Sven hindurch in Richtung Michael, der sie zu sich kommen ließ, ohne auszuweichen. Ihr Gesicht nur wenige Zentimeter von seinem entfernt flüsterte sie: „Ich möchte da weitermachen, wo wir vorhin aufgehört haben."

Tara küsste ihn sanft, und Michael erwiderte den Kuss. Er fühlte sich anders an, schmeckte anders. Er war es, den sie eigentlich wollte. Nach ihm verzehrte sie sich. Ihr Herz schlug für ihn, sie wollte mehr von ihm spüren, in seinen Armen liegen und von ihm berührt werden. Doch er zögerte, hielt sich zurück, gab sich ihrem Verlangen nicht hin. Seine Hände berührten sie nicht, nur ihre Lippen hatten Kontakt. Sie glaubte, sein Verlangen zu spüren und sein verzweifeltes Bemühen, sich zurückzuhalten. Doch er bewegte sich nicht. Würde sie zu ihm durchdringen können? Vorsichtig begann sie, über Michaels Brust zu streichen, doch sofort löste er seinen Mund von ihr und hielt ihre Hand fest. „Nein, das ist mir zu viel. Lass dich lieber von Sven ficken."

Schmerzhaft stach die Enttäuschung in Taras Brustkorb. Sie blickte ihm in die Augen. „Gefällt es dir, dabei zuzusehen?"

„Ja." Michael zuckte nicht einmal mit der Wimper. Sein Gesichtsausdruck war wie versteinert.

In Taras Enttäuschung mischte sich Trotz. Außerdem raste sie vor Erregung. Ihr Körper verlangte nach Erfüllung. Sie hatte keine Geduld für Michaels unklare Gefühlswelt, für seinen unvorhersehbaren Wechsel aus Annäherung und Distanz. Jetzt nicht!

Sven hatte regungslos gewartet. Auf die Seite gestützt lag er neben ihr und sah sie an. Sein Penis war voll erigiert und zuckte, als ihr Blick darauf fiel.

Dann wandte sich Tara an Felix, der auf der Bettkante saß. „Was ist mit dir, Felix? Willst du mitmachen oder nur zusehen?" Ihr war jetzt alles egal. Sie würde sich allem hingeben und sich von den Bedürfnissen ihres Körpers dirigieren lassen.

Hektische rote Flecken erschienen auf Felix' Gesicht. Zu Taras Verwunderung blickte er erst Michael verzweifelt an und streckte dann die Hand aus, um Svens Schulter zu berühren. Sven zuckte kurz zurück, ließ ihn aber gewähren. Felix strich andächtig über Svens Rücken und über seinen Hintern. Es heizte Tara noch mehr an, als sie beobachtete, wie Felix Sven berührte. Sie kochte fast über, zog Sven an sich, küsste ihn und ließ ihn in sich eindringen. Seine Bewegungen waren sicher und entschlossen, kein Zögern, keine Hemmungen. Er gab sich ihr voll hin. Seine Hände waren überall, streichelten sie, hielten sie fest, pressten sie an seinen festen, starken Körper. Ihre Erregung, die zwischenzeitlich leicht abgeflaut war, schwoll wieder an. Sven pumpte heftig in sie hinein, er war zu erregt, nicht mehr in der Lage, sich zu kontrollieren. Mit einem lauten Stöhnen ergoss er sich in sie. Es war zu schnell gegangen. Tara hatte keine Chance gehabt, zu ihrem Höhepunkt zu gelangen. Noch immer lag sie erregt unter Svens schwerem Körper. Sie spürte seinen kräftigen, schnellen Herzschlag an ihrer Brust und hörte seinen keuchenden Atem direkt an ihrem Ohr. Langsam ließ ihre Erregung nach. Ihr Blick fiel auf Felix. Er saß neben ihnen, und seine Hand lag auf Svens Rücken.

Nachdem sich seine Atmung beruhigt hatte, erhob sich Sven von ihr. „Es tut mir leid, aber ich konnte mich nicht mehr bremsen."

Tara antwortete nicht, sondern zog ihn wieder zu sich und küsste ihn sanft. „Ist schon in Ordnung, ich bin ja selber schuld." Ein paar Minuten lagen sie einander gegenüber auf der Seite und sahen sich in die Augen. Nun, da die Erregung abgeflaut war, hatte die Situation schon etwas Absurdes. Tara vermochte es nicht, ihre Gefühle einzuordnen. Auch in Svens Augen lag ein fragender Blick. Schließlich stand Tara auf und ging ins Bad.

Als sie zurückkam, hatte sich Sven auf die andere Seite gerollt, hin zu Felix, der im Schneidersitz dicht neben ihm saß. Michael stand nackt am Fenster und blickte ins Dunkel. Tara zögerte kurz, dann legte sie sich hinter Sven auf die Seite, umfasste seine Taille mit dem Arm und legte die Hand auf seinen weichen Bauch. Sie brauchte jetzt die Beruhigung, die von dem körperlichen Kontakt zu Sven ausging. Es war nicht mehr erregend. Er hatte sich von ihr abgewandt, und sie konnte sich von hinten an ihn kuscheln. Ihre Gedanken und Gefühle flimmerten wie Blitzlichter durch ihren Kopf. An Svens warmem Körper fand sie Schutz und kam langsam zur Ruhe. Sie hörte, wie Michael ins Bad ging. Felix suchte ihren Blick und sah sie fragend an. Sie glaubte, seine unausgesprochene Frage zu begreifen, und nickte kurz: Sie stellte keine Besitzansprüche an Sven. Felix schien zu verstehen und legte sich auf die Seite mit dem Rücken zu Sven. Dabei ließ er einen Abstand, berührte Sven nicht. Svens große Hand fasste auf Felix' Bauch und zog ihn mit einem Ruck zu sich, so dicht, dass Tara Felix' Wirbelsäule an ihrem Handrücken spürte. Das war gut. Auch Felix zu spüren, gab ihr noch etwas mehr Stabilität in ihrer schwankenden Existenz. Was war nur geschehen? Wie hatte es nur geschehen können? Und wie würde es weitergehen?

Nach einer Weile hörte sie Michael zurück ins Zimmer kommen. Er setzte sich neben sie auf das Bett. Eine Zeit lang saß er so da, betrachtete sie wohl. Dann spürte sie ihn, wie er sich hinter sie legte. Eine seiner Hände berührte ihren Rücken, mehr nicht. Irgendwann schlief Tara ein, ihre Gedanken und Gefühle fuhren noch immer in wilder Fahrt auf diesem absurden Karussell. Vielleicht würde sie ja morgen Ordnung in das Chaos bringen können.

Als Tara im Morgengrauen erwachte, war Michael weg, und sie hörte das Rauschen der Dusche. Leise stand sie auf, um Sven und Felix, die noch immer nackt aneinandergekuschelt schliefen, nicht zu wecken. Sie zog sich rasch etwas über und wartete darauf, ins Bad zu können. Als Michael mit nassen Haaren und voll bekleidet aus dem Bad kam, blickte er sie kurz an, sagte aber nichts. Was er wohl davon hielt, was am Vorabend geschehen war? Tara konnte seinen Blick nicht deuten. Sie war ja selbst auch nicht in der Lage, das Geschehene einzuordnen.

Sie ging ins Bad, machte sich fertig und versuchte, mit ein paar Handtüchern die Überschwemmung, die sie am Abend zuvor hinterlassen hatten, zu beseitigen. Sie hatte Kopfschmerzen und bemühte sich, ihre Gedanken zu entwirren. Was hatte sie da nur getan? Bei Tageslicht kam ihr die letzte Nacht wie ein schlechter Traum vor. Sie war verrückt nach Michael. Warum um Himmels willen hatte sie mit Sven geschlafen – und das auch noch vor Michaels Augen? Im Nachhinein konnte sie nicht mehr nachvollziehen, wie ihr die Situation am Vorabend so hatte entgleiten können. Hatte sie alles kaputtgemacht? Was war mit diesem Kuss in der Kneipe, der als Witz begonnen hatte und sich dann wie eine vollkommene Vereinigung angefühlt hatte? War er auch für Michael so bedeutsam gewesen? Und hatte sie anschließend alles gleich wieder zerstört? Wie hatte sie sich gestern nur ihrem körperlichen Verlangen so gedankenlos hingeben können?

Leichtfertiger Sex war gar nicht Taras Stil. Bislang hatte sie drei Sexpartner gehabt: einen Freund während der Schulzeit, einen fast während des gesamten Studiums und eine kurze, aber heftige Beziehung mit einem Amerikaner. Nach dem Studium war sie für vier Monate in den USA gewesen, hatte ihre Oma besucht, war herumgereist und hatte ein Praktikum in einem Krankenhaus in New Orleans gemacht. Dabei lernte sie einen Internisten kennen und glaubte, mit Joseph ihre große Liebe gefunden zu haben. Er war ihr einziger schwarzer Liebhaber, und sie fühlte sich hin- und hergerissen zwischen der Hoffnung, endlich bei ihm ihre wahre Bestimmung und Heimat gefunden zu haben, und dem Gefühl der Fremdartigkeit. Den süßlichen Geruch seiner schwarzen Haut empfand sie als unangenehm. In seinen Armen fühlte sie sich wie eine

Weiße, während sie sich mit den weißen Männern viel stärker über ihre afrikanischen Wurzeln definiert hatte. Joseph besuchte Tara noch einmal in Deutschland, aber über die Distanz kühlte die Beziehung rasch wieder ab.

WELWITSCHIA MIRABILIS

Als Tara aus dem Bad kam, waren Felix und Sven aufgestanden. Alle wirkten betreten. Tara hatte kein Bedürfnis, über die Ereignisse des Vorabends zu sprechen. Was hätte sie auch dazu sagen sollen? Den anderen ging es sicher ähnlich. Sie alle mussten zunächst einmal ihre Gedanken sortieren.

Das Frühstück im Café Anton verlief schweigsam. Anschließend fuhren sie los. Felix saß am Steuer, und die anderen starrten zum Fenster hinaus. Felix brach schließlich das Schweigen, indem er mit Michael die Route besprach. Allmählich löste sich die Stimmung, und Tara entspannte sich. Die Ereignisse der vergangenen Nacht wurden mit keiner Silbe mehr erwähnt. Um nicht darüber sprechen zu müssen, widmeten sie sich mit Feuereifer den Naturwundern, die der Welwitschia Drive zu bieten hatte. Von Swakopmund aus fuhren sie in östlicher Richtung in die Namibwüste. Die erste Wegmarkierung machte sie auf Flechtenfelder aufmerksam.

„Hier können wir das kleine Experiment durchführen, das uns Herr Rosenfeld vorgeschlagen hat." Tara fuhr mit der Hand über den graubraunen Bodenbewuchs, der vom Auto aus einfach nur wie Wüstensand ausgesehen hatte. Es raschelte wie Herbstlaub.

Aus einer Flasche gossen sie ein paar Tropfen Wasser auf die verschrumpelten grauen Blättchen, die kein Anzeichen erkennen ließen, dass noch Leben in ihnen steckte. Gebannt warteten sie auf das Naturwunder, das sich ihnen bieten sollte. Nachdem sie fünf Minuten in der Hocke um die feuchte kleine Stelle verbracht hatten, stand Sven auf. „Das dauert mir zu lange."

„Wir können ja ein paar Flechten mitnehmen und einweichen", schlug Felix vor.

Tara holte einen leeren Kaffeebecher aus dem Auto, zupfte ein paar Flechten vom Boden und legte sie in den Becher. Felix goss Wasser darauf und stellte den Becher zurück in den Becherhalter zwischen den Vordersitzen.

Sie fuhren weiter und betrachteten Taler- und Bleistiftbüsche, deren bizarre Blattformen sich an das Leben in der Dürre angepasst hatten. Auch die Spuren der Ochsenkarren, von denen ihnen Herr Rosenfeld erzählt hatte, waren auf dem Weg ausgeschildert. Er führte sie weiter zu einem Aussichtspunkt, von dem aus sie über die Mondlandschaft blicken konnten. Erleichtert stellte Tara fest, dass sich alle drei Jungs wie am Tag zuvor benahmen. Weder ihr gegenüber noch untereinander konnte sie eine Veränderung wahrnehmen. Das vertraute Miteinander und die Nähe, die zwischen ihnen herrschte, bestanden noch immer, vielleicht waren sie sogar noch enger zusammengerückt.

„Das sieht ja unwirtlich aus." Sven ließ seinen Blick über das vegetationslose Gebiet schweifen, das von bizarren Steinformationen, Staub, Geröll und Sand gekennzeichnet war.

Tara fand die Bezeichnung *Mondlandschaft* treffend. Die tiefen Krater ließen sie unwillkürlich an die Bilder denken, die sie aus dem Fernsehen von der Oberfläche des Erdsatelliten kannte. „Wie ist diese Landschaft entstanden?", wandte sie sich an Michael.

„Ich habe gelesen, dass der Fluss Swakop die Mondlandschaft durch eine fortgeschrittene Bodenerosion geschaffen hat. Warum allerdings eine so seltsame Landschaft zurückgeblieben ist, weiß ich nicht."

„Und was sind das für seltsame Pflanzen?" Sven deutete auf eine flache Sukkulente mit langen lederartigen Blättern, die zu den Enden hin auf dem Boden lagen und wie ausgefranst wirkten. Dort, wo sie den Boden berührten, waren die Blätter verdorrt.

„Das ist eine Welwitschia mirabilis, die diesem Weg den Namen gegeben hat", erklärte Felix.

Sie fuhren in das Tal des Swakop, das überraschenderweise eine üppige Vegetation aufwies und sich wie eine Oase aus der Wüste erhob.

Verschiedene Akazienarten wuchsen in dem grünen Tal. Als sie zwischen den Bäumen herumspazierten, waren sie von dem Grün nahezu geblendet. Abgesehen von den künstlich bewässerten Gärten und Parkanlagen, die so unrealistisch gewirkt hatten, als wären sie aus Plastik, hatten sie während der vergangenen zwei Wochen kaum Pflanzen gesehen, die von einem so satten Grün waren.

Zu guter Letzt führte sie der Welwitschia Drive zu einer riesigen, von einem Drahtkäfig umschlossenen Welwitschia mirabilis. „Das ist die berühmte Riesenwelwitschia mirabilis, sie soll fünfzehnhundert Jahre alt sein", las Felix aus dem Reiseführer vor. Tara blickte durch die Lücken des Maschendrahtzaunes auf die zerzausten Blätter der Pflanze und versuchte, sich darüber klar zu werden, dass der Wüstenwind schon über diese Pflanze gestrichen war, als das Ende des Weströmischen Reiches durch die Absetzung des letzten Kaisers Romulus Augustus besiegelt wurde. Es war kaum zu glauben. Von einem riesigen Mammutbaum konnte man sich so etwas schon eher vorstellen. Aber von so einer auf dem Boden liegenden, fragilen Pflanze? Wie hatte sie all die Gefahren, die ihr im Laufe des Lebens gedroht hatten, unbeschadet überstehen können? Die Uhren in diesem Land tickten nun einmal anders. Die Zeiträume, die es gedanklich zu überbrücken galt, waren für Tara unvorstellbar groß. Sie lebte in einer Welt, in der ein Handy nach zwei Jahren technisch schon hoffnungslos veraltet war, und hier hatte diese wundersame Welwitschia bereits an genau derselben Stelle im Wüstensand gestanden, als das Gebiet des heutigen Deutschlands noch von Urwäldern bedeckt war und vorwiegend aus Sumpf- und Feuchtgebieten bestanden hatte.

Auf der Rückfahrt nahm Sven, der auf dem Beifahrersitz saß, den Kaffeebecher aus der Halterung. „Die Flechten sind tatsächlich grün geworden."

Er reichte den Becher herum, und alle bestaunten die Verwandlung.

„Warum riechen die Flechten jetzt nach Pilzen?" Sven hatte den Becher zurückerhalten und blickte noch einmal hinein.

Felix war der Einzige von ihnen, der sich in den naturwissenschaftlichen Grundlagen auskannte, und konnte Svens Frage beantworten. „Flechten sind symbiotische Lebensgemeinschaften zwischen einem Pilz und einem Partner, der Photosynthese betreiben kann. Meistens sind das Grünalgen oder Cyanobakterien. Die Algen versorgen den Pilz mit Nährstoffen, die sie durch Photosynthese gewinnen."

„Wenn es eine Symbiose ist, was hat dann die Alge davon?" Tara ließ sich den Becher erneut geben, und der typische Meeresgeruch stieg ihr in die Nase, was ihr mitten in der Wüste seltsam vorkam.

„Der Pilz hat deutlich mehr davon, deshalb nennt man es auch kontrollierten Parasitismus. Er kontrolliert das Wachstum und die Zellteilung der Alge, aber er schützt sie auch davor, zu schnell auszutrocknen. Bei starker Trockenheit können die Flechten einen inaktiven Zustand einnehmen, indem sie keine Fotosynthese betreiben. Deshalb wachsen sie hier in der Wüste auch so langsam. In dieser Ruhestarre können sie viele Jahre ausharren."

Als sie Swakopmund wieder erreichten, war es schon dunkel geworden. In ihrer staubigen und verschwitzten Kleidung aßen sie in einem Restaurant, das für ihren Aufzug deutlich zu vornehm war. Nachdem sie ihren ersten Hunger gestillt hatten, stellte Tara überrascht fest, dass sie den ganzen Tag nicht an den Diamanten gedacht hatte. Am Vorabend noch war sie von brennender Ungeduld erfüllt gewesen, doch die Ereignisse der vergangenen Nacht hatten sie so überrascht und verwirrt, dass die Geschichte des Steines völlig in den Hintergrund geraten war. Die Frage, was sich zwischen ihnen sexuell weiter abspielen würde, war übermächtig geworden.

Nach dem Essen schlug Michael vor, woran auch Tara schon die ganze Zeit gedacht hatte: „Noch einen Kula-Amarula?"

„Klar", stimmte Sven sofort zu.

Sie schlenderten zu der kleinen Kneipe und saßen kurze Zeit später an dem gleichen Holztisch wie am Tag zuvor und tranken Likör. Die Bar war relativ leer, und eine ausgelassene Stimmung stellte sich diesmal nicht ein. Sie alle hatten wohl noch die Ereignisse vor Augen, die sich am Vorabend abgespielt hatten. Tara hatte keine Ahnung, was sie wollte.

An diesem Morgen war ihr alles wie ein einziger großer Fehler vorgekommen, und jetzt dachte sie ernsthaft darüber nach, ob sich eine vergleichbare Situation wieder würde schaffen lassen. Sie musste verrückt geworden sein, und sie spürte die Unruhe, die auch von den anderen Besitz ergriffen hatte.

Nach der zweiten Runde stand Michael auf. „Ich hau ab."

Tara erhob sich ebenfalls von ihrem Hocker. „Ich komme mit." Die Vorstellung, dass es eine Wiederholung der Ereignisse des Vorabends geben könnte, war einfach absurd. Sie fühlte sich unwohl in ihrer Haut und wollte so schnell wie möglich diesen Ort verlassen, an dem sie gestern Michael so nahegekommen war und an dem alles begonnen hatte.

„Ihr könnt ja gehen, aber ich bleibe noch und trinke ein Bier. Das süße Gesöff macht richtig Durst." Sven wandte sich an Felix. „Trinkst du noch einen mit mir?"

„Ja klar."

Schweigend gingen Michael und Tara zu ihrer Ferienwohnung zurück, wo Michael, ohne Tara den Vortritt zu gewähren, ins Bad verschwand und sich unter die Dusche stellte. Entgegen seiner sonstigen Gewohnheit duschte er nur kurz, und Tara erhielt bald die Gelegenheit, sich den Staub und Sand aus den Haaren zu waschen. Als sie aus dem Bad kam, stand Michael in Shorts und T-Shirt am Fenster und rollte mit den Schultern.

Tara hörte seine Gelenke knacken. „Bist du verspannt?"

„Ja, wir sitzen viel im Auto. Davon kriege ich Verspannungen und Kopfschmerzen."

„Soll ich dich massieren?"

Michael musterte eingehend den Teppichboden. „Das würde mir schon guttun."

„Leg dich schon mal aufs Bett." Tara ging mit klopfendem Herzen zurück ins Bad, um ihr Körperöl zu holen. Sie hatte gar nicht damit gerechnet, dass Michael ihr Angebot annehmen würde. Allein der

Gedanke daran, ihn berühren zu dürfen, ließ ihre Hände zittern. Sie versuchte, sich zusammenzureißen. Er sollte auf keinen Fall merken, dass sie nervös war.

Als sie zurückkam, lag Michael bäuchlings auf dem Bett, sein T-Shirt hatte er noch an.

„Willst du nicht dein T-Shirt ausziehen?"

„Nein."

Tara setzte sich rittlings auf Michaels Oberschenkel und begann, ihn durch das T-Shirt zu massieren. „Besser wäre schon, wenn du dein T-Shirt ausziehst."

„Nein."

„Warum nicht? Wegen deiner Narbe?" Seine Schultermuskulatur war sehr gut ausgebildet. Sicher vom Schwimmen, dachte Tara. Ihr Daumen rutschte am Baumwollstoff des T-Shirts ab.

Michael antwortete nicht.

„Hast du Angst, die Narbe macht dich hässlich?" Tara musste diese Frage einfach stellen. Das Bild der zerfurchten Narbe, die Michaels Bauchdecke entstellte, konnte sie einfach nicht aus dem Kopf bekommen. Sie wollte unbedingt wissen, woher Michael sie hatte.

Keine Antwort.

„Woher hast du die Narbe? Willst du darüber reden?"

„Nein."

„Ich habe die Narbe ja schon gesehen. Sie macht dich nicht hässlich. Sie macht dich höchstens interessanter und wenigstens ein bisschen männlich." Sehr männlich hätte sie Michael natürlich auch ohne die Narbe gefunden, doch der Rest entsprach der Wahrheit. Der Anblick der Narbe hatte sie zwar erschreckt, aber nicht abgeschreckt – im Gegenteil. Nur zu gerne hätte sie Michael auf den Rücken gedreht, wäre mit den Fingerspitzen über die zerfurchte Haut gefahren und hätte sie geküsst.

„Mach dich nur lustig über mich."

„Ich mache mich nicht lustig über dich. Komm schon, Michael, wenn du auf dem Bauch liegst, sehe ich sie ja nicht."

Tara begann, Michael das T-Shirt über den Kopf zu ziehen. Er ließ es geschehen. Sie ölte ihn ein und massierte ihn fachmännisch mit ihren kräftigen Händen. Ihr Vater hatte ihr das Massieren beigebracht. Er war ein Meister darin, und Tara hatte den Verdacht, dass er ihre Mutter damit regelmäßig in die Knie zwang, wenn er wieder einmal eine seiner ausgefallenen Ideen hatte und sie zum Mitmachen überreden wollte.

Tara massierte Michael kräftig und bearbeitete sorgfältig die Verspannungen in seiner Muskulatur. Sie genoss es, ihn berühren und ansehen zu dürfen, so sehr hatte sie sich nach seinem Körper gesehnt. Trotzdem bemühte sie sich, ihm eine reine Sportmassage zu verabreichen. Wenn sie sich auch noch so sehr zusammenreißen musste, sie ließ ihre Hände nicht zärtlich über seine Haut wandern. Sie wollte ihn damit nicht bedrängen, und sie befürchtete, dass er die körperliche Nähe zu ihr sonst sofort abbrechen würde. Außerdem hatte sie ja keine Ahnung, wie er zu ihr stand, nachdem er zusehen musste, wie sie mit Sven geschlafen hatte. Zumindest ließ er zu, dass sie ihn massierte. Unter ihrem festen Griff begann er, verhalten zu stöhnen. Einige Zeit später hörten sie die Tür aufgehen, und Felix und Sven kamen herein.

Michael hob kurz den Kopf. „Wenn ihr mitmachen wollt, müsst ihr erst duschen."

Wortlos verschwanden die beiden im Bad, und die Dusche begann zu laufen. Tara massierte Michael noch ein paar Minuten kräftig und ging dann zu einer leichteren Massage über. Sie merkte, wie sich Michael unter ihren Händen entspannte. Sein Körper unter ihr wurde schwer, und seine Muskeln lockerten sich. Vorsichtig wagte sie es, ihm mit der flachen Hand über den Rücken zu streichen. Sie folgte dem Verlauf seiner Muskeln, übte sanften Druck aus. Es war ja nur der Ausklang einer Sportmassage. Michael blieb reglos liegen und atmete gleichmäßig. Tara wünschte, der Moment würde nie enden. Sie wollte ihre Hände nie mehr von Michael lösen.

Doch viel zu schnell war der Augenblick vorbei. Als Felix und Sven aus dem Bad kamen, schälte sich Michael unter ihr hervor. „Wollt ihr auch eine Massage? Tara massiert erstklassig."

Die beiden nickten etwas beklommen.

„Dann massiert Michael Felix, und ich massiere Sven", beschloss Tara.

Felix lief rot an. Er ist auch in Michael verliebt, durchfuhr Tara die Erkenntnis. Schon am Vortag, als Felix Michael so verzweifelt angesehen, sich dann aber Sven zugewandt hatte, war diese Vermutung kurz durch ihren vom Alkohol benebelten Kopf geschossen. Sie wunderte sich, dass es ihr nicht schon viel früher aufgefallen war. Plötzlich wurde sie sich der vielen kleinen Anzeichen bewusst, die es dafür gegeben hatte. Die Blicke, mit denen Felix Michael von der Seite gemustert hatte. Die Art, wie er seine Nähe gesucht, aber eine körperliche Berührung strikt vermieden hatte. Sie dachte daran, wie verletzt Felix gewesen war, als Michael so ungeduldig auf seine körperliche Schwäche reagiert hatte. Seltsamerweise spürte sie weder Eifersucht noch Ärger. Sie konnte Felix nicht als Konkurrenten um Michael betrachten. Felix tat ihr nur leid, denn wenn ihre Chancen bei Michael schon klein waren, hatte Felix keinerlei Aussicht darauf, dass seine Zuneigung erwidert werden würde.

Gedankenverloren setzte sich Tara rittlings auf Sven, der genüsslich knurrte. Michael bearbeitete Felix, der sein Stöhnen zu unterdrücken versuchte. Tara massierte auch Sven kräftig, der mit kehligen Lauten ungehemmt zum Ausdruck brachte, dass Taras Massage ihn erregte. Nach einer Weile gefiel es Tara, wie sich Sven unter ihr wand. Ganz offensichtlich brachte sie ihn in Wallung, und seine Erregung übertrug sich auch auf sie. Erneut begann sich dieses seltsame Karussell in ihrem Kopf zu drehen. Ihr Verlangen, ihr Hunger wurden größer und übertönten die mahnende Stimme der Vernunft.

„Tara ist noch nicht massiert worden", bemerkte Michael, als Sven und Felix ausreichend bearbeitet worden waren.

Sven hatte sich auf den Rücken gedreht. Unter seinen Boxershorts zeichnete sich eine deutliche Erektion ab. „Gestern bist du auch schon zu kurz gekommen. Ich würde das gerne gutmachen." Er zog Tara zu sich und begann, sanft über ihre Brüste zu streicheln.

Tara war hin- und hergerissen. „Ist es wirklich eine gute Idee, so weiterzumachen? War das gestern nicht ein Fehler?", fragte sie zweifelnd, ließ Sven aber gewähren. Sie lag in seinem starken Arm und spürte das sanfte Streicheln seiner Hand auf ihrer Brust. Ihr Atem ging schneller, und sie spürte, wie sie in diesen unerklärlichen Sog geriet. Noch einen Moment, und es wäre zu spät für eine Umkehr.

Sven fuhr unter ihr Shirt und streichelte die nackte Haut ihres Bauches. „Fehler sind dazu da, um gemacht zu werden."

„Man kann aber auch daraus lernen und muss denselben Fehler nicht ein zweites Mal machen."

„Diesen Fehler möchte ich aber unbedingt wiederholen." Mittlerweile hatte Sven seine Hand weiter nach oben geschoben und spielte an ihrer Brustwarze.

Tara stöhnte auf. „Felix und Michael sind auch noch da. Sie gehören dazu, nicht nur du und ich."

„Die beiden können von mir aus gerne mitmachen, wenn dir das recht ist." Sven beugte sich über sie, legte seine Lippen sanft auf ihre und schnitt ihr damit das Wort und die Gedanken ab. Langsam und ohne Eile spielte er mit ihrer Zunge, überredete sie, sich erneut auf das Wagnis einzulassen. Tara lag schlaff in seinem Arm. Ihre Willenskraft diffundierte aus ihr heraus. Svens Zunge wurde fordernder, energischer. Plötzlich spürte sie Hände auf ihren Oberschenkeln. Erschrocken löste sie sich von Sven und erkannte, dass es Michaels Hände waren, die langsam an ihren Oberschenkeln nach oben fuhren. Er schaute auf. Seine Augen waren dunkel, fast schwarz geworden, ein Anflug von Aggressivität lag darin. Ohne seinen Blick von ihrem zu lösen, zog er ihr die Hose herunter. Tara keuchte. Sven drehte ihr Kinn wieder zu sich, zwang sie, ihn anzusehen, und sein Mund ergriff erneut Besitz von ihrem. Michael spreizte ihre Schenkel und winkelte ihre Beine an. Tara glühte vor Erregung und Verlegenheit, wenn sie an den Anblick dachte, den sie ihm jetzt bot. Sie hatte keine Chance, nach einem Hinweis zu suchen, ob Michael gefiel, was er sah, denn Sven vereinnahmte sie voll und ganz. Ihre Sinne zersprangen zwischen den intensiven Empfindungen, die ihr Sven mit seinem Mund und seiner Hand auf ihrer Brust und Michael an der Innenseite ihrer Oberschenkel bescherten. Ihr Atem stockte, als Michael sich weiter zu ihrer Mitte vorarbeitete. Er berührte ihre Scham. Seine Hände bewegten sich sicher und zielstrebig auf diesem, seinem Terrain. Tara glühte, ihre Scham pochte, sie war heiß und feucht und gefangen in Svens festem Griff. Sie spürte, wie Michael sie spreizte, in sie eindrang und mit der anderen Hand ihre Knospe stimulierte. Tara glaubte sich kurz vor der Ohnmacht, so intensiv waren die Empfindungen, die von zu vielen Stellen ihres Körpers gleichzeitig auf sie eindrangen. Eine Explosion in ihrem Kopf, Lichtsplitter überall, und ihr Körper zuckte unkontrolliert.

Tara atmete heftig. Ihr Körper war nicht mehr aufnahmefähig, verschaffte ihr eine kurze Pause. Sven hatte von ihr abgelassen und ihren Kopf auf das Laken gebettet. Tara hielt die Augen geschlossen, eine weitere Sinnesempfindung verkraftete sie nicht. Nach ein paar Sekunden spürte sie erneut Hände auf ihren Oberschenkeln, andere, größere Hände – Svens Hände. Erschaudernd öffnete sie die Augen und blickte in Michaels Gesicht, das dicht über ihrem war. Seine Augen waren jetzt wieder blau, blickten forschend, aber nicht mehr aggressiv. Er näherte sich ihr noch weiter und bot ihr seinen unvergleichlichen Geschmack an. Erst küsste er sie zaghaft, dann drang seine Zunge in sie ein, und er nahm vorsichtig von ihr Besitz. Er küsste ganz anders als Sven. Nicht so fordernd und vereinnahmend, sondern zärtlich, fast schon unsicher. So unendlich süß war die Empfindung, die er ihrem noch schlaffen und erschöpften Körper bot. Die Nähe zu Michael, sein Geruch, das leichte Kitzeln seiner Haare auf ihrer Haut ließen sie abheben, sie schwebte davon, schien ihren Körper zu verlassen.

Sven riss sie aus diesem süßen Verlangen und katapultierte sie in höchste Erregung, indem er mit einem energischen Druck auf ihre Oberschenkel ihre Beine noch weiter auseinanderspreizte. Er erkundete sie mit seinen festen Lippen und seiner fordernden Zunge. Zielsicher brachte er ihr Blut zum Kochen, und ein zweiter heftiger Orgasmus durchzuckte ihren Unterleib. Sven ließ ihr nur kurz Zeit, bevor er fortfuhr und ihr einen weiteren Orgasmus verschaffte. Michaels Zunge befand sich noch immer in ihr, und Tara glaubte zu ersticken. Als er sich von ihr löste, keuchte sie laut auf und holte tief Luft. Sie sah Michael an, der neben ihr kniete. Er war nackt, irgendwann musste er seine Shorts abgestreift haben. Etwas enttäuscht registrierte sie, dass sein Glied schlaff auf seinem Oberschenkel lag. Er war nicht erregt. Ihr Blick wanderte nach unten. Zwischen ihren Beinen kniete Sven, auch nackt, mit rotem Kopf. Sein Schwanz ragte steil und dick nach vorne. Er fasste unter Taras Po, hob ihr Becken an und glitt in ihre weit geöffnete Höhle. Laut stöhnend bewegte er sich in ihr vor und zurück. Sie sah die Muskeln seiner Oberarme arbeiten, mit denen er sie in der richtigen Höhe festhielt. Michael beugte sich über sie, und in dem Moment, als seine Lippen ihre berührten, kam sie erneut. Auch Sven brauchte nur ein paar Sekunden länger, bis er sich grollend in sie ergoss. Noch immer durchliefen heiße Wellen Taras ganzen Körper. Michael küsste sie noch einmal leicht auf den Mund und blickte ihr in die Augen. Sein Blick bekam etwas Trauriges, eine Sehnsucht lag darin, die sie nicht einordnen konnte. Als er sich aufrichtete, fiel ihr Blick auf Sven, der zwischen ihren Beinen kniete und mit seinen kräftigen Armen ihr Becken noch immer anhob und an sich presste. Seinen Kopf hatte er in den Nacken gelegt, und Tara konnte seine Halsschlagader pochen sehen. Langsam zog er sich aus ihr zurück und bettete sanft ihr Becken wieder auf die Matratze. Auch er blickte ihr tief in die Augen. Für einen Moment ruhte seine große Hand auf ihrem Unterbauch. Dann legte er sich neben sie auf die Seite, und sein Rücken berührte sie leicht. Michael, der auf der anderen Seite neben ihr kniete, legte seinen Kopf auf ihre Schulter und kuschelte sich an sie.

Felix hatte die ganze Zeit auf der Bettkante gesessen und das Geschehen beobachtet. Nun ließ er sich auch neben Sven auf das Bett sinken. Er berührte ihn nicht, sondern ließ einen kleinen Abstand. Sven streckte seinen Arm aus und legte seine Hand auf Felix' Bauch.

Nach einiger Zeit vernahm Tara Svens leises Schnarchen und spürte an Michaels Atembewegungen, dass auch er eingeschlafen war. Es war unfassbar, wie problemlos die beiden in den Schlaf gefunden hatten, nach dem, was gerade passiert war. Sie selbst hatte es aufgewühlt und würde sie wohl heute Nacht kein Auge zutun lassen. Schon wieder war zwischen ihnen etwas vorgefallen, das sie sich nicht hätte träumen lassen und das sie nicht verstand. Sie hatte gar nicht wahrgenommen, dass sich zwischen ihnen eine so große sexuelle Spannung aufgeladen hatte, um zu einem derartigen Vorfall zu führen. Wie sollte es nun weitergehen? Wie würden sie sich morgen begegnen? Was hielt Michael von all dem? Und was hielt er von ihr? Musste sie sich schämen, zugelassen zu haben, was geschehen war? Sie stellte sich vor, was für ein Bild sie abgeben würden, sollte jemand das Zimmer betreten. Sie als einzige Frau, umringt von drei nackten Männern. Was war nur in sie gefahren? Sie spürte Svens heißen Körper an ihrer linken Seite und Michaels Kopf auf ihrer Schulter. Seinen Arm hatte er um sie geschlungen und klammerte sich im Schlaf an ihr fest. Sie atmete ein paarmal tief durch. Wenn sie versuchte, alle konventionellen Moralvorstellungen beiseitezuschieben, fühlte es sich gut und richtig an, zwischen diesen Jungs zu liegen, denen sie in den vergangenen Wochen so nahegekommen war und mit denen sie in diesem erbarmungslosen Land, das voller Wunder und Überraschungen steckte, magische Momente erlebt hatte. Sie empfand eine tiefe Zuneigung zu allen dreien. Natürlich, Michael war derjenige, den sie begehrte. Noch wagte sie nicht, es Liebe zu nennen, doch die starken Empfindungen, die sie für ihn hegte, kamen dem schon sehr nahe. Sie wollte ihn mit Haut und Haaren. Es verlangte sie nach seinem Körper, und sie wollte verstehen, warum er so verstört war, wollte wissen, was ihm widerfahren war, was seine Persönlichkeit zerbrochen hatte. Für Felix hegte sie ein zärtliches Gefühl. Wenn sie ihn berührte, wollte sie ihn umsorgen und beschützen. Sven war eine Überraschung gewesen. Seine starken Arme, seine sicheren Bewegungen gaben ihr Halt, das Gefühl, geborgen zu sein und begehrt zu werden. Sie fühlte sich wohl in ihrer Haut, wenn er sie berührte. Svens sanfte Schnarchgeräusche und Michaels Atembewegungen beruhigten sie. Vermutlich hatte es keinen Sinn, gegen den sexuellen Sog, der zwischen ihnen herrschte, anzukämpfen. Es war eine Naturgewalt, der sie sich nicht widersetzen konnten.

Als Tara am nächsten Morgen erwachte, lag sie alleine im Bett, jemand hatte eine Decke über sie gelegt. Sie räkelte und streckte sich. Der Geruch von frisch gebrühtem Kaffee zog ihr in die Nase. Sven erschien in ihrem Blickfeld. Er setzte sich neben sie auf das Bett, grinste sie unbefangen an und hielt ihr einen Becher Kaffee vor die Nase. „Na, hast du gut geschlafen?" Er beugte sich über sie und gab ihr einen sanften Kuss. Tara war erleichtert. Zumindest Sven schien alles gut verkraftet zu haben und mit Gelassenheit zu reagieren.

Felix war ebenfalls im Zimmer und bereits angezogen. „Tara, du musst dich fertig machen. In einer halben Stunde werden wir abgeholt." Auch seine Stimme klang wie immer. Nur Michael wich ihrem Blick aus, als er aus dem Bad kam.

Pünktlich um neun Uhr traten sie vor die Tür. Dichter Nebel versperrte ihnen die Sicht auf die gegenüberliegende Straßenseite. Es war so kühl und feucht, dass Tara nochmals in die Wohnung zurückging, um sich einen Pullover zu holen. Ein beigefarbener, offener Geländewagen stand schon da und wartete auf sie. Ein junger Mann in kurzen khakifarbenen Hosen und dazu passendem Hemd stieg aus. „Hallo, ich bin Max von *Charlys Desert Tours*."

Sie stellten sich vor und reichten ihm die Hand.

„Macht die Tour überhaupt Sinn bei dem dichten Nebel? Man sieht ja kaum die Hand vor den Augen", fragte Felix.

„Ich verspreche Ihnen strahlend blauen Himmel und dreißig Grad für heute."

Zweifelnd blickten sie Max an, während sie in den Geländewagen stiegen.

Max startete den Motor. „Wir müssen noch zum Swakopmund Boutique Hotel, um zwei weitere Teilnehmer der Tour abzuholen."

Ein deutsches Ehepaar, etwa Mitte fünfzig, stieg zu. Der Mann verhedderte sich schon beim Einsteigen in seine umfangreiche professionelle Fotoausrüstung und wäre fast rückwärts wieder aus dem Wagen gefallen. Sven konnte ihn gerade noch am Arm fassen und zog ihn hoch. Der Mann lachte überrascht. „Oh, vielen Dank." Umständlich versuchte er, seine Stative und Fototaschen zu verstauen, um sich auf den freien Platz neben Sven zu setzen. Alle halfen ihm, nahmen ihm die Gegenstände ab und verstauten sie im Wagen. „Danke, danke, das ist sehr freundlich von Ihnen." Als er endlich saß, lächelte er sie der Reihe nach an. „Ich bin Bernhard, und meine Frau heißt Isolde."

Isolde hatte bereits neben Max auf dem Beifahrersitz Platz genommen und ihren Mitreisenden auf den billigen Plätzen nur blasiert zugenickt. Sie trug Schnürschuhe mit Plateausohlen und ein Louis Vuitton Täschchen über dem Arm.

Nachdem sie sich vorgestellt hatten, plauderte Bernhard munter los. „Ich bin schon gespannt auf die Tour. In verschiedenen Reiseberichten im Internet wurde sie sehr gelobt."

Nach kurzer Zeit hatten sie von Bernhard erfahren, dass er von seinem Vater ein Unternehmen mittlerer Größe geerbt hatte und dieses Unternehmen mehr schlecht als recht führte. Glücklicherweise habe er einen sehr fähigen Geschäftsführer, wodurch das Unternehmen noch immer profitabel sei und ihm und seiner Frau einen angenehmen Lebensstil ermögliche. Er wäre ja viel lieber Fotograf geworden, aber er habe keine Geschwister und daher seinen Vater nicht enttäuschen können.

Auf seine Nachfrage erfuhr Bernhard wiederum von den vier, dass sie Ärzte waren. Er schien erfreut über diese Information. „Das trifft sich ja gut. Falls ich mir unterwegs ein Bein breche, bin ich gleich in besten Händen."

Tara lachte. „Das Bein sollten Sie sich besser nicht brechen. Wir wären Ihnen keine große Hilfe. Sie haben zwei Frauenärzte, einen Radiologen und eine Kinderärztin mit, aber keinen Unfallchirurgen."

Bernhard blickte sie amüsiert an. Mittlerweile waren sie bei der Martin-Luther-Dampflok angekommen, die 1896 im Sand steckengeblieben war und seit dieser Zeit als kuriose Sehenswürdigkeit mitten in der Wüste zu bewundern war. Wie naiv es doch gewesen war, mit dieser Lok die Wüste bezwingen zu wollen. Ein lächerlicher Versuch der Menschheit, sich dieses Land untertan zu machen.

Sie fuhren weiter und erreichten das ausgetrocknete Flussbett des Swakop. Mit einem Mal verschwand der Nebel, der Himmel strahlte in wolkenlosem Blau, und die Temperatur kletterte um mehrere Grad.

Bernhard begann aufgeregt, seine Kamera startklar zu machen. „Bei dem Licht kann ich fantastische Aufnahmen machen."

Sie holperten über das unwegsame Gelände und stießen mal rechts, mal links an den Sitznachbarn. Max hielt an, und sie kletterten auf einen kleinen Hügel, auf dem glatte, runde Steine unterschiedlicher Größe lagen. Er nahm einen Stein und schlug damit auf einen anderen. Ein merkwürdiger, singender Klang ertönte. Dann schlug er gegen andere Steine und rief damit Töne unterschiedlicher Tonlage hervor. Eine kleine Melodie erklang. „Das sind unsere berühmten singenden Steine", erklärte er.

Sie probierten alle die Steinorgel aus, aber eine Melodie bekam keiner zustande. Max grinste. „Auch das Spielen der singenden Steine muss man üben."

Sie gingen zurück zum Wagen, wo Isolde mit ihrer Chanel-Sonnenbrille und einem Kopftuch von Hermes auf sie gewartet hatte.

Weiter rumpelten sie durch die Wüste, vorbei an seltsamen Felsformationen aus Basalt und Granit. Noch mehrfach machten sie vom Auto aus kleine Touren zu Fuß. Isolde begleitete sie nicht dabei, und Bernhard bedauerte, seine Ausrüstung größtenteils im Jeep lassen zu müssen. Max tröstete ihn. „Nachher machen wir Rast unter einem Felsvorsprung. Dann steht das Licht optimal, und es gibt dort genügend Motive für Profiaufnahmen."

Max zeigte ihnen mehrere Eidechsen und ein Chamäleon, das sich unter einem Stein versteckt hatte. Sogar eine Schlange, einen Skorpion und den berühmten Palmetto-Gecko bekamen sie zu Gesicht. Max hielt einen Magneten über den Sand, um ihnen zu demonstrieren, wie hoch der Gehalt an Eisen im Wüstensand war. Fast wären sie über die „lebenden Steine" gestolpert: Pflanzen, die nur aus nächster Nähe von den umliegenden, echten Steinen zu unterscheiden waren.

Max hatte ihnen nicht zu viel versprochen. Er bereitete ein Picknick im Schatten eines Felsvorsprungs zu, das ihnen neben schmackhaften Sandwiches einen unvergleichlichen Blick in die felsige Wüstenlandschaft und auf bizarre Felsformationen bot. Bernhard fand kaum Zeit zu essen. Mit Feuereifer baute er sein Stativ auf und schoss Hunderte von Aufnahmen. Felix ging ihm zur Hand und ließ sich ein paar Tipps zur Wahl von Motiv und Kameraeinstellung geben. Isolde hatte sich aus dem Wagen bemüht, neben Max auf einem Picknickstuhl Platz genommen und flirtete unverhohlen mit ihm.

Nach dem Essen kletterten sie auf den Steinen herum. Tara rutschte aus und knickte um. Michael, der hinter ihr auf einem Stein gestanden hatte, fing sie auf und half ihr von den Steinen herunter. Sie setzte sich auf einen Felsblock und rieb sich den rechten Knöchel.

Max hatte den Vorfall beobachtet und rief ihnen zu: „Haben Sie sich den Knöchel verstaucht?"

Tara winkte ab. „Es ist nicht so schlimm."

„Ich habe Eiswürfel dabei."

Michael ließ sich von Max eine kleine Plastiktüte mit Eiswürfeln geben und kniete sich vor Tara hin, die noch immer ihren schmerzenden Knöchel massierte. Wortlos zog er ihr den Schuh und Strumpf aus und hielt den Eisbeutel an den geschwollenen Knöchel.

„Danke, das tut gut."

Michael sah zu ihr auf. Er hatte an diesem Tag so gut wie kein Wort mit ihr gewechselt. Sein Blick traf sie bis ins Mark. Sie konnte nicht genau definieren, was darin lag. War es Zuneigung, Sehnsucht, Bedauern, Angst oder eine Mischung aus allem? Plötzlich stand er auf und ließ sie alleine sitzen. Tara blickte ihm nach, als er weiter über die Steine kletterte und aus ihrem Blickfeld verschwand.

Tara zog sich ihren Schuh wieder an und humpelte zum Wagen.

„Alles in Ordnung?", fragte Max wohl eher im Hinblick auf Michaels Verhalten.

„Ja, es wird schon wieder." Taras Brust schmerzte stärker als ihr Knöchel. Michaels Blick durchdrang sie noch immer. Sie konnte das Ausmaß seiner Angst und Verunsicherung nicht einschätzen, doch sie hatte in einen dunklen, tiefen Sumpf geblickt. Ob Michael sich jemals daraus würde befreien können? Würde er sich von ihr dabei helfen lassen? Tara bezweifelte es stark und fühlte sich ohnmächtig.

Sie fuhren zurück nach Swakopmund und verabschiedeten sich von Bernhard. Er notierte Felix' Adresse und versprach, ihnen eine CD mit den Aufnahmen von der gemeinsamen Tour zukommen zu lassen. Dann belud er sich mit seiner Fotoausrüstung und verschwand mit seiner zickigen Frau in der Eingangshalle des Hotels.

Bevor Max sie bei ihrem Apartment absetzte, empfahl er ihnen noch einen Ausflug zu einer Dünenlandschaft etwa zwanzig Kilometer in Richtung Walvis Bay. Sie hatten noch Zeit und fuhren mit ihrem Bus erneut aus der Stadt hinaus in die Wüste. Problemlos fanden sie den Weg zu der Dünenlandschaft und der berühmten *Düne 7*, die für die verschiedensten sportlichen Aktivitäten wie das Sandboarden genutzt wurde. Da Tara noch immer Schmerzen im Knöchel hatte und es bereits dämmrig wurde, verzichteten sie darauf, auf die Düne zu steigen, sondern spazierten nur ein Stück an ihr entlang. Sie bestaunten die ockerfarbenen Dünen, die steil aus der Ebene aufragten und in einem sanften Schwung verliefen.

Es war stockfinster, als sie zurück zu ihrem Bus kamen. Sven setzte sich ans Steuer und versuchte, in der Dunkelheit den schmalen Pfad aus der Dünenlandschaft heraus zu finden. Angestrengt blickten alle durch die Windschutzscheibe. Die Straße war im Licht der Scheinwerfer kaum von dem sandigen Untergrund zu unterscheiden, der sie umgab. Sven übersah eine kleine Kurve, und sie merkten sofort, dass sie die Straße verlassen hatten. Die Räder begannen durchzudrehen.

„Nicht anhalten, gib Gas!", schrie Michael.

Sven tat, wie ihm Michael befohlen hatte, und versuchte, den Wagen in einem großen Bogen zurück zur Straße zu führen. Tara hielt die Luft an. Zwischendurch fingen die Ränder immer wieder an, leicht durchzudrehen, und Sven spielte mit dem Gaspedal, um den Wagen in Bewegung zu halten. Auf dem sandigen Untergrund rasten sie immer schneller dahin.

„Vorsicht, da vorne!", rief Felix.

Zu spät erkannte Sven den Sandwall und steuerte direkt darauf zu. Der Wagen hob ab und legte sich in der Luft leicht schräg. Dann schlug er erst mit den beiden rechten und dann mit den linken Reifen hart auf dem Boden auf. Mit einem raschen Schlenker fing Sven den Wagen ab, sodass sie schließlich wieder glücklich auf der Schotterpiste landeten.

Eine Weile schwiegen alle. Tara bemerkte, dass sie am ganzen Körper zitterte. Sie wollte sich gar nicht vorstellen, was hätte passieren können. Diese Nacht zumindest hätten sie im Auto verbringen müssen, und leichtsinnigerweise hatten sie kaum noch Wasser dabei. Handyempfang gab es keinen, und in der Dunkelheit hätten sie nichts anderes tun können, als auf den nächsten Tag zu warten. Sie blickte Sven bewundernd von der Seite an, und eine Riesenerleichterung machte sich in ihr breit. Er hatte besonnen reagiert und sie zurück auf die Straße manövriert, ohne in Panik zu geraten. Hätte sie am Steuer gesessen, wären sie mit Sicherheit im Sand stecken geblieben, weil sie völlig kopflos gebremst hätte.

„Das war knapp." Felix atmete schwer.

Michael klopfte Sven auf die Schulter. „Du hast die Situation ziemlich souverän gelöst."

Sehr erleichtert und hungrig erreichten sie schließlich Swakopmund. Nach einem schnellen Abendessen zogen sie sich in ihr Apartment zurück, bewaffnet mit zwei Flaschen südafrikanischen Rotweins. Sie tranken den Wein in großen Schlucken. Der Alkohol, die aufregenden Ereignisse des Tages und die Erwartung dessen, was kommen würde, ließen die Atmosphäre rasch aufheizen. Vor allem Sven schien es kaum abwarten zu können und wollte Tara zu sich ziehen. Tara war jedoch nicht in der richtigen Stimmung. Michaels Blick hatte sich in ihren Kopf gebrannt, sie wurde ihn einfach nicht los. Die Angst und Unsicherheit, die sie darin gelesen hatte, wirkten wie eine Bitte auf sie. Nur was erwartete er von ihr? Außerdem schmerzte ihr Knöchel noch ziemlich.

Tara wehrte Sven ab. „Nein, ich möchte heute nicht im Mittelpunkt stehen."

„Und wie soll das gehen?" Sven sah sie fragend an.

Tara wandte sich Felix zu. „Was ist mit dir? Möchtest du nicht auch mitmachen?"

Felix lief rot an und antwortete nicht. Eine Weile herrschte Schweigen.

„Auf gar keinen Fall", beantwortete Michael die unausgesprochene Frage.

Sven war anscheinend darauf eingestellt, seinen sexuellen Horizont zu erweitern, und sah Felix an. „Warum nicht? Jetzt ist eh schon alles egal. Allerdings muss ich mir dazu erst noch Mut antrinken, und aktiv kriege ich das nicht hin." Er trank einen großen Schluck aus der Flasche. Dann wanderte sein Blick an Felix hinunter. „Willst du es denn überhaupt, Felix?"

Felix druckste verlegen herum.

Michael schüttelte den Kopf. „Mann, Sven, du spinnst wohl!"

Peinlich berührt standen sie herum und wussten nicht, wie sie einen Anfang finden sollten.

„Wir können ja erst einmal duschen", schlug Tara vor.

Sie duschten gleichzeitig und reichten dabei die zweite Flasche Rotwein herum. Trotzdem waren sie immer noch angespannt, als sie zu viert nackt vor dem Bett standen. Sven wagte sich als Erster auf den Ort des Geschehens. Breitbeinig legte er sich mitten darauf. Tara kletterte als Nächste auf die Matratzen und lehnte sich an das Kopfende. Michael setzte sich in einigem Abstand neben sie. Gespannt wartete Tara, wie es weitergehen würde. Sie hatte es zwar selbst vorgeschlagen, doch Svens Bereitschaft, sich auf Felix einzulassen, hatte sie sehr überrascht.

Felix stand noch immer unruhig und mit hochrotem Kopf neben dem Bett. „Komm schon, Felix, es kann nichts kaputtgehen", ermunterte Sven ihn.

Schließlich kniete sich Felix zwischen Svens gespreizte Beine. Er fuhr mit beiden Händen über Svens Bauch und an seinen behaarten Oberschenkeln entlang. Sven legte den Kopf zurück und schloss die Augen. Felix beugte sich vor, seine dunkelblonden Locken fielen ihm ins Gesicht. Langsam begann er, Sven mit Küssen zu bedecken.

„Igitt", presste Michael heraus.

„Halt die Klappe, Michael." Sven hatte seine Augen wieder geöffnet und runzelte die Stirn.

Felix hielt kurz inne und warf Tara einen unsicheren Blick zu. „Alles in Ordnung", versuchte sie ihn zu beruhigen. „Mach weiter. Michael muss immer einen blöden Kommentar loswerden."

Felix fuhr mit seinen Küssen fort. Dann nahm er Svens Schwanz, der schlaff auf seinem Bein lag, in die Hand.

„Nee, das ist mir zu eklig, da kann ich nicht zusehen." Angewidert wandte Michael seinen Kopf ab.

„Michael, jetzt reicht es", antwortete Tara scharf. „Du musst nicht zusehen. Hau ab oder schau woandershin, aber halt die Klappe."

Michael zögerte kurz und überlegte wohl, ob er den Raum verlassen sollte. Tara nutzte sein Zögern aus, umfasste seinen Nacken und zog ihn auf ihren Schoß. Kurz spürte sie seinen Widerstand, doch dann ließ er sich von ihr leiten, legte den Kopf auf ihre Oberschenkel und schlang die Arme um ihre Taille. Sie beobachtete Felix und spürte ihre eigene Erregung durch das, was sie sah, und durch Michael, dessen Stirn gegen ihren Unterbauch drückte und dessen Atem sie an ihrem Schamhügel spüren konnte.

Ohne Michaels kritischen Blick fühlte sich Felix etwas freier. Sein Herz pochte gegen seinen Brustkorb, als wollte es ihn sprengen, während er mit den Händen über Svens muskulöse Oberschenkel strich. Er beugte sich über Sven und spürte die straffe, feste Haut und die störrischen Haare unter seinen Lippen. Svens Glied lag noch immer schlaff auf seinem Schenkel. Mit einem Mal überkam Felix Panik. Er hatte immer davon geträumt, mit einem Mann Sex zu haben, doch er hatte bislang krampfhaft versucht, diese Neigung zu unterdrücken. Natürlich wusste er schon lange, dass er homosexuell war. Obwohl es gesellschaftlich akzeptiert war, hatte er es bis zu diesem Tag nicht gewagt, seine Orientierung auszuleben. Er wusste gar nicht, wie er auf einen Mann hätte zugehen sollen. In jedem Fall hatten seine Träume von einer sexuellen Begegnung mit einem Mann anders ausgesehen. Ein anderer Mann, eine romantischere Situation und vor allem keine Zuschauer. Er richtete sich auf und sagte verzweifelt: „Ich glaube, ich kann das nicht.“

Sven öffnete die Augen und setzte sich auf. „Das ist in Ordnung, du musst es ja nicht machen.“ Felix zitterte vor Anspannung. Sven zog ihn zu sich und umarmte ihn. Felix legte seinen Kopf auf Svens Schulter und schloss die Augen. Ihm war schwindelig vor Aufregung. Er versuchte, sich zu beruhigen, einen klaren Gedanken zu fassen. Svens Arme schlossen sich noch fester um ihn, und langsam wurde er ruhiger in der Wärme und Sicherheit, die ihm Svens nackter Körper bot. Sven gab ihm Zeit, bevor er einen Arm von ihm löste und Felix' Gesicht zu sich drehte. „Geht es wieder?“

Felix nickte. Svens Gesicht näherte sich seinem, er versank gänzlich in seinen dunklen Augen. Sanft legten sich Svens Lippen auf seine. Sven wich ein paar Zentimeter zurück und blickte Felix prüfend in die Augen. Diesmal war es Felix, der sich ihm näherte und ihn erneut küsste. Felix spürte einen Schauer der Erregung durch seinen Körper laufen, als er Svens Zunge an seinen Lippen und in seinem Mund spürte. Ein Stöhnen, das er von sich selbst noch nie gehört hatte, drang aus seiner Kehle, und mit einem Mal war sein Kopf frei. Er drückte Svens schweren Körper zurück in die Laken, beugte sich über ihn und küsste ihn mit wilder Entschlossenheit. Mit seiner Hand suchte er Svens massiges Glied und umfasste es kraftvoll. Sven stöhnte und bäumte sich unter ihm auf, als Felix seinen Penis mit raschen, rhythmischen Bewegungen bearbeitete. Auch Felix wurde hart, als er in seiner Hand Svens großes Glied pochen spürte. Dann ließ Felix von ihm ab, rutschte weiter nach unten und umfasste Svens Penis mit dem Mund. Einen Augenblick lang überraschte ihn der herbe Geschmack, doch dann überwältigte ihn die Erregung. Er vergaß die seltsame Situation, die Zuschauer und seine Unsicherheit. Mit den Zähnen strich er über die weiche Haut um den steinharten Schaft, erst sanft, dann kräftiger. Sven atmete keuchend. Sein Becken bewegte sich rhythmisch, heizte ihn an. Felix nahm seine Hand zur Hilfe. Er wurde langsamer und dann wieder schneller, wechselte die Intensität, mit der er Svens Schaft umfasste. Seine eigene Erregung trieb ihn, und er keuchte vor Anstrengung. Mit Mund und Hand pumpte er das massige Glied, bis er das beginnende Zucken an der Wurzel des Gliedes spürte. Rasch löste er seinen Mund und pumpte weiter. Mit einem heiseren Schrei spritzte Svens milchig-weiße Samenflüssigkeit auf seine Bauchdecke. Felix betrachtete Svens schweißnassen, bebenden Körper und fühlte sich zum ersten Mal in seinem Leben stark und mächtig. Langsam ebbte seine eigene Erregung ab, und eine ungewohnte Gelassenheit ergriff Besitz von ihm. Ruhig hielt er Svens Blick stand, als dieser die Augen öffnete und ihn ungläubig ansah. Keiner sagte etwas.

Tara hielt die Luft an. Sie hatte eine Hand fest auf Michaels Ohr gepresst und ihre andere Hand auf seinen Rücken gelegt. Ihr Herz schlug schnell. Was sie beobachtet hatte, hatte sie nicht nur erregt, sondern auch sehr berührt. Sie hatte gespürt, dass in Felix ein Knoten geplatzt und er über sich hinausgewachsen war.

Sven und Felix blickten sich noch immer an. Heiser sagte Sven: „Alles, nur das habe ich nicht erwartet." Er stand vom Bett auf und ging ins Bad. Wenige Minuten später kam er in Shorts und T-Shirt zurück. Ohne Felix oder Tara anzusehen, ging er in das zweite, bislang unbenutzte Schlafzimmer und schloss die Tür hinter sich. Auch Felix verschwand im Bad und ließ Tara mit Michael allein zurück. Sie saß noch immer auf dem Bett mit seinem Kopf auf ihrem Schoß und hielt sein freies Ohr zu. Mit der anderen Hand strich sie ihm über den Rücken.

Sie nahm ihre Hand von Michaels Ohr und flüsterte ihm zu: „Du kannst die Augen wieder aufmachen, Kleiner. Der böse Wolf ist weg."

Michael kuschelte sich nur noch enger an sie und machte keine Anstalten, sich aufzurichten. Tara lehnte sich zurück und schloss die Augen.

Als Felix aus dem Bad kam, legte er sich aufs Bett und zog sich eine der zerknüllten Decken bis über die Ohren.

„Ist alles in Ordnung?", fragte Tara.

„Ja, es ist alles okay." Seine Stimme klang erstaunlich fest.

Seine Antwort war nicht gelogen. Felix fühlte sich mächtig. Er hatte Sven zum Beben gebracht, diesen großen, schweren Bär von einem Mann, und dessen Welt erschüttert. Dieses unbekannte Gefühl, der Überlegenere zu sein, kostete er aus. Sven tat ihm zwar leid, er hatte so verstört ausgesehen, so unsicher und hilflos. Diesen Gesichtsausdruck hatte Felix an ihm noch nie gesehen. Doch im Moment wollte er einfach nur seine eigene Macht spüren, dieses Hochgefühl auf sich wirken lassen. Morgen würde er sich um Sven kümmern, würde versuchen, ihn wieder aufzurichten.

Tara machte sich Sorgen um Sven. Auch sie hatte seinen verstörten Blick gesehen. Sie schob Michaels Kopf von ihrem Schoß und ging ebenfalls kurz ins Bad. In ihrem Pyjama kehrte sie zurück. Michael hatte sich in zwischen auf dem Bett eingerollt. Sie legte die zweite Decke sorgfältig über ihn und gab ihm einen Kuss auf die Wange, bevor sie leise an die Tür des zweiten Schlafzimmers klopfte. Sie erhielt keine Antwort. Vorsichtig drückte sie die Klinke hinunter. Die schwache Deckenbeleuchtung brannte noch. Sven lag auf dem Rücken und starrte in das Licht.

„Was ist los, Sven?"

Er drehte den Kopf zu ihr. „Ich bin verwirrt. Ich weiß nicht, was da gerade passiert ist."

„Ich glaube, wir sind im Moment alle ziemlich verwirrt." Einen

Moment lang blickten sie sich in die Augen. „Soll ich zu dir kommen?",
fragte Tara.

Als Sven nickte, löschte Tara das Licht und stieg zu ihm auf die
Matratze. Sie bettete sich in seine Armbeuge, zog die Decke über sie
beide und legte ihre Hand auf seinen warmen, weichen Bauch.

WALVIS BAY

Als Tara erwachte, lag sie noch immer in Svens Arm, der mit offenem Mund leise schnarchte. Auch Felix und Michael schliefen noch im Nebenzimmer. Sie machte sich fertig und kochte Kaffee. Schweigsam saßen sie mit einer Tasse Kaffee um den kleinen Holztisch in ihrem Apartment. Die Stimmung war angespannt, und Streit lag in der Luft. Michaels Plan sah eigentlich vor, weiterzufahren, doch Sven protestierte dagegen: „Ich kann heute nicht den ganzen Tag eingepfercht im Auto verbringen. Nach letzter Nacht brauche ich frische Luft. Ich muss erst mal einen klaren Kopf bekommen. Gestern habe ich ein Schild gesehen, dass Bootsfahrten mit Hochseeangeln von Swakopmund aus angeboten werden, das wäre für mich heute das Richtige."

Michael knallte seinen Kaffeebecher so heftig auf den Tisch, dass der schwarze Inhalt herausschwappte. „Das geht nicht. Wegen Felix haben wir schon einen Tag verloren, und wir wollen uns auch noch um Taras Diamanten kümmern. Wir haben noch so viel vor und nicht mehr genug Zeit."

„Dann schaffen wir eben nicht mehr alles, was du dir vorgenommen hast. Du hast doch darauf bestanden, dass wir keine Unterkünfte im Voraus buchen, damit wir flexibel sind. Und jetzt sollen wir uns sklavisch an deinen Plan halten?" Svens Augenbrauen berührten sich nahezu.

„Wenigstens habe ich einen Plan. Du hast dich überhaupt nicht mit der Reise beschäftigt und keine Ahnung, was es alles zu sehen gibt. Wir haben keine zwei Wochen mehr, und das Land ist groß."

„Es bringt aber auch nichts, alles in ein paar Tage stopfen zu wollen. Ich fahre heute nicht weiter, ich kann nicht. Ich gehe zum Angeln." Svens Stimme war nun leiser geworden und klang fast schon verzweifelt.

Tara hatte einen Lappen aus der kleinen Küchenzeile geholt und wischte den Kaffee vom Tisch. „Ich komme nicht mit. Mir wird schon schlecht, wenn ich ein Boot nur sehe."

„Ich komme auch auf gar keinen Fall mit auf so eine dämliche Angeltour." Michael stand so ruckartig auf, dass der Stuhl mit einem unangenehmen Geräusch über den Boden schabte, und verließ das Zimmer.

Tara trank noch einen Schluck. Die Situation war ihnen entglitten. Jetzt war auch noch Sven, der sonst Stabilität in die Gruppe gebracht hatte, verunsichert und gereizt. Vielleicht war es ja besser, wenn sie den Tag nicht gemeinsam verbrachten.

Felix hatte die ganze Zeit schweigend und mit gesenktem Kopf danebengesessen. Jetzt blickte er auf. „Möchtest du lieber alleine fahren, oder soll ich mitkommen?"

Sven sah ihm lange in die Augen. „Eigentlich wäre es mir lieber, wenn du mitkommst."

Problemlos konnten sie ihr Apartment für eine weitere Nacht mieten. Felix und Sven zogen zu Fuß los, während Michael und Tara den Bus nahmen, um nach Walvis Bay zu fahren. Tara saß am Steuer, und Michael hatte schlechte Laune. Sie passierten die 688 Meter lange Brücke über die Mündung des Swakop, deren Fundamente dreißig Meter tief in den sandigen Untergrund eingelassen waren. Die Hälfte der Strecke hatten sie bereits wortlos zurückgelegt, als Michael Tara mit einigen Informationen zu ihrem Reiseziel versorgte. „Walvis Bay ist der einzige Großhafen an der Küste Namibias. Der Hafen hat bis 1994 zu Südafrika gehört, obwohl er mitten in Namibia liegt."

Tara erwiderte nichts. Michael blickte aus dem Fenster in die öde Wüstenlandschaft. „Das Meer um den Hafen ist extrem fischreich, vor allem Sardinen und Wale gibt es in rauen Mengen."

„Warum?"

„Der kalte Benguela-Strom aus der Antarktis bildet vor der Küste ein Auftriebsgebiet. Nährstoffreiches Tiefenwasser wird an die Oberfläche gefördert, und der Planktonreichtum sorgt für einen hohen Fischbestand. Warum allerdings ausgerechnet um Walvis Bay so viele Fische herumschwimmen, weiß ich auch nicht." Wieder schwiegen sie sich ein paar Kilometer lang an.

„Die Einwohner Walvis Bays leben vorwiegend vom Fischfang oder arbeiten im Hafen", fuhr er schließlich fort. „Es gibt auch Guano-Vorkommen und eine Anlage, um Meersalz zu gewinnen."

Endlich waren sie in der Stadt angekommen, die einen trostlosen Eindruck machte. Sie fuhren zum Hafen, in einen abgesperrten Bereich, was ihnen skeptische Blicke der Arbeiter einbrachte. Keiner schickte sie jedoch wieder hinaus. Es gab nicht viel zu sehen, und so hatte Michael schnell die Nase voll. „Fahr wieder raus!"

„Wohin denn?" Tara konnte sich keinen Reim darauf machen, warum Michael an diesem Tag so besonders gereizt war. Ihn zu fragen hatte sicher wenig Sinn, so weit kannte sie ihn mittlerweile. Es blieb ihr nichts anderes übrig, als seine Laune geduldig zu ertragen und sich nicht von ihm anstecken zu lassen.

„Keine Ahnung, ist mir egal."

Tara fuhr aus dem Hafen heraus und ziellos durch die menschenleeren Straßenzüge. „Möchtest du was essen?"

„Nein."

Tara merkte, dass in Michael ein Brand schwelte. Sie beschloss, ihn einfach in Ruhe zu lassen. Zufällig entdeckte sie ein Schild, auf dem die Richtung zu einer Lagune ausgewiesen war. Sie folge ihm auf gut Glück, und kurze Zeit später erreichten sie ein großes Flachwassergebiet mit Hunderten von Flamingos. Mit und ohne gespreizten Flügeln, auf einem oder zwei Beinen, den Kopf erhoben oder ins Wasser gesteckt bildeten sie einen grandiosen Anblick. An der Lagune gab es eine Promenade und eine Informationstafel.

Tara versuchte es noch einmal. „Möchtest du ein Stück spazieren gehen?"

Er starrte aus dem Fenster auf die Lagune und drehte ihr nicht den Kopf zu, als er entgegnete: „Nein."

Tara wäre gerne ein paar Schritte gegangen, aber sie entschied sich gegen eine Konfrontation mit Michael. „Dann lass mich wenigstens kurz aussteigen, um Fotos zu machen."

Michael antwortete nicht, und Tara stieg mit ihrer Kamera aus. Sie ließ sich Zeit und machte ein paar schöne Aufnahmen mit dem Teleobjektiv. Als sie fertig war, spazierte sie noch ein Stück die Lagune entlang, bevor sie widerwillig zurück zum Auto ging. Michael war an diesem Tag keine angenehme Gesellschaft.

Als sie schließlich wieder neben ihm saß, fragte sie: „Soll ich jetzt nach Swakopmund zurückfahren?"

„Von mir aus."

Schweigend fuhren sie los. Tara suchte einen Weg aus der Stadt und gelangte in eine armselige Wohngegend. Zwischen den schmucklosen kleinen Häusern lag überall Müll im Sand. Mit Michael neben sich fühlte sich Tara seltsamerweise sicher, als würde seine Anwesenheit ihnen die Sympathie der schwarzen Bevölkerung garantieren.

Als sie Walvis Bay schon einige Kilometer hinter sich gelassen hatten, begann Michael unvermittelt zu erzählen: „Ich bin durch eine Glastür geflogen. Bei einem Streit mit meinem Vater. Meine Eltern hatten diese bescheuerten Türen mit Milchglaseinsätzen. Daher habe ich die Narbe."

Tara wagte keine Äußerung. Jedes falsche Wort würde womöglich den winzigen Spalt, um den Michael die Tür geöffnet hatte, wieder verschließen.

Michael schwieg eine ganze Weile, dann fuhr er fort: „Wir haben wegen des Studiums gestritten. Ich hatte mich für Medizin in Heidelberg beworben, und er sagte, dass er mir das nicht bezahlen würde. Für Medizin sei ich sowieso zu blöd, und er habe keine Lust, mir zehn Jahre fröhliches Studentenleben zu finanzieren. Irgendwann bin ich dann wohl durch die Scheibe geflogen. Ich kann mich nicht mehr daran erinnern, was kurz davor passiert war. Meine Leber und meine Milz waren verletzt. Ich wäre fast verblutet. Die Milz musste entfernt werden. Seither war ich auch nie wieder schwimmen, weil ich es nicht ertragen kann, dass mir alle auf den verzogenen Bauch starren. Jetzt kann ich mich nur noch im Fitnessstudio abreagieren. Ein Gutes hatte es allerdings: Der blöde Arsch hat mich zwar nie im Krankenhaus besucht, aber während des ganzen Studiums pünktlich meine Kohle überwiesen. Ich hatte absolut kein Problem damit, das Geld bis auf den letzten Cent auszugeben. War schließlich mein Schmerzensgeld."

Noch immer sagte Tara nichts. Was hätte sie auch sagen sollen? Das Letzte, was Michael jetzt brauchen konnte, waren Mitleidsbekundungen. Schweigend legten sie den Weg bis zu ihrem Apartment zurück.

„Gehen wir was essen", schlug Tara vor, als sie ausgestiegen waren.

Sie setzten sich auf die Terrasse des Lighthouse und blickten aufs Meer. Michael wirkte jetzt entspannter und aß mit Appetit. Nachdem sie ihren fangfrischen Fisch genossen hatten, stand er auf. „Lass uns spazieren gehen."

Dicht nebeneinander liefen sie barfuß am Strand entlang durch den feinkörnigen Sand und blickten auf das Meer. Seine unruhige Oberfläche ließ die unberechenbare Gewalt der Strömungen erahnen, die das Meer an dieser Küste so gefährlich machten.

„Hat dein Vater dich geschlagen?", wagte Tara nun doch zu fragen.

„Ja, das hat er. Ziemlich oft und ziemlich heftig. Meine Mutter hat gelegentlich versucht, es zu verhindern, aber sie konnte gegen ihn sowieso nichts ausrichten. Sie hatte immer ein schlechtes Gewissen und mich dann verhätschelt. Sie kann nichts dafür. Nachdem er mich durch die Glasscheibe geschmissen hat und ich dabei fast draufgegangen wäre, hat sie sich von ihm getrennt. Besser wäre gewesen, sie hätte es fünfzehn Jahre früher getan."

Vorsichtig fasste Tara nach Michaels Hand. Er ließ es zu und schloss seine Finger um ihre.

„Er war wohl nicht immer so, daran kann ich mich nur nicht mehr erinnern. Ich hatte einen großen Bruder, den mein Vater abgöttisch geliebt hat. Als Andreas zwölf Jahre alt war, hat er Leukämie bekommen. Ich war fünf und als Knochenmarkspender nicht geeignet. Deshalb taugte ich in den Augen meines Vaters anscheinend für alles andere auch nicht. Zwei Jahre später war mein Bruder tot."

Eine Weile schlenderten sie Hand in Hand über den Strand.

„Die ganze Beziehungsscheiße ist nichts für mich", sagte Michael plötzlich.

Das war wohl Michaels Schlussfolgerung aus dem, was er erlebt hatte, dachte Tara. Sein Erklärungs- oder Entschuldigungsversuch, warum er nicht mit ihr und auch mit sonst niemandem zusammen sein wollte. Wie sehr die Verletzungen in seiner Kindheit Michaels Leben noch immer beeinträchtigten, erschreckte Tara fast noch mehr als die Tatsache selbst, dass er misshandelt worden war.

„Michael, es wird Zeit, dass du dich von der Vergangenheit befreist", meinte sie schließlich.

Michael ließ Taras Hand los und blickte sie mit einem Stirnrunzeln an. „Hör bloß mit deiner Hausfrauenpsychologie auf."

„Es stimmt aber, Michael. Du musst dir doch von deinem Vater, der deine Kindheit ruiniert hat, nicht auch noch deine Zukunft kaputtmachen lassen."

„Hör auf, Tara!", sagte er noch einmal, viel schärfer als zuvor. „Ich brauche dich nicht als Therapeutin." Nach der ersten Hälfte des Satzes hatte er eine kleine, kaum merkbare Pause gemacht.

Tara erwiderte nichts. Sie hätte ihn so gerne in den Arm genommen, getröstet, geküsst, den kleinen Jungen in ihm, der immer noch zurückgewiesen und verletzt war.

Michael ging weiter den Strand entlang. Tara folgte ihm. Als sie ihn eingeholt hatte, legte er den Arm um sie. Sie spürte seinen warmen Körper dicht neben sich und die emotionale Nähe, die er ihr geschenkt hatte. Es war ein ganz besonderes Geschenk, das zu geben Michael große Überwindung gekostet hatte. Tara wünschte sich, dass der Spaziergang nie enden würde. Die einbrechende Dunkelheit zwang sie irgendwann jedoch zur Umkehr.

Bei ihrer Rückkehr ins Apartment waren Sven und Felix schon da. Begeistert erzählten sie von ihren Erlebnissen beim Hochseeangeln. Der gemeinsame Tag schien den beiden gutgetan zu haben, und sie übertrafen sich mit ihren Berichten.

„Wir haben fünf verschiedene Haiarten an Bord gezogen, angesehen und dann wieder zurück ins Wasser geworfen."

„Richtig große Exemplare waren dabei. Wir mussten zu zweit anpacken, um die Viecher reinzuziehen."

Sven hatte einen roten Kopf und Füße, die aussahen, als habe er sie in kochendes Wasser getaucht.

„Was ist mit deinen Füßen?", fragte Tara.

Sven brummte nur.

„Er wollte sich nicht eincremen", erklärte Felix. „Ich hatte Sonnencreme mit, aber Sven meinte, er brauche das nicht."

Sie gingen zum Abendessen. Sven konnte sich nur mit größter Mühe in seine Schuhe quetschen und humpelte hinter den anderen her. Es fiel Tara schwer, sich auf Sven und Felix zu konzentrieren, die auch von ihr wissen wollten, wie der Tag verlaufen war. Gedanklich war sie noch immer bei Michael, der neben ihr saß und nur knappe Antworten auf Felix' Fragen gab. Als sie wieder zurück in ihrem Apartment waren, zog Sven sofort fluchend seine Schuhe aus, setzte sich auf einen Sessel und legte die Beine, die in der Zwischenzeit auch noch massiv angeschwollen waren, hoch. Die anderen verteilten sich mit ihren Bierdosen im Zimmer.

Sven hatte der Wind um die Nase zwar gutgetan, doch verwirrt war er noch immer. Jetzt vielleicht sogar noch mehr. Felix war freundlich zu ihm gewesen, aber sehr zurückhaltend. Er hatte nicht versucht, einen zufälligen Körperkontakt herzustellen, er hatte es sogar strikt vermieden, als sie gemeinsam den großen Hai auf das Boot gezogen hatten. Sven wusste auch nicht, ob er es hätte ertragen können. Doch Felix hatte es ihm leicht gemacht, hatte unbefangen mit ihm geredet, war aber mit keiner Silbe auf die letzte Nacht eingegangen. Und jetzt? Sven war nicht weiter als gestern Abend, und dazu kamen noch die massiven Schmerzen in seinen Beinen. Seine Haut brannte wie Feuer. Ein pochender Schmerz hämmerte von seinen Füßen bis in den Kopf. Er war einfach nicht in der Lage, über irgendetwas nachzudenken. Diese Hilflosigkeit kannte er nicht an sich, und sie machte ihn zornig. Warum war all das passiert? Wer war dafür verantwortlich? Ohne es wirklich zu wollen, suchte er nach einem Schuldigen und spürte, wie er zunehmend aggressiver wurde. Er brauchte ein Ventil, und dieses bot sich ihm in Gestalt von Michael. „Heute ist Michael dran", ging er ihn unvermittelt an. „Du hast immer nur kluge Sprüche auf Lager, heute musst du ran."

Tara erschrak. Das war jetzt kein guter Zeitpunkt. Michael hatte für diesen Tag genug Aufregung gehabt.

Michael tippte sich an die Stirn. „Auf keinen Fall."

„Doch, du bist dran." Svens Stimme glich einem drohenden Grollen.

„Und was soll ich tun? Deine stinkenden, roten Füße küssen?"

„Du meinst, dass du immer nur zusehen kannst, wie wir die Hosen runterlassen, aber das geht nicht."

„Ich habe doch auch schon mitgemacht."

„Nicht wirklich. Niemand hat dich anfassen dürfen."

„Felix hat sich auch noch nicht anfassen lassen."

„Felix ist morgen dran. Heute bist du dran. Du hast mit der ganzen Scheiße angefangen, und jetzt machst du auch mit."

„Ich habe nicht damit angefangen. Du hast deine Schmierfinger nicht von Tara lassen können."

„Du lässt dich heute anfassen. Schlag vor, von wem."

„Du spinnst wohl. Keiner fasst mich an. Niemand, verstanden!" Michael sprang auf und verließ das Apartment.

Tara sah ihm besorgt nach. „Lassen wir den Blödsinn."

Keiner protestierte. Sven war wohl zu sehr mit den Schmerzen in seinen Füßen beschäftigt. Tara überlegte, ob sie Michael suchen sollte, doch sie entschied sich dagegen. Für Michael war es sicher aufwühlend genug gewesen, sich ihr heute anzuvertrauen. Vermutlich brauchte er etwas Ruhe und Abstand. Wenn sie ihm jetzt nachging, würde er sich sicher von ihr bedrängt fühlen. Wenn ihm danach war, bei ihr zu sein, würde sie ihn mit offenen Armen empfangen. Doch sie hielt es für besser, ihm diesen Schritt zu überlassen. Sie ging in das zweite Zimmer des Apartments und legte sich ins Bett. Nach kurzer Zeit folgte ihr Sven und ließ sich mit einem Stöhnen auf die Matratze fallen. Sie hatte zwar gehofft, dass Michael sich das Bett mir ihr teilen würde, aber vielleicht war es besser so.

Sven konnte kaum schlafen. Die Schmerzen hielten ihn wach, und sein ganzer Körper begann zu glühen.

HARDAP DAMM

Nach einer unruhigen Nacht, in der Sven sich hin- und hergewälzt und damit auch Tara wach gehalten hatte, sah er schlimm aus. Seine Füße und Unterschenkel waren massiv geschwollen, und die rote Haut hatte begonnen, Blasen zu bilden. Auch sein Gesicht war aufgedunsen, und er wirkte, als hätte er hohes Fieber.

Felix erschrak, als er Sven sah. „Was machen wir denn? Sven sieht grauenhaft aus. So können wir nicht weiterfahren."

Sven winkte ab. „Doch, wir können. Ich kann nicht laufen und auch nicht selbst fahren, aber hinten im Auto sitzen, das geht schon."

Nachdem die anderen gepackt hatten, humpelte er mühsam zum Bus, wo er sich auf die Rückbank setzte und die Füße hochlegte. Er verzichtete sogar auf das Frühstück, ein Zeichen, dass es ihm hundeelend gehen musste. Doch er beklagte sich mit keinem Wort. Ursprünglich hatten sie geplant, zur Spitzkoppe, dem höchsten Berg Namibias, zu fahren, um dort wandern zu gehen. Wegen der verlorenen Tage und Svens Zustand beschlossen sie, bis zum Hardap Damm zu fahren. Diese Tour bedeutete, dass sie mehr als sechshundert Kilometer in einer etwa achtstündigen Fahrt vor sich hatten. Tara achtete besorgt darauf, Sven, der noch weniger sprach als sonst, zumindest mit ausreichend Flüssigkeit zu versorgen.

Sven saß auf der Rückbank und blickte aus dem Fenster. Seine Füße brannten höllisch, und seine Glieder schmerzten vom Fieber. Doch er war nicht wehleidig und konnte einiges aushalten. Morgen würde es ihm sicher wieder besser gehen. Tara kümmerte sich rührend um ihn. Während der vergangenen Nacht hatte sie ihm mehrfach ein Glas Wasser gebracht und ihm geholfen, seine Füße mithilfe von Kissen hochzulegen. Vor ihrer Abfahrt in Swakopmund war sie noch schnell zu einer Apotheke gelaufen und hatte ihm eine Creme für seine verbrannte Haut und ein Mittel gegen das Fieber besorgt. Im Auto hatte sie seine Füße auf ein Handtuch gebettet und vorsichtig mit dem kühlenden Gel eingecremt. Ständig blickte sie ihn besorgt an und reichte ihm eine Wasserflasche. Es tat gut, so von ihr umsorgt zu werden. Seit er von zu Hause ausgezogen war, hatte sich niemand mehr so liebevoll um ihn gekümmert. Es war seltsam, sie so mütterlich besorgt zu erleben. Sein Bild von ihr hatte sich gewandelt. Vor der Abreise hatte er sie wirklich heiß gefunden, die attraktivste Frau, die er kannte. Aber sie war ihm auch ein wenig unheimlich gewesen. Aus ihren dunkelbraunen Augen konnte sie ihm Blicke zuwerfen, unter denen er sich fühlte, als durchschaute sie ihn bis in den letzten Winkel seiner Seele. Der Tatsache, dass sie mit auf die Reise kommen würde, hatte er mit gemischten Gefühlen gegenübergestanden. Einerseits war es verlockend, eine derart attraktive Frau dabeizuhaben, wenn er sich auch wenig Chancen ausgerechnet hatte, ihr näherzukommen. Auf der anderen Seite hatte er befürchtet, dass sie die Reise mit ihren weiblichen Bedürfnissen unnötig komplex gestalten würde und sie dadurch alle verspannt wären. Zu seiner großen Überraschung hatte sie sich als humorvoll und unkompliziert entpuppt. Und dann hatte er sie im Camp Namutoni nackt unter der Dusche gesehen. Er war hin und weg gewesen. Während der nächsten Tage hatte er sich zusammenreißen müssen, um nicht permanent an ihren schlanken, muskulösen hellbraunen Körper zu denken und mit einem Dauerständer herumzulaufen. Die absolute Krönung war die sexuelle Experimentierfreudigkeit gewesen, die sie in Swakopmund an den Tag gelegt hatte. Sie war der helle Wahnsinn, und noch vorgestern Abend war er komplett auf sie fixiert gewesen, wenn er sich auch niemals gewünscht hatte, sie als Partnerin zu gewinnen. Als seine Freundin konnte er sich Tara gar nicht vorstellen. Sie war zu intelligent, zu stark und zu selbstbewusst für eine Frau. Neben ihr würde er sich unzulänglich fühlen, und damit würde er auf Dauer nicht umgehen können. Die Frau seiner Träume war weicher, anhänglicher und sah zu ihm auf. Seine

Vorstellungen von einer Partnerschaft entsprachen dem klassischen Rollenbild, wie es ihm seine Eltern vorgelebt hatten. Sein Vater war bis zu seiner Pensionierung Angestellter in einer Maschinenfabrik gewesen. Ein schweigsamer, verschlossener Mann, der unermüdlich Sonderschichten einlegte, um Geld für die Ausbildung seiner vier Söhne zurückzulegen. Sven war der Zweitjüngste einer wilden Bande gewesen, die seine gutherzige, nachgiebige Mutter gnadenlos überfordert hatte. Regelmäßig musste sein Vater sie schmerzhaft bestrafen, um ein Mindestmaß an Disziplin aufrechtzuerhalten. Sie hatten in einem kleinen Reihenhaus in einem Dorf auf der Schwäbischen Alb gewohnt. Sein Vater hatte täglich einen weiten Weg zur Arbeit in die nächstgelegene Stadt auf sich genommen, um es ihnen zu ermöglichen, auf dem Land mit Platz und Freiheit aufzuwachsen. Auf Urlaube und anderen Luxus hatten seine Eltern verzichtet. Ihr größter Wunsch war es gewesen, all ihren Söhnen ein Studium finanzieren zu können. Und keiner von ihnen hatte sie enttäuscht: Seine beiden älteren Brüder waren Lehrer geworden, und der jüngste Bruder hatte gerade sein Jurastudium erfolgreich abgeschlossen. Seine Eltern waren sehr stolz auf ihre Söhne und genossen zufrieden den Ruhestand, in dem Bewusstsein, ihre Pflichten erfüllt zu haben. Mit Unbehagen dachte Sven daran, was seine Eltern wohl davon hielten, wenn sie wüssten, dass er sexuell mit einem Mann verkehrte. Sicher wären sie entsetzt. Derartige Abweichungen von Konvention und Normalität waren für sie undenkbar. Felix hatte ihn völlig aus der Fassung gebracht. Sven war auf keinen Fall schwul, noch nicht einmal als bisexuell würde er sich bezeichnen. Er hätte niemals erwartet, so stark zu empfinden, als Felix ihn berührt hatte. Ihn zu küssen, hatte ihn wie ein Stromschlag umgehauen. Er hatte immer gerne Sex mit seinen Partnerinnen gehabt und ihn auch genossen, doch Felix hatte es verstanden, so mit ihm umzugehen, dass er sich komplett in seiner Ektase verloren hatte. Auch davor schon war es ihm überraschend angenehm gewesen, Felix zu berühren oder von ihm berührt zu werden. Felix fühlte sich weicher und weiblicher an als Taras athletischer Körper. Nachdem er beide im Vergleich gespürt hatte, verlangte es ihn stärker nach Felix als nach ihr. Und dann dieser Orgasmus! Er verstand nicht, was mit ihm passiert war. Das Erlebnis würde ihn nicht schwul machen, er hatte kein Interesse an anderen Männern. Aber Felix? Was war mit ihm? Er sah zu Felix, der schräg vor ihm auf dem Beifahrersitz saß, und zog mit seinen Blicken die feinen Konturen seines Nackens nach. Es versetzte ihm einen Stich, als er daran dachte, Felix eigentlich nie mehr berühren zu dürfen. Das würde er nicht aushalten. Er musste ihn noch einmal spüren. Dieses afrikanische Land mit seinen menschenleeren, urtümlichen Landschaften und der klaren, flirrenden Luft hatte einen unerklärlichen Einfluss auf ihn. Hier gab er sich willenlos Entwicklungen hin, die er zu Hause niemals zugelassen hätte. Innerlich zuckte er mit den Schultern. Er war ausgeliefert, verloren. Die Zeit für Vorwürfe oder Bedauern würde später kommen. Hier war ein Ball ins Rollen gekommen, den er nicht aufhalten konnte, und er wollte es auch nicht.

Zunächst fuhren sie durch eine abwechslungsreiche Landschaft. Die Strecke verlief am Rand der Namibwüste und ging dann allmählich in die hügelige Landschaft des Erongo-Gebirges über. Sie machten mehrere kleinere Pausen, um sich die Beine zu vertreten und eine Kleinigkeit zu essen. Michael lenkte den Wagen die ersten vier Stunden und wollte sich auch danach nicht ablösen lassen. Nur nach einstimmigem Protest der anderen ließ er Felix und später Tara ans Steuer.

Bereits als sie sich von Norden her dem fünfundzwanzig Quadratkilometer großen Stausee näherten, der durch Aufstauen des Fish Rivers durch den Hardap Damm entstanden war, sahen sie an dessen Südufer Blitze durch die Dunkelheit zucken. In einem Hotel in der Nähe des Damms nahmen sie sich zwei Doppelzimmer.

„Tara schläft bei Sven, damit er heute Nacht wieder eine Krankenschwester hat", bestimmte Michael, der Svens Rucksack in eines der Zimmer trug. Sven humpelte ihm mühsam hinterher.

Tara war einverstanden. Sie machte sich ohnehin Sorgen um Sven, dessen Gesicht glühte. Er legte sich sofort ins Bett. Außerdem brauchte Michael wohl noch immer Abstand von ihr. Hoffentlich bereute er nicht, dass er sich ihr geöffnet hatte.

„Ich gehe raus und schaue mir das Gewitter an." Michael griff nach seiner Kamera und verschwand.

Sven schloss erschöpft die Augen. „Geht alle raus. Dann habe ich wenigstens ein paar Minuten Ruhe vor euch."

Tara setzte sich mit Felix am Stausee auf eine Steinmauer. Michael spazierte herum und fotografierte.

„Derart viele Blitze habe ich noch nie in so kurzer Zeit gesehen."
Felix blickte über den See und betrachtete das Naturschauspiel aus
Regenwänden und Blitzen vor dem Hintergrund der untergehenden
Sonne.

Michael platzierte seine Kamera auf die Steinmauer. „Ich versuche,
ob ich einen aufnehmen kann."

Tara und Felix folgten seinem Beispiel, und sie begannen einen
ehrgeizigen Wettbewerb, wer wohl den größten Blitz einfangen konnte.
Sie schossen etliche Fotos und lachten sich gegenseitig aus, weil sie es
immer schafften, den Auslöser zum falschen Zeitpunkt zu betätigen.
Doch auf einigen Fotos gelang es ihnen sogar, einen Blitz festzuhalten.

Nach etwa einer halben Stunde war das Gewitter abgezogen. Michael
und Felix besorgten etwas zu essen, das sie in Svens und Taras Zimmer
verspeisten. Sven wollte nichts, er lag auf dem Rücken, die Füße
hochgelegt, und trank schluckweise aus einer Wasserflasche.

Nachdem Tara die Abfälle zusammengesammelt hatte, setzte sie sich auf einen Sessel. „Seit wann weißt du, dass du schwul bist, Felix?"

Felix zuckte zusammen. „Eigentlich weiß ich es noch gar nicht."

„Das ist nicht dein Ernst, oder?" Michael blickte ihn überrascht an.

„Na ja, ich weiß natürlich, dass ich schwul bin, aber ich hatte bis vor zwei Tagen noch nie etwas mit einem Mann. Bisher hatte ich nur Freundinnen."

„Wenn du Sex mit deinen Freundinnen hattest, war das dann nicht schön für dich?", wollte Tara wissen.

„Klar war es schön, aber irgendwie hat es sich trotzdem nie so ganz richtig angefühlt. Ich habe mir schon immer vorgestellt, wie es wohl mit einem Mann wäre."

„Und Sven ist jetzt der Mann deiner Träume?" Michaels Stimme hatte einen ironischen Unterton.

„Nein, eher du", flüsterte Felix mit gesenktem Blick und hochrotem Kopf. Tara war nicht überrascht über die Antwort, die sie ja schon kannte. Erstaunt war sie allerdings darüber, dass Felix es Michael gegenüber zugab.

Michael hingegen schien sehr überrascht, denn er starrte Felix mit offenem Mund an. Anscheinend hatte er nicht gespürt, dass Felix ihn begehrte. Keiner sagte etwas. Einige Minuten lang spielte jeder mit seiner Bierdose herum, sorgfältig darauf bedacht, keinen Blickkontakt zu den anderen herzustellen.

Tara brach schließlich erneut das Schweigen. „Wie alt warst du, als du das erste Mal Sex hattest, Sven?"

„Mit sechzehn. Der Klassiker, eine Freundin meiner Mutter hat mich flachgelegt."

„Ist das der Klassiker?", fragte Tara überrascht. „Hat noch jemand so seine Unschuld verloren?"

Felix schüttelte den Kopf. „Nein, ich hatte meine erste Freundin, mit der ich geschlafen habe, in der neunten Klasse."

„Das ist wohl eher der Klassiker", vermutete Tara.

Sven spielte mit seiner Wasserflasche. „Und du, Michael? Hattest du überhaupt schon mal Sex?"

„Das geht euch gar nichts an."

„Du bist feige, Michael", schimpfte Sven ungehalten.

Felix runzelte verärgert die Stirn. „Wenn du nichts von dir erzählst, dann darfst du auch nicht mehr bei uns zuhören."

Michael versuchte ein Ablenkungsmanöver. „Fragt erst Tara."

Diese gab bereitwillig Auskunft. „Meinen ersten Sex hatte ich während der Schulzeit, als ich siebzehn war, mit meinem damaligen Freund."

„Ich hatte natürlich auch schon Sex", erzählte Michael nun doch. „Zum ersten Mal mit neunzehn im Urlaub. Sex ist ganz nett, aber den ganzen Hype, der darum gemacht wird, kann ich nicht nachvollziehen. Ich kann gut auch ohne Sex leben."

„Vielleicht war ja noch nicht die richtige Frau für dich dabei", meinte Felix.

„Lass du dich erst mal anständig ficken."

Tara blickte Michael von der Seite an. „Möglicherweise wäre das auch für dich selbst der richtige Ratschlag." Er senkte den Blick und schwieg.

Wieder war es Tara, die nach einer Pause unvermittelt fragte: „Bist du als Kind geschlagen worden, Sven?" Den ganzen Tag schon ging ihr das Bild des kleinen Michael, der als Kind von seinem Vater verprügelt wurde, nicht aus dem Kopf. Theoretisch wusste sie ja, dass in vielen Familien Kinder noch immer geschlagen wurden. Allerdings kannte sie niemanden außer Michael, der ihr gegenüber erwähnt hatte, als Kind geschlagen worden zu sein. Sicher war es für die Betroffenen ein Tabu-Thema.

Michael zuckte bei der Frage zusammen, während Sven gleichmütig antwortete: „Klar hat mein Alter mich regelmäßig mit seinem Gürtel windelweich geschlagen. Hat mir auch nicht geschadet."

„Und du, Felix?"

„Nein, nie."

Für Sven und Felix war das Thema nicht interessant genug, um Michael oder Tara nach ihren Erlebnissen zu fragen. Keiner der beiden hatte gemerkt, dass Michael blass geworden war. Sven zupfte die Haut an seinen Unterschenkeln ab, die sich in großen Fetzen löste, und auf Felix' Gesicht waren noch immer rote Flecken zu sehen. Er bereute sicher zutiefst, Michael seine Zuneigung gestanden zu haben.

Nach einem kurzen Moment stand Michael auf. „Ich gehe jetzt ins Bett." Als er an Tara vorüberging, zischte er ihr zu: „Du miese Schlange."

Tara erschrak, sie hatte Michael mit der Frage nicht verletzen wollen. Sie war nur den ganzen Tag in Gedanken mit dem Thema beschäftigt gewesen. Da sie selber nie geschlagen worden war, hatte sie sich gefragt, ob es für jeden, der diese Kindheitserfahrung gemacht hatte, so traumatisch war wie für Michael. Sie folgte ihm auf den Flur, wo er schräg gegenüber eine Tür aufschloss. „Michael, es tut mir leid."

„Hau bloß ab!" Michael schlug ihr die Tür vor der Nase zu.

„Michael, es tut mir wirklich leid", sagte sie noch einmal durch die geschlossene Tür. „Ich wollte dich mit der Frage nicht bloßstellen."

Nachdem Tara hinausgegangen war, saß Felix zusammengesunken auf dem Bett und spielte mit der leeren Bierdose herum. „Es tut mir leid", stammelte er. „Ich meine, was ich gesagt habe wegen Michael ..."

Sven zupfte noch immer an seinen Unterschenkeln herum. „Es muss dir nicht leidtun. Die Dinge sind eben, wie sie sind."

Felix saß wie ein Häufchen Elend auf dem Bett, als Tara zurückkam. „Ich möchte nicht zu Michael rübergehen", sagte er zaghaft.

„Dann bleib doch einfach bei uns", schlug Sven vor.

Felix ging noch nicht einmal mehr in Michaels Zimmer, um sich Schlafanzug und Zahnbürste zu holen. In T-Shirt und Boxershorts legte er sich auf das Bett, weit weg von Sven. Tara war völlig erschöpft. Während der vergangenen Nacht hatte sie kaum geschlafen, und der Streit mit Michael belastete sie. Sie hatte das Vertrauen, das er ihr geschenkt hatte, nicht ausnutzen wollen. Dass er auf ihre Frage so empfindlich reagieren würde, hätte sie nicht gedacht. Es tat ihr sehr leid, und ihr war klar, dass Michael ihr nicht so schnell verzeihen würde. Sie hatte die Nähe zwischen ihnen mit dieser dummen Frage zerstört. Trotz der Vorwürfe, die sie sich machte, überwog ihre Müdigkeit, und zwischen Sven und Felix schlief sie fest und traumlos bis zum Morgengrauen.

KEETMANSHOOP

Am nächsten Tag zeigte Michael Tara wie erwartet die kalte Schulter. Sie fing ihn nach dem Frühstück ab. „Sorry, Michael. Ich habe nicht nachgedacht, als ich gestern die Frage gestellt habe, aber es war keine böse Absicht, und es ist ja auch nichts passiert."

Michael schüttelte Taras Hand, die sie auf seinen Oberarm gelegt hatte, ab und entfernte sich wortlos von ihr. Es tat Tara zwar noch immer leid, und sie machte sich Vorwürfe, dass sie diese verfängliche Frage so unbedacht gestellt hatte. Doch mittlerweile hatte sich bei ihr Ärger über Michael dazugesellt. Sven, Felix und sie selbst hatten in den letzten Tagen Federn gelassen, und Michael war Zeuge gewesen. Er hatte die intimsten Erlebnisse mit ihnen geteilt und war wegen einer harmlosen Frage, die noch nicht einmal an ihn gerichtet gewesen war, so beleidigt. Er benahm sich kindisch und egozentrisch. Ihn jetzt auf Knien um Verzeihung anzubetteln, würde in seinen Augen sein Verhalten noch rechtfertigen, und das wollte Tara auf keinen Fall. Wenn er sich weiter hinter seiner Mauer verschanzen wollte, dann konnte er von ihr aus dort alleine bleiben. Dann schmolle eben, dachte Tara, mal sehen, wer den längeren Atem hat.

Lachend und scherzend vertrieb sie sich mit Sven und Felix die Zeit im Auto. Sie ignorierte Michael, der am Steuer saß. Es gelang Tara sogar, Felix, der sich seit seinem Geständnis am Abend zuvor nicht mehr wohl in seiner Haut zu fühlen schien, ein Lächeln abzugewinnen. Sven, der sich wie gestern mit hochgelegten Beinen auf die Rückbank gesetzt hatte, ging es offensichtlich etwas besser. Seine Füße und Unterschenkel sahen zwar noch immer grauenhaft aus, aber er hatte gefrühstückt und kein Fieber mehr.

Sie hatten sich für den Tag eine Strecke von zweihundertfünfzig Kilometern bis Keetmanshoop vorgenommen. An ihnen zog eine eintönige, flache Savannenlandschaft vorbei, die ein nicht enden wollender Zaun von der Straße abgrenzte. Gelegentlich fuhren sie an einem Schwarzen vorbei, der ein paar magere Rinder auf der größten Weide des Landes hütete, dem schmalen Streifen Buschland, der sich zwischen der Straße und dem Privatgelände hinter dem Zaun kreuz und quer durch Namibia erstreckte. Je weiter sie nach Süden kamen, desto karger und trockener wurde das Land. Diese Gegend war die Heimat der Nama, die zu den Khoi Khoi gehören und genau wie die San als die Ureinwohner Namibias gelten.

Kurz vor Keetmanshoop bogen sie nach links von der Hauptstraße ab, auf eine Piste in Richtung Osten, um zu der botanischen Attraktion der Gegend zu gelangen: dem Köcherbaumwald. Zwischen großen Felsbrocken standen verstreut mehrere hundert Exemplare der in ganz Namibia unter Naturschutz stehenden Baum-Sukkulente.

„Was ist an diesem Wald so besonders?", fragte Sven, als sie zwischen den Bäumen herumspazierten und deren bauchige Stämme und die nach oben ragenden Äste, an denen jeweils ein Büschel fleischiger Blätter hing, betrachteten.

Wie immer war Michael informiert. „Sonst kommen die Köcherbäume nur vereinzelt vor, hier allerdings stehen etwa dreihundert Bäume beieinander. Den Namen haben die Bäume, weil die San ausgehöhlte Äste als Köcher für ihre Pfeile verwendet haben."

Sven strich über einen glatten Stamm, der keinerlei Rindenschicht erkennen ließ. „Irgendwie sehen sie gar nicht aus wie richtige Bäume."

„Es sind auch keine Bäume, sondern Baum-Aloen, die zu den Stamm-Sukkulenten gehören. Sie werden bis zu acht Meter hoch und speichern das Wasser im Stamm. Die Welwitschia mirabilis, die wir bei Swakopmund gesehen haben, gehört dagegen zu den Wurzel-Sukkulenten", erklärte Felix.

Sie fotografierten die Bäume, in denen teilweise gigantische

Vogelnester hingen.

Etwa fünf Kilometer entfernt vom Köcherbaumwald lag die nächste Attraktion: der „Giants Playground". In dem Steingarten befanden sich irrwitzige Skulpturen, die in der Tat aussahen, als wären Steine von Riesen aufeinandergestapelt worden. Auf dem Rundgang erwarteten sie jeden Moment den Absturz der Steine, die sich nach menschlichem Ermessen nicht im Gleichgewicht befinden konnten. Spaßvögel hatten den Rundgang mit Miniaturausgaben der Skulpturen markiert.

Sven schienen die Miniaturausgaben zu gefallen. „Du bist doch unser Experte für Steine, Michael. Gibt es eine Erklärung für die Gebilde?", fragte er, während er aus herumliegenden Steinen ebenfalls eine baute.

„Es sind die Reste geschmolzener Lava, die vor etwa hundertachtzig Millionen Jahren in das Karoo-Gestein, das hier lag, eingedrungen ist. Durch Erosion des weicheren Karoo-Gesteins wurden die Basaltblöcke freigelegt."

Nach etwa einer Stunde hatten sie den Rundgang beendet und fuhren weiter nach Keetmanshoop. Die Stadt mit ihren breiten Straßen, auf denen nur wenige Autos zu sehen waren, wirkte wie ausgestorben. Menschenleere Straßenzüge, die flirrende Hitze und die Dürre gaben der Stadt einen trostlosen, fast schon leblosen Eindruck. Die Uhren schienen stehen geblieben zu sein. Dies war kein Ort, der zum Verweilen einlud.

Abends hielten sie sich in einem ihrer Hotelzimmer auf und tranken Windhoek Lager. Sven hing erschöpft in einem Sessel und hatte die Füße hochgelegt. Abgewandt von den anderen saß Michael auf einem Stuhl und blickte aus dem Fenster in die Dunkelheit. Tara lehnte sich an die

Wand am Kopfende des Bettes, neben ihr lag Felix auf der Seite. Sie redeten über die riesigen Vogelnester, die sie in den Köcherbäumen hatten hängen sehen. Felix hatte in Erfahrung gebracht, dass Siedelwebervögel diese Nester in den bizarren Verästelungen bauen und dass mehrere hundert Vögel in einem solchen Nest Schutz vor der Hitze suchen. Nachts hingegen, wenn die Temperaturen teilweise deutlich unter null Grad sinken, speichern die gigantischen Nester die Wärme des Tages.

Sie besprachen die Route für den kommenden Tag, die sie zum Fish River Canyon führen sollte. Dann endlich wollten sie in Richtung Lüderitz fahren und unterwegs die Missionsstation Bethanien aufsuchen. Trotz all der Ereignisse zwischen ihnen war Tara mittlerweile ungeduldig geworden und brannte darauf, mit ihren Nachforschungen zu dem Zwillingsdiamanten weiterzukommen. Noch zwei Tage würde sie warten müssen, um dann hoffentlich zu erfahren, was es mit den spiralförmigen Figuren auf sich hatte. Sie versuchte, den Gedanken daran zu verdrängen, denn sie konnte die Zeit nicht verkürzen. Aber vielleicht konnte sie sich irgendwie ablenken. Schon wieder spürte sie diesen Hunger, dieses Verlangen, das sie sonst gar nicht von sich kannte. Als sie daran dachte, wie Felix Sven berührt hatte, machte sich ein leichtes Kribbeln in ihrem Unterleib bemerkbar. Sie sehnte sich danach, ebenfalls über die Haut eines Mannes zu streichen und seine Wärme zu spüren, und verlangte nach der gleichzeitig beruhigenden und anregenden Wirkung, die körperlicher Kontakt auf sie hatte. Natürlich hätte sie am liebsten Michael berührt. Alleine die Erinnerung an den Geschmack seines Kusses trat eine heiße Welle in ihr los. Doch Michael hatte seit gestern Abend kein Wort mit ihr gewechselt, sein Gesichtsausdruck war hart, und ihrem Blick war er ausgewichen. Tara fand es kindisch und unreif, dass Michael so nachtragend war, und sie hatte sich den ganzen Tag über ihn geärgert. Eigentlich sollte es ihr egal sein, was er von ihr dachte. Sie würde nicht um sein Wohlwollen betteln, denn ganz offensichtlich konnte sie dieses durch jeden kleinen Fehltritt wieder verlieren. Trotzig beschloss sie, sich nicht von seiner wankelmütigen Gunst abhängig zu machen. Nach allem, was in den vergangenen Tagen geschehen war, gab es für sie nichts mehr zu verlieren, kein Gesicht zu wahren. Für Scham und Zurückhaltung gab es keinen Grund mehr. Der Bann war gebrochen, und alles schien möglich zu sein.

Sie blickte zu Felix. Seine feinen Züge und sein schlanker Körper lösten ein zärtliches Gefühl in ihr aus. Lust stieg in ihr auf, ihm langsam die Kleider vom Leib zu streifen, seinen Körper zu betrachten und zärtlich über seine weiche Haut zu streichen. Sie stellte ihre leere Bierdose auf den Nachttisch, drehte sich zu Felix und strich ihm mit der Hand über die Schultern. „Ist es dir unangenehm, wenn ich dich berühre, Felix?"

„Nein."

„Aber angenehm ist es dir auch nicht?"

„Doch, schon."

„Darf ich?" Tara begann, Felix' Hemd aufzuknöpfen.

Felix stellte seine Bierdose ebenfalls ab, rollte sich auf den Rücken und sah Tara mit einem zweifelnden Blick an. Tara strich über Felix' schlanken Oberkörper und seinen flachen Bauch. Sie fuhr ihm durch die Locken und an seiner Wange entlang über seine feinporige Haut. „Du bist schön", stellte sie sachlich fest.

Felix wurde rot und ließ sich von Tara das Hemd von den Schultern streifen. Sie legte ihre Hände rechts und links auf seine Hüfte. „Darf ich weitermachen?"

Die Röte auf Felix' Gesicht breitete sich weiter aus. Beklommen nickte er.

Tara fuhr mit den Händen auf seinen Jeans nach vorne, entlang seiner Oberschenkel und über die Wölbung dazwischen. Langsam öffnete sie Knopf und Reißverschluss und strich über die dunkelblonde Schambehaarung, die zum Vorschein kam, als sie Jeans und Boxershorts etwas nach unten schob. Mit einem verzweifelten Blick verhakte sich Felix in ihre Augen, als könnte er damit die Zuschauer ausblenden.

Sven hatte sich in seinem Sessel vorgebeugt und sah ihnen zu. Er blickte grimmig drein, Eifersucht stand in seinem Gesicht geschrieben, aber er schritt nicht ein. Auch Michael hatte sich auf seinem Stuhl zu ihnen gedreht.

Tara sah Felix prüfend an. „Wir müssen das nicht tun. Wenn es dir nicht gefällt, höre ich sofort auf."

Felix nickte nur.

„Soll ich aufhören?"

Rasch schüttelte er den Kopf und hob sein Becken an, damit Tara ihn weiter ausziehen konnte. Als Felix nackt vor ihr lag, zog sie sich ebenfalls T-Shirt und Jeans aus.

Tara streichelte mit beiden Händen über Felix makellosen, schlanken Körper. Er hatte die Augen weit geöffnet und hielt Blickkontakt mit ihr. Sie beugte sich über ihn und legte ihre Lippen auf seine. Langsam strich sie über seine weichen, zarten Lippen. Unter ihrer sanften Berührung entspannte sich Felix und schloss die Augen. Sie begann, ihn mit der Zunge zu erkunden. Felix öffnete leicht den Mund, gewährte ihr den Zutritt und begann, ebenfalls mit ihrer Zunge zu spielen. Es war ein träges, unaufgeregtes Spiel. Felix schmeckte angenehm frisch, doch eine Erregung stellte sich bei Tara nicht ein. Es war nicht besonders aufregend, fühlte sich aber gut an, und eine wohlige Entspannung breitete sich in ihr aus. Sie löste sich von Felix' Mund, küsste ihn auf den Hals und die Brust. Seine Haut war sehr zart und weich, wie feinster Kaschmir unter ihren Händen. Sie küsste seinen Bauch, der flach zwischen seinen Hüftknochen lag. Entspannt hatte Felix die Augen geschlossen, und sein Glied lag auf seinem Oberschenkel. Tara nahm es in die Hand und begann, die weiche, faltige Haut hin- und herzuschieben. Sein Penis war nicht besonders groß, hatte aber schöne Proportionen und war beschnitten.

„Warum bist du beschnitten, Felix? Du bist doch kein Jude, oder?", wollte Tara wissen.

Felix schreckte auf und hob den Kopf. „Nein, ich hatte als Kind eine ausgeprägte Vorhautverengung, deshalb bin ich operiert worden."

„Sorry, jetzt habe ich dich nervös gemacht." Sanft drückte Tara seinen Oberkörper wieder auf die Matratze zurück. Sie begann von Neuem, seine Lippen und seinen Hals mit Küssen zu bedecken, bis er wieder entspannt vor ihr lag. Dann bearbeitete sie seinen Penis, bis er steif war, beugte sich über ihn und nahm ihn in den Mund. Erneut schreckte Felix auf und hob den Kopf.

„Möchtest du das nicht?", fragte Tara.

„Doch." Felix ließ seinen Kopf wieder fallen.

Tara trieb ihn fast bis an seinen Höhepunkt, um dann von ihm abzulassen. Sie beugte sich nach vorne und küsste ihn auf den Mund. „Gefällt dir das?"

„Ja."

„Möchtest du kommen?"

„Bitte!", flehte Felix sie nun beinahe schon an.

Mit sanften Bewegungen von Hand und Mund bearbeitete sie sein Glied, bis Felix stöhnend sein Becken auf und ab bewegte. Es gefiel ihr, ihm dabei zuzusehen. Er hatte die Augen geschlossen, und seine langen dunklen Wimpern bildeten einen wunderbaren Kontrast zu seinen leicht geröteten Wangen. Die Haut seines Oberkörpers glänzte unter einem dünnen Schweißfilm, und seine Bewegungen waren wie immer elegant, selbst als er sich in seiner Ekstase unter ihr wand und sich ihr entgegenwölbte. Tara bewegte sich immer schneller, sie hatte ihn in der Hand, spielte mit ihm, sorgte dafür, dass seine Erregung anschwoll und wieder abebbte, bis sich Felix schließlich keuchend in ihren Mund ergoss. Ohne mit der Wimper zu zucken, schluckte Tara seine Samenflüssigkeit.

Danach lag Felix schlaff auf der Matratze und hatte die Augen noch immer geschlossen. Tara beobachtete, wie sich sein Brustkorb im langsamer werdenden Rhythmus hob und senkte. Die Schönheit und Ästhetik, die sein Körper sogar in diesem Augenblick ausstrahlte, faszinierte sie immer noch. Sie zog das Laken unter ihm hervor und legte es über ihn. Er rollte sich mit geschlossenen Augen auf die Seite.

„Hast du das Zeug etwa geschluckt?", fragte Michael. Es war die erste Frage, die er an diesem Tag an sie richtete.

„Ja."

Er schüttelte sich. „Wie eklig."

„Warum soll das eklig sein?"

„Das schwabbelige Zeug mit Tausenden von Spermien, die darin herumschwimmen."

„Es schmeckt nicht eklig, höchstens etwas bitter, und schwanger kann ich davon auch nicht werden, wie du wissen solltest. Hast du es denn schon mal probiert?"

„Bist du verrückt? Ich schlabbere doch nicht mein eigenes Sperma."

Sven hob die Hand und machte eine Bewegung, die unmissverständlich Abwertung und Verachtung zum Ausdruck brachte. „Wahrscheinlich besorgst du es dir noch nicht mal selbst, du verkrampfter Spießer."

Nach einer solchen Diskussion war Tara im Moment nicht zumute. Das Liebesspiel mit Felix war so weit weg von allem Derben oder Vulgären gewesen, dass sie sich nicht durch Michael oder Sven aus ihrer Stimmung reißen lassen wollte. Wenn Sex zart und rein sein konnte, dann war es dieser Akt mit Felix gewesen. „Gute Nacht", sagte sie einfach nur, griff nach Jeans und T-Shirt, blickte vorsichtig auf den Flur hinaus und ging nackt in das Zimmer schräg gegenüber.

Sven folgte ihr nach wenigen Minuten, legte sich wortlos neben sie auf das Bett und fing kurze Zeit später an zu schnarchen. Tara war froh, dass er sie in Ruhe ließ und sie sich noch eine Weile von ihrer Stimmung gefangen nehmen lassen konnte.

FISH RIVER CANYON

Auch am nächsten Tag noch zeigte Michael Tara die kalte Schulter und vermied es, mit ihr zu sprechen. Tara nahm dies gelassen zur Kenntnis. Das Liebesspiel mit Felix hatte ihr gutgetan, sie fühlte sich etwas befreit von ihrem Verlangen nach Michael und auch von ihrer Ungeduld, nach Bethanien zu kommen. Sie war wieder in der Lage, sich der Faszination der Landschaften Namibias zu widmen.

Auch Felix wirkte gelöster. Seit er Michael seine Zuneigung gestanden hatte, war er sehr angespannt gewesen. An diesem Morgen jedoch war er fast wieder der Alte. Sven hingegen wirkte noch in sich gekehrter als sonst. Er sprach kaum, und seine dichten Augenbrauen berührten sich beinahe, als er mit gerunzelter Stirn hinten im Wagen saß und aus dem Fenster blickte.

Sie erreichten den Fish River Canyon am späten Nachmittag. Die Landschaft war in ein orangefarbenes Licht getaucht, das der Gegend einen mystischen Charakter verlieh. Am Himmel war die Andeutung eines Regenbogens zu erkennen, und vereinzelte Strahlen der Abendsonne suchten sich einen Weg durch die Wolkendecke. Sie hielten an einem Aussichtspunkt über den Canyon an.

„Der Fish River Canyon gilt als der zweitgrößte Canyon der Erde nach dem Grand Canyon in Arizona. Er ist hundertsechzig Kilometer lang, bis zu siebenundzwanzig Kilometer breit und hat eine Tiefe von bis zu fünfhundertfünfzig Metern." Michael blickte in die Schlucht, auf deren Grund ein ausgetrocknetes Flussbett verlief. Die verschiedenen

Schichten des Gesteins waren an den Abbruchkanten freigelegt und boten einen Querschnitt durch die erdgeschichtliche Entwicklung des Canyons.

„Das ist ja ganz schön hier", stellte Tara fest, „aber verglichen mit dem Grand Canyon doch unspektakulär."

„Ja, hier fehlt der tosende Fluss, und die Schlucht ist viel breiter. Sie wird in mehreren Stufen tiefer und fällt nicht so steil ab wie im Canyon des Colorado River." Felix' Beschreibung präzisierte besser, warum Tara vom Anblick der Schlucht enttäuscht war, als sie es zum Ausdruck bringen konnte.

„Der Fish River ist zwar der längste Fluss Namibias, aber in der derzeitigen Klimalage führt er nur gelegentlich Wasser. Trotzdem kann es in regenreichen Jahren passieren, dass der Hardap Damm den Fluss nicht halten kann und es zu Überschwemmungen kommt", erklärte ihnen Michael.

Sie bezogen zwei geschmackvoll eingerichtete Zimmer in einer Gästelodge und spazierten nach dem Abendessen auf dem Gelände der Farm in Richtung des Canyons. Der Besitzer der Lodge, ein älterer Herr namens Wilhelm, hatte ihnen eingeschärft: „Sie müssen auf dem Gelände der Farm bleiben. Unangemeldetes Wandern im Canyon ist streng untersagt."

Michael regte sich über die Anweisungen auf. „Eigentlich hatte ich gar nicht die Absicht, im Canyon herumzuklettern, aber jetzt habe ich Lust dazu."

„Er hat uns doch nur auf die Vorschriften hingewiesen. Gemacht hat er sie auch nicht. Sicher haben die Vorschriften auch einen Sinn. Wahrscheinlich ist es viel zu gefährlich, auf eigene Faust hier zu wandern", versuchte Felix, auf ihn einzuwirken.

Sie spazierten noch etwas weiter. Der Weg war steinig, und es war mühsam genug, sich dort zu bewegen. Nach einer Weile kehrten sie um und gingen zurück zur Lodge, wo sie sich ihre Zimmer aufteilten und sich schlafen legten.

Nach einer ruhigen und ereignislosen Nacht gingen sie am nächsten

Morgen zum Haupthaus, wo es Frühstück gab. Auf den Stufen der Veranda saß eine junge schwarze Frau in einem geblümten Kleid, hatte den Kopf auf die Hände gestützt und weinte bitterlich. Michael runzelte die Stirn. Sicher vermutete er als Ursache für ihre Tränen eine Gemeinheit des Hausherrn. In diesem Moment trat Wilhelm durch die Tür, ging zu der jungen Frau hin und strich ihr über den Rücken. Er zog sie von den Stufen hoch, legte den Arm um sie und führte sie ins Haus. Die vier folgten den beiden und betraten den Frühstücksraum, wo Wilhelm gerade Marmeladengläser auf dem Buffet zurechtrückte. Von der jungen Frau war nichts zu sehen.

„Guten Morgen." Mit traurigem Blick schaute er vom Buffet auf.

„Guten Morgen", erwiderte Tara den Gruß. „Was ist denn mit der jungen Frau?"

„Susanna hat letzte Woche ihren älteren Sohn verloren, er war erst zwölf Jahre alt."

„Wie schrecklich!", rief Tara. „Hatte er einen Unfall?"

„Nein, er ist an AIDS gestorben."

Erschrocken schwieg Tara. Wilhelm führte sie zu einem Tisch und bot ihnen Kaffee an. Nachdem sie sich mit Kaffee und Brot versorgt hatten, setzte sich Wilhelm zu ihnen. „Möchten Sie heute einen Ausflug mit dem Jeep zum Canyon machen? Ich kann Sie zu einem schönen Aussichtspunkt fahren."

„Ja, sehr gerne", nahm Felix das Angebot an.

Auch Wilhelm schien Susannas Trauer nicht loszulassen. Er blickte sorgenvoll auf seine Hände. „AIDS ist ein riesiges Problem, es ist mittlerweile die häufigste Todesursache hier. Namibia zählt zu den Ländern mit den höchsten Neuinfektionsraten. Jeder fünfte Einwohner zwischen fünfzehn und neunundvierzig ist HIV-infiziert." Er schwieg einen Moment und knetete seine Hände. „Susannas Mann ist vor zwei Jahren gestorben. Sie und auch ihr sechsjähriger Sohn Luke sind infiziert, aber die Krankheit ist noch nicht ausgebrochen."

Tara, Sven, Michael und Felix schwiegen schockiert. Wilhelm stand auf. „Sind Sie bitte so nett und räumen Ihr Geschirr in die Küche, wenn

Sie fertig sind. Wir können in einer Stunde losfahren."

Der Frühstücksappetit war ihnen vergangen. Sie brachten ihr Geschirr in die Küche, wo Susanna mit verweintem Gesicht eine Pfanne spülte. Michael ging zu ihr. „Wilhelm hat uns von Ihrem Sohn erzählt. Es tut uns so leid." Bei Michaels Worten schlug sie wieder die Hände vors Gesicht und weinte.

„Entschuldigung." Michael schien erschrocken darüber, sie aus der Fassung gebracht zu haben. Er legte ihr die Hand auf die Schulter. Abrupt drehte sich Susanna um, fiel Michael in die Arme und schluchzte an seiner Brust. Michael schlang die Arme um sie und strich ihr über den Rücken.

Tara beobachtete die Szene fassungslos. Michael, der sonst vor jedem Körperkontakt zurückschreckte, schien Susanna gegenüber keine Berührungsängste zu haben. Und Susanna wiederum kannte diesen weißen Mann gar nicht und weinte sich an seiner Schulter aus. Woher wusste sie, dass ein schwarzes Herz in seiner Brust schlug?

Felix fasste Tara am Arm. „Lass uns gehen."

Nur widerwillig ließ sich Tara von Felix aus der Küche ziehen. Sie konnte ihren Blick kaum von Michael abwenden. Immer wieder schaffte er es, sie zu überraschen. Es gelang ihr einfach nicht, seinen Charakter zu fassen, seine Handlungen vorherzusehen. Das Gefühl, emotional von ihm unabhängig geworden zu sein, war wie weggeblasen. Jede Faser ihres Herzens schrie erneut nach Michael.

Eine Stunde später rumpelten sie in einem offenen Jeep über die steinige Piste. Wilhelm hatte einen kleinen schwarzen Jungen in einem blauen, fleckigen Fleecepullover mitgebracht. „Das ist Luke. Ist es in Ordnung, wenn er mitkommt? Ein bisschen Ablenkung würde ihm guttun."

Michael nahm Luke auf den Schoß. Unterwegs flüsterte er ihm jede Menge Unsinn ins Ohr und brachte ihn damit zum Lachen. Wilhelm fuhr sie zu einem schönen Aussichtspunkt über den Canyon, von wo aus sie ein Stück spazieren konnten. Michael hopste mit dem jauchzenden Luke auf seinen Schultern den Weg entlang. Tara fotografierte nicht nur den Canyon, sie machte auch Aufnahmen von Michael und Luke. Sie beobachtete Michael, wie liebevoll er mit dem HIV-infizierten Jungen umging. Er scheute die körperliche Nähe nicht und lenkte Luke auf feinfühlige Weise von seinem grausamen Schicksal ab, von diesem ungerechten Leben, das ihn schon in einem so zarten Alter zum Tode verurteilt hatte.

Nachdem Wilhelm sie zurück zur Lodge gefahren hatte, packten sie ihre Sachen zusammen. Zum Abschied nahm Michael Susanna fest in die Arme und küsste sie auf die Stirn. Dann beugte er sich zu Luke, hob ihn nochmals auf die Schultern und hopste mit ihm herum, bis der Junge laut lachte. Anschließend drückte Michael ihn fest an sich, nahm seine Armbanduhr ab und schenkte sie Luke. Stolz ließ dieser sich die Uhr um sein dünnes Handgelenk befestigen und strahlte Michael an.

LÜDERITZ

Den südlichsten Punkt ihrer Reise hatten sie erreicht. Eigentlich hatten sie mehr Zeit am Fish River Canyon verbringen wollen und auch geplant, die Quellen von Ai-Ais zu besuchen. Da sie jedoch nicht wussten, wo sie Taras Diamant noch hinführen würde, hatten sie beschlossen, in Richtung Lüderitz aufzubrechen. Sie hielten sich in nördlicher Richtung, bogen bei Seeheim auf die B4 und fuhren wieder auf den Atlantischen Ozean zu. Tara saß hinten und konnte ihren Blick kaum von Michaels Nacken lösen. Sie hatte geglaubt, ihn in den vergangenen Wochen gut kennengelernt zu haben, und wusste um sein Herz für die Armen, Schwachen und Unterdrückten. Dennoch hatte Michaels natürliche und liebevolle Art, mit Susanna und Luke umzugehen, sie überrascht. Erneut versuchte sie zu ergründen, warum er im Umgang mit ihr immer etwas verkrampft wirkte. Noch nie hatte er ihr gegenüber diesen sanften Gesichtsausdruck gehabt oder so zärtliche, verspielte Worte gefunden wie für Luke. War es wirklich seine Angst davor, von ihr zurückgewiesen zu werden? Oder mochte er sie einfach nur nicht? Selbstzweifel nagten an Tara. Fühlte sich Michael vielleicht von ihr abgestoßen nach allem, was zwischen ihr, Sven und Felix geschehen war? Eigentlich konnte sie es sich nicht vorstellen. Er hatte ihr nie einen abwertenden Blick zugeworfen oder etwas in dieser Richtung geäußert. Seine Blicke waren verzweifelt, bedauernd oder unglücklich gewesen, aber nie verächtlich. Sie dachte an seinen Händedruck auf dem Vingerklip, daran, wie er sich im Schlaf an sie geklammert hatte, und an seinen Blick in der Wüste Namib, nachdem sie umgeknickt war. Eigentlich glaubte sie daran, dass er sich zu ihr hingezogen fühlte.

Warum nur versuchte er dieses Gefühl zu unterdrücken? Gab es irgendeinen Weg, zu ihm durchzudringen, seine wahren Gefühle zu ergründen und ihm seine Angst zu nehmen? Fast wünschte sich Tara, nicht so sicher und stark zu sein, sondern schwach und unterdrückt, um Michaels Mitgefühl zu wecken und sich damit seine zärtliche Zuneigung zu sichern. Noch im selben Moment schämte sich für diese Gedanken.

Tara war so damit beschäftigt gewesen, über Michaels Verhalten nachzudenken, dass sie aufschreckte, als Felix in Bethanien den Wagen vor dem Schmelen-Haus parkte. Da Bethanien tausend Meter über dem Meeresspiegel lag, waren sie die ganze Zeit in Serpentinen bergauf gefahren. In der Sprache der Nama war der Ort nach einer Quelle benannt, wegen der sich die Menschen hier angesiedelt hatten. Das Schmelen-Haus wurde 1811 von dem deutschen Pastor Hinrich Schmelen erbaut, um die ortsansässigen Nama zu christianisieren. Es gilt als das älteste von Weißen errichtete Gebäude Namibias. Tara betrat das bescheidene, kleine Haus mit dem darin befindlichen Museum. Die Jungs hatten zu großen Hunger und wollten zuerst etwas essen. Auch Tara war hungrig, doch ihre Ungeduld überwog. Sie konnte nicht mehr länger warten und betrachtete die Ausstellungsstücke zur Regional- und Missionsgeschichte alleine. Es gab nur wenig über die Nama.

Vor einer Vitrine mit Schmuck und traditionellen Kleidungsstücken blieb sie stehen. Sofort sprang ihr das spiralförmige Muster auf dem bunten Stoff ins Auge. Sie verglich das Muster mit den Skizzen, die Felix angefertigt hatte. Und tatsächlich, sie stimmten überein. Auf dem vergilbten Kärtchen neben dem Kleidungsstück stand in einer alten Schreibmaschinenschrift: *Traditionelle Kleidung des Clans des Großen Löwen, der zu den Topnaar gehört und heute bei Homeb ansässig ist.*

Der Clan des *Großen Löwen*. Das passte zu der Gravur des Löwen. Doch wo nur war Homeb? Tara war aufgeregt und enttäuscht zugleich. Die Spur des Steins verlief kreuz und quer durch Namibia, ohne dass sie einer Lösung wesentlich näher kam.

Tara hatte das Bedürfnis, sich ihren Reisebegleitern mitzuteilen. Sie fand die drei in einem kleinen Restaurant, wo sie es sich schmecken ließen. Tara nahm einen großen Schluck aus Felix' Glas und berichtete ihnen. Mithilfe seines Smartphones fand Felix sofort heraus, dass sich Homeb mitten in der Wüste Namib befand, in der Nähe der

Wüstenforschungsstation Gobabeb. Betreten schwieg Tara. Von der Wüste Namib hatten sie sich eigentlich schon einen Eindruck verschafft. Sie konnte schlecht von ihren Reisebegleitern verlangen, auf alle übrigen Sehenswürdigkeiten zu verzichten, um mit ihr erneut in die Wüste zu fahren. Und ganz allein konnte sie sich wohl kaum in die Namib wagen. Keiner der drei Jungs äußerte sich dazu. Bisher war es relativ unkompliziert gewesen, der Spur des Diamanten zu folgen. Sie hatten nur kleine Verzögerungen in Kauf nehmen müssen und trotzdem der geplanten Reiseroute weitgehend folgen können. Jetzt allerdings galt es zu entscheiden, ob sie auf alles andere verzichten wollten, um die Suche fortzusetzen. Tara war verzweifelt. Sie musste dem Stein weiter folgen. Was sollte sie nur tun? Krampfhaft starrte sie einen Riss in den Bodenfliesen an. Sie wollte nicht, dass die Jungs ihr die Enttäuschung ansahen. Es wäre nicht fair gewesen, sie unter Druck zu setzen, indem sie sich ihre Verzweiflung anmerken ließ. Sie musste ihnen etwas Zeit geben, und sie selbst brauchte auch etwas Zeit, um nach einer Lösung zu suchen.

Nach dem Essen besuchten sie gemeinsam das Museum und versuchten vergeblich, weitere Informationen über den Clan des Großen Löwen zu bekommen. Niemand wusste etwas darüber. Daher beschlossen sie, an diesem Tag doch noch nach Lüderitz weiterzufahren. Tara saß unruhig auf dem Beifahrersitz. Sie konnte nicht zurück nach Hause fliegen, ohne der Spur des Steines weiter zu folgen. Zu weit war sie schon gegangen. Nur wie sollte sie es anstellen? Wenn sie Felix bat, sie zu begleiten, würde er ihr diesen Wunsch wahrscheinlich nicht abschlagen. Auf der anderen Seite wollte sie ihm den Urlaub nicht verderben und auch die Gruppe nicht auseinanderreißen. Alleine konnte sie unmöglich dieses Wagnis eingehen. Es blieb ihr nichts anderes übrig, sie musste die drei Jungs um Hilfe bitten.

Etwa fünfzehn Kilometer vor der Stadt Lüderitz an der gleichnamigen Bucht erreichten sie die Geisterstadt Kolmanskuppe. Tara stand zwischen verfallenen Häusern im Wüstensand, der ihr ins Gesicht wehte und in dem die Häuser halb versunken waren. Sie atmete ein paar Mal tief durch. Unterwegs hatte sie herausgefunden, dass man von Lüderitz aus erst ins Landesinnere fahren musste, um sich dann am Ostrand der Namib entlang in Richtung Norden zu halten bis fast wieder auf die

Höhe von Walvis Bay. Von dort führte eine Schotterpiste in Richtung Westen mitten in die Wüste hinein zu dem Ort Homeb, der auf kaum einer Karte verzeichnet war. Insgesamt waren es über siebenhundert Kilometer von Lüderitz nach Homeb. Sie konnte diesen Weg nicht alleine bewerkstelligen, das stand fest, aber sie musste in jedem Fall dorthin. Sie beschloss, alle drei Jungs am kommenden Vormittag um Hilfe zu bitten. Bis dahin wollte sie ihnen Zeit geben, um über die Situation nachzudenken. Sie hoffte, dass alle sie begleiten würden. Definitiv würde sie Namibia nicht verlassen, bevor sie die Spur bis zum Ende verfolgt hatte.

Sie wurde etwas ruhiger, nachdem sie diesen Entschluss gefasst hatte. Die Sandkörner brannten wie kleine Nadelstiche auf ihrer Haut. Das Pfeifen des Windes hörte sich an wie heiseres Gelächter, mit dem sich die Natur dieses Stück Land, das die Menschen in einem harten Kampf der Wüste abgerungen hatten, allmählich zurückeroberte. Im Jahr 1908 hatte ein Eisenbahnarbeiter den ersten Diamanten in dieser Gegend entdeckt und damit eine kurze, aber heftige Blüte der Stadt Kolmannskuppe ausgelöst. Es gab Elektrizität, Villen mit Palmen im Vorgarten, Schulen und eine Eisfabrik, die die bis zu dreihundert vorwiegend deutschen Familien, die hier lebten, kostenlos mit Eis und Limonade versorgte. Ein Schiff aus Kapstadt lieferte wöchentlich tausend Tonnen Wasser, die auch dazu genutzt wurden, um ein mit italienischen Terrazzoplatten gefliestes Schwimmbad zu befüllen. Das erste Röntgengerät des südlichen Afrika stand in Kolmanskuppe, und zur Unterhaltung der Bevölkerung wurden ein Restaurant, ein Theater und ein Kasino gebaut. Mit dem Ausbruch des Ersten Weltkrieges brach der Boom ab. Die Ausbeute um Lüderitz ließ allmählich nach, und die deutschen Diamantengesellschaften verkauften ihre Rechte und Betriebsanlagen. Neue Diamantenlagerstätten wurden weiter südlich entdeckt. 1930 wurde der Abbau eingestellt, die Mine geschlossen, und die Bewohner zogen weg. Die Wanderdünen der Namib eroberten die Stadt zurück.

Sven kam aus einem der Häuser zurück, die sie besichtigen durften. „Sogar die Toilettenschüssel ist voller Sand."

„Der Sand ist wirklich in alle Ritzen vorgedrungen. Wahrscheinlich schaufeln Arbeiter hier den Sand regelmäßig wieder raus, sonst wäre von den Häusern gar nichts mehr zu sehen." Felix hielt sich die Hand vor die

Augen, weniger um diese gegen die Sonne als gegen den Sand abzuschirmen.

Tara trat zu den beiden. „Es ist schwer vorstellbar, dass hier eine für die damaligen Verhältnisse moderne Stadt gestanden hat."

Sie fuhren weiter bis an die Küste. In der seltsamen Stadt Lüderitz, die sich in bunten Farben aus der Wüste erhob, fanden sie ein komfortables Apartment mit einem Wohnschlafraum, einem getrennten Schlafzimmer und einem großen Bad mit Badewanne. Nach dem Abendessen saßen sie in der Wohnung beisammen und tranken noch ein Windhoek Lager. Sven leerte seine Dose in raschen Zügen, stand auf und verschwand im Bad. Sie hörten, wie er sich die Zähne putzte und duschte.

„Sven duscht freiwillig? Das kann ja nur bedeuten, dass er Sex will", schloss Michael aus den Geräuschen.

Sven kam nackt und mit feuchten Haaren aus dem Bad.

„Und Sven? Bist du wieder gesund? Juckt dein Schwanz?", fragte Michael ihn direkt.

„Genau." Sven ging schnurstracks auf Felix zu, zog ihn vom Bett hoch, legte seine Hände rechts und links auf dessen Wangen und küsste ihn.

Überrascht beobachtete Tara die beiden. Das hatte sie nicht erwartet. Sven löste seinen Mund kurz von Felix' Lippen. „Noch ein blöder Kommentar von dir, Michael, und ich befördere dich mit einem Fußtritt nach draußen in den Sand." Michael erwiderte nichts.

Felix wand sich aus Svens Armen. „Ich muss erst duschen, ich bin verschwitzt."

„Quatsch!" Sven zog ihn in seine Arme, und Felix ließ es willig geschehen.

Sven war es zwar nicht egal, dass Felix' eigentliches Interesse

Michael galt. Während der vergangenen zwei Tage hatte er sich eingestehen müssen, dass er rasend eifersüchtig war, aber es machte es ihm auch leichter. Er konnte keine Beziehung mit Felix eingehen, aber es war ihm auch nicht möglich, von ihm abzulassen. Pausenlos dachte er an Felix. Wenn Felix sich gar nicht für ihn interessierte, wäre es leichter, danach einen Schlussstrich zu ziehen. Er wollte Felix nicht verletzen, aber danach musste es vorbei sein. Einmal jedoch musste er Felix noch berühren, er musste ihn haben.

Tara sah zu, wie Sven Felix an seinen nackten Körper presste und seine große Hand auf Felix' Pobacke legte. Sie beobachtete den leidenschaftlichen Kuss, den die beiden austauschten, sah Svens Erektion, die sich gegen Felix' Jeans presste. Sofort stieg die Hitze in ihr hoch. Sie hätte nicht gedacht, dass Sven Felix noch einmal berühren würde. In den vergangenen Tagen war Sven sehr ruhig gewesen, und sie hatte vermutet, dass es ihm unangenehm gewesen war, was sich in Swakopmund zugetragen hatte. Doch offensichtlich hatte er Feuer gefangen und sich womöglich sogar in Felix verliebt. Tara konnte den Blick nicht von den beiden abwenden. Es war schön und aufregend zu sehen, wie die Spannung zwischen ihnen Funken schlug. Ihr ganzer Körper kribbelte. Auf einmal packte sie das Verlangen, dabei zu sein. Svens nackte Haut, der Geruch von Leidenschaft und Sex in der Luft elektrisierte sie. Ihr Herz schlug schnell, doch sie zögerte. Konnte sie einfach mitmachen? Vielleicht würde sie nur stören. Sven hatte Felix ausgewählt, allerdings hatte er es vor ihren Augen getan. Wenn sie unerwünscht wäre, würde sie es sicher merken und könnte sich wieder zurückziehen. Was hatte sie schon zu verlieren? Die Intimitäten zwischen ihnen waren schon so intensiv gewesen. Es gab keine Schranken, keine Grenzen mehr, die zu überschreiten Überwindung gekostet hätte. Sie stand auf und stellte sich dicht hinter Felix. Felix hielt den Kopf leicht schräg, seine Zunge hatte sich mit Svens verhakt, und sein schlanker, langer Hals mit der pochenden Schlagader bot sich ihr so verführerisch dar, dass sie ihn darauf küsste. Als Sven die Augen öffnete, traf er Taras unternehmungslustig blitzenden Blick. Er ließ von Felix ab und küsste stattdessen Tara. Sie spürte seine festen Lippen, seine fordernde Zunge und fühlte sich willkommen. Während ihre Zunge mit Svens spielte, umfasste Tara Felix' Oberkörper und begann, sein Hemd aufzuknöpfen. Sie streifte Felix das Hemd ab, kniete sich hin und zog ihm die Hose aus, während Sven nun wieder ihn küsste. Felix stöhnte genüsslich auf. Rasch streifte Tara auch ihre Kleider ab, stellte sich dicht hinter Felix und fuhr über Svens Pobacken. Felix klemmte zwischen ihnen, als Tara und Sven erneut ihre Zungen spielen ließen. Felix' samtweiche Haut rieb sich an ihrem Bauch, ihren Oberschenkeln, und mit ihren Händen krallte sie sich in Svens große, feste Pobacken. Es war ungeheuer anregend, beide gleichzeitig zu spüren. Sven drehte Felix zwischen ihnen, so dass dieser nun Tara gegenüberstand und Tara ihn küssen konnte. Seine Lippen waren so anders als Svens, süßer, weicher, zarter, und seine Zunge schmeckte frisch und leicht. Doch auch sein Kuss war eindeutig ein Willkommensgruß. Das Feuer loderte zwischen ihnen. Wie die wabernde Glut heißer Lava umschlangen sich ihre Körper gegenseitig. Hände waren überall, ihre Körper erregt von allen Seiten. Sie rieben sich aneinander, rochen und schmeckten sich. Die Grenzen zwischen ihren Körpern hoben sich auf, wie eine einzige lodernde Flamme standen sie eng umschlungen im Raum. Dann löste sich Sven aus der Einheit und rückte ein paar Zentimeter von Felix ab. Er betrachtete ihn, liebkoste ihn mit seinen Blicken. Mit beiden Händen strich er an seinen Schultern entlang nach unten, streichelte seinen Po und umfasste ihn mit festem Griff an den Hüften. Vorsichtig fuhr er mit der Spitze seines voll erigierten Gliedes leicht zwischen Felix' Pobacken, warf den Kopf in den Nacken und stöhnte voller Verlangen. Felix keuchte auf.

„Möchtest du das, Felix?", fragte Sven mit etwas unsicherer Stimme und streichelte mit seinem Penis leicht Felix' Po.

„Ja", stöhnte Felix.

„Bist du ganz sicher?"

„Ja, aber ich habe auch ein bisschen Angst."

„Ich werde ganz vorsichtig sein, und wenn ich aufhören soll, dann sag es einfach. Ich möchte nicht, dass du etwas tust, das du später bereust."

Tara stand dicht vor Felix, umarmte ihn und spürte seinen Penis, der an ihrem Oberschenkel an- und abschwoll. Sie küsste ihn und zog ihn aufs Bett. Er kniete sich auf die Bettkante. Sven stellte sich dicht hinter ihn und drückte Felix mit seinem Oberkörper nach vorne. Entlang seiner Wirbelsäule küsste und leckte er ihn, während er sich wieder aufrichtete.

Mit den Händen umfasste er Felix' Oberschenkelinnenseiten und spreizte seine Beine. Felix sog geräuschvoll die Luft ein. Sven richtete sich wieder auf und zog Felix' perfekt geformte Pobacken auseinander. Er blickte auf die kleine Rosette und war erregt bis zum Rande des Wahnsinns. Er hatte schon immer Analverkehr haben wollen. Seine bisherigen Partnerinnen hatten seinen Wunsch danach jedoch vehement abgelehnt. Mit dem Daumen fuhr er kreisförmig über die runzelige rote Haut und sah zu, wie sich die Öffnung weitete. Sein Schwanz zuckte, und er war kurz davor abzuspritzen, alleine durch den Anblick, der sich ihm bot. Felix hielt die Augen geschlossen und stöhnte ungehemmt. Tara, die vor ihm kniete, küsste ihn. Sie strich an seinem Oberkörper entlang nach unten und fand seinen Penis. Felix biss ihr in den Hals. Auch Tara stöhnte, als sie Felix' harten Penis mit der Hand bewegte und der spitze, süße Schmerz von ihrem Hals aus durch ihren Körper wanderte. Sven stieß mit seiner Schwanzspitze leicht gegen die Öffnung, dann etwas fester. Felix schrie auf und tauchte unter Sven weg. Tara drückte ihn vor sich mit dem Kopf nach unten aufs Bett, sodass sein Po in die Höhe ragte.

„Versuche dich zu entspannen", flüsterte sie ihm zu, umfasste seine Taille und massierte ihn leicht mit ihren Daumen.

Sven wagte einen erneuten Vorstoß. Er bewegte sich vorsichtig, drang millimeterweise in Felix ein, der laut ächzte. Sven atmete schwer, er suchte Taras Blick. Sie küssten sich, bissen sich, verschlangen sich, während sie unter sich Felix vorsichtig schaukelten. Felix keuchte nur noch.

Mittlerweile war Svens dicker Penis bis zum Anschlag in Felix verschwunden, und seine Hüften bewegten sich heftiger. Er warf den Kopf in den Nacken. „Oh, ist das schön eng."

Tara sah zu, wie Svens Schwanz sich hin- und herschob. Ihr Blut kochte, ihr Unterleib schien zu zerspringen vor Verlangen nach Aufmerksamkeit, und ihr Herz klopfte laut. Sie beugte sich vor und umfasste Felix' Penis. Sie begann, ihn in dem Rhythmus zu stimulieren, den Sven vorgab. Sven wurde immer schneller. Er hämmerte gegen Felix. In Taras Hand kam Felix mit einem spitzen Schrei, und wenige Stöße später ergoss sich Sven mit einem dumpfen Grollen in ihn. Eine Weile verharrten sie nach Luft ringend in dieser Position. Felix'

Oberschenkel zitterten. Rasch umfasste Sven seine Hüften und gab ihm Halt, bevor er sich vorsichtig aus Felix zurückzog und ihn auf die Laken sinken ließ. Alle Kraft schien aus Felix gewichen zu sein. Er war zusammengebrochen und schaffte es gerade noch, sich auf die Seite zu rollen. Tara strich ihm die schweißnassen Locken aus der Stirn. Sven beugte sich über ihn und küsste ihn auf die Schläfe und die Wange. Schließlich drehte er Felix' Kopf leicht zu sich und küsste ihn zärtlich auf den Mund.

„Geht es dir gut, Felix?", fragte er besorgt. „Habe ich dir wehgetan?"

„Nein", antwortete Felix schwach. „Du hast mir nicht wehgetan, ich hatte nur gerade den besten Orgasmus meines Lebens."

Sven grinste erleichtert und küsste Felix noch einmal, bevor er im Bad verschwand.

Tara richtete sich auf. Ihr Blick fiel auf Michael. Sie hatte ihn völlig vergessen. Kreidebleich und stocksteif saß er auf einem Stuhl in der Ecke des Zimmers und wich ihrem Blick aus.

Tara ging ebenfalls kurz ins Bad. Als sie zurückkam, hatte sich Sven hinter Felix gelegt und seinen Arm um ihn geschlungen. Tara deckte die beiden zu und gab jedem einen Kuss auf die Stirn. Aus dem Bad hörten sie das Plätschern des Wassers, das in die Badewanne lief.

„Wetten, Michael holt sich in der Badewanne einen runter?", murmelte Sven.

Tara bezweifelte das stark. Er hatte alles andere als erregt ausgesehen. „Gute Nacht, ihr Süßen", sagte sie nur und legte sich auf das Bett im Nebenzimmer. Die Tür ließ sie offen stehen, und eine schwache Lampe auf dem Nachttisch brannte. Sie zog keinen Schlafanzug an und deckte sich auch nicht zu. Ihr war noch immer heiß, ihr Körper brannte. Sie hatte das Liebesspiel wahnsinnig genossen. Noch nie zuvor hatte sie zwei Männer beim Verkehr beobachtet, hatte aber immer schon gerne homoerotische Bücher gelesen und Filme gesehen. Es war schon heiß gewesen, Felix dabei zuzuschauen, als er Sven verwöhnt hatte. Doch das Erlebnis heute? Mitzumachen, beide gleichzeitig zu spüren, ihre Leidenschaft zu sehen und zu fühlen, hatte sie ungeheuer angeregt. Dass sie selbst keinen Orgasmus gehabt hatte, störte sie nicht. Ihr hatte die

Rolle, die sie in diesem Dreier gespielt hatte, gefallen. Sie konnte auch nichts Unmoralisches oder Anstößiges mehr an dem erkennen, was sie getan hatten. Es war seltsam, aber hier in diesem Land und in ihrer kleinen Gemeinschaft schienen die gesellschaftlichen Regeln, an die sie sich alle in ihrem bisherigen Leben wie selbstverständlich gehalten hatten, nicht mehr zu gelten. Sie hatten ihre eigenen Regeln.

Allerdings hatte Michaels Reaktion sie irritiert. Während sie mit Sven und Felix beschäftigt gewesen war, hatte sie Michael nicht wahrgenommen. Als ihr Blick anschließend auf ihn gefallen war, hatte er entsetzt ausgesehen. Warum nur? Sie konnte sich vorstellen, dass es ihn überrascht hatte, vielleicht hatte es ihm auch missfallen oder ihn sogar geekelt, aber warum war er so bleich gewesen? Zwar machte sie sich Gedanken über seine Reaktion, aber sie war auch verärgert. Drei Tage lag ihre verfängliche Frage zurück, und Michael behandelte sie noch immer abweisend. Wie lange wollte er ihr diesen Fehler noch vorhalten? Er würde sich wohl kaum zu Sven und Felix ins Bett legen, sondern musste zu ihr kommen oder auf einem Stuhl schlafen. Sie rechnete damit, dass er mindestens zwei Stunden in der Badewanne liegen und sie schon schlafen würde, wenn er ins Zimmer kam. Zu Taras Verwunderung dauerte es jedoch nicht lange, bis sie Michaels Schritte hörte. Sie hatte sich noch nicht einmal ihren Schlafanzug angezogen. Noch immer lag sie nackt mitten auf dem Bett mit dem Rücken zur Tür, als er das Zimmer betrat und stehen blieb. Sie konnte seinen Blick auf ihrem Nacken spüren, sein Zögern war greifbar. Dann merkte sie, wie sich die Matratze durchbog, als er sich auf das Bett legte. Er rutschte von hinten an sie heran, und sie spürte seinen nackten Körper an ihrem Rücken und an ihren Oberschenkeln. Ganz nah drängte er sich an sie und fasste sie mit dem Arm um die Taille. Sie wartete einen Moment und legte dann ihre Hand auf seine. Ihre Finger umschlossen einander. Michael presste sich noch enger an sie und klammerte sich an ihr fest. Erneut spürte sie diese Verzweiflung in ihm. Warum war er verzweifelt? Konnte er sich nicht mehr gegen die körperliche Anziehung zwischen ihnen wehren?

Schweigend lagen sie auf dem Bett. Nach einiger Zeit spürte Tara, wie Michaels Atem an ihrem Nacken tiefer und langsamer wurde, der feste Griff um sie lockerte sich allmählich, bis sein Arm schwer und entspannt auf ihr lag. Was war jetzt? Hatte Michael ihr die dumme Frage verziehen? Was hielt er davon, dass sie so ungezwungen Sex mit Felix und Sven hatte? Sie lag auf der Seite und spürte den Körper des Mannes hinter sich, von dem sie mittlerweile sicher wusste, dass sie ihn liebte, egal was passiert war. Ob sie jemals zusammenkommen würden, stand in den Sternen. In diesem Moment jedoch klammerte er sich an ihr fest, bei ihr schien er Halt und Stabilität zu finden. Sie wusste nicht, warum er es brauchte, doch in diesem Augenblick konnte sie es ihm geben. Ihr ganzer Ärger verrauchte, und nichts als zärtliche Liebe für ihn blieb übrig. Es dauerte lange, bis auch Tara einschlafen konnte.

Als sie sich am nächsten Morgen angezogen hatten und zum Frühstück aufbrechen wollten, waren Felix' Wangen gerötet, und er wich Taras Blick aus. Tara fasste ihn am Oberarm und drehte ihn zu sich. Sie nahm seinen Kopf zwischen ihre Hände und blickte ihm tief in die Augen. „Dir muss nichts peinlich sein, Felix. Für mich war es gestern Abend sehr schön und anregend. Für dich doch hoffentlich auch, oder?" Felix nickte mit krebsrotem Gesicht. Tara küsste ihn leicht auf den Mund. „Wir alle waren nackt und verletzlich. Jeder von uns hat dem anderen intimste Anblicke geboten, sich ausgeliefert und preisgegeben. Es war gegenseitig." Noch einmal berührte sie sanft mit dem Mund seine Lippen.

Sven, der neben ihnen gestanden hatte, legte den Arm um Felix und ging mit ihm durch die Tür hinaus auf die sandige Straße.

Etwa eine Stunde später, nachdem sie ein kleines Frühstück zu sich genommen hatten, stellte Michael seine Kaffeetasse ab und sah Tara in die Augen. Zum ersten Mal seit Tagen war sein Blick wieder klar, der verkniffene Zug um seinen Mund verschwunden. „Als du vorhin im Bad warst, haben wir miteinander gesprochen. Uns ist klar, dass du hier nicht weg kannst, ohne die Spur deines Diamanten bis zum Ende verfolgt zu haben. Wir werden dich begleiten. Wenn wir allerdings sowieso nochmals in die Wüste fahren, dann würde ich gerne einen Abstecher nach Sossusvlei machen. Ich schlage vor, wir kürzen Lüderitz stark ab und fahren heute noch weiter bis dorthin. Einen Tag müssen wir für eine Wanderung in die Dünenlandschaft veranschlagen. Übermorgen könnten wir dann Homeb erreichen."

Tara schossen die Tränen in die Augen. Sie war so gerührt von der Tatsache, dass sie die drei nicht einmal hatte fragen müssen. Keiner der Jungs würde sie verlassen. Sie würden vereint bleiben, den Weg zusammen gehen. Blind vor Tränen stand sie auf und stolperte um den Tisch. Michael sprang auf, um sie aufzufangen, und Tara fiel ihm um den Hals. Michael versteifte sich kurz, legte dann aber die Arme um sie. „Ist ja gut. Wir lassen dich schon nicht allein, wir machen das gemeinsam." Seine Stimme war so weich. Noch nie hatte sie ihr gegenüber so geklungen. Tara schluchzte an Michaels Schulter und wusste nicht mehr, ob es deswegen war, weil sie gemeinsam weitergehen würden, oder wegen dieser Stimme.

Sie spazierten durch Lüderitz, eine Stadt, die sich vor allem durch eine auffällig hohe Kriminalitätsrate auszeichnete. Dabei machte sie eher den Eindruck einer Spielzeugstadt. Die bunt bemalten Häuser standen im Sand wie Miniaturen auf einer Eisenbahnplatte, und es waren kaum Menschen unterwegs. Sie besichtigten die Felsenkirche und das hellblau gestrichene Goerke-Haus, das 1909 halb in den Fels gebaut worden war.

Für einen Spottpreis hatte der Bremer Kaufmann Adolf Lüderitz das Land um die kleine Bucht den Häuptlingen der Nama abgekauft, deren Stämme das Land ursprünglich bewohnten. Als sich die Engländer dem Unternehmergeist von Lüderitz entgegenstellten, bat er das Deutsche Reich um Schutz, der ihm 1884 durch Bismarck gewährt wurde. Mit der Entsendung zweier Korvetten nach Namibia wurde der Grundstein für die deutsche Kolonie Südwestafrika gelegt. Auch Lüderitz erlebte eine kurze Blüte während der Zeit des Diamantenrausches. Mittlerweile leben die Einwohner der kleinen Stadt vorwiegend vom Fischfang, der Langustenfischerei und der Hoffnung auf neue Wirtschaftsimpulse. Träger dieser Hoffnung sind der Ausbau des Hafens, der Tourismus und ein Gasfeld, dessen wirtschaftliche Nutzung geprüft wird. Außerdem versprechen der Abbau von Seegras, dem sogenannten Agar-Agar, und die Austernzucht lukrative Geschäfte.

Ihren Rundgang durch die Stadt, die trotz der bunten Farben trostlos wirkte, hatten sie rasch beendet und fuhren anschließend zur Diaz-Spitze, an der Bartolomeu Diaz 1488 ein Steinkreuz errichtet hatte, nachdem er fünf Tage lang in der Bucht Zuflucht vor schlechtem Wetter gesucht hatte. Der Weg dorthin bot ihnen grandiose Ausblicke über eine Lagune hinweg nach Lüderitz. Über einen Holzsteg erreichten sie die Diaz-Spitze. Hoch oben auf der Klippe wehte ihnen ein kräftiger Wind ins Gesicht, unter ihnen toste das Meer, und über ihnen kreisten die Möwen mit lautem Geschrei. Wieder einmal fühlte sich Tara, als wären sie die ersten und einzigen Menschen in diesem rauen Land, und empfand dadurch die Gemeinschaft mit ihren Freunden umso stärker. Felix, der neben Tara stand, fasste nach ihrer Hand und drückte sie. Tara erwiderte den Druck und lächelte Felix an. Ihm schien es ähnlich zu gehen wie ihr. Michael und Sven standen nebeneinander schräg vor ihnen. Tara sah, wie Sven seine Hand auf Michaels Schulter legte. Sie erwartete, dass Michael sie abschütteln würde, doch er tat es nicht. In den vergangenen Tagen waren sie noch näher zusammengerückt. Sie war so froh und erleichtert, dass sie sich nicht von ihren Begleitern trennen musste. Wenn sie mit ihnen zusammen war, empfand sie ein Gefühl der Sicherheit und Zuversicht.

SOSSUSVLEI

Von Lüderitz aus umrundeten sie südlich und westlich den Namib-Naukluft-Park. Erst als es bereits dunkel war, erreichten sie den Eingang des Sossusvlei, einer großen, von Dünen umschlossenen Lehmsenke in der Namib-Wüste. In der Sossusvlei Lodge direkt am Eingang zum Naturschutzgebiet waren keine Zimmer mehr frei, da eine große Reisegruppe ihre letzte Nacht in der Lodge verbrachte. Nur Zeltplätze auf dem benachbarten Sesriem Campingplatz seien noch verfügbar, erklärte ihnen die Dame an der Rezeption.

„Es ist schon dunkel, und hier gibt es weit und breit nichts mehr", regte Felix sich auf. „Was machen wir denn jetzt?"

Sven klopfte ihm beruhigend auf die Schulter. „Zelten."

Sie fuhren zu dem Zeltplatz und kramten im Dunkeln ihre noch originalverpackten Zelte aus dem Auto. Der Einzige, der in der Lage war, ein Zelt aufzubauen, war Sven. Sie stellten den Wagen so hin, dass die Scheinwerfer Sven eine Lichtquelle boten. Tara packte die Zelte im Auto aus, und Felix ging Sven zur Hand.

„Mich braucht ihr ja offensichtlich nicht. Ich gehe schon mal duschen." Michael verschwand in der Dunkelheit.

Nachdem sie den Aufbau bewältigt hatten, begab sich Tara ebenfalls zu dem Gebäude, in dem sich die sanitären Anlagen befanden. Die Waschbecken und Duschen hätten sauberer sein können, und Tara dachte sehnsüchtig an die schönen Zimmer zurück, die sie im Etosha-Nationalpark bewohnt hatten. Schnell duschte sie und putzte sich die Zähne. Vor dem Gebäude traf sie Sven und Felix, die ebenfalls gerade fertig geworden waren. Gemeinsam suchten sie in der Dunkelheit ihre Zelte.

Sven zog Felix mit sich in eines der Zelte. Tara lächelte in sich hinein. Sven schien es richtig erwischt zu haben. Tagsüber hatten sich Felix und Sven nicht berührt, aber gerade eben war Sven anzumerken gewesen, dass er es kaum abwarten konnte, Felix in den Arm zu nehmen. Als Tara den Kopf in das andere Zelt steckte, lag Michael bereits zusammengerollt in seinem Schlafsack auf einer der beiden Isomatten, die das kleine Zelt vollständig ausfüllten. Vorsichtig kletterte sie über ihn hinweg, breitete ihren Schlafsack aus und schlüpfte fröstelnd hinein. Sie spürte, wie die Kälte durch den Zeltboden und die dünne Isomatte heraufkroch. Unruhig wälzte sie sich hin und her, um eine halbwegs bequeme Position auf dem harten Untergrund zu finden. Sie konnte dem Campen nichts abgewinnen. Eindeutig bevorzugte sie luxuriöse Urlaubsunterkünfte und genoss auch ansonsten die Annehmlichkeiten der modernen Zivilisation. Auf der Seite liegend taten ihr Hüfte und Schulter weh, und wenn sie sich auf den Rücken drehte, fehlte ihr ein Kopfkissen. Wehmütig dachte sie an ihr schönes Zuhause in Heidelberg. Zu Beginn ihres Studiums hatte ihr Vater dort eine wunderschöne kleine Altbauwohnung gekauft, die sie sich sehr gemütlich eingerichtet hatte.

„Das ist eine gute Investition", hatte er damals gesagt. „Jetzt zahlen wir keine Miete, und später kannst du die Wohnung selbst vermieten. In Heidelberg wird es immer Bedarf an schönen kleinen Wohnungen geben."

Tara liebte ihre Wohnung. Sie freute sich jedes Mal, wenn sie die Tür aufschloss und ihr kleines Reich betrat. Sehr oft lud sie Freunde und Kollegen zum Essen ein und hatte auch immer wieder Übernachtungsgäste.

Ein lautes Stöhnen riss sie aus ihren Gedanken. Eindeutige Geräusche verrieten, was im Nachbarzelt vor sich ging.

„Oh nein, jetzt muss ich denen schon wieder zuhören." Offensichtlich schlief Michael doch noch nicht.

Tara lachte. „Wenigstens haben die beiden Spaß."

„Spaß haben sie ganz offensichtlich."

Eine Weile schwiegen sie. Dann fragte Michael: „Ist dir auch so kalt?"

„Ja."

„Kann ich zu dir kommen?"

„Immer. Das weißt du doch."

Tara öffnete den Reißverschluss ihres Schlafsacks, und Michael quetschte sich zu ihr. Mit seinem Schlafsack deckte er sie beide noch zusätzlich zu. Sie wanden und schlängelten sich und strapazierten die Nähte des Schlafsacks, bis sie endlich beide auf der Seite lagen. Tara lag hinter Michael und hatte ihren Arm um ihn gelegt. Diesmal griff er nach ihrer Hand und umschlang ihre Finger mit seinen. Tara spürte seine eiskalten Füße und öffnete leicht ihre Unterschenkel. Michael schob seine Füße dazwischen, um sich an ihr zu wärmen.

„Gute Nacht", sagte Michael leise.

„Schlaf gut." Tara küsste ihn auf den Hinterkopf und vergrub ihre Nase in seinen Haaren. Es war so schön, ihn zu spüren. Sie war froh, dass er ihr endlich nicht mehr böse war. Sein Ärger und seine angespannte, wortkarge Art während der vergangenen Tage hatten sie sehr belastet – mehr als sie sich hatte eingestehen wollen.

Beim Frühstück machten sie Bekanntschaft mit der großen Reisegruppe, wegen der sie keine Zimmer mehr in der Sossusvlei Lodge bekommen hatten. Die lärmende Gruppe war zum Geländewagen Fahren hier gewesen, und alle schienen noch vom Vorabend alkoholisiert. So schnell wie möglich brachten die vier ihr Frühstück hinter sich, um dem Lärm und den Ausdünstungen, die die Gruppe verbreitete, zu entkommen.

„Heute müssen wir uns alle eincremen, auch du", sagte Felix zu Sven, als sie den Frühstücksraum verließen.

Sie hatten eine Wanderung in die Dünenlandschaft geplant, und kein Wölkchen war an dem strahlend blauen Himmel zu erkennen. Gehorsam cremten sich alle ein, und Felix verstrich auf Svens Wange einen Rest Sonnencreme, den Sven nicht gleichmäßig verteilt hatte. Dabei berührte er Sven etwas länger, als es unbedingt nötig gewesen wäre. Tara fing den Blick auf, den die beiden austauschten, und sah schnell weg. Der Moment schien ihr persönlicher zu sein als alle Intimitäten, die sie bislang mit ihnen geteilt hatte. Dieser Blick gehörte nur Sven und Felix.

Sie fuhren vom Eingang des Parks achtundsechzig Kilometer auf einer asphaltierten Straße, bis sie zu einem Parkplatz gelangten. Unterwegs hielten sie immer wieder an und fotografierten die Dünen, die sich in der Ferne bis zu zweihundert Meter hoch auf dem Sandsteinplateau erhoben.

Michael parkte den Bus unter einem großen Kameldornbaum. „Wir müssen jetzt zu Fuß gehen. Ab hier geht es nur mit einem Geländewagen weiter."

„Wie weit ist es denn bis zu den Dünen?", wollte Tara wissen.

„Bis zu den großen Dünen sind es etwa zehn Kilometer."

„Das ist ganz schön weit. Schaffen wir das überhaupt?" Felix hielt sich die Hand über die Augen und blickte zweifelnd in die Richtung, in der ihr Ziel lag.

„Wenn es uns zu weit ist, können wir ja umdrehen. Wir müssen nicht bis zu den großen Dünen laufen. Vorher kommen auch schon Dünen."

Sie packten zwei Rucksäcke mit jeweils vier großen Wasserflaschen und ein paar Müsliriegeln. „Das müsste genügen", meinte Sven. Er schulterte einen der Rucksäcke, und Michael nahm den anderen.

Nachdem sie etwa drei Kilometer auf dem sandigen Pfad zurückgelegt hatten, trafen sie auf ein junges Paar, das mit seinem Geländewagen im Sand stecken geblieben war. Die Frau saß am Steuer und gab Gas, ihr Mann versuchte von hinten schiebend, den Wagen aus dem Loch zu befreien. Die Hinterreifen gruben sich dabei immer tiefer in den Sand.

„Können wir Ihnen helfen?", fragte Felix die beiden.

Der junge Mann wischte sich mit dem Ärmel den Schweiß von der Stirn. „Das wäre super. Wenn Sie mitschieben, dann schaffen wir es vielleicht."

„Sie dürfen kein Gas mehr geben", mischte Sven sich ein. „Sie machen es nur noch schlimmer. Wir müssen erst die Reifen ausgraben."

„Ich denke, wenn wir alle anfassen, schaffen wir es auch so", antwortete der Mann. „Fast hätte ich es alleine hinbekommen, nur ein kleiner Ruck hat noch gefehlt."

Sven zuckte gleichgültig mit den Schultern und legte den Rucksack ab. Gemeinsam mit dem jungen Mann schoben sie, während die Frau aufs Gaspedal trat. Wie Sven vorausgesagt hatte, führte die gemeinsame Aktion nur dazu, dass die Reifen noch tiefer einsackten. Das Fahrgestell lag schon fast auf dem Sand auf.

„Was machen wir denn jetzt?" Die Frau stieg aus dem Auto und blickte Sven verzweifelt an.

„Haben Sie etwas, womit man graben kann?"

Sie kramte im Inneren des Wagens nach einem Kochtopf. Sven, Michael und der junge Mann, der sich ihnen als Patrick vorstellte, gruben die Hinterreifen aus. Tara setzte sich mit Felix und der jungen Frau – Andrea – in den Schatten eines Kameldornbaumes, der nicht weit entfernt stand. Andrea erzählte ihnen, dass sie den Sonnenaufgang in den Dünen beobachtet hätten. Es sei wunderschön gewesen. Bei der Rückfahrt habe Patrick einen Moment nicht aufgepasst und sei in das Sandloch geraten.

Das Ausgraben war eine mühsame Angelegenheit, da der lockere Sand immer wieder nachrutschte. Nachdem sie eine halbwegs flache Ausfahrt für die Reifen geschaffen hatten, nahm Sven die Fußmatten aus dem Auto und legte sie vor die Reifen. „So, jetzt können wir es probieren. Nur kurz Gas geben und dann wieder runter vom Pedal. Bring den Wagen zum Schaukeln, dann können wir den Schwung ausnutzen.“

Andrea setzte sich ans Steuer, und alle anderen positionierten sich hinter den Wagen. Mit vereinten Kräften schafften sie es, den Wagen zu befreien.

„Vielen Dank für eure Hilfe.“ Erleichtert fuhren Andrea und Patrick davon. Michael und Sven waren von der Anstrengung bereits verschwitzt und nahmen beide einen großen Schluck aus einer der Wasserflaschen, bevor sie die Rucksäcke wieder aufsetzten und weitergingen.

„Sollen Felix und ich euch die Rucksäcke abnehmen?“, bot ihnen Tara an.

„Nein, das geht schon.“

Nach zwei weiteren Kilometern hatten sie die letzte Parkmöglichkeit für Geländewagen erreicht. Danach führte nur noch ein schmaler Fußpfad in die Dünenlandschaft. Das Marschieren wurde immer mühsamer. Bei jedem Schritt sanken sie tief in den Sand ein. Felix und Tara gingen langsam und gleichmäßig, während Michael sie zur Eile antrieb.

„Jetzt kommt, ihr lahmen Enten. Wenn ihr in dem Tempo weiterschleicht, kommen wir nie an.“

Nach einem anstrengenden Marsch erreichten sie das Dead Vlei, eine rissige, hellgraue Lehmfläche. Von der hellen Oberfläche hoben sich in bizarrem Kontrast die schwarzen Überreste abgestorbener Kameldornbäume ab und boten vor dem strahlend blauen Himmel unverwechselbare Fotomotive. Es war sehr warm geworden. In der Lehmsenke staute sich die Hitze noch zusätzlich, und es herrschten bestimmt über fünfunddreißig Grad.

„Der Fluss Tsauchab führt nur alle paar Jahre etwas Wasser in die Wüste hinein und lässt solche Lehmsenken zurück, wenn er wieder austrocknet", erklärte ihnen Michael. „Es gibt noch andere davon im Sossusvlei, das Dead Vlei ist allerdings zu Fuß am besten zu erreichen. Die abgestorbenen Kameldornbäume verwesen bei diesem heißen, trockenen Klima nur ganz langsam." Er kniete auf dem zu einer steinharten Oberfläche verbackenen Lehm, um Fotos zu schießen.

„Was machen wir jetzt? Kehren wir um oder gehen wir weiter?", fragte Felix, als sie ausreichend Aufnahmen gemacht hatten.

„Wir gehen auf jeden Fall weiter", bestimmte Michael und packte seine Ausrüstung ein.

Tara blickte auf die Uhr. „Es ist schon nach eins, und wir müssen den ganzen Weg wieder zurück."

„Es ist nicht mehr so weit bis zu den Dünen. Das schaffen wir schon."

Der Weg zog sich noch sehr in die Länge, aber sie wurden mit dem traumhaften Anblick sichelförmiger, hoch aufragender Dünen belohnt. Sie marschierten auf einem kleinen Trampelpfad durch das im Wind wehende Dünengras und betrachteten Nara-Melonen, die nur in Namibia zu finden waren. Unterwegs begegneten ihnen wenige Wanderer, die sich jedoch alle schon auf dem Rückweg befanden. Nun waren sie allein in der unvergleichlichen Dünenlandschaft. Beschwingt von der Schönheit der Dünen, erklommen sie den Kamm des *Big Daddy*, einer markanten Düne. Der Aufstieg war kräftezehrend, und bei jedem ihrer Schritte brach Sand vom Kamm ab und rieselte die Leeseite hinunter, die in einem steilen Böschungswinkel abfiel. Schon auf halber Höhe boten sich ihnen unvergessliche Ausblicke auf kleine Lehmsenken, die sich hell von den satt orangefarbenen Dünen abhoben. Die Nachmittagssonne sorgte für zusätzliche spektakuläre Farb- und Schattenspiele. Dicht aneinandergedrängt setzten sie sich auf den Kamm und schirmten sich mit dem Rücken gegen den Wind ab, der den Sand die flache Luvseite der Düne heraufwehte. Schweigend bewunderten sie die eindrucksvolle Landschaft.

Nach einer Weile drückte Michael Tara den Rucksack in die Hand. Darin befand sich auch seine Kamera, die er sorgfältig in eine Plastiktüte verpackt hatte, um sie vor einer Beschädigung durch den feinen Sand zu schützen. Er ließ sich nach vorne fallen und rollte unter lautem Gejohle den steilen Abhang hinunter. Sven folgte begeistert seinem Beispiel. Tara lächelte, als sie die beiden so ausgelassen sah. Wie schön, dass auch Michael einmal ausgelassen wie ein kleiner Junge herumtollte.

„Willst du auch?", fragte Tara Felix. „Dann nehme ich die Rucksäcke mit den Kameras."

„Nein, es sieht zwar lustig aus, aber ich schone lieber meine Kräfte für den Rückweg. Michael und Sven müssen von dort unten um die halbe Düne zurücklaufen, um wieder auf den Weg zu stoßen, den wir gehen müssen. Aber wenn du möchtest, Tara, kann ich die Rucksäcke nehmen."

„Nein, du hast Recht. Der Rückweg wird noch anstrengend genug werden." Tara sorgte sich ohnehin wegen der langen Strecke, die ihnen noch bevorstand. Das würde kein Spaß werden. Sie war bereits müde und konnte sich nicht vorstellen, dass es den Jungs anders erging.

Während Michael und Sven den Hang hinuntertollten, machten sich

Tara und Felix auf den Rückweg entlang des Kamms. Am Fuß der Düne warteten sie auf Michael und Sven, die nach einiger Zeit mit Sand in den Haaren, atemlos und verschwitzt auftauchten.

Sven kramte im Rucksack nach den Wasserflaschen. „Jetzt brauche ich erst einmal einen großen Schluck."

„Es ist nicht mehr viel Wasser da, und wir haben noch den ganzen Rückweg vor uns. Wir müssen uns den Rest gut einteilen." Trotz Felix' Ermahnung machten sich Sven und Michael gierig über das Wasser her.

Schließlich nahm Tara Michael die Flasche einfach weg. „Jetzt reicht es wirklich."

Dann nahmen sie den beschwerlichen Rückweg in Angriff. Es war noch immer sehr heiß, und sie mussten sich durch den wegrutschenden Sand kämpfen. Felix und Tara hatten die Rucksäcke übernommen und gingen weiter in ihrem gleichmäßigen, langsamen Tempo, während Michael und Sven immer wieder kurz stehen blieben, um sich auszuruhen.

„Vielleicht parkt noch jemand mit seinem Geländewagen auf dem hinteren Parkplatz und nimmt uns bis zu unserem Auto mit", versuchte Tara, Michael und Sven aufzumuntern. Die beiden schienen am Ende ihrer Kräfte angelangt zu sein, und es lagen noch etliche Kilometer vor ihnen. Wortlos marschierten sie weiter. Michael und Sven wurden immer langsamer.

Michael ließ sich schließlich auf einen Stein fallen. „Ich brauche dringend noch einen Schluck Wasser."

Tara holte die letzte Wasserflasche heraus, die nur noch zu einem Viertel gefüllt war. „Versuche, nicht alles zu trinken", sagte sie, als sie ihm die Flasche reichte.

Doch mit einem einzigen Schluck leerte Michael die Flasche. Tara entgegnete nichts und packte die Flasche stumm wieder ein. Auch sie hatte großen Durst, konnte aber an Michaels Augen erkennen, dass er am Ende war. Zum Glück war sie sportlich und ausdauernd. Zudem hatte sie ihre Kräfte besser eingeteilt und wusste, dass sie die Strecke schaffen würde, auch wenn sie mittlerweile ebenfalls sehr erschöpft war.

Sie schaute Felix an, der noch in guter Verfassung zu sein schien. „Alles in Ordnung, Felix?"

„Bei mir schon." Er warf einen besorgten Blick auf Sven, dem der Schweiß in Strömen von der Stirn lief.

Sven musterte Felix skeptisch von der Seite. „Wieso bist du eigentlich noch so gut drauf?"

„Ich mache Yoga, da habe ich gelernt, meine Kräfte richtig einzuschätzen und einzuteilen."

Schweigend kämpften sie sich Meter für Meter voran. Nach einem endlos erscheinenden Marsch erreichten sie den Parkplatz, der für Geländewagen zugänglich war. Er war leer. Mittlerweile stand die Sonne schon sehr tief.

Sven ließ sich auf den Boden sinken. „Ich glaube, ich kann nicht mehr weiter." Er sprach mit schwerer Zunge, als könnte sich diese kaum noch vom Gaumen lösen. „Ich bin völlig ausgetrocknet."

„Doch, du kannst noch." Felix zog ihn hoch. „Bleib nicht stehen oder sitzen. Atme ganz gleichmäßig und denke immer nur an den nächsten Schritt." Er nahm ihn an der Hand und gab das Tempo vor.

Michael schlurfte neben Tara her. „Möchtest du auch meine Hand?", fragte sie. Er nickte und legte seine Hand schlaff in ihre, sodass sie ihn mit sich ziehen konnte. Im Schneckentempo bewegten sie sich weiter. Zumindest war der Untergrund jetzt besser geworden. Felix murmelte Sven ständig aufmunternde Worte zu, die anderen schwiegen.

Der Durst nagte immer mehr an ihnen, und in dem Tempo, in dem sie sich bewegten, würde es noch eine Ewigkeit dauern, bis sie die letzten fünf Kilometer bis zu ihrem Auto zurückgelegt hatten. Taras Zunge klebte in ihrem Mund fest, und ihre Augen brannten, da sie keine Flüssigkeit mehr für Tränen zur Verfügung hatte. Vor ein paar Stunden hatte sie einen leichten Kopfschmerz bemerkt, der sich in der Zwischenzeit zu einem bohrenden Presslufthammer zwischen ihren Schläfen ausgewachsen hatte. Doch ihre Beine taten noch ihren Dienst, und wie ein Roboter setzte sie einen Fuß vor den anderen.

Auf einmal japste Michael neben ihr nach Luft und ließ sich in den

Staub fallen. „Ich habe einen Krampf im Oberschenkel." Sie nahm sein Bein, streckte und massierte es. Michael lag mit geschlossenen Augen im Sand, und sie sah an seiner wild pulsierenden Halsschlagader, dass er Herzrasen hatte. Hoffentlich würden sie es noch bis zum Auto schaffen. Was, wenn nicht? Handyempfang hatten sie natürlich keinen. Sie könnte mit Sven und Michael hierbleiben, während Felix zurück zum Auto ging und im Camp Hilfe holte. Bis Felix dort wäre, würden allerdings mindestens drei Stunden vergehen und dann nochmals drei Stunden, bis die Hilfe sie erreichen würde. Sie würden es überleben, aber es könnte eine sehr qualvolle Zeit werden. Obwohl sie nach ihren theoretischen Überlegungen davon ausging, dass keine Lebensgefahr bestand, merkte sie, wie Panik in ihr aufstieg. Doch sie versuchte, sich nichts anmerken zu lassen, und wandte sich an Michael. „Geht es wieder?"

Michael hatte seine Augen geöffnet, aber er schien durch sie hindurchzublicken. Er antwortete nicht, und Tara zog ihn hoch. Schritt für Schritt arbeiteten sie sich weiter voran.

Endlich tauchte die Gruppe von Kameldornbäumen, unter denen sich der Parkplatz befand, in der Dämmerung vor ihnen auf. Tara seufzte auf, als die Anspannung von ihr abfiel.

„Gleich haben wir es geschafft", sagte Felix erleichtert.

Als sie am Wagen angekommen waren, holte Felix die angebrochene Flasche Wasser, die sie noch übrig hatten, aus dem Kofferraum. Sven und Michael teilten sich die warme, abgestandene Flüssigkeit und kletterten mit zitternden Knien in den Bus, wo sie sich auf die Sitze fallen ließen. Tara setzte sich ans Steuer und fuhr zurück zur Lodge, direkt zum Hauptgebäude, wo sich ein kleiner Kiosk befand, in dem sie mehrere große Flaschen Limonade und ein paar Schachteln Kekse kaufte. Nachdem sie jedem eine Flasche in die Hand gedrückt hatte, öffnete sie ihre Flasche ebenfalls. Sie empfand eine unermessliche Erleichterung, als ihr die kühle Flüssigkeit die Kehle hinabbrann. Zu Anfang schien diese ihren Magen gar nicht zu erreichen, sondern in ihrer ausgedorrten, brennenden Kehle zu verdunsten. Als sie jedoch merkte, wie sich ihr Magen schmerzhaft zusammenzog, hielt sie kurz inne, um ihm die Gelegenheit zu geben, sich an die kalte Flüssigkeit zu gewöhnen. Sven und Felix tranken ebenfalls langsam und dosiert, während Michael seine Flasche in einem Zug leerte. Nach ein paar Minuten fing er prompt an zu würgen und schaffte es gerade noch aus dem Bus, bevor er sich übergeben musste. Tara stieg aus und half ihm zurück in den Wagen. Er sah wirklich mitleiderregend aus und ließ sich willig von ihr helfen. Keuchend fiel er wieder in den Sitz. Mehr als eine Stunde hingen sie im Wagen, tranken und aßen ein paar Kekse. Tara fühlte sich deutlich besser. Die Kopfschmerzen waren weg, und sie war zwar müde, aber nicht mehr so erschöpft.

„Sollen wir etwas essen gehen?", fragte Felix.

Michael schüttelte den Kopf. „Ich kann nichts essen."

„Ich hole ein paar Sandwiches, die wir im Wagen essen können", schlug Tara vor. Sie stieg aus und stattete dem Kiosk erneut einen Besuch ab.

Als sie ein paar Bissen zu sich genommen hatten, fuhren sie zum Zeltplatz. Sie schafften es gerade noch, sich zu duschen und die Zähne zu putzen, bevor sie in ihre Zelte krochen. Trotz der Erschöpfung verspürte Tara eine seltsame Unruhe. Nachdem sie eine halbe Stunde neben Michael im Zelt gelegen hatte, musste sie wieder aufstehen. Sie ging nochmals zur Toilette und schlenderte zurück. Durch den dunklen Stoff des Zeltes, das sich Felix und Sven teilten, drang ein schwacher Lichtschein. Sie kniete sich vor den Eingang. „Alles in Ordnung bei euch?"

„Ja, danke, alles okay." Felix zog den Reißverschluss des Zelteingangs hoch. Seine Taschenlampe tauchte das Zeltinnere in ein schwaches Licht. Er saß auf seiner Isomatte, Svens Kopf lag auf seinem Schoß. Mit der Hand strich er über Svens Stirn.

„Was ist mit Michael? Geht es ihm auch gut?", fragte Felix.

„Ich denke schon. Er hat nichts mehr gesagt, seit er sich hingelegt hat."

„Das war ganz schön heftig heute", stellte Felix fest.

„Das war es allerdings. Also dann, gute Nacht", verabschiedete sich Tara relativ rasch, da sie den Eindruck hatte, dass die beiden Ruhe nötig hatten.

Sie zog den Kopf wieder aus dem Zelt und kletterte zurück auf ihre Isomatte neben Michael. Es war stockdunkel. Von Michael kam kein Geräusch, sie ging davon aus, dass er schlief. Es fiel ihr schwer, ruhig zu liegen, um ihn nicht zu wecken. Noch immer fühlte sie sich rastlos. Sie lag auf dem Rücken auf ihrem Schlafsack, den sie nicht geschlossen hatte, und bewegte ihre Zehen, um dadurch ihrer Unruhe ein wenig nachgeben zu können. Obwohl die Nacht sich wieder empfindlich kalt auf die Wüste gesenkt hatte, war es ihr zu warm.

Etwa eine halbe Stunde hatte sie so gelegen, als sie überlegte, ob sie noch einmal aufstehen sollte. Schlaf würde sie ohnehin keinen finden. Doch wo sollte sie mitten in der Nacht auf dem Zeltplatz hingehen? Plötzlich öffnete Michael neben ihr den Reißverschluss seines Schlafsacks. Sie spürte, wie er mit seinen Händen nach ihr tastete. Er warf sich auf sie, drückte seine Lippen an ihre und stieß ihr die Zunge in den Mund. Gierig küssten sie sich. Wie hatte sie sich nach seinem Geschmack gesehnt! Die Leidenschaft, zu der Michael mit einem Mal fähig war, überwältigte sie. Sie spürte keine Zurückhaltung und keine Scheu, sondern nur brennendes Verlangen. Taras Hände fanden den Weg unter sein T-Shirt und krallten sich in seine festen Rückenmuskeln. Auch seine rechte Hand fuhr unter ihr Shirt und legte sich auf ihre Brust. Taras Herz raste. Nach diesem Moment hatte sie sich verzehrt. Mit jedem Blick und jeder Berührung, die sie mit Michael in den vergangenen Tagen ausgetauscht hatte, waren ihr Bedürfnis nach ihm und ihre Zuneigung zu ihm gewachsen. Kurz lösten sich ihre Lippen voneinander. Keuchend schnappten sie nach Luft. Tara zerrte an Michaels T-Shirt, um es ihm über den Kopf zu ziehen, bevor sie sich mit einem raschen Schwung ihres eigenen T-Shirts entledigte. Erneut fielen sie übereinander her. Tara schmeckte Blut von ihren eigenen Lippen, die bei dem heftigen Zusammenstoß mit Michael aufgeplatzt waren. Ihre Hand fuhr in seine Haare, und sie zog ihn noch fester an sich. Er konnte ihr nicht nahe genug sein. Sie wollte mit ihm verschmelzen, eins mit ihm werden. An ihrem Oberschenkel spürte sie Michaels harten Penis. Er rieb sich an ihr, und sie glühte innerlich. Michael erhob sich kurz von ihr und schob seine Shorts herunter. Mit einem Ruck zog er auch ihre Schlafanzughose nach unten. Sie spreizte ihre Beine und stöhnte laut auf, als sich Michael dazwischen legte und sie seine Härte an ihrer Mitte spürte. Endlich war es so weit. Sie konnte es kaum mehr erwarten. So lange schon wollte sie Michael in sich spüren. Erneut küssten sie sich. Sie schmeckte die Süße seiner Lippen, diese unverwechselbare Mischung, die sie gleichzeitig in schwindelerregende Höhen brachte und dazu führte, dass ihr Herz sich in zärtlicher Zuneigung weitete. Sie liebte ihn, sie wollte ihn, und jetzt endlich würde sie sich mit ihm vereinigen. Michael hob sein Becken etwas an und fuhr mit der Spitze seines Gliedes zwischen ihre Scham. Tara stöhnte auf und umfasste mit der Hand seinen festen Penis. Sie bewegte die Haut des Schaftes auf und ab. Auch Michael keuchte laut. Tara führte sein Glied an die richtige Stelle, und er begann, in sie einzudringen. Michael dort zu spüren und ihn in sich aufzunehmen, hatte sie sich so lange gewünscht. Sie brannte lichterloh. Doch mit einem Mal wurde er ruhig, hörte auf, lustvoll zu stöhnen, und sie merkte, wie sein Glied erschlaffte. Einen peinlichen Moment lang verharrte er über ihr, dann ließ er sich auf sie sinken und legte den Kopf auf ihre Schulter. Keiner sagte etwas.

Taras Herz schlug ihr noch immer bis zum Hals und beruhigte sich nur langsam. War sie enttäuscht? Ja, sie war maßlos enttäuscht, und sie verstand nicht, was los war. Michael würde auch nicht versuchen, es ihr zu erklären, dessen war sie sich sicher. Nur eines musste sie wissen: „Ist es, weil ich mit Sven und Felix Sex hatte?"

„Nein, nein! Es liegt nicht an dir. Du bist unglaublich. Du bist schön und stark und frei und mutig. An dir liegt es ganz bestimmt nicht." Er schwieg eine Weile, bevor er leise an ihrer Brust murmelte: „Es tut mir leid."

Sie antwortete nicht. Er lag schlaff auf ihr, und sie konnte seinen Atem an ihrem Hals spüren.

Kurz darauf flüsterte er: „Am liebsten würde ich einfach hier liegen bleiben, aber ich bin dir bestimmt zu schwer."

„Du bist mir nicht zu schwer. Bleib liegen, bitte."

Sie begann, seinen Rücken zu streicheln. Er drängte mit seiner Stirn an ihren Hals, sie spürte das Kitzeln seiner Haare im Gesicht. Sie schlang beide Arme um ihn und hielt ihn fest an sich gedrückt. Auch wenn sie noch immer enttäuscht und verwirrt war, an ihren Gefühlen für Michael hatte sich nichts geändert.

Als Tara am nächsten Morgen erwachte, war Michael seitlich von ihr gerutscht. Sein Kopf lag noch immer auf ihrer Schulter, einen Arm hatte er um sie geschlungen, und sein rechtes Bein lag auf ihrem. Ihr rechter Arm und ihre Schulter waren taub und schmerzten, aber sie rührte sich nicht. Sie roch an seinen Haaren und versuchte, sich das Gefühl seines nackten Körpers einzuprägen. Wie würde er wohl reagieren, wenn er aufwachte?

Aus dem Nachbarzelt hörte sie Svens und Felix' Stimmen. Noch immer bewegte sie sich nicht. Unter keinen Umständen wollte sie sich von Michaels an sie gedrängtem Körper früher trennen als unbedingt notwendig. Michael fing an, sich zu bewegen. Sie rechnete damit, dass er sich sofort von ihr lösen würde, sobald er richtig wach war und sich an die vergangene Nacht erinnerte. Er streckte sich leicht und rieb seine Wange an ihrer Schulter, doch er blieb liegen. Sie war sich sicher, dass er mittlerweile wach war, denn sie konnte seinen Wimpernschlag an ihrem Hals spüren.

„Hast du gut geschlafen?", fragte sie vorsichtig.

Er antwortete nicht. Nach ein paar Minuten richtete er sich auf, stützte sich auf seine Hand und blickte ihr forschend in die Augen, als könnte er darin ihre Reaktion auf die vergangene Nacht lesen – Verachtung, Ablehnung oder ob sie sich über ihn lustig machte. Sie hielt seinem Blick stand, verzog keine Miene und hoffte, dass er in ihren Augen lesen konnte, dass ihre Zuneigung zu ihm so stark war wie nie zuvor.

Langsam beugte er sich zu ihr vor und legte seine Lippen sanft auf ihre. „Danke", sagte er leise.

Tara zog ihn zur Erwiderung in die Arme. Michael ließ sich nochmals kurz auf sie sinken und zog sie dann mit sich in die Seitenlage. Sie küssten sich – nicht heftig oder leidenschaftlich wie am Vorabend, sondern langsam und zärtlich.

Irgendwann löste sich Michael von ihren Lippen. „Wir müssen aufstehen, befürchte ich."

„Ja, das befürchte ich auch. Ich könnte noch ewig so liegen bleiben."

Sie zogen sich an und krochen aus ihrem Zelt. Sven und Felix hatten ihr Zelt bereits abgebaut und verstauten es gerade im Wagen.

„Guten Morgen", sagte Felix, als Tara ihren Kopf aus dem Zelt streckte.

„Und, wie geht es dir?", fragte sie.

„Ich komme mir vor, als hätte ich einen anständigen Kater. Mein Kopf dröhnt, und meine Beine fühlen sich an wie Wackelpudding."

Auch Sven war blass und bewegte sich schwerfällig.

Tara blickte ihn zweifelnd an. „Schaffen wir es heute überhaupt bis Homeb? Sollten wir uns nicht besser ausruhen?"

Sven schüttelte kaum merklich den Kopf. „Das geht nicht, wir haben kaum noch Zeit. In sechs Tagen geht unser Flieger."

Sven und Felix halfen beim Abbau des zweiten Zeltes, dann frühstückten sie in aller Ruhe im Frühstückssaal der benachbarten Lodge, der an diesem Tag fast leer war. Anschließend machten sie sich auf den Weg.

HOMEB

Auf der C19 fuhren sie am Rande der Wüste Namib weiter nach Norden, bis diese sich mit der C14 vereinigte und in Richtung Westen führte. Es waren zweihundertsechzig Kilometer, die sie zurücklegen mussten, um nach Homeb zu gelangen. Ein staubiger Pfad führte sie in die Wüste hinein, die hier nichts mit der Schönheit der Dünenlandschaft im Sossusvlei gemeinsam hatte. Staub, Geröll und Einöde säumten ihren Weg, so weit ihr Blick reichte. Kaum eine Pflanze war in dieser trostlosen Gegend zu sehen. Ganz vereinzelt standen Wellblechhütten mitten zwischen den Gesteinsbrocken. Wovon um Himmels willen lebten die Menschen hier? Diese Landschaft bot nichts, war abweisend und lebensfeindlich.

Tara war in Gedanken mit den Ereignissen des Vorabends und der Nacht beschäftigt. Da Michael für sie noch immer unberechenbar war, fürchtete sie, dass er sich wieder von ihr abwenden könnte, nach dem, was gestern geschehen war. Vielleicht bewertete er es als Versagen, dass er den Akt nicht hatte vollenden können. Das könnte ihm womöglich so peinlich sein, dass er jeden weiteren Körperkontakt mit ihr vermeiden würde. Hoffentlich konnte sie ihm klarmachen, dass er in ihren Augen noch immer genauso männlich und begehrenswert war wie zuvor. Sie wünschte, sie könnte ihm dies einfach mitteilen, doch mit Worten würde sie alles zerstören, so weit kannte sie ihn. Ihre Kommunikation musste sich auf Blicke, Gesten und den Tonfall ihrer Alltagsgespräche beschränken. Jeder Versuch einer direkten Aussprache würde zwangsläufig dazu führen, dass Michael sich erschrocken in sein

Schneckenhaus zurückzog.

Warum war seine Erregung überhaupt so plötzlich abgeflaut? Nach dem anstrengenden Tag hätte es sich um körperliche Erschöpfung handeln können, doch daran glaubte Tara nicht. Michael schien nicht überrascht darüber gewesen zu sein. Es war wohl nicht das erste Mal, dass ihm so etwas passierte. Doch warum? Hatte es körperliche oder eher psychische Ursachen? Ob sie den Grund jemals erfahren würde? Warum hatte er ausgerechnet am Vorabend seine körperliche Reserviertheit ihr gegenüber aufgegeben und versucht, mit ihr zu schlafen? Vielleicht war es die Grenzerfahrung gewesen, die er an diesem Tag gemacht hatte. Dass er bis an den Rand seiner körperlichen Belastbarkeit geraten war, könnte ihm bewusst gemacht haben, dass er etwas zu verlieren hatte, dass er leben und mit ihr zusammen sein wollte. Vielleicht war es so, vielleicht aber auch nicht. Wie immer würde sie wohl abwarten müssen, wie er sich verhielt. Aber sie hatte ja die Wahl. Keiner zwang sie, Michael zu lieben. Doch es war nun mal so, sie liebte ihn, und sie wollte ihn nicht aufgeben.

Angestrengt versuchte sie, die Gedanken an Michael aus ihrem Kopf zu verbannen. Im Moment konnte sie ohnehin nichts ausrichten. Außerdem waren sie extra so weit gefahren und hatten alle anderen Sehenswürdigkeiten von ihrem Plan gestrichen, damit sie Homeb aufsuchen konnten. Was würde sie dort erwarten? Je näher sie ihrem Ziel kamen, desto aufgeregter wurde Tara.

Nach vier Stunden erreichten sie das ausgetrocknete Flussbett des Kuiseb River. Es gab zwar kein Wasser, aber die dürren Gerippe von Bäumen säumten das Ufer und spendeten etwas Schatten. Hier ganz in der Nähe der Siedlung Homeb lag der Zeltplatz, auf dem sie die Nacht verbringen wollten. Glücklicherweise hatten sie sich im Vorfeld erkundigt und waren daher darauf eingestellt, dass dieser Zeltplatz nichts als ein wenig Schatten bot. Es gab kein Wasser, keine sanitären Einrichtungen und auch keine weiteren Besucher.

Ratlos blickte Felix auf den Untergrund, der steinig und voller Wurzelausläufer war. „Das wird ja eine heitere Nacht werden. Mir ist es auch ziemlich unheimlich, dass wir hier ganz alleine sind."

Tara erging es nicht besser. Sie machte sich Vorwürfe, dass sie ihre Reisekameraden in eine Situation gebracht hatte, die schwer einzuschätzen war. War das hier ein sicherer Ort? Man hörte immer wieder von Überfällen auf Touristen in Namibia. Es wäre ein Kinderspiel, sie heute Nacht in dieser Einöde zu überfallen.

Sven zog die Zelte aus dem Wagen. „Lamentieren hilft jetzt nicht. Lasst uns lieber gleich die Zelte aufbauen. Jetzt können wir wenigstens die Steine aus dem Weg räumen. Wenn es dunkel wird, sehen wir sie nicht mehr." Resolut begann er, mit den Schuhen Steine wegzufegen und die Zelte aufzubauen. Alle packten mit an, und da sie nun schon Übung hatten, standen die kleinen Zelte ruckzuck nebeneinander unter einem Baum.

Die Siedlung Homeb befand sich in unmittelbarer Nähe zu dem Zeltplatz, und mit klopfendem Herzen ging Tara auf die Ansammlung von Wellblechhütten zu. Wie würden sie wohl empfangen werden? Würden sie sich überhaupt verständigen können? Was würden sie erfahren? Je näher sie kamen, desto verwahrloster wirkten die Hütten, die aus Wellblech und Plastikabfällen zusammengebaut waren. Ein paar Autos standen dazwischen, meist verrostete Pick-ups, doch erstaunlicherweise gab es auch den einen oder anderen Wagen, der aussah, als sei er gerade erst vom Band gerollt. Ein paar Kinder kamen auf sie zugelaufen. Einige waren nackt, andere trugen verschlissene Shorts. Sie machten zwar einen verwahrlosten Eindruck, waren aber nicht unterernährt und lachten fröhlich, als sie näher kamen.

Ein Mädchen fasste Tara an der Hand und fragte sie: „English? English?"

Tara lachte. „Yes, English."

Das kleine Mädchen zog Tara zu einer Hütte und rief etwas. Ein älterer Mann kam heraus und lächelte sie freundlich an. „Besucher. Hallo. Ich bin N=amce." Er bot ihnen einen Platz auf dem Boden im spärlichen Schatten eines Baumgerippes an. Sie setzten sich zu ihm. „Wollen Sie sich Homeb ansehen?", fragte er.

„Eigentlich kommen wir aus einem anderen Grund. Wir wollen etwas über den Clan des *Großen Löwen* erfahren", erklärte ihm Tara.

Erstaunt blickte der Mann sie der Reihe nach an. „Woher wissen Sie vom Clan des *Großen Löwen?*"

Abwechselnd erzählten sie ihm von der Spur, die sie quer durch Namibia verfolgt hatten, und Tara zeigte ihm den Diamanten. Als sie fertig waren, stand N=amce auf. „Warten Sie hier." Kurze Zeit später kam er mit einem Mann und einer Frau zurück. „Das sind Angulao und Kxao. Sie stammen vom Clan des *Großen Löwen* ab. Sie sprechen kein Englisch, daher werde ich ihnen alles übersetzen." Erneut erzählten sie die Geschichte. N=amce unterbrach sie immer wieder, blickte zu dem Paar und berichtete ihnen in einer völlig fremdartigen Sprache mit klickenden und schnalzenden Lauten.

Die Frau nahm den Diamanten in die Hand, den Tara aus dem Beutel gezogen hatte, blickte sie lange an und sagte dann etwas. Fragend wandten sie sich an N=amce. „Kxao dankt Ihnen, dass Sie hierhergekommen sind. Sie weiß von einem Stein, der genauso aussieht wie dieser hier. Zwar hat sie ihn nie gesehen, aber der Stein ist das Heiligtum ihres Clans."

Kxao begann zu erzählen, und N=amce übersetzte.

In Homeb lebte nur noch ein kleiner Zweig des Clans. Lediglich zwei Familien führten ihre Herkunft auf den *Großen Löwen*, den Urvater ihres Clans, zurück. Der *Große Löwe* war kein Topnaar gewesen, niemand wusste genau, woher er gekommen war, aber er hatte an der Küste bei Lüderitz gelebt. Im Vergleich zu den Nama war er riesig mit Händen und Füßen so groß wie die Tatzen eines Löwen. Er war ein geachteter und geliebter Clanführer. Zu seiner Zeit erlebte der Clan eine Zeit des Wohlstands und des Friedens. Er hatte viele Kinder, und nach seinem Tod erhielt einer seiner Söhne den Stein des Löwen und wurde Clanführer. Die guten Zeiten des Clans neigten sich dem Ende zu, als immer mehr Herero mit ihren Rindern in das Land der Nama zogen. Der Sohn des *Großen Löwen* begab sich mit seinem Clan nach Homeb, um sich bei den Topnaar niederzulassen. Homeb war so karg und trocken, dass er seinen Clan dort in Sicherheit wog. „Kein Herero wird uns in die Wüste folgen", soll er gesagt haben. „Mit ihren Rindern können sie hier nicht leben." Als es Anfang des zwanzigsten Jahrhunderts zum Kolonialkrieg kam, zogen die meisten Männer des Clans des Großen Löwen nach Norden, um zu kämpfen. Keiner kehrte je zurück.

Bis vor Kurzem war die Geschichte für Kxao an dieser Stelle zu Ende gewesen. Ihre Mutter hatte ihr vom den goldenen Zeiten unter der Herrschaft des *Großen Löwen* erzählt und wie der Clanführer mit den meisten Männern nach Norden gezogen war. Erst vor wenigen Jahren war ein Mann nach Homeb gekommen, der von sich behauptet hatte, ebenfalls zum Clan des *Großen Löwen* zu gehören. Er berichtete, dass er, Xaoba, bei den San lebe, nördlich von Tsumkwe, in einem Dorf neben dem *Lebenden Museum der Ju/'hoansi*. Er und seine Familie arbeiteten tagsüber im Museum, und er erzählte, dass sein Großonkel im Besitz des Steines, des Heiligtums des Clans, sei. Jeder seiner Familie kenne die Geschichte ihrer Herkunft, und er habe endlich einmal nach Homeb reisen wollen, um zu sehen, ob dort auch noch Clanmitglieder lebten. Xaoba blieb ein paar Wochen und kehrte dann wieder zurück zu seiner Familie.

Tara konnte es kaum fassen. Es gab das Gegenstück zu ihrem Stein! Die Puzzleteile fügten sich zusammen. Noch konnte sie das Bild nicht erkennen. Was hatte es mit ihrem Stein auf sich? Wieso war er in Amerika gelandet? Von einem zweiten Stein hatten Kxao und auch ihr Mann Angulao nie gehört. Doch es gab den Stein. Derjenige, dem er gehörte, wusste vielleicht von dessen Zwilling und wie die beiden miteinander verbunden waren.

Bis es dunkel wurde, saßen sie zusammen unter dem Baum. Nach und nach gesellten sich weitere Männer und Frauen mit Kindern hinzu, und Essen wurde herumgereicht. Tara berührte es, dass die Topnaar ihre wenigen Nahrungsmittel mit ihnen teilen wollten, und nahm etwas davon. N=amce beantwortete geduldig die Fragen, die sie ihm zu den Topnaar und ihrer Lebensweise stellten.

„Die meisten Topnaar sind zufrieden mit ihrem Leben hier in Homeb. Hier werden wir in Ruhe gelassen und können unser Leben so führen, wie wir es wollen. Seit die Regierung Wasserlöcher bohren ließ, die permanent Wasser führen, haben wir immer Zugang zu Wasser. Es ist zwar nicht viel, aber für uns reicht es. Unser Hauptnahrungsmittel ist die Nara-Melone. Fast alle Familien ernten und verarbeiten sie. Außerdem besitzen die meisten Familien ein paar Hühner oder Ziegen, und es gibt sogar einige Pferde, die hier bei uns leben können. Manche Männer haben Arbeit in Walvis Bay. Diesen Familien geht es besonders gut. Die Männer bringen aus Walvis Bay Maismehl, Zucker und Fisch mit."

Ungläubig blickte Tara auf die Wellblechhütten, die auf dem steinigen, staubigen Untergrund standen. Es gab kaum Wasser und keinerlei Annehmlichkeiten in dieser grau-braunen Einöde. Wie konnte man hier zufrieden sein?

N=amce war ihrem Blick gefolgt. „Wir kennen nichts anderes. Dies ist unsere Heimat. Und wie schon der Sohn des *Großen Löwen* für seinen Clan erkannt hat, haben wir hier einen großen Vorteil. Niemand wird uns diesen Ort streitig machen. Wir hatten nur ein bisschen Ärger mit der Wüstenforschungsstation Gobabeb, weil unsere Pferde die Welwitschia mirabilis abgefressen haben, deren Wachstum die Forscher untersuchen wollten." Er lachte heiser. „Aber im Grunde genommen stehen wir mit den Forschern auf gutem Fuß. Das Einzige, was uns wirklich Sorgen macht, ist, dass es von Jahr zu Jahr trockener wird. Wenn es so weitergeht, können auch wir irgendwann nicht mehr hier leben."

Erst als es schon dunkel war, brachen sie zu ihrem Zeltplatz auf. Sie bedankten sich bei N=amce und seinen Nachbarn für die Gastfreundschaft und dafür, dass sie ihnen die Geschichte des Löwenclans erzählt hatten.

N=amce legte Tara die Hand auf die Schulter. „Viel Glück bei Ihrer weiteren Suche. Und Sie brauchen auf dem Zeltplatz keine Angst zu haben. Hier sind Sie sicher." Er zwinkerte ihr fröhlich zu.

Trotz des harten Untergrundes schlief Tara tief und fest in ihrem Zelt. N=amces Worte hatten sie beruhigt, und sie fühlte sich beschützt in ihrem kleinen Zelt an diesem unwirtlichen Ort. Michael lag in ihrem Arm und schnarchte sanft. Sie hatten sich geküsst und gestreichelt, dabei war es jedoch geblieben. Michael hatte immer wieder zart über ihre Haut gestrichen, als wollte er sich im Dunkeln vergewissern, dass sie wirklich noch da war. Keiner von ihnen hatte nach mehr verlangt, und es hatte sich wunderbar angefühlt, einfach nur nebeneinanderzuliegen und sich gegenseitig zu spüren. Sie war unendlich erleichtert gewesen, dass er sich nicht von ihr abgewandt hatte. Im Gegenteil, er schien Sehnsucht nach ihr gehabt zu haben, denn er hatte sie sofort berührt, als sie alleine in ihrem Zelt waren. Vielleicht war es für ihn jetzt einfacher, weil er keine Angst mehr zu haben brauchte, wie sie auf sein vermeintliches Versagen reagieren würde. Er wusste jetzt, wie sie reagiert hatte, und konnte sich entspannen. Mit dem seltsamen Gefühl, ein Stück Heimat gefunden zu haben, schlief Tara glücklich und zufrieden ein. Sie spürte Michael dicht neben sich, und die Lösung des Rätsels um ihren Stein rückte immer näher. Wer hätte gedacht, dass sie sich hier in dieser trostlosen Stein- und Geröllwüste so wohlfühlen würde?

Es war noch dunkel, als Felix' Stimme durch das Zelt drang und Tara langsam aus dem Land der Träume zurückrief. „Tara, Michael, aufstehen! Wir müssen los, wenn wir das *Lebende Museum* heute noch erreichen wollen." Sanft schob Tara Michael von ihrem Arm herunter und zog den Reißverschluss des Zeltes nach oben.

Felix streckte den Kopf herein. „Guten Morgen. Ich habe gestern Abend noch nachgesehen, es sind etwa achthundert Kilometer, für die wir mindestens zwölf Stunden brauchen. Wir haben nur noch ein paar Tage bis zu unserem Rückflug. Wenn wir heute nicht die ganze Strecke bis zum Museum fahren, wird alles viel zu knapp."

Tara war unendlich dankbar, dass keiner ihrer Reisegefährten angesichts dieser Strapazen einen Rückzieher machte. „Du bist ein Schatz, Felix! Ihr drei seid unglaublich, dass ihr das alles auf euch nehmt."

Schnell räumten sie in der Dämmerung zusammen und fuhren los. Auf einer kleinen Anhöhe entdeckten sie einen Mann, der ihnen zum Abschied zuwinkte.

„Das ist N=amce!", rief Michael überrascht aus. „Wie fürsorglich von ihm. Er hat uns heute Nacht bewacht."

Am Ostrand des Namib Naukluft Parks fuhren sie auf der C28 in Richtung Norden. An einer Tankstelle wuschen sie sich kurz und kauften etwas zu essen, um es im Wagen zu verspeisen. Über den ganzen Tag brachten sie viele Kilometer hinter sich und wechselten sich dabei regelmäßig am Steuer ab. Auf ihrer langen Fahrt kamen sie nur an wenigen kleinen Ortschaften vorbei. Bei Otavi bogen sie auf die B8 ab und kamen am Nachmittag wieder durch Grootfontein, das sie am dritten Tag ihrer Reise bereits kennengelernt und wo sie den Hoba-Meteoriten bewundert hatten. Niemals hätten sie vermutet, dass sie ihre Reise noch einmal hierherführen würde. Sie mieteten sich einen kleinen

Geländewagen, da der weitere Weg laut der Informationen, die Felix gefunden hatte, nicht mehr für ein normales Auto geeignet war. Da sie durch keinen nennenswerten Ort mehr kommen würden und nicht wussten, was sie erwartete, kauften sie Lebensmittel und Wasser ein. Auf Taras Drängen hin nahmen sie sich die Zeit für einen Restaurantbesuch, wo sie die erste warme Mahlzeit seit Tagen zu sich nahmen. Gestärkt fuhren sie weiter auf der B8, um fünfzig Kilometer später nach Osten auf die C44 abzubiegen.

„Jetzt sollen es noch fünfundsiebzig Kilometer sein, bis eine Abzweigung nach Norden kommt, die zu dem Dorf Grashoek führt", meinte Felix mit Blick auf die Karte. „Als ich zwischendurch mal Internetverbindung hatte, habe ich nachgesehen: Grashoek ist weder auf Google Maps noch auf der Satellitenkarte eingezeichnet. Ich bin ja wirklich mal gespannt, was wir dort vorfinden."

GRASHOEK

Ohne Probleme fanden sie die Abzweigung und folgten der Beschilderung zum *Lebenden Museum der Ju/'hoansi*. Als sie es erreicht hatten, war es bereits dunkel geworden und das Dorf geschlossen. Es gab einen Campingplatz direkt neben dem Dorf, auf dem sie ihre Zelte aufschlugen. Zu ihrer Überraschung waren sie nicht allein, es standen bereits zwei Zelte dort. Ein Feuer brannte in einer Grillstelle, um die Tara die Schemen mehrerer Personen ausmachen konnte, die auf Campingstühlen saßen. Mit steifen Gliedern stieg sie aus dem Wagen. Ihr Nacken schmerzte, und ihr Po fühlte sich taub an. Den anderen schien es nicht besser zu gehen. Auch sie staksten ungelenk auf dem Zeltplatz herum.

Tara zog eines der Zelte aus dem Kofferraum. „Heute Abend bekommt ihr alle eine Rückenmassage von mir, als Dankeschön dafür, dass ihr diese Tortur auf euch genommen habt, ohne euch zu beschweren."

Sven nahm ihr das Zelt ab, legte es auf den Boden und begann es auszupacken. „Da sage ich bestimmt nicht Nein."

Zwei Gestalten mit Taschenlampen bewegten sich auf sie zu. „Können wir euch helfen? Vielleicht für die Beleuchtung sorgen?"

Sven blickte auf. „Das ist sehr nett, danke."

Die beiden jungen Männer halfen ihnen, die Zelte aufzubauen, und luden sie zum Grillen ein. Kurz darauf saßen sie mit den beiden und ihren Partnerinnen um das Feuer. Die zwei befreundeten Paare aus Hamburg hatten das *Lebende Museum der Ju/'hoansi* bereits besichtigt und waren geteilter Meinung, ob dieses Museum der richtige Ansatzpunkt sei, den San ihre Kultur und Würde zurückzugeben. Tara hörte sich an, was die Hamburger erzählten. Es klang alles etwas seltsam, und sie hoffte, sich am nächsten Tag ein eigenes Bild davon machen zu können.

Nachdem sie sich von ihren Gastgebern verabschiedet hatten, löste Tara ihr Versprechen ein. Sie kroch zu Sven und Felix ins Zelt und massierte zunächst Sven.

„Ah, das tut wirklich gut", meinte er anerkennend. „Massieren kannst du, das muss man dir lassen."

Felix lag auf der Seite und betrachtete sie im Schein seiner Taschenlampe. „Was ist eigentlich mit dir und Michael? Seid ihr jetzt zusammen?"

Tara zuckte mit den Schultern. „Keine Ahnung. Ich möchte natürlich schon, aber bei Michael bin ich mir da nicht so sicher. Ich werde wohl abwarten müssen, wie es sich entwickelt. Und was ist mit euch beiden?"

Felix und Sven blickten sich in die Augen und blieben zunächst eine Antwort schuldig. „Ehrlich gesagt wissen wir das auch nicht so genau", meinte Felix schließlich. „Mir wäre es am liebsten, wenn du und Michael so tun würdet, als wäre gar nichts passiert. Wir müssen uns erst selbst darüber klar werden. Das siehst du doch auch so, Sven, oder?"

„Ja, es wäre sehr rücksichtsvoll von euch, wenn ihr das zwischen uns einfach ignorieren und vor allem für euch behalten könntet."

„Ich werde mit Michael darüber reden", versprach Tara.

„Wir sollten auch von dem, was sonst noch zwischen uns geschehen ist, nichts nach außen dringen lassen", schlug Sven vor.

„Ja, das wäre vermutlich besser. Es geht ja auch keinen außer uns etwas an. Ich bin mir sicher, dass Michael damit einverstanden ist." Tara beendete Svens Massage und wandte sich Felix zu.

„Vielen Dank, Tara. Jetzt fühle ich mich schon besser." Sven rollte sich auf die Seite und sah Tara zu, wie sie Felix massierte. „Bereust du denn, was geschehen ist?"

Tara schüttelte den Kopf. „Nein, ich bereue es nicht. Es war schon ziemlich ungewöhnlich, aber es war schön und hat sich gut angefühlt. Wenn ich es rational betrachte, war es vermutlich nicht richtig. Ich liebe Michael, da scheint es falsch zu sein, mit euch Sex gehabt zu haben. Irgendwie liebe ich euch auch, aber auf eine ganz andere Weise. Vielleicht sollten wir nicht so viel darüber nachdenken. Was geschehen ist, ist eben geschehen. In jedem Fall war es eine außergewöhnliche Erfahrung, und ein so abwechslungsreiches und aufregendes Sexleben wie in den vergangenen Wochen werde ich vermutlich so schnell nicht mehr haben."

Sven lachte. „Das wird mir nicht anders ergehen." Er wurde ernst. „Es war sehr schön mit dir, Tara. Etwas ganz Besonderes, das ich immer in Erinnerung behalten werde. Du sollst wissen, dass ich dich sehr respektiere und in gar keinem Fall nur mit dir spielen wollte."

Tara blickte Sven überrascht an. „Das habe ich auch nie so empfunden. Wir haben doch nur getan, was wir alle wollten, oder?" Fragend neigte sie den Kopf zu Felix hinunter.

„Überrumpelt gefühlt habe ich mich schon", meinte dieser. „Aber auf eine angenehme Weise. Es sind Dinge geschehen, von denen ich nicht einmal zu träumen gewagt hätte. Und jetzt habe ich noch genug Erinnerungen, um viele Nächte davon träumen zu können."

Tara lachte leise auf, beendete ihre kräftigen Knetbewegungen an Felix' Rückenmuskulatur und begann, mit langen, sanften Strichen über seinen Rücken zu fahren.

Sven richtete sich auf. „Darf ich hier übernehmen? Tut mir leid, Felix, aber ich kann meine Hände einfach nicht von dir lassen."

Felix lächelte, und Tara machte Sven Platz. Kaum hatte er begonnen, über Felix' Rücken zu streichen, bemerkte Tara, wie eine Erektion seine Boxershorts ausbeulte. Sie grinste und setzte sich auf die frei gewordene Isomatte. „Ich schaue euch ziemlich gerne zu. Darf ich noch einen Moment bleiben, oder störe ich euch?"

Felix drehte seinen Kopf in ihre Richtung und zwinkerte. „Du hast sowieso schon alles gesehen, Tara. Mich störst du nicht."

„Mach doch mit. Das ist auch sehr schön." Sven beugte sich zu Tara und küsste sie auf den Mund.

Tara erwiderte den Kuss und strich Sven durch die Haare. „Nein, mitmachen möchte ich nicht, nur ein wenig zusehen."

Sven wandte sich wieder Felix zu. Mit beiden Händen fuhr er über dessen Oberarme und Rücken, streichelte ihn kräftig und zärtlich zugleich. Dann zog er langsam Felix' Boxershorts herunter und knetete sanft seine Pobacken. „Du bist so schön, Felix. Du hast einen perfekten Körper", flüsterte er ihm zu und rollte ihn sanft auf den Rücken. Er legte sich halb auf ihn, küsste ihn und fuhr mit einer Hand entlang seines Unterbauches nach unten und nahm seinen Penis in die Hand. Beide atmeten schwer, und der Geruch der Leidenschaft durchdrang das Zelt.

Tara saß dicht daneben und beobachtete das Liebesspiel. Es war schön, ästhetisch, anregend, aber sie hatte nicht mehr das Bedürfnis, mitzumachen. Eine Weile sah sie noch zu, dann stieg sie vorsichtig aus dem Zelt, um die beiden nicht zu stören. Von außen zog sie den Reißverschluss zu und kletterte in ihr Zelt zu Michael. Er lag zusammengerollt in seinem Schlafsack auf der Seite.

„Schläfst du schon, Michael?", fragte sie. „Dir habe ich auch eine Massage versprochen."

„Nein, ich schlafe noch nicht. Haben die beiden da drüben schon wieder Sex?"

„Ja."

„Hast du mitgemacht?"

„Nein, nur zugesehen."

„Zugesehen? Ist das interessant?", fragte Michael spitz.

„Es gefällt mir, Felix und Sven zuzusehen."

„Hättest du nicht lieber mitgemacht?"

„Nein. Ich bin glücklich hier bei dir."

Michael schwieg einen Moment. „Auch wenn ich dir nicht geben kann, was du brauchst?"

Tara schluckte. Sie versuchte, ihre Worte mit Bedacht zu wählen. „Michael, ich brauche dich in meiner Nähe, sonst nichts." Sie wagte es nicht, ihn zu berühren. Was, wenn sie nicht die richtigen Worte gefunden hatte? Sie hörte, wie Michael seinen Reißverschluss aufzog. „Du schuldest mir noch eine Massage."

Erleichtert setzte sich Tara auf seine Oberschenkel und massierte ihm den Rücken. Eine Weile sprachen sie nichts miteinander. Dann berichtete Tara Michael von dem Gespräch, das sie mit Sven und Felix geführt hatte.

Er schüttelte den Kopf. „Wem sollte ich denn von unseren Erlebnissen erzählen? Natürlich behalte ich es für mich, und was Sven und Felix treiben, möchte ich ohnehin nicht so genau wissen. Was ich gesehen habe, reicht völlig. Weitere Fragen stelle ich bestimmt nicht mehr."

„In Ordnung." Tara massierte ihn weiter. Nachdem sie mit seinem Rücken fertig war, widmete sie sich den Oberschenkeln. Sie fühlten sich unter ihren Händen fantastisch an, mit einer straffen Haut und langen, festen Muskelsträngen. Tara genoss es, sich seinem Körper so intensiv widmen zu können. Sie war froh, dass es dunkel war und Michael ihren Gesichtsausdruck nicht sehen konnte. Ihr verklärter Blick hätte ihn womöglich abgeschreckt. Sie hätte ihn gerne weiter massiert, zwischen den Beinen, ihm Vergnügen bereitet, doch sie traute sich nicht an seine Shorts heran. Als hätte er ihre Gedanken lesen können, drehte er sich auf den Rücken. Vorsichtig tastete Tara nach Michaels Bauch und begann, sanft um seinen Bauchnabel zu streichen. Dann fuhr sie über die wulstige Narbe, die sich quer über seine Bauchdecke zog, und folgte mit den Fingerspitzen ihrem Verlauf. Sie merkte, wie Michael die Luft anhielt, aber er ließ es zu. Nach einer Weile nahm Michael ihre Hände in seine und führte sie nach unten zu seinen Shorts. Taras Herz schlug so laut, dass sie glaubte, Michael müsste das Dröhnen hören. Sie verharrte an seinen Hüften, denn noch immer wagte sie nicht, ohne sein Zutun weiterzumachen. Daraufhin hob er sein Becken an und schob ihre Hände und damit seine Shorts nach unten. Diese kleine Geste bedeutete für Tara unendlich viel – das Zeichen, endlich das tun zu dürfen, nach dem sie sich so lange verzehrt hatte: ihn zu berühren, zu riechen, zu schmecken, diese eine Stelle seines Körpers zu liebkosen, die er ihr bislang vorenthalten hatte. Tränen liefen Tara übers Gesicht und tropften auf diesen Körper, nach dem sie sich gesehnt hatte, den sie bis ins kleinste Detail erkunden wollte, dem sie Freude bereiten und von dem sie allen Schmerz fernhalten wollte. Michael gab keinen Laut von sich, doch sie spürte, dass er loslassen konnte. Er vertraute sich ihr an und ließ sich von ihr davontragen.

Tara erwachte in der Morgendämmerung. Michael lag hinter ihr im Schlafsack, hatte einen Arm und ein Bein um sie geschlungen, und sein Atem kitzelte sie im Nacken. Sie versuchte, seine Nähe zu genießen und sich an der Erinnerung an den vergangenen Abend zu erfreuen. Es gelang ihr nicht. Zu sehr nagte die Unruhe an ihr. Am liebsten wäre sie sofort in das *Lebende Museum* gegangen. Wenn sie dort heute nicht die ganze Geschichte zu ihrem Diamanten erfuhr, dann hätte sie keine Chance mehr, weiter danach zu forschen. Es waren nur noch wenige Tage bis zu ihrem Abflug. Was sollte sie tun, wenn sie hier nur einen weiteren Hinweis erhielt und die Spur noch nicht zu Ende war? Und was, wenn die Spur zu Ende war, sie aber keine Antworten auf ihre Fragen bekam? Ihre Nervosität wurde immer größer, und sie schälte sich aus Michaels Umarmung. Leise zog sie sich etwas über und kletterte aus dem Zelt.

Svenja, eine ihrer Nachbarinnen, saß bereits vor ihrem Zelt und hantierte mit einem Gaskocher. Tara ging zu ihr. „Guten Morgen."

„Guten Morgen. Ich habe gerade Kaffee gekocht. Möchtest du einen?"

„Oh ja, sehr gerne. Wir sind nicht so gut ausgestattet, da wir eigentlich gar nicht geplant hatten, zu campen."

Svenja reichte ihr einen Becher mit Kaffee, und Tara setzte sich neben sie auf einen Campingstuhl.

„Wir fahren heute Morgen weiter", erzählte Svenja. „Insgesamt hat uns das *Lebende Museum* nicht so gut gefallen. Wir sind uns wie in einem Theaterstück vorgekommen. Es fühlte sich nicht echt an.

Außerdem haben mir die Menschen leidgetan. Es ist schon sehr traurig, dass dies der klägliche Rest eines der ältesten Völker der Erde ist."

Tara schwieg. Svenjas Eindrücke beunruhigten sie. Obwohl sie die Ju/'hoansi nicht kannte, gefiel ihr nicht, wie Svenja über sie und ihr Schicksal urteilte.

Svenja schenkte ihr Kaffee nach. „Gestern konntet ihr euch auf dem Zeltplatz noch gar nicht umsehen. Die Trockentoilette habt ihr vermutlich trotzdem schon gefunden." Tara nickte. „Außerdem gibt es noch eine Dusche, die man allerdings mit mitgebrachtem Wasser selbst befüllen muss. Habt ihr genügend Wasser dabei?"

Tara horchte auf. Sich zu duschen, wenn auch nur kurz, wäre himmlisch. Und Michael könnte sie mit der Aussicht auf eine Dusche glücklich machen. „Ja, wir haben einige Kanister mitgebracht."

Sie ließ sich von Svenja die Dusche zeigen und befüllte sie mit einem Kanister Wasser. Ganz kurz befeuchtete sie sich, seifte sich ein und spülte sich so schnell wie möglich wieder ab. Danach fühlte sie sich sehr erfrischt. Sie holte sich von Svenja noch einen Becher Kaffee, kroch zurück zu Michael ins Zelt und gab ihm einen Kuss auf die Wange. „Guten Morgen. Ich habe gute Neuigkeiten für dich. Hier ist ein Kaffee von Svenja, und du kannst duschen."

„Was? Duschen?" Michael war sofort hellwach. Er ließ den Kaffee stehen, stellte sich unter die Dusche und leerte den Kanister bis auf den letzten Tropfen.

„Das war eine Wohltat", meinte er, als er zurück ins Zelt kam und von Tara den Kaffee in Empfang nahm, der inzwischen lauwarm geworden war. Er nahm einen Schluck und küsste sie. Er schmeckte nach Zahnpasta, Kaffee und vor allem nach Michael. Tara konnte von diesem Geschmack einfach nicht genug bekommen.

Nachdem auch Sven und Felix sich fertig gemacht hatten, besuchten sie das *Lebende Museum*, das inzwischen seine Pforten geöffnet hatte. Die Gegend war deutlich fruchtbarer als bei den Topnaar in Homeb. Der Boden war zwar ebenfalls staubig und trocken, doch es gab reichlich Bäume, die grüne Blätter trugen, sowie Büsche und Gräser. Im Vergleich zur Namib-Wüste wirkte die Kalahari an dieser Stelle wie ein

Regenwald. Unter den Bäumen entdeckten sie in einigem Abstand voneinander vier runde, aus Holz und trockenem Gras gebaute Hütten. Etwa fünfzig zierliche Menschen, Männer, Frauen und Kinder, saßen auf dem Boden in Gruppen um kleine Feuer herum. Keiner blickte auf, als sie sich näherten, was Tara sehr seltsam fand. Die Kinder waren nackt, die Männer und Frauen gleichermaßen nur mit einem Lendenschurz bekleidet. Ein paar kleinere Kinder saugten an den nackten Brüsten ihrer Mütter. Als sie näher kamen, hörte Tara, wie überall lebhaft in der Sprache mit den Klicklauten diskutiert wurde.

Ein jüngerer Mann mit kurzen Rastalocken, die ihm wie die Stacheln eines Igels vom Kopf abstanden, erhob sich und kam auf sie zu. „Welcome."

Sie begrüßten ihn, und er schüttelte ihnen mit einem schiefen Lächeln die Hand. „Mein Name ist G/aq'o. Ich werde Sie hier herumführen." Er erklärte ihnen, dass die Bewohner des Dorfes bewusst keine Notiz von ihnen nahmen, damit das Leben im Dorf auf die Besucher so natürlich wie möglich wirkte. Doch Tara fand dies alles andere als natürlich. Es befremdete sie sehr, und die Dorfbewohner kamen ihr vor wie Darsteller, die ihre eigene Vergangenheit zur Schau stellten.

„Sie haben die Möglichkeit, sich hier im Dorf umzusehen oder auch mit auf einen Bushwalk zu gehen. Dort zeigen wir Ihnen, wie man Wurzelknollen findet, die Wasser speichern, welche Pflanzen essbar sind und wie wir Vogelfallen bauen."

„Wir möchten uns gerne das Dorf ansehen", entschied Tara.

G/aq'o zeigte ihnen, wie sie mithilfe von Stöcken, Steinen und trockenem Gras Feuer machten und was die Männer und Frauen herstellten. Aus den Schalen von Straußeneiern fertigten einige Frauen Schmuck, Männer schnitzten Bögen und andere Gebrauchsgegenstände. Sie bewegten sich bedächtig, aber präzise. Andere wiederum saßen rauchend daneben, und ein reges Stimmengewirr begleitete die Arbeiten. Ein älterer Mann spielte auf einem seltsamen Instrument, er brachte weiße, unregelmäßig geformte Tasten zum Schwingen, und helle, glockenförmige Klänge ertönten.

„Sie können die Gegenstände, die hier hergestellt werden, bei uns kaufen", erklärte G/aq'o.

Tara nickte. Alles wirkte gestellt, zu ordentlich, zu geprobt. Es befremdete und bedrückte sie zugleich. Sie konnte gar nicht so genau sagen, warum. Die Menschen wirkten zufrieden, lachten und schwatzten. Aber was machte sie, Tara, hier? Sie begaffte die Menschen wie Affen in einem Zoo.

Nachdem G/aq'o sie etwa zwei Stunden in dem Dorf herumgeführt hatte und sie einige Schmuckstücke erstanden hatten, bot er ihnen an, sich zu einer Gruppe zu setzen. Als sie sich niedergelassen hatten, standen sofort ein paar Kinder vor ihnen und blickten sie neugierig an. Michael schäkerte mit ihnen, doch Tara war dazu nicht in der Lage. Ihr Hals fühlte sich an wie zugeschnürt. Warum nur bedrückte sie dieses Dorf so? So schnell wie möglich wollte sie hier wieder weg. Sie würde jetzt nach dem Stein fragen und hoffte fast, nichts mehr zu erfahren, damit sie dieses Dorf endlich verlassen konnte.

Die Augen kullerten G/aq'o fast aus dem Kopf, als Tara ihm den Stein zeigte. „Ja, einer unserer Dorfbewohner trägt einen Stein um den Hals, der genauso aussieht. Xaoba arbeitet jedoch heute nicht hier im Dorf, er ist drüben im *modern village*."

Den Namen Xaoba hatte Tara schon in Homeb gehört. Xaoba war es gewesen, der die Topnaar aufgesucht hatte, um nach anderen Mitgliedern des Clans des Großen Löwen zu suchen.

Aufgeregt berichtete G/aq'o den bei ihnen sitzenden Ju/'hoansi und reichte Taras Stein herum. Die Männer und Frauen beäugten den Stein und Tara neugierig. Aus den anderen Gruppen lösten sich ebenfalls Menschen und kamen zu ihnen, um sich den Stein anzusehen.

G/aq'o stand auf. „Kommen Sie mit. Wir bringen Sie zu Xaoba." Sie folgten G/aq'o und einigen anderen Männern, die sie auf einem schmalen Pfad weg von den Grashütten in den Busch führten. Nach etwa fünfhundert Metern gelangten sie zu einem anderen Dorf. „Hier im *modern village* wohnen wir, im lebenden Museum arbeiten wir nur", erklärte ihnen G/aq'o, als sie sich den Hütten näherten. Er wirkte stolz, als er auf die Hütten wies, die aus Blech, Holz, Gräsern und alten Plastikplanen gefertigt waren. Er betrat eine der Hütten und kam kurze Zeit später in einem fleckigen, zerlöcherten T-Shirt und khakifarbenen Shorts zurück. Während sich G/aq'o umzog, blickte sich Tara um, und das Band, das ihr die Kehle einschnürte, wurde immer enger. Plastikmüll und Blechdosen lagen herum. Die Frauen und Kinder, die auf dem Boden saßen, trugen verschlissene westliche Kleidung. Im Gegensatz zum Museum wurden sie im *modern village* neugierig beobachtet, doch auch hier herrschte reges Stimmengewirr. Einige Frauen rührten in verbeulten Kochtöpfen über offenen Feuerstellen und lachten und plauderten miteinander. Warum nur bedrückte sie die Armut dieses Dorfes so sehr? In Homeb hatte es noch trostloser ausgesehen. Gegen das Geröllfeld, auf dem die Hütten dort gestanden hatten, mutete Grashoek fast schon malerisch an. Trotzdem traf hier der Anblick Tara stärker ins Herz, als wäre sie mit für die Misere verantwortlich.

G/aq'o führte sie an einem Verschlag vorbei, in dem fünf Ziegen an Grashalmen zupften. Gegenüber standen ein paar vertrocknete Maispflanzen, die nicht so aussahen, als würden sie jemals eine Ernte liefern. Vor einer Hütte saß ein Mann und rauchte. Er trug eine Baseballkappe, Shorts und ein Hemd, an dem sämtliche Knöpfe fehlten. Tara schätzte ihn auf etwa vierzig. Er blickte sie freundlich an, während G/aq'o ihm aufgeregt berichtete. Seine Augen wurden immer größer, und als Tara ihm den Stein reichte, blickte er ihn und sie abwechselnd fassungslos an. Nach einer Weile griff er zu einem Lederbeutel, der über seiner Brust hing, öffnete ihn bedächtig, holte einen Stein heraus und hielt ihn neben N=ai!xoana. Tara sog geräuschvoll die Luft ein. Die Steine passten perfekt zusammen. Sie bildeten eine wunderschöne Form aus zwei ineinandergreifenden Quadern, und in dem Moment als Xaoba die Steine zusammenfügte, schienen sie das Licht der Sonne einzufangen und begannen, von innen heraus zu leuchten.

„Woher haben Sie den Stein?" Xaobas Stimme klang rau, als er Tara in perfektem Englisch fragte.

Taras Beine drohten nachzugeben. Michael berührte sie leicht am Arm. Er hatte wohl gespürt, dass ihre Beklemmung über das Leben der Dorfbewohner und der Anblick der beiden Zwillingsdiamanten zu viel für sie waren. Er bugsierte sie auf den Boden neben Xaoba und begann zu berichten. Felix und Sven setzten sich ebenfalls dazu. Während Michael erzählte, blickten Xaoba und Tara sich an und dann wieder auf die beiden Steine, die Xaoba ehrfürchtig vor sich auf seiner Handfläche balancierte.

Als Michael fertig war, nickte Xaoba bedächtig. „Das also ist die

Geschichte von N=ai!xoana. Dass ich sie erfahren durfte, ergreift mich mehr, als ich in Worte fassen kann. Ich werde euch nun die Geschichte seines Zwillingsbruders erzählen."

Die Planken des Frachters ächzten, und wenn sie nicht so eng zusammengepfercht angekettet gewesen wären, hätte die heftige Brandung sie in dem Zwischendeck herumgeschleudert. Das Schreien und Flehen der Menschen um ihn herum bahnte sich wie durch einen Nebel den Weg zu Yo. Er spürte keinen Schmerz, keinen Hunger und keine Angst mehr. Nach den unermesslichen Schrecken der letzten Wochen hatte seine junge Seele einen Panzer um ihn gelegt, und er war in stumpfe Gleichgültigkeit versunken. Das Einzige, was gelegentlich zu ihm durchdrang, war der Blick seines Vaters, der in einiger Entfernung von ihm an einen anderen Balken gekettet war und Yo immer wieder aufmunternd zunickte.

Vor ein paar Wochen waren sie mitten in der Nacht in ihr Dorf eingedrungen, Männer eines anderen Stammes, deren Sprache er nicht verstand. Sie hatten ihn in Ketten gelegt und durch den Wald getrieben. Anfangs war seine Angst unermesslich groß gewesen. Er sah, wie die Männer ihre Peitschen schwangen und jeden Tag mehrere Männer und Frauen mit Macheten erschlugen, nur weil sie aus dem Tritt geraten und gestrauchelt waren. Achtlos zerrte man ihre toten Körper aus den Ketten und ließ sie am Wegesrand liegen. Yo weinte, bis er keine Tränen mehr übrig hatte. Seine Mutter und seine beiden jüngeren Schwestern hatte er seit dieser unheilvollen Nacht niemals wiedergesehen. Sein Vater war hinter ihm angekettet gewesen, hatte versucht, ihn aufzufangen, wenn er stolperte, und ihm immer wieder leise Mut zugesprochen. Sie bekamen kaum etwas zu essen, und auch nachts löste man die Fesseln nicht. Halb auf dem Schoß seines Vaters schlief er hungrig und voller Angst ein. Nach vielen Tagen kamen sie in eine große Stadt. Noch nie hatte Yo so viele Menschen gesehen. Er wurde von seinem Vater getrennt und zusammen mit anderen Kindern in einer Holzbaracke eingeschlossen. Man gab ihnen ein paar Tage reichlich zu essen, wusch sie und reihte sie dann nackt auf einem Platz auf. Dort sah er zum ersten Mal Weiße. Voller Angst starrte er die bleichen Männer an, die in seltsame Stoffe gehüllt und mit bizarren Kopfbedeckungen vor ihm standen. Wie die bösen Geister aus den Geschichten seiner Großmutter sahen sie aus.

Erschrocken wich er zurück, als sie sich ihm näherten, doch erbarmungslose Hände hielten ihn fest, während die bleichen Teufel ihn überall anfassten und seinen Mund aufzwangen, um seine Zähne zu prüfen. Er war etwa fünf Jahre alt und für sein Alter sehr groß und kräftig gebaut. Sein zarter Kinderkörper zeigte schon die Konturen der Muskulatur und ließ erahnen, dass aus ihm einmal ein großer, starker Mann werden würde, so wie auch sein Vater. Die Männer nickten zufrieden, er wurde abgeführt und in einen anderen Verschlag gesperrt. Kurze Zeit später schob man seinen Vater herein, den er seit Tagen nicht mehr gesehen hatte. Weinend fiel er ihm um den Hals und ließ ihn nicht mehr los, bis sie einige Tage später aus dem Verschlag geholt, angekettet und erneut durch die Stadt geführt wurden.

Mit großen Augen erblickte er zum ersten Mal das Meer, das sich in tiefstem Blau bis in die Unendlichkeit vor ihm ausdehnte. Er schmeckte die salzige Luft und spürte den kräftigen Wind in seinem Gesicht. Für einen Moment war er erleichtert und fühlte sich befreit. Doch dann trieben ihn weiße Männer über schwankende Bretter auf ein großes Gebilde aus Holz. Drei von diesen Ungetümen schaukelten nebeneinander auf dem Meer, und in alle luden die Weißen Menschen ein. Als sie den schwankenden Holzboden erreicht hatten, wurden sie nacheinander durch eine Luke nach unten geschoben. Kaum war Yo durch die Luke auf das Zwischendeck gelangt, breitete sich Panik in ihm aus. Die Luft war stickig, und es stank bestialisch. Die Decke war so niedrig, dass auch er nur gebückt gehen konnte. Viele Menschen kauerten in diesem engen Raum bereits angekettet an Balken und ließen die Köpfe hängen. Nicht nur er geriet in Panik. Frauen begannen zu schreien, und einige versuchten, wieder zurück durch die Luke nach oben zu gelangen. Erbarmungslos schlugen die weißen Teufel auf jeden ein, der Widerstand leistete. Die Menschen schrien, und Blut spritzte. Sein Vater war wieder hinter ihm angekettet worden und flüsterte ihm eindringlich zu: „Bleib ruhig, schrei nicht und versuche nicht, wegzulaufen." Dann wurde Yo von seinem Vater weggezerrt und an einen Balken gekettet. Als sein Vater den weißen Teufel bat, ihn zu seinem Sohn zu lassen, ihn neben Yo anzuketten, schlug dieser ihm mit einem Stock so fest ins Gesicht, dass Blut aus einer Wunde an seiner Schläfe lief. Sein großer, kraftvoller Vater taumelte und wurde ein Stück entfernt angekettet. Yo stieß einen spitzen Schrei aus, der allerdings in den Schreien seiner Mitgefangenen unterging, die gerade unter Deck gestoßen wurden. Die Panik in Yo wuchs, er glaubte, keine Luft mehr zu bekommen, und zitterte am ganzen Leib. Sobald die weißen Teufel weg waren, versuchte sein Vater, seine Aufmerksamkeit zu erregen. Er nickte ihm zu und formte mit den Lippen die Worte: „Hab keine Angst. Alles wird gut werden. Ich bin bei dir. Ich liebe dich."

Allmählich stumpfte Yos Panik ab. Er war zu keinen Gefühlen mehr fähig. Das Ausmaß dessen, was er an Angst und Schmerz ertragen konnte, war längst ausgeschöpft. Stumm saß er zwischen den anderen und verfiel in Lethargie. Noch mehrere Tage blieben sie im Hafen liegen. Yo hatte jedes Zeitgefühl verloren. Immer mehr Menschen wurden in dem Zwischendeck angekettet. Die angstvollen Schreie der Neuankömmlinge drangen nicht mehr zu ihm durch. Zweimal täglich wurden Eimer für ihre Notduft durchgereicht, doch viele bekamen Durchfall. Yo nahm weder den Gestank wahr noch Hunger oder Durst. Sie bekamen zu essen, wenn auch nicht viel. Sein Vater gab immer einen Teil seiner spärlichen Ration weiter, mit der Bitte, sie zu seinem Sohn durchzureichen. Anfangs kamen die Zuwendungen seines Vaters auch an, doch schon nach kurzer Zeit nicht mehr. Sein Vater sagte nichts dazu und gab weiterhin jedes Mal einen Teil seines Essens weiter, in der Hoffnung, er könnte Yo erreichen.

Nach einigen Tagen änderten sich die Bewegungen des Schiffes. Das Zwischendeck war inzwischen brechend voll. Einige Leichen waren bereits herausgeschafft und die freien Plätze wieder durch andere Menschen aufgefüllt worden. Das Schaukeln des Schiffes wurde stärker, bis dieses sich schließlich leicht zur Seite neigte, und Yo spürte, wie es Fahrt aufnahm. Daraufhin brach im Zwischendeck erneut Panik aus. Frauen schrien und flehten, Männer zerrten an ihren Fesseln, doch die Ungewissheit, wohin sie diese Reise führen würde, blieb. Yo blickte nur stumm vor sich hin.

Sie waren noch gar nicht lange unterwegs, als sie in das Unwetter gerieten – vielleicht einen Tag oder zwei, Yo wusste es nicht. Sie wurden in die Höhe gehoben und krachten mit einem lauten Knall in die Wellentäler. Das Schiff neigte sich zur Seite, stieß mit seinem Bug nach unten und wurde in einer raschen Wendung schräg zur anderen Seite gerissen. Die Planken knackten und ächzten unter der enormen Belastung. Das Schreien der Menschen ging im Getöse der Wellen und im Geheul des Windes unter. Widerstandslos ließ sich Yo hin- und herwerfen. Das Metall um sein Handgelenk schnitt so stark in seine

Haut, dass sein Blut auf den Boden tropfte. Er registrierte es emotionslos. Dann schoss plötzlich das Wasser herein. Es konnte nur ein kleines Leck gewesen sein, sonst wären sie sofort überflutet gewesen. Die Panik steigerte sich ins Unermessliche. Yo sah nur noch von Todesangst zerfressene Fratzen vor sich und blieb ruhig dabei sitzen, es drang nicht bis zu ihm vor. Doch noch Jahrzehnte später sollte er schweißgebadet aufwachen, weil diese vor Angst und Schmerz verzerrten Fratzen ihn immer wieder in seinen Träumen heimsuchten. Als Yo schon bis zum Bauchnabel vom eisigen Wasser umspült war, kam Bewegung in die Menschen, die so grausam in ihrem nassen Grab angekettet waren. Einige konnten sich befreien. Yo würde nie erfahren, wieso. Vielleicht hatte einer ihrer Bewacher doch Skrupel bekommen und einen Schlüssel durch die Luke geworfen. Das Letzte, woran er sich erinnern konnte, war, dass sein Vater ihn mit seinen starken Armen fest umschlang.

Yo blinzelte. Gleißend helles Licht blendete ihn, und er schloss seine Augen schnell wieder. Die Helligkeit drang sogar durch seine geschlossenen Lider und tauchte seine innere Welt in ein warmes rotes Licht. Ein gutes Gefühl. Yo ließ seine Augen geschlossen und versuchte, seinen Körper wahrzunehmen. Hatte er Schmerzen? Er spürte seine Arme und Beine, seine Hände und Füße. Alles war da, gehüllt in dumpfe Taubheit. Ein Schatten schob sich vor sein Gesicht, und das warme Rot wurde zu einem dunklen Grau. Ein schnalzender Laut drang an sein Ohr. Mühsam öffnete Yo die Augen und sah ein freundliches, kleines, gelbbraunes Gesicht, das von kreuz und quer verlaufenden Runzeln durchzogen war. Er blickte in das lächelnde Antlitz seines Ziehvaters UiDjo, mit dem er die kommenden fünfzehn Jahre verbringen sollte und der ihm alles beibringen würde, was ein Jäger der San wissen musste, um in der trockensten Wüste südlich der Sahara überleben zu können.

Es dauerte einige Zeit, bis Yo die Sprache UiDjos so weit verstand, dass er erfahren konnte, was in jener stürmischen Nacht geschehen war. UiDjo war mit zwei weiteren Jägern unterwegs gewesen. Sie stammten aus einem weit entfernten Ort und zogen schon seit mehreren Jahren allein durch die Wüste. Warum UiDjo und seine Begleiter alleine unterwegs waren, hatte er Yo nie erklären können. Es war einfach so.

UiDjo hatte Yo an dem Tag, an dem er ihn zum ersten Mal sah, den kleinen Beutel gezeigt, der auf seiner Brust lag. Er hing an einer Schnur aus geflochtenen schwarzen Haaren, und ein kleiner, kantiger Stein befand sich darin. Der Stein hatte die Farbe des Sandes, und wenn Yo ihn in die Sonne hielt, funkelte er. Schon bald verstand Yo, dass der Stein etwas mit seinem Vater zu tun haben musste. Eifrig lernte er UiDjos klickende, schnalzende Sprache, um endlich zu erfahren, was mit seinem Vater geschehen war. Obwohl er noch ein kleines Kind war, wusste er, dass ihn schlimme Nachrichten erwarteten. Doch nach den Wochen, die er als Sklave hinter sich hatte, war sein Herz bereits gebrochen. In UiDjos Gegenwart fühlte er sich sicher. In der Wüste fühlte er sich sicher. Er lernte, wie er sich hier für andere unsichtbar machen konnte und wie er die Anwesenheit von Menschen oder Tieren aus einer großen Entfernung wittern konnte. Die Wüste gab ihm Schutz und ausreichend Nahrung. UiDjo lachte viel und schaffte es mit seiner heiteren, fröhlichen Art, Yos versteinertes Herz langsam wieder aufzutauen.

Erst als Yo etwa acht Jahre alt und schon so groß wie UiDjo war, erfuhr er die Geschichte jener Nacht, in der es ihn in die Wüste Namib verschlagen hatte. UiDjo hatte auf einer Klippe gesessen und beobachtet, wie Blitze in weiter Ferne über dem Meer zuckten. Das Meer war wild und aufgewühlt gewesen. Als der Morgen dämmerte, entdeckte UiDjo die drei Schiffe, die wie Nussschalen von den hohen Wellen hin- und hergeschleudert wurden. Eines der Schiffe erwischte es besonders schlimm. Es wurde ganz nahe an die Küste getrieben und lief schließlich auf einen Felsen auf, wo es sich völlig zur Seite legte. Kleine Boote, in denen sich einige Menschen befanden, wurden von Bord gelassen, und als das Schiff auseinanderbrach, spülte das Meer Hunderte von Menschen heraus. Die meisten schienen bereits tot zu sein und trieben auf dem Wasser. Andere wiederum versuchten, schwimmend das Ufer zu erreichen, das so nah zu sein schien, doch die Brandung warf die Menschen hin und her. UiDjo sprang auf und lief schnell von der Klippe zum Strand. Er wollte helfen, doch er hatte auch große Angst. Was er gesehen hatte, war ihm sehr unheimlich gewesen, und er konnte erahnen, welches Grauen sich auf dem Schiff abgespielt hatte. Versteckt und in einiger Entfernung beobachtete er den Strand, auf den viele Leichen gespült wurden. Dann sah er Yo zum ersten Mal. Ein riesiger, schwarzer Mann, der einen kleinen Jungen fest an sich gepresst hielt, wurde an den Strand gespült. Der Mann begann sofort, sich mit schleppenden Bewegungen weiter nach oben zu ziehen. Dann schaute er nach dem

Jungen, öffnete seine Augen und legte sein Ohr über dessen Mund. Gehetzt blickte er sich um, raffte sich mit aller Kraft hoch, nahm den Jungen in den Arm und schleppte sich landeinwärts in die Wüste. Fasziniert folgte UiDjo dem Riesen mit dem kleinen Jungen. Er selbst konnte sich in der Wüste unsichtbar machen. Der Riese hingegen stolperte unbeholfen und weithin sichtbar über die Ebene, die ihm keinen Schutz bot. Die Sonne war aufgegangen und brannte unbarmherzig auf den erschöpften Mann mit dem bewusstlosen Kind im Arm. Er kam nur sehr langsam voran. Irgendwann hörte UiDjo die Hunde bellen. Er wusste, dass er jetzt handeln musste, wenn er helfen wollte. Plötzlich stand er neben Yo und seinem Vater, der am Ende seiner Kräfte war. Aus dem ausgehöhlten Straußenei, das er bei sich trug, gab ihm UiDjo einen Schluck zu trinken. Doch Yos Vater wollte es nicht annehmen. Er deutete nur auf seinen Sohn. UiDjo benetzte die Lippen des Jungen, erst danach stillte der Vater seinen Durst. Das Bellen der Hunde kam immer näher. Verzweifelt sank Yos Vater in den Sand. Er wusste, dass es vorbei war. Plötzlich sah er UiDjo bittend in die Augen, sagte etwas und hielt ihm den kleinen Jungen entgegen. UiDjo verstand zwar nichts, doch er wusste, worum der große, schwarze Mann ihn bat: Er selbst war zu schwach, um mit UiDjo in die Wüste zu fliehen, doch er bat UiDjo, seinen Sohn zu retten. UiDjo nickte. Er nahm den Lederbeutel, der an einer Schnur aus geflochtenen schwarzen Haaren um seinen Hals hing, ab, öffnete ihn und nahm zwei sandfarbene Steine heraus. Als er sie zusammenhielt, bildeten sie eine wunderschöne Figur aus zwei ineinandergreifenden Quadern. UiDjo trennte die Steine voneinander und führte sie wieder zusammen. Er sprach nur ein Wort mit dem fremden, schwarzen Mann, dessen Sohn er nun an seiner Stelle annehmen würde. „N=ai!xoana – dafür lohnt es sich für dich, weiterzuleben." Er gab dem großen Schwarzen einen Stein und wies ihn an, den Stein zu schlucken. Den anderen legte er zurück in den Lederbeutel und hängte ihn um Yos Hals. Dann nahm er Yo in seine Arme und verschwand in der Wüste. Nach wenigen Metern war er nicht mehr zu sehen. Die Wüste hatte ihn verschluckt, und er hatte keine Fußspuren hinterlassen. UiDjo wusste auch, dass die Hunde seine Witterung nicht aufnehmen konnten. Er war ein Teil der Wüste, sein Geruch war der der Wüste, er war hier nicht aufzuspüren.

Yos Vater blickte UiDjo und seinem Sohn nach, bis sie in der flirrenden Luft verschwunden waren, dann brach er zusammen und wartete, bis die Hunde ihn finden würden.

Viele Jahre später suchte Yo noch einmal den Küstenstreifen auf, an dem er ein Kind der Wüste geworden war. In der Zwischenzeit war er ein erwachsener Mann geworden und viele Jahre mit UiDjo durch die Wüste gezogen. Sein hochgewachsener, muskulöser Körper hatte ihm den Namen *Großer Löwe* eingebracht. Seine Hände und Füße waren riesig und seine Hautfarbe von einem satten Schwarz. Nachdem sein Ziehvater gestorben war, ließ sich Yo in der Nähe der Missionsstation Bethanien bei den Nama nieder, die er auf seinen Wanderungen mit UiDjo kennengelernt hatte. Seine ersten fünf Lebensjahre hatte er sesshaft in einem Dorf mit Vieh verbracht, und dieses Leben wählte er nun als erwachsener Mann wieder. Er heiratete eine Nama und zeugte sechs Kinder. Die Schwester seiner Frau war Zara Schmelen, die Frau des Missionars Johann Hinrich Schmelen. Über sie lernte er Hinrich Schmelen kennen. Zunächst hegte er dem weißen Mann gegenüber großes Misstrauen, doch Hinrich behandelte die Nama und Yo immer mit Respekt. Hinrich Schmelen wurde Yos Freund, obwohl Yo Hinrichs Versuchen, ihn zu christianisieren, widerstand. Durch Hinrich lernte Yo etwas Deutsch und erfuhr staunend, wie groß die Welt war. Er sah sich die Karten der Länder an und hörte Hinrich zu, wenn er ihm von Feldzügen und Kriegen berichtete. Ihm wurde klar, dass das, was seiner Familie widerfahren war, keine Ausnahme, sondern die Regel darstellte, und er bemühte sich, seine Augen und Ohren offen zu halten, um politische Entwicklungen vorauszusehen. In jedem Fall würde er seine Familie schützen. Er wusste auch, wo er immer Schutz finden konnte. Die Wüste, die er kannte und liebte, würde ihn und seine Familie aufnehmen und nähren, wenn es notwendig werden sollte. Dieses Wissen gab er an seine Kinder und an die Familien, die sich ihm anschlossen, weiter. Um ihn und seinen Clan rankten sich Legenden. Er galt als stark, weise und gerecht. In seiner Obhut fühlten sich die Familien sicher. Yo schwor sich, alles zu tun, um die zu schützen, die sich ihm anvertrauten.

Mit besonderem Interesse hatte sich Yo von Hinrich die Landkarten erklären und sich die Routen der Sklavenschiffe zeigen lassen. Er hatte die Länder und die Meere studiert, und bis zum Ende seines Lebens nagte die Frage an ihm, ob sein Vater die Schiffsreise überlebt hatte und in welches Land jenseits des Ozeans es ihn wohl verschlagen hatte. Er versuchte, die Geschehnisse zu rekonstruieren, und kam zu dem Schluss, dass sein Vater und er in Luanda oder Benguela auf das Schiff geladen worden waren, an der Küste des Landes, das später einmal Angola heißen würde. Dort befanden sich große Sklavenumschlagplätze. Von wo er kam, konnte er anhand der Karten nur vermuten. Vielleicht aus dem Gebiet, das erst 1877 zu einer belgischen Kolonie werden und nach vielen politischen Auseinandersetzungen den Namen *Demokratische Republik Kongo* tragen würde. Die Schiffe mussten vor der Küste in einen Sturm geraten und mit der Windströmung nach Süden vor die Küste Namibias abgetrieben worden sein. Dort hatte sich das Unglück abgespielt. Die Besatzung hatte sich vermutlich zu einem großen Teil an das nahegelegene Ufer retten können, und nachdem der Sturm sich gelegt hatte, waren Besatzungsmitglieder der beiden anderen Schiffe, die vor der Küste vor Anker lagen, mit den Spürhunden in den Beibooten an Land gerudert, um die lebenden Überreste ihrer kostbaren Fracht wieder einzusammeln. Yos Vater hatte seine Reise in einem der anderen beiden Schiffe fortgesetzt.

Nach der großen Dürre 1830 begannen die Herero, auf der Suche nach neuem Weideland mit ihren Rindern in das Land der Nama einzuwandern. Die karge Erde Namibias bot nicht allen genug zum Überleben, und ein jahrzehntelanger Raub- und Verteidigungskrieg zwischen den Nama und den Herero folgte. Auch die Weißen kamen von Süden her und zogen zunächst vereinzelt über das Land. Von Hinrich wusste Yo, dass noch viel mehr Weiße kommen würden. So gut es ging, hielt Yo seinen Clan aus dem Krieg heraus. Viele Kapitäne der Nama konvertierten zum Christentum und ließen sich christliche Namen geben, wie Jan Jonker Afrikaner, der erbittert gegen die Herero kämpfte. Yo sah kommen, dass sich die Konflikte verschlimmern würden. Obwohl er mit Hinrich befreundet war, traute er auch den Weißen nicht, und deshalb bereitete er sich auf einen Rückzug vor. Seinen Söhnen brachte er alles bei, was er über die Wüste und über das Leben wusste. Er schärfte ihnen ein, in die Wüste zu ziehen, um ihre Familien zu retten, falls die Kämpfe sich ausweiten sollten. Außerdem riet er ihnen: „Wenn es unumgänglich ist, kämpft um eure Freiheit. Gebt niemals eure Freiheit auf. Es ist besser zu sterben, als in Gefangenschaft zu leben."

Nachdem die Nama den Herero zunächst überlegen waren, wendete sich das Blatt ab 1863. In mehreren entscheidenden Schlachten wurden die Nama geschlagen und 1894 endgültig unterworfen. Zur gleichen Zeit spitzten sich die Auseinandersetzungen zwischen den Herero und den Weißen zu. Die Weißen nahmen den Herero immer mehr Weideland ab. Die wirtschaftliche Not und die Demütigungen durch die Weißen riefen einen wachsenden Widerstand der Herero hervor, der in den Kolonialkrieg gegen die deutschen Truppen von 1904 bis 1908 mündete. Viele Nama kämpften zu Beginn des Krieges auf Seiten der deutschen Truppen.

Zu diesem Zeitpunkt hatten Yos Söhne den Rat ihres Vaters bereits befolgt und waren nach Norden in die unwirtliche Gegend bei Homeb gezogen, wo sie sich den Topnaar anschlossen, die auch zu den Nama gehörten. Als der Krieg ausbrach, entschlossen sich die meisten Männer des Clans, zu kämpfen, zunächst auf Seiten der Deutschen. Sie zogen nach Norden. Während des Feldzugs kam der Sohn des *Großen Löwen* nach Twyfelfontein und sah die Felsgravuren. Die Damara, die in dieser Gegend lebten, zeigten ihm die Gravur des Löwen und die Schattenphänomene, die sich abends über die Gravuren legten. Als Yos ältester Sohn die Gravur des Löwen sah, erinnerte sie ihn sehr an seinen Vater, und er beschloss, mithilfe eines alten Damara, der die Technik der Felsgravuren und Malereien beherrschte, die Geschichte seines Vaters hier festzuhalten.

Die Kampfhandlungen zwischen den Herero auf der einen und den deutschen Siedlern unterstützt von den Nama auf der anderen Seite verlagerten sich in der ersten Hälfte des Jahres 1904 immer weiter nach Norden. Die Deutschen hatten in der Zwischenzeit aus dem Deutschen Reich massive Verstärkung erhalten, wodurch die Schutztruppe auf etwa 15.000 Mann angewachsen war. Die Herero versammelten sich am Waterberg, wo sie von der deutschen Schutztruppe unter Generalleutnant von Trotha eingekesselt wurden. Nach der vernichtenden Schlacht floh ein Großteil der Herero mit ihren Familien in die fast wasserlose Omaheke-Wüste. Dort ließ von Trotha Tausende von Männern, Frauen und Kindern mit ihren Rinderherden verdursten. Entsetzt von der Grausamkeit der Deutschen und dem Vernichtungsbefehl, den von Trotha gegenüber den Herero mitteilen ließ, schloss sich eine größere Anzahl der Nama des Witbooi- und des Bethanier-Stammes, die zuvor auf Seiten der Deutschen gekämpft hatten, den aufständischen Herero an. Unter ihnen waren auch die Männer des Clans des *Großen Löwen*. Nach der Schlacht am Waterberg flüchteten die Männer des Clans ebenfalls in die Omaheke-Wüste. Der *Große Löwe* hatte für sie gesorgt. Im

Gegensatz zu den Herero bot ihnen die Wüste Schutz und Nahrung. Sie schlugen sich nach Norden durch, wo sie sich den San anschlossen und in der Kalahari ihre Heimat fanden.

Der Krieg wütete noch weiter, bis sich Anfang 1906 auch die letzten Aufständischen geschlagen geben mussten. Die überlebenden Herero und Nama wurden in Konzentrationslagern interniert, in denen jeder zweite Insasse starb. Der Krieg, der von den Vereinten Nationen 1948 als Völkermord anerkannt wurde, hatte etwa 75.000 Herero und 10.000 Nama das Leben gekostet.

Nachdem Xaoba geendet hatte, saß Tara eine Weile mit versteinertem Gesicht da. Seine Erzählungen hatten sie erschüttert, und da war noch etwas anderes. Sie stand auf, murmelte einen Dank, ohne Xaoba in die Augen zu blicken, und lief mit raschen Schritten zurück zum Zeltplatz, wo sie sich in ihr Zelt verkroch, den Reißverschluss hochzog und sich auf eine der Isomatten hockte. Ihre Gedanken wirbelten durcheinander. Was hatte sie zu erfahren gehofft? Das hier sicher nicht. Irgendwie hatte sie eine gute Geschichte erwartet. Eine Art Happy End. Und nun? Das Schicksal Yos und vor allem auch seiner Nachkommen erdrückte sie. Tara schlug die Hände vors Gesicht und begann, hemmungslos zu weinen.

So fand Michael sie einige Zeit später. Er kniete sich vor sie und nahm ihr die Hände vom Gesicht. „Was ist los, Tara?"

Tara schluchzte auf. „Das Schlimmste an der Geschichte ist, dass Yos Vater vielleicht nicht das Richtige getan hat. Vielleicht hätte Yo die Schiffsreise überlebt, und seine Nachkommen könnten jetzt in den USA ein Leben in Freiheit und Wohlstand führen. Yo war frei, für ihn war die Entscheidung gut und richtig. Aber sieh dir an, wie seine Nachkommen leben. Sie hausen in Lumpen gekleidet in Wellblechhütten, haben keine Bildung und keine Aussicht auf eine selbstbestimmte Zukunft. Sie verkleiden sich als Buschmänner, die sie nicht mehr sind, und machen sich für die Touristen zum Affen."

Michael, der sie noch immer an den Handgelenken festhielt, beugte sich noch näher zu ihr und blickte sie mit seinen tiefgründigen blauen Augen an. „Deine Sichtweise ist sehr arrogant, Tara. Bist du wirklich glücklicher als Xaoba? Bist du dir sicher, dass dein Leben sinnvoller, wertvoller oder in irgendeiner Form lebenswerter ist als seines?"

Michaels Blick und seine Worte trafen Tara bis in ihren innersten Kern. In diesem Augenblick wurde ihr schlagartig klar, dass sie Michael noch mehr brauchte als er sie. Ihr körperliches Verlangen nach ihm hatte sie nicht getäuscht, sondern ihr nur den Weg zu ihm gezeigt. Die schwarze Seele in seiner weißen Haut war die einzig mögliche Ergänzung zu ihrer weißen Seele, die in ihrer dunklen Haut ohne ihn verloren war. Nur gemeinsam mit ihm war sie vollständig. Sie war zu keiner Äußerung fähig, sondern starrte ihn nur an.

„Die Menschen in Grashoek machen keinen unzufriedenen Eindruck", fuhr er fort. „Sie fühlen sich nicht arm. Nur du denkst, dass sie arm sind. Sie sind stolz darauf, was sie geschaffen haben und dass Fremde kommen, um von ihnen zu lernen. Und darauf können sie auch stolz sein. Urteile nicht vorschnell über das Leben anderer, Tara. Der Käfig, in dem du lebst, ist vielleicht sogar noch kleiner als ihrer."

Tara war zu keiner Äußerung fähig. Michaels Worte fielen in den Brunnen ihrer Seele und verloren sich dort. Sie war nicht in der Lage, sie einzuordnen, sie brauchte Zeit und Abstand, um alles zu verarbeiten. Zu viel war geschehen auf dieser Reise, sie hatte zu viel gehört und erfahren, und im Moment wusste sie nicht mehr, wer sie war. Sie klammerte sich an Michaels Blick wie an einen Anker. Er würde ihr jetzt helfen und ihr sagen, was zu tun war.

Michael wischte ihr die Tränen vom Gesicht. „Wir müssen heute noch zurückfahren, Tara. Zumindest bis Grootfontein sollten wir es schaffen. Wir haben zwar noch drei Tage bis zu unserem Rückflug, aber wir sitzen hier mitten in der Kalahari. Wenn etwas schiefgeht – und sei es nur ein platter Reifen –, dann verpassen wir unseren Rückflug." Er blickte sie noch einen Moment ernst an. „Komm, steh auf. Wir gehen zurück zu Xaoba, damit du dich noch bedanken und verabschieden kannst."

Michael zog Tara hoch und führte sie an seiner Hand zurück ins Dorf und zu Xaoba.

„Es tut mir sehr leid, Xaoba." Tara war es peinlich, dass sie einfach so davongelaufen war. Sie setzte sich zu ihm.

Xaoba lächelte sie freundlich an. „Es braucht dir nicht leidzutun. Unsere Geschichte, die ja auch deine ist, hat dich aufgewühlt." Er stand auf, kniete sich vor sie, nahm ihren Kopf zwischen seine Hände und küsste sie auf die Stirn. „Es ist schön, dich kennengelernt zu haben, Tochter des Vaters des *Großen Löwen*. Uns allen, die zum Clan des *Großen Löwen* gehören, bedeutet es unendlich viel, zu wissen, dass Yos Vater überlebt hat. Es ist die große Erfüllung des Schicksals, dass die Zwillingsdiamanten wieder zueinandergefunden haben." Er nahm die beiden Steine, hielt sie zusammen und betrachtete sie nochmals von allen Seiten.

Tara konnte ihre Tränen nun nicht mehr zurückhalten. Sie war ergriffen und durcheinander und schluchzte hemmungslos. Die unerwartete Antwort auf all ihre Fragen nahm sie genauso mit wie die Tatsache, hier Verwandte gefunden zu haben. Es lagen zwar viele Generationen zwischen ihnen, aber Yos Geschichte und die Tatsache, dass die beiden Zwillingsdiamanten in Xaobas Hand nebeneinander funkelten, schafften eine unmittelbare Nähe und Vertrautheit. Am meisten wühlte sie allerdings die Erkenntnis auf, Michael zu brauchen, um sich selbst als Ganzes zu fühlen. Sie wusste noch nicht, wie dieses Ganze letztendlich aussehen würde, aber sie war sich sicher, dass sie es ohne ihn niemals erfahren würde.

Tara konnte nicht aufhören zu weinen. Michael legte beschwichtigend den Arm um sie, doch erst als er sie zu sich heranzog, sie die Haut seines Halses an ihrer Wange spürte und seinen Geruch einatmete, beruhigte sie sich etwas.

„Entschuldigung", murmelte sie, als sie wieder in der Lage war, Xaoba in die Augen zu blicken. Er lächelte. Noch immer hielt er die Diamanten in der Hand und betrachtete sie. „Darauf haben wir so lange gewartet." Dann steckte er jeden Stein zurück in seinen Beutel, hängte Tara den Diamanten, den er zuvor getragen hatte, um den Hals und streifte sich selbst Taras Diamanten über. Er umarmte Tara. „Vielleicht werden die Diamanten irgendwann wieder zueinanderfinden."

Xaoba berichtete ihnen noch, dass er selbst eine Zeit lang in Windhoek gelebt hatte und mit einigen Wissenschaftlern zusammenarbeitete, die die Geschichte und das Wissen der San erforschten. Er hatte auch schon an mehreren Dokumentarfilmen über das Leben der Buschmänner mitgearbeitet – weniger als Darsteller denn als Berater. Für einen typischen Buschmann sei er etwas zu groß geraten. „Ein Erbe unserer gemeinsamen Vorfahren." Er lachte Tara, die nun sich langsam wieder fasste, offen an. Der Kloß in ihrem Hals wurde kleiner, und Michaels Hand, mit der er noch immer ihre hielt, gab ihr etwas von ihrer Ruhe zurück.

„Mein Großonkel hat mir den Stein kurz vor seinem Tod gegeben. Er hatte zwar eigene Söhne und Enkel, doch er meinte, da ich mich am meisten um die Erhaltung des Wissens und der Kultur der San bemühe, stehe mir der Stein zu. Die San haben keine Clanführer. Hier werden Entscheidungen nach ausführlichen Diskussionen gemeinsam getroffen. Für uns ist es ein großer Segen, dass Wissenschaftler Interesse an unserer Kultur haben und das Projekt des *Lebenden Museums* verwirklicht haben. Noch ist das hier kein Schauspiel, noch fühlen wir uns als Buschmänner. Mein Großonkel war einer der Letzten, die noch so gelebt haben, wie es im *Lebenden Museum* dargestellt wird. Er hat all sein Wissen an mich weitergegeben, und ich bemühe mich, es an unsere jungen Leute weiterzuvermitteln. Auf diese Weise haben wir eine Chance, unsere Identität zu erhalten, und verlieren uns nicht zwischen der Vergangenheit und dem modernen Leben, das hier in der Kalahari ohnehin nicht wirklich funktioniert."

Seine Worte zeigten Tara, dass Michael Recht gehabt hatte. Es gab keinen Grund für ihre Verzweiflung. Sie sollte nicht mit der Vergangenheit hadern. An ihren Gedanken und Gefühlen, die noch immer durcheinanderwirbelten, änderte das allerdings wenig. Sie brauchte Zeit!

Nachdem Tara und Michael sich von Xaoba und seiner Familie verabschiedet hatten, gingen sie zurück zum Zeltplatz. Sven und Felix hatten in der Zwischenzeit die Zelte abgebaut und warteten schon auf sie, bereit zum Aufbruch. Schweigend legten sie den Weg bis nach Grootfontein zurück, wo sie am nächsten Morgen den Geländewagen wieder abgaben. Sie brachen auf, um die letzte Etappe ihrer Reise zurückzulegen. Der Weg führte sie zurück zu ihrem Ausgangspunkt nach

Windhoek, der Hauptstadt Namibias.

WINDHOEK

Am Nachmittag erreichten sie Windhoek und fuhren sofort zu Kaqeces kleinem Laden. Er blickte überrascht auf, als sie begleitet von dem hellen Bimmeln seiner Türglocke eintraten. „Wie schön, dass Sie noch einmal vorbeikommen. Damit habe ich ehrlich gesagt gar nicht mehr gerechnet. Haben Sie gefunden, wonach Sie gesucht haben?"

„Ja, das haben wir, und wenn es Sie interessiert, erzählen wir Ihnen die ganze Geschichte." Tara freute sich, ihn wiederzusehen. Sein faltiges, ernstes Gesicht hatte eine so beruhigende Wirkung auf sie. Und ein wenig Beruhigung konnte sie gut gebrauchen. Was sie erlebt und erfahren hatte, wühlte sie immer noch sehr auf.

Kaqece schloss seinen Laden und lud sie ein, mit ihm hinter den kleinen Perlenvorhang zu gehen. Dort befand sich eine kleine Küche mit einer schmalen Bank und zwei einfachen Holzstühlen. Tara quetschte sich neben Michael und Felix auf die Bank, während Sven auf einem der Stühle Platz nahm. Kaqece kochte einen Tee, und sie begannen, von der Reise zu erzählen, auf die sie der Stein N=ai!xoana geführt hatte.

„Es freut mich, dass Sie Ihre Geschichte und Ihre Familie kennengelernt haben", meinte Kaqece, als sie ihre Erzählung beendet hatten. Er lächelte Tara an, und das wundervolle Relief an Falten durchzog sein Gesicht. „Was werden Sie jetzt tun?"

Ja, diese Frage hatte sich Tara bereits die ganze Zeit gestellt. Was sollte sie schon tun? Sie würde zurückkehren in ihr altes Leben und da weitermachen, wo sie vor einem Monat aufgehört hatte. Und sie würde ihrem Vater und ihrer Großmutter von Yo und Xaoba berichten. Aber was sollte sie sonst machen? Sie zuckte mit den Schultern. „Ich weiß es nicht."

Kaqece nickte ihr beruhigend und aufmunternd zu. „Sie werden schon einen Weg finden."

Ähnliche Worte hatte ihre Großmutter ihr vor nicht allzu langer Zeit auch mitgegeben. Doch was für einen Weg sollte sie nun finden? Sie war auf dem Weg zurück, zurück in ihr altes Leben, wenn ihr dieses auch sehr weit weg erschien.

Traurig trennte sie sich von Kaqece. Schon wieder ein Abschied.

Da ihre Urlaubskasse keine Reserven mehr aufwies, nahmen sie sich zwei Doppelzimmer in einem schon etwas heruntergekommenen Hotel am Rand der Innenstadt. Nach dem Abendessen bummelten sie durch die Straßen, um sich nach den langen Autofahrten der vergangenen Tage die Beine zu vertreten. Auf dem Weg zurück zu ihrem Hotel kamen sie durch einen zwielichtigen Straßenzug, wo eine Gruppe jugendlicher Schwarzer rauchend auf ihrer Straßenseite stand. Als sie sich der Gruppe näherten, drehten sich einige der jungen Männer zu ihnen um und warfen ihnen aggressive Blicke entgegen.

Felix zog Tara am Arm auf die gegenüberliegende Straßenseite. „Sven, Michael, lasst uns dort drüben weitergehen", flüsterte er auch den anderen zu.

Sven folgte ihnen, doch Michael spazierte mit einem Grinsen im Gesicht direkt auf die Männer zu. „Hi", rief er ihnen zu und bot ihnen die Hand zum Abschlagen an.

Die Mienen der Jugendlichen lösten sich, und sie schlugen grinsend bei Michael ab. Als Michael wieder bei ihnen war, schüttelte Sven den Kopf. „Musst du es wirklich immer herausfordern?" Doch Michael lachte nur.

Als sie wieder im Hotel angekommen waren, zog sich Tara sofort ins Bett zurück. Sie hatte Kopfschmerzen und war müde. Die aufregenden

Ereignisse der vergangenen Tage zollten ihren Tribut. Sie musste eine Weile alleine sein und über alles nachdenken. Während der Autofahrt war es ihr nicht möglich gewesen, einen klaren Gedanken zu fassen. Mit leerem Kopf hatte sie die Landschaft an sich vorbeiziehen sehen und lediglich empfunden, dass dies der Abschied war. Ob sie jemals wieder nach Namibia zurückkehren würde?

Sie dachte über Michaels Worte nach. Hatte er Recht damit, dass es arrogant von ihr war, das Leben der Ju/'hoansi bedauernswert zu finden? Oder war seine Sichtweise nur durch einen anderen Blickwinkel bedingt, und keiner von ihnen hatte Recht oder Unrecht? Sie wusste es nicht. Außerdem musste sie sich darüber klar werden, wie es mit Michael weitergehen sollte. Schon vor Beginn der Reise hatte sie ihn gewollt, unterwegs hatte sie begonnen, ihn zu lieben, doch die Tatsache, dass sie ihn auch brauchte, machte sie verletzlich. Wo standen sie? Was empfand Michael für sie? War er überhaupt bereit für eine Beziehung? Sie kam nicht weiter mit ihren Überlegungen. Ihre Gedanken wurden immer träger. Kurze Zeit später war sie eingeschlafen.

Irgendwann spürte Tara, wie Felix an ihrer Schulter rüttelte. „Tara, Tara, aufwachen."

Verschlafen rieb sie sich die Augen. „Was ist los, Felix? Wie spät ist es?"

„Michael ist nicht zurückgekommen. Es ist vier Uhr morgens."

Sofort war Tara hellwach. „Was heißt das, er ist nicht zurückgekommen?"

„Nachdem du schon im Bett warst, ist er noch mal weggegangen. Er wollte einen Spaziergang machen."

„Alleine? Ihr habt ihn alleine gehen lassen?"

„Du kennst ihn doch."

„Habt ihr versucht, ihn auf dem Handy anzurufen?"

„Natürlich, schon hundertmal. Er meldet sich nicht."

Tara sprang aus dem Bett. Panik kroch in ihr hoch. Es konnte nicht sein, dass Michael etwas zugestoßen war. Es durfte einfach nicht sein. Sie versuchte, logisch zu denken. „Ich ziehe mich schnell an. Dann gehen wir an die Rezeption und fragen nach den Krankenhäusern in Windhoek. Falls wir da nicht weiterkommen, rufen wir die Polizei an."

Mit zitternden Händen zog sie sich an. Sie zwang sich, ruhig zu bleiben. Nur so würde sie ihm helfen können. Sie war nicht gläubig, aber in dieser Situation betete sie innerlich darum, dass es Michael gutging. Ich liebe dich, Michael, flehte sie in Gedanken, du musst bei mir bleiben.

Die Dame an der Rezeption erklärte ihnen, dass es nur zwei Krankenhäuser gebe, in die ein verletzter weißer Tourist gebracht werden würde, und suchte ihnen die Telefonnummern heraus. Tara wählte die erste Nummer. „Guten Tag. Mein Mann ist von einem Abendspaziergang nicht nach Hause gekommen. Ist er bei Ihnen eingeliefert worden? Sein Name ist Michael Fischer." Nur wenn sie sich als seine Frau ausgab, würde sie eine vernünftige Auskunft erhalten.

Schon der erste Anruf war ein Volltreffer. Ja, Michael war gegen Mitternacht eingeliefert worden.

„Ich bin gleich bei Ihnen." Mit einem lauten Klappern legte sie den Hörer auf das uralte Telefon. Sie zitterte so stark, dass sie nicht richtig zielen konnte. Zumindest war Michael am Leben. Sie musste sofort zu ihm. „Ich fahre mit dem Taxi zum Krankenhaus. Ihr bleibt vielleicht erst mal im Hotel. Sobald ich weiß, wie es ihm geht, rufe ich euch an."

Sven und Felix nickten.

Kurze Zeit später lief Tara durch die Gänge des Krankenhauses, in denen kurz vor fünf Uhr bereits die morgendliche Geschäftigkeit begonnen hatte. Putzfrauen und -männer schoben ihre Wagen durch die Stationen, Krankenschwestern machten ihre erste Runde bei den Patienten. Tara beschlich ein vertrautes Gefühl, sie kannte diese besondere Stimmung, die sehr früh am Morgen in einer Klinik herrschte, nur zu gut von ihren Nachtdiensten. Die Erinnerung an ihre Arbeit war für sie so weit weg wie ein anderer Stern. Wo war nur Michael? Wie ging es ihm? Ihre Gedanken fuhren Karussell.

Endlich hatte sie die richtige Station gefunden, und eine schwarze

Krankenschwester führte sie zu einem Zimmer und öffnete die Tür. „Herr Fischer, Ihre Frau ist da."

Michael lag alleine in dem Zimmer und hob den Kopf leicht an. „Meine Frau? Ach ja, meine Frau." Er ließ den Kopf wieder auf das Kissen fallen, als er Tara neben der Krankenschwester stehen sah.

Rasch schritt Tara auf ihn zu. Sie beugte sich über ihn, nahm seinen Kopf zwischen die Hände und küsste ihn auf den Mund. Ihre Knie gaben vor Erleichterung nach, als sie seine Wärme und seinen Atem spürte. Mit zitternden Beinen setzte sie sich neben ihn auf den Bettrand.

„Du leichtsinniger Idiot." Ihre Stimme hörte sich wie ein heiseres Krächzen an.

Michael sah schlimm aus. Sein linker Arm war eingegipst, er hatte ein blaues Auge und mehrere Schürfwunden im Gesicht. Tara zog Michael die Decke weg und schob das Flügelhemd beiseite, das ihn bedeckte. Sie schlug sich mit der Hand auf den Mund. „Oh mein Gott!" Michaels Körper war mit Blutergüssen übersät, und er trug einen Verband um den Brustkorb. „Sind Rippen gebrochen?"

„Nein, nur geprellt, aber sie tun bei jedem Atemzug höllisch weh."

„Was ist passiert?"

„Meine übliche Masche ist schiefgegangen. Ein paar schwarze Männer haben mich zusammengeschlagen. Sie haben mich auf den Boden geworfen und mich getreten. Und das wegen zweihundert Namibia-Dollar, die ich der Hosentasche hatte. Meine Brieftasche war glücklicherweise im Hotel. Aber meine Kamera und mein Handy sind weg."

„Diese Schweine."

„Wenn ich als Schwarzer in einem Land aufgewachsen wäre, in dem ich alleine wegen meiner Hautfarbe keine Chance auf eine Zukunft hätte, würde ich so einen dahergelaufenen weißen Touristen sicher auch zusammenschlagen."

Tara schüttelte den Kopf. „Die treten auf dir herum, brechen dir den Arm, und du verteidigst sie auch noch. Du bist wirklich ein Idealist."

„Das Schlimmste ist, dass meine Kamera weg ist und damit auch viele Fotos. Einige sind schon auf Felix' Laptop, aber alle anderen sind weg."

„Wir haben ja auch Fotos gemacht. Die sind vielleicht nicht so professionell wie deine, aber trotzdem schöne Erinnerungen." Tara streckte ihre zitternde Hand aus und strich über die blauen Flecken an seinen Beinen und seiner Hüfte. „Hierhin haben sie dich auch getreten." Vorsichtig streichelte sie Michaels linken Hoden, der blau und geschwollen war.

„Kannst du mich bitte wieder zudecken", bat Michael mit wackeliger Stimme.

Tara sah ihm in die Augen. Eine einzelne Träne lief seine Wange hinunter. Taras Herz zog sich zusammen, sie deckte ihn sorgfältig zu und küsste die Träne weg. „Hast du starke Schmerzen?"

Michael nickte.

„Soll ich mir von der Schwester ein Schmerzmittel geben lassen?"

„Das hat keinen Sinn. Vor einer Stunde habe ich ein Schmerzmittel bekommen, und sie hat mir gleich gesagt, dass ich erst um acht Uhr wieder eine Tablette bekommen kann. Die arbeiten hier mit homöopathischen Dosen."

„Ich muss Sven und Felix anrufen. Die beiden machen sich auch Sorgen um dich. Sollen sie kommen?"

„Nein, auf gar keinen Fall. Die beiden können sich Windhoek anschauen, hier will ich sie nicht sehen." Leise ergänzte er: „Ihr Mitleid kann ich heute nicht ertragen."

Tara rief Felix an, beruhigte ihn und gab Michaels Wunsch in etwas verbindlicheren Worten weiter.

„Kann ich irgendetwas für dich tun?", fragte sie Michael anschließend. Am liebsten hätte sie ihn in den Arm genommen, jede Stelle seines Körpers liebkost und versucht, ihm die Schmerzen zu nehmen. Doch damit würde sie ihm in seiner jetzigen Verfassung nur noch mehr wehtun.

„Ich würde mich gerne auf die rechte Seite drehen", antwortete er, „aber ich weiß nicht, was ich dann mit meinem Gipsarm machen soll. Wenn ich ihn nicht hochlege, pocht er so stark."

Tara schlug die Decke wieder zurück und half Michael, sich auf die Seite zu rollen. Er stöhnte vor Schmerzen. Tara zog ihre Schuhe aus, legte sich zu Michael und bettete seinen Gips mithilfe eines Kissens auf ihre Hüfte. „Geht das so?"

„Ja, danke, so ist es erträglich."

Ihr Gesicht war nur wenige Zentimeter von seinem entfernt. Sie sahen sich tief in die Augen. In seinem Blick lagen Schmerz, Angst und Einsamkeit. So verletzlich hatte sie ihn noch nie erlebt. Waren es wirklich nur die Folgen des Überfalls, oder war da noch etwas anderes? Eine traurige Vorahnung ergriff Tara, doch sie verdrängte rasch den Gedanken. Michael hatte starke Schmerzen, es ging ihm schlecht, das war Erklärung genug für seinen Blick – oder etwa nicht? Forschend sah sie ihm noch tiefer in die Augen, versuchte zu erkennen, was Michael empfand. Tränen begannen aus seinen Augenwinkeln zu fließen, tropften von seiner Nase auf das Laken. Er schluchzte nicht, sagte keinen Ton. Tara legte ihre Lippen sanft auf seine und ließ sie dort. Ihre rechte Hand fuhr unter das Flügelhemd. Sie streichelte über seinen Rücken und seine Hüfte. Seine Tränen liefen weiter, durchnässten das Bett und tropften auf Taras Wange. Schweigend und bewegungslos lagen sie sich gegenüber, ihre Lippen berührten sich leicht, sie spürte und roch seinen Atem, der trotz der unaufhörlich fließenden Tränen ruhig und gleichmäßig war.

Die Tür öffnete sich, und die Krankenschwester betrat das Zimmer. Als sie die beiden auf dem Bett liegen sah, verließ sie den Raum sofort wieder und schloss leise die Tür.

Mehrere Stunden lagen sie sich gegenüber. Michaels Tränen waren versiegt, und er war eingeschlafen. Tara betrachtete sein geschundenes Gesicht und streichelte zärtlich über die blauen Flecken und Schrammen. Nun endlich konnte sie ihn berühren, nachsehen, ob sein Körper mit all den Verletzungen noch so war, wie sie ihn in Erinnerung hatte. Sie liebte ihn so sehr, und sie musste ihm das sagen.

Nach einer Weile schlug Michael die Augen auf und blickte sie an.

„Geht es dir besser?"

Er schüttelte den Kopf.

„Soll ich jetzt nach einem Schmerzmittel fragen?"

„Ja, und ich muss mal."

Tara stand auf und suchte eine Schwester. Diese drückte ihr ein durchsichtiges Plastikbecherchen mit einer weißen Pille und eine Urinflasche in die Hand.

Nachdem sie Michael die Pille mit einem Schluck Wasser gereicht hatte, sagte sie: „Die Schwester meint sicher, wenn ich schon deine Frau bin, dann kann ich das mit dem Pinkeln auch selber übernehmen." Fragend sah sie ihn an.

Er nickte. Sie legte ihm die Flasche zwischen die Beine, deckte ihn zu und ging kurz aus dem Zimmer. Als er fertig war, leerte sie die Flasche in die Toilette und spülte sie aus. „Meinst du, ein Kaffee würde dir schmecken? Ich brauche nämlich unbedingt einen", fragte sie ihn durch die offene Badezimmertür.

„Ja, Kaffee ist gut."

Als Tara zurückkam, half sie Michael, sich aufzurichten, und stellte die Rückenlehne des Bettes ein. Dann setzte sie sich mit einem Becher dampfenden Kaffees neben ihn.

„Möchtest du dir nicht mit Sven und Felix Windhoek ansehen?", fragte er. „Ich komme hier schon klar."

„Nein, ich bleibe bei dir", antwortete Tara bestimmt. „Ich frage mich nur, ob wir den Flug umbuchen sollen. Übermorgen ist der Rückflug, und ich weiß nicht, ob du das schaffst."

„Das geht schon. Sobald ich hier raus bin, besorge ich mir anständige Schmerzmittel. Damit schaffe ich den Flug."

„Wenn du meinst."

„Ich muss nur unbedingt duschen."

Tara runzelte die Stirn. „Ist das dein größtes Problem? Du kannst dich kaum aufrichten und willst unter die Dusche?"

„Die Kerle haben mich bespuckt und auf mich gepinkelt. Ich muss unbedingt duschen."

„Wie wäre es, wenn ich dir helfe, dich im Bett zu waschen?"

Michael schüttelte den Kopf. „Nein, das reicht nicht. Hilfst du mir bitte? Jetzt wirken die Schmerzmittel. In einer halben Stunde lassen sie schon wieder nach."

„In Ordnung. Wenn das dein dringlichster Wunsch ist." Resigniert zuckte sie mit den Schultern. „Du bist nach Felix der zweite Mann, den ich in diesem Urlaub unter die Dusche stelle."

Michael grinste schwach. „Erstens vergisst du Sven, den haben wir auch unter die Dusche gestellt, und zweitens ist Felix kein Mann."

Tara informierte die Schwestern, dass Michael duschen wolle, und bat sie um Hilfe, da sie Sorge hatte, Michael nicht halten zu können, sollte er wegsacken. Die Schwestern schimpften, es sei viel zu früh. Unter Aufbietung all ihrer Überzeugungskraft brachte Tara schließlich eine Schwester dazu, ihr zur Hand zu gehen. Gemeinsam halfen sie Michael ins Bad. Die Dusche bestand aus einem Duschkopf im Badezimmer, der nur durch einen Vorhang vom Rest abgetrennt war. Tara hatte sich ihr T-Shirt ausgezogen, um zu verhindern, dass es durchnässt wurde, und seifte Michael ein, der von der Schwester gestützt wurde. Rasch duschte sie ihn ab.

„Die Haare auch?"

„Ja."

Michael hob seinen Arm mit dem Gips so hoch wie möglich an und verzerrte das Gesicht vor Schmerz.

„Ganz sicher?"

„Ja."

Als sie Michael zurück ins Zimmer brachten, war eine zweite Krankenschwester gerade damit fertig, sein Bett frisch zu beziehen.

Erleichtert sank Michael in die Kissen. „Danke."

Nachdem Tara Felix telefonisch informierte hatte, dass Michael zwar übel zugerichtet war, aber nicht in Lebensgefahr schwebte, gingen Sven und Felix in Windhoek frühstücken. Sie redeten kaum miteinander. Anschließen spazierten sie durch die Innenstadt und sahen sich die Christuskirche an, ebenso das Reiterdenkmal und die Alte Feste.

„Ich habe keine große Lust auf eine Besichtigungstour", meinte Sven, nachdem sie etwa eine Stunde schweigend nebeneinander durch die Stadt gelaufen waren.

„Ehrlich gesagt ich auch nicht."

„Dann lass uns zurück zum Hotel gehen."

In ihrem schäbigen Hotelzimmer saß Felix auf dem Bett und tippte auf seinem Smartphone herum. Sven hatte ihm den Rücken zugedreht, stand am Fenster und blickte durch die vergilbten Vorhänge nach draußen. „Wir müssen reden."

Felix blickte auf. „Und das sagst ausgerechnet du."

Sven drehte sich um. „Wir müssen das mit uns beenden."

„Ich weiß."

Sven ging auf Felix zu, kniete sich vor ihn und legte seinen Kopf auf Felix' Schoß. „Es tut mir leid."

„Es muss dir nicht leidtun. Mir war von vorneherein klar, dass es nicht von Dauer sein würde."

„Ich weiß nicht, was ich sagen soll. Du bist jemand Besonderes, Felix. Du hast mich umgehauen. Du hast alles, was ich mir wünschen könnte, nur bist du keine Frau. Ich weiß, dass du gar nicht auf mich stehst, sondern auf Michael. Wenn du eine Frau wärst, würde ich auf Knien hinter dir herrutschen, um dich davon zu überzeugen, dass ich der Richtige für dich bin und nicht Michael."

„Du brauchst dich nicht zu entschuldigen und keine Erklärungen abzugeben. Ich habe doch gar keine Erwartungen an dich."

Svens breite Schultern auf Felix' Schoß begannen zu beben.

„Sven, um Himmels willen hör auf zu heulen, das ist ja furchtbar."

„Ich wünsche mir das volle Programm mit Kindern und einem kleinen Häuschen in einer spießigen Nachbarschaft", schluchzte Sven.

„Das sollst du ja auch haben. Es kann mit uns wirklich nicht weitergehen. Wenn wir zu Hause sind, muss ich mich auch erst einmal damit abfinden, wie schwul ich wirklich bin. Nach dem, was du mit mir angestellt hast, glaube ich nicht, dass ich jemals wieder etwas mit einer Frau haben kann. Und jetzt hör bitte auf zu flennen." Felix nahm Svens Kopf zwischen die Hände, blickte ihm in die Augen und küsste ihn. „Du wirst immer mein erster Mann bleiben."

Sven lachte zaghaft unter Tränen.

Felix lächelte zurück. „Genießen wir die paar Stunden, die wir noch haben, und wenn wir zurück in Deutschland sind, ziehen wir den Schlussstrich. Ohne Reue und ohne Bitterkeit."

„In Ordnung."

Felix legte seine Lippen auf Svens und fuhr mit beiden Händen durch seine kurzen dunklen Haare.

Tara verbrachte den ganzen Tag bei Michael. Die meiste Zeit lagen sie schweigend nebeneinander auf dem Bett, hielten sich an den Händen, oder Michael hatte den Kopf auf ihre Schulter gebettet. Hier stützte sie ihn, während er ihr in Grashoek Halt gegeben hatte. So sollte es eigentlich in einer guten Beziehung sein. Warum gab ihr diese Erkenntnis keine Zufriedenheit? Warum fühlte sich der Boden, auf dem sie stand, so wackelig an? Mehrfach lag es Tara auf der Zunge, Michael zu sagen, wie sehr sie ihn liebte. Es wäre ein guter Zeitpunkt gewesen, doch die Worte kamen ihr nicht über die Lippen.

„Zum Schlafen fahre ich zurück ins Hotel. Morgen früh komme ich wieder", sagte sie, als es draußen langsam dunkel wurde.

„Sieh dir morgen lieber Windhoek an. Es ist deine letzte Gelegenheit."

„Nein, ich komme zu dir."

Erleichtert stellte Tara fest, dass sich Michael nicht dagegen wehrte. Sie gab ihm einen Kuss und fuhr mit einem Taxi ins Hotel. Felix und Sven waren bereits dort. Sven hatte den Arm um Felix gelegt, und Felix sah Tara besorgt entgegen. „Und, wie geht es ihm?"

„Nicht so besonders. Er hat überall blaue Flecken und Schmerzen bei jeder Bewegung."

„Sollen wir den Flug dann nicht lieber verschieben?"

„Michael meint, er schafft das schon. Was habt ihr euch heute in Windhoek angesehen?"

„Ehrlich gesagt haben wir nicht viel gesehen. Wir haben uns zu viele Sorgen um Michael gemacht und hatten auch keine große Lust, ohne euch einen Stadtbummel zu machen."

„Habt ihr schon gegessen?"

„Nein, aber ich bin am Verhungern", antwortete Sven schnell.

„Ich habe auch großen Hunger", pflichtete Tara ihm bei. „Lasst uns ein anständiges Steak essen gehen."

Am nächsten Morgen fuhr Tara wieder ins Krankenhaus. Sie hatte Kleidung und Michaels Brieftasche mitgebracht. Als sie die Tür zu seinem Zimmer öffnete, platzte sie mitten in die Visite.

Der Oberarzt begrüßte sie mit Handschlag. „Ihrem Mann geht es besser. Wenn er möchte und Sie sich um ihn kümmern, kann er heute entlassen werden."

Michael richtete sich rasch auf, konnte dabei allerdings ein Stöhnen kaum unterdrücken. „Auf jeden Fall kann ich gehen. Meine Frau wird sich vorbildlich um mich kümmern."

„Wenn Sie meinen, dass er schon so weit ist." Tara blickte zweifelnd Michaels Gesicht an, das in allen Farben schillerte. „Was ist mit unserem Rückflug morgen? Ist das zu verantworten?"

„Ja, das sollte machbar sein. Ich werde Ihrem Mann noch ein Schmerzmittel aufschreiben, damit er den Flug gut übersteht."

Tara rief Felix und Sven an und bat sie, Michael und sie am frühen Nachmittag aus dem Krankenhaus abzuholen.

„Ach du Scheiße, wie siehst du denn aus?", warf Sven Michael entgegen, als er das Krankenzimmer betrat.

Felix war blass geworden. „Gott sei Dank lebst du überhaupt noch." Er ging ein paar schnelle Schritte auf Michael zu und hielt dann abrupt an. Einen Moment lang stand er stumm vor Michael.

Michael wich seinem Blick nicht aus. „Danke, dass ihr mich abholt." Wo war Michaels bissiger Humor geblieben? Der Schreck durch den Überfall schien ihn nicht nur Tara gegenüber weicher gemacht zu haben. Er wirkte dankbar dafür, dass sie alle da waren und ihm beistanden. Widerstandslos ließ er sich aufhelfen und stützte sich auf Sven, während er mühsam über die Flure des Krankenhauses humpelte.

Gemeinsam verfrachteten sie Michael in den VW-Bus. „Jetzt erst mal zu einer Apotheke, damit ich mir ein anständiges Schmerzmittel besorgen kann. Der Mist, den mir der Arzt aufgeschrieben hat, hilft noch nicht mal bei einem quer sitzenden Furz."

Mithilfe seines Arztausweises besorgte sich Michael starke Schmerzmittel und nahm sofort eine der Tabletten. „So, jetzt geht es mir gleich besser. Wir können zum Open Air Markt an der Independence Avenue fahren. Ich möchte noch ein paar kitschige Souvenirs einkaufen."

„Willst du dich nicht lieber im Hotelzimmer ins Bett legen?", schlug Felix vor.

„Nein, ich habe schon genug von unserem Urlaub verpasst."

Auf dem Markt boten Händler geschnitzte Figuren und Gebrauchsgegenstände an. Sie hatten ihre Waren auf dem Boden ausgebreitet und handelten mit den Interessenten ausdauernd um den Preis. Michaels Schmerzmittel schienen zu wirken, denn er spazierte vergnügt zwischen den Schnitzereien umher. Vor zwei jungen Mädchen, die gemeinsam mit ihrer Mutter ihre Waren verkauften, hielt er an und scherzte mit den Frauen. Er feilschte um eine große Giraffe und ein paar kleinere Gegenstände. Trotz seines furchterregenden Aussehens flirtete er mit den Mädchen, die sichtlich Spaß mit ihm hatten. Schließlich kaufte er die Gegenstände.

„Wie willst du dieses Riesenvieh mit nur einem Arm nach Hause transportieren?", fragte Tara.

„Die Mädels packen mir die Giraffe gut ein, und tragen kannst du sie."

Auch Sven und Felix kauften ein paar kleinere Andenken. Mit einem Mal sah Michael sehr erschöpft aus.

„Es reicht jetzt." Tara war besorgt, dass Michael sich unter dem Einfluss des Schmerzmittels zu viel zumuten würde. „Wir fahren ins

Hotel, und du legst dich hin."

Michael widersprach nicht, ließ sich von Tara im Hotelzimmer aus den Kleidern helfen und legte sich ins Bett.

In der Nacht fand Michael kaum Schlaf, und Tara, die neben ihm lag, hörte besorgt seinem unterdrückten Stöhnen zu. „Michael, was ist los? Geht es dir wieder schlechter? Hast du Schmerzen?"

„Es geht schon."

Tara machte Licht und half Michael, sich halbwegs bequem hinzulegen. Erst gegen Morgen fielen sie beide in einen unruhigen Schlaf.

Kurze Zeit später dämmerte es bereits. Abgesehen von den blauen und grünen Flecken in seinem Gesicht sah Michael sehr blass aus. Tara registrierte dies nervös, denn sie fürchtete, dass Michael seine Kräfte nicht richtig einschätzte. Wie würde er den Flug überstehen? Es war schon ohne Schmerzen und eingegipsten Arm anstrengend genug, um zehn Stunden eingequetscht auf einem engen Sitz zu verbringen.

„Am besten du bleibst im Bett liegen", schlug sie vor. „Unser Flug geht erst heute Abend. Ich frage nach, ob wir das Hotelzimmer so lange behalten können."

Michael nickte schwach.

Felix hatte Kaffee und Donuts besorgt, und sie saßen im Zimmer um Michaels Bett herum. Felix setzte sich zu Michael an den Bettrand. „Ich habe dir auch einen Kaffee mitgebracht, stark, schwarz und mit viel Zucker, so wie du ihn magst."

„Danke."

Felix und Michael sahen sich an. Felix stellte den Pappbecher auf den Nachttisch und streckte zögernd die Hand aus. Vorsichtig legte er sie auf Michaels Wange. Michael schossen Tränen in die Augen. Schnell drehte er den Kopf weg und bedeckte mit dem Arm sein Gesicht. „Es tut mir leid, Felix, dass ich so fies zu dir war", murmelte er. „Das eigentliche Weichei hier bin ich."

Vorsichtig zog Felix Michaels Arm zur Seite. „Du bist kein Weichei, nur weil du auch mal Schwäche zeigst. Es ist mutiger, Schwäche zu zeigen, als sich immer nur hinter einem Panzer zu verstecken."

Michael wischte sich die Tränen mit seinem Ärmel weg. „Verdammte Heulerei!"

„Du brauchst dich deshalb nicht zu schämen." Felix legte seine Hände rechts und links auf Michaels Wangen. Langsam, in Zeitlupe näherte er sich seinem Gesicht, ließ ihm alle Zeit der Welt, sich dagegen zu wehren, ihn wegzustoßen. Doch er tat es nicht. Zart legte Felix seine Lippen auf Michaels, verharrte dort einen Moment und richtete sich langsam wieder auf. Mit seinen Daumen wischte er Michaels Tränen weg, stand dann auf und setzte sich neben Sven auf das Sofa.

Die Rucksäcke waren schnell gepackt. Den Rest des Tages lungerten sie im Hotelzimmer herum. Sie hatten das Bedürfnis, diese letzten Stunden gemeinsam zu verbringen. Keiner wollte Michael verlassen. Irgendwann lagen sie alle auf dem Bett, Michael hatten sie in ihre Mitte genommen: Tara dicht neben ihm mit seinem eingegipsten Arm auf ihrem Bauch, auf seiner anderen Seite Felix, an ihn gedrängt wiederum Sven. Sie sprachen nur wenig, fühlten sich einander verbunden und spürten die körperliche Nähe der anderen. Sie ahnten jedoch, dass das enge Band, das Namibia um sie gelegt hatte, bei ihrer Rückkehr nach Deutschland keinen Bestand mehr haben würde.

Gegen Abend fuhren sie zum Flughafen und traten ihren Rückflug an. Michael schluckte kurz vor dem Abflug fünf seiner Schmerztabletten.

„Meinst du nicht, du übertreibst es?", versuchte Tara vergeblich, ihn daran zu hindern. „Nimm doch erst einmal eine, und wenn die Wirkung nicht ausreicht, nimmst du die nächste."

Er war schon ziemlich benommen, als Tara ihn im Flugzeug auf einen Sitzplatz bugsierte und sich neben ihn setzte. Sven und Felix hatten sich um das Gepäck gekümmert und auch Michaels überdimensionale Giraffe als Sperrgepäck aufgegeben. Besorgt beobachtete die Stewardess

Michael, der mit seinem Gips und seinen blauen Flecken nicht nur schlimm aussah, sondern sich auch kaum auf den Beinen hatte halten können, als er auf Tara gestützt durch den Mittelgang geschlurft war. Als alle Passagiere ihre Plätze eingenommen hatten, sprach sie Tara an: „Ihrem Mann scheint es nicht besonders gut zu gehen. War er bei einem Arzt? Darf er überhaupt mitfliegen?"

„Er ist gestern aus dem Krankenhaus entlassen worden, und der behandelnde Arzt hat ihm den Flug erlaubt."

„In der Business Class sind noch zwei Plätze frei. Wenn Sie möchten, können Sie sich mit Ihrem Mann dorthin setzen."

„Das wäre eine große Erleichterung. Dann könnte er sich flacher hinlegen und seinen Arm vernünftig lagern."

Kurz darauf bugsierte sie Michael nach vorne in einen bequemen Sitz mit viel Beinfreiheit. Sie stellte seinen Sitz so flach wie möglich, legte ihn halb auf die Seite und lagerte den Gipsarm mithilfe von mehreren Kissen hoch. Michael bekam kaum noch etwas davon mit. Tara legte eine Decke über ihn und sah ihn besorgt an. Sie setzte sich neben ihn und hielt seine Hand so, dass sie seinen Puls spüren konnte. Damit sie seinen Puls und seine Atmung regelmäßig kontrollieren konnte, nahm sie sich vor, wach zu bleiben. Da sie jedoch in den vergangenen Nächten wenig geschlafen hatte und die Sitze der Business Class verführerisch bequem waren, schlief sie nach dem Abendessen ein, obwohl sie versucht hatte, sich mit einem Film wach zu halten. Als sie wieder aufwachte, beugte sie sich sofort zu Michael, der noch immer schlief. Atmung und Puls waren normal. Erleichtert lehnte sie sich zurück. Es waren nur noch zwei Stunden bis zur Landung.

Einige Zeit später wurde das Frühstück serviert, und Tara beschloss, Michael zu wecken. Sie streichelte über sein Gesicht. „Michael, aufwachen."

Michael schreckte auf und wehrte sie ab.

„Guten Morgen. In einer Stunde landen wir, und ich dachte, du möchtest vielleicht auch etwas frühstücken."

Michael grunzte und versuchte, sich auf den Rücken zu drehen, wobei ihn sein Gipsarm ziemlich behinderte. Tara wollte ihm helfen, aber er schob ihre Hand weg. „Es geht schon."

„Wie geht es dir? Hast du Schmerzen?"

„Du musst mich nicht so bemuttern. Ich komme schon klar." Michael drehte sich von ihr weg. Seine Stimme glich einem ungehaltenen Knurren.

Tara war fassungslos. Michael hatte sich wieder verschlossen. Für kurze Zeit hatte er sich ihr geöffnet, und jetzt wollte er die Nähe, die sich zwischen ihnen entwickelt hatte, nicht mehr zulassen. Sie konnte es nicht glauben. Sie wollte es nicht glauben. War ihre Vorahnung im Krankenhaus doch nicht so falsch gewesen? Mit einem dicken Kloß im Hals fragte sie ihn nach einiger Zeit: „Was ist los, Michael? Warum stößt du mich zurück?"

„Es ist vorbei, Tara. Namibia war ein Ausnahmezustand. Wenn ich mit jemandem zusammen sein könnte, wärst du der Mensch, den ich wählen würde. Aber du weißt, ich kann es nicht. Du bist diejenige, die ich lieben würde, wenn ich lieben könnte." Er blickte sie an. In seinen Augen lag Schmerz, aber auch Entschlossenheit. „Es tut mir wirklich leid", flüsterte er, wandte den Kopf von ihr ab und blickte aus dem Fenster.

Tara antwortete nicht. Seine Worte waren klar, ließen keine Zweifel, keine Hintertür. Es brach ihr das Herz. Sie liebte ihn. Sie brauchte ihn. Er war ihr Gegenpol. Ohne ihn war sie verloren. Es wäre sicher keine einfache Liebe. Vielleicht keine Liebe, in der beide Partner so viel geben konnten, wie sie bekamen. In einer Beziehung mit Michael wäre sie die Gebende, aber auch die Fordernde. Vielleicht würde sie ihn damit in eine passive Rolle drängen, ihm das Gefühl vermitteln, nicht gut genug zu sein. Dennoch liebte sie ihn, und der Schmerz war groß. Sie hätte es so gerne versucht. Sie wollte für ihn da sein, ihn glücklich machen, ihm die Sicherheit und das Vertrauen schenken, das er sein Leben lang gesucht und nicht gefunden hatte. Und sie selbst fühlte sich verloren ohne ihn. Einen letzten Versuch musste sie zumindest wagen. Noch mehr konnte sie nicht verlieren. Leise sagte sie ihm die Worte, um die sie seit Tagen gerungen hatte: „Ich liebe dich, Michael. Und ich werde auch nicht damit aufhören, wenn du mich zurückweist." Michael reagierte nicht.

Sie flogen durch die dicke Wolkenwand, die Frankfurt vom grellen Licht des Morgens abschirmte. Darunter begann der graue Herbsttag. Es nieselte, und die Lichter des Frankfurter Flughafens wurden heller.

DAS ENDE UND EIN NEUBEGINN

Seit ihrer Rückkehr aus Namibia war ein gutes halbes Jahr vergangen. Der Juli war heiß, und in Heidelberg herrschte eine hochsommerliche Stimmung. Wenn Tara abends mit dem Fahrrad nach Hause fuhr, waren die Neckarwiesen voller Menschen, die grillten, Bier tranken und sich unterhielten. Überall lagen Pärchen im Gras, die Händchen hielten und sich küssten.

Tara hatte versucht, ihre Erinnerungen an Afrika zu verdrängen. Tagsüber gelang ihr dies weitgehend, es gab Arbeit genug, und Tara verfügte über ausreichend Freunde und Bekannte, um sich auch in ihrer Freizeit abzulenken. Doch sobald sie abends in ihrem Bett lag und die Augen schloss, sah sie die Landschaften Namibias vor sich: die majestätischen Dünen, die Graslandschaften, Köcherbäume und Tiere, die sie aus nächster Nähe hatten beobachten können. Sie spürte die trockene Hitze auf ihrer Haut, hörte den Wind über die Ebene streichen und hatte den Geruch nach Sonne und Staub in der Nase. Eine schmerzhafte Sehnsucht nach der ungezähmten Wildheit des Landes ergriff sie. Sie dachte an Xaoba, sein freundliches Lächeln und das Stück Heimat, das sie in Grashoek gefunden hatte und doch nicht verstand. Würde sie jemals nach Namibia zurückkehren, es wäre nicht das Gleiche, dessen war sie sich bewusst.

Mit der gleichen Intensität, mit der sie die Landschaft vor sich sah, spürte sie auch Svens schweren, starken Körper auf sich und die vertraute Sicherheit, die seine Nähe ihr geschenkt hatte. Sie schmeckte Felix' Lippen, seine zarte, glatte Haut und wurde von der zärtlichen

Fürsorge übermannt, die sie für ihn empfunden hatte. Und Michael? Den Gedanken an ihn wurde sie auch tagsüber nicht los. Sie vermisste ihn mit jeder Faser ihres Herzens, und der Schmerz war in den vergangenen Monaten nicht kleiner geworden. Immer wieder betrachtete sie eine Porträtaufnahme von ihm. Bernhard, den sie bei der Wüstentour von Swakopmund aus kennengelernt hatten, hatte Wort gehalten und Felix eine CD mit umwerfenden Aufnahmen geschickt. Felix hatte sie einfach kommentarlos in Taras Fach in der Klinik gelegt. Bernhard wäre ein fantastischer Fotograf geworden. Er hatte ein Foto von Michael gemacht, als er vor ihr kniete und ihr den verstauchten Fuß kühlte. Auf dem Foto war nur Michaels Gesicht zu sehen. Allein Tara wusste, dass er sie angesehen hatte, als Bernhard den Auslöser betätigt hatte. Bernhard hatte den Blick, mit dem sich Michael damals in ihren Kopf gebrannt hatte, perfekt eingefangen. Tara konnte diesen Blick noch immer auf sich spüren, wenn sie das Foto betrachtete. Dann war Michael ihr ganz nah, und wenn sie das Porträt weglegte, zog die Leere, die er in ihrem Leben hinterlassen hatte, ihr Herz schmerzhaft zusammen. Die stete Reibung mit seinem unruhigen Geist fehlte ihr. Er war eine Herausforderung gewesen. Seine Gesellschaft versprach überraschende Wendungen und schwarzen Humor. Bei jeder Gelegenheit fragte sie sich, wie wohl Michaels Meinung zu diesem und jenem wäre. Sicher erfrischend und unkonventionell. Sie hatte das Bedürfnis, die Kleinigkeiten des Alltags mit ihm zu diskutieren und mit ihm zu lachen. Mit jeder Zelle ihres Körpers sehnte sie sich nach seiner Anwesenheit, und ihr Herz wollte nicht akzeptieren, dass ihr nichts als Erinnerungen an ihn bleiben sollten.

Das hochsommerliche Wetter und die sich küssenden Pärchen ließen Taras Erinnerungen an Namibia noch plastischer, den Stich der Wehmut noch stärker erscheinen. An einem Freitagabend traf sie sich mit ihren Kollegen in einer Kneipe, um die Woche mit einem gemeinsamen Bier ausklingen zu lassen. Da auch viele andere Heidelberger den lauen Sommerabend zum Anlass genommen hatten, ihre Wohnungen zu verlassen, war die Kneipe voll. Tara stand mit ihren Kollegen an der Theke, als sie an einem Ecktisch Sven sitzen sah. An seine Brust lehnte sich eine zierliche Blondine, die Tara als eine der Studentinnen im Praktischen Jahr aus dem Seminar erkannte. Sven hatte den Arm um sie gelegt, und seine Pranke ruhte besitzergreifend auf ihrer Schulter. Auch Sven hatte Tara erkannt und nickte ihr kurz zu, bevor er rasch den Blick wieder abwandte. Er drückte die kleine Blonde noch fester an sich, als wäre Taras bloße Anwesenheit eine Bedrohung für sie, woraufhin diese mit einem schmachtenden Blick zu ihm aufsah.

Tara ließ die Schultern hängen. Es machte sie traurig, dass Sven und sie sich nicht einmal mehr in die Augen blicken konnten. Sie waren sich so nahe gewesen, hatten wunderbare Erlebnisse geteilt. Ihre Feierlaune war verschwunden. Sie trank ihr Bier aus, verabschiedete sich von ihren Kollegen und drängte sich zwischen den vielen Kneipenbesuchern nach draußen. Als die Tür sich hinter ihr schloss und sie von der stickigen Luft und dem Lärm abschirmte, holte sie tief Luft. Einen Moment lang blieb sie stehen und kämpfte mit den Tränen. Als sich die Tür hinter ihr wieder öffnete, hörte sie Svens Stimme. „Hallo Tara." Dass sie mit den Tränen kämpfte, schien ihn zu erschrecken. „Es tut mir leid."

Sie sah in seine dunklen Augen, mit denen er so sanft blicken konnte. „Ich treffe mich morgen mit Felix zum Mittagessen im Havanna, um ein Uhr. Komm doch auch, wenn du möchtest."

Tara nickte nur.

„Ich gehe dann mal wieder rein." Er warf ihr einen letzten Blick zu, bevor er im Gewühl der Kneipe verschwand.

Kurz nach ein Uhr betrat Tara die Terrasse des Restaurants Havanna, von der aus man einen herrlichen Blick über den Neckar hatte. Suchend blickte sie über die Tische. Sven und Felix hatten sie kommen sehen und waren aufgestanden. Felix trat auf sie zu. „Schön, dass du gekommen bist, Tara." Etwas verlegen stand er vor ihr und gab ihr dann einen Kuss auf die Wange.

„Ich freue mich auch." Dann drehte sie sich zu Sven um, und er schloss sie in seine kräftigen Arme. Einen kurzen Moment ließ sich Tara in die Vertrautheit der Umarmung fallen und lehnte sich gegen Svens Brust. Schon wieder kämpfte sie gegen ihre Tränen an. Sven hielt sie an den Oberarmen vor sich und blickte ihr in die Augen. „Hey, Tara, was ist denn los? So kenne ich dich gar nicht."

„Ich mich auch nicht. Tut mir leid."

Sven bugsierte sie auf einen Stuhl. „Komm, setz dich erst mal."

„Danke."

„Möchtest du einen Schluck Wasser?" Felix hielt ihr sein Glas hin.

Dankbar nahm Tara das Glas und trank einen Schluck. Nachdem sie sich wieder gefangen hatte, sah sie Felix und Sven fragend an. „Trefft ihr euch regelmäßig?"

Felix blickte Sven an. „Wir haben uns ein halbes Jahr lang gar nicht gesehen. Vor Kurzem sind wir uns zufällig in einer Röntgenbesprechung begegnet und haben uns zum Essen verabredet. Heute treffen wir uns zum dritten Mal."

„Wie geht es dir, Felix? Ich habe gehört, dass du mit einem Biologen aus dem Deutschen Krebsforschungszentrum zusammen bist."

Eine leichte Röte überzog Felix' Wangen. „Ja, Anton und ich sind seit drei Monaten ein Paar. Nächste Woche ziehen wir zusammen. Wir haben eine schöne Wohnung in Ziegelhausen gefunden."

„Das freut mich sehr für dich, Felix. Wissen es deine Eltern schon?"

„Ja, es war gar nicht so schlimm, wie ich befürchtet hatte. Meine Mutter hat überhaupt kein Problem damit. Mein Vater hat zwar erst ziemlich geschluckt, aber er scheint es auch zu akzeptieren."

Tara freute sich für Felix. Im Krankenhaus hatte es schon die Runde gemacht, dass er mehrfach mit Anton, einem Abteilungsleiter aus dem Krebsforschungszentrum, gesehen worden war. Der Biologe war gute zehn Jahre älter als Felix, und Tara hoffte, dass er mit seinem neuen Partner glücklich war. Vielleicht gelang es ihm ja, Felix das Selbstvertrauen zu geben, um seinen eigenen Weg zu gehen und nicht die Pfade zu beschreiten, von denen er dachte, dass es von ihm erwartet wurde.

„Und du, Sven? Bist du mit Christine zusammen? Sie heißt doch Christine, oder? Ich kenne sie aus dem Studentenseminar."

„Ja, wir sind seit ein paar Wochen zusammen. Was ist mit dir, Tara? Bist du auch in festen Händen?"

Tara schüttelte nur den Kopf und senkte den Blick.

„Hast du noch Kontakt zu Michael?", fragte Felix leise.

„Nein, ich habe ihn an dem Tag zum letzten Mal gesehen, als wir aus Namibia zurückgekommen sind."

„Ich habe gehört, dass er mal wieder Ärger mit seinem Chef hat", berichtete Sven.

Das war typisch für Michael. Es gelang ihm immer wieder, sich durch unpassende Bemerkungen zu diskreditieren. Seine Kollegen machten sich über Michael lustig, weil sie seine Beweggründe nicht nachvollziehen konnten. Im Gegensatz zu den meisten Universitätsmedizinern entzog er sich dem Konkurrenzkampf und dem Erfolgsdruck, der an der Klinik herrschte. Er war immer freundlich zu den Patientinnen, ging mit ihnen humorvoll und niemals überheblich um, während er mit seinen Vorgesetzten ständig zusammenstieß. Nur die Kollegen, mit denen Michael eng zusammenarbeitete, schätzten ihn. Er war fair und hilfsbereit, riss alles an Arbeit an sich, was er bekommen konnte, und verschaffte seinen unmittelbaren Kollegen damit Freiräume für ihre wissenschaftliche Arbeit oder ihr Privatleben. An beidem schien Michael nur wenig Interesse zu haben.

„Vermisst du Michael?", fragte Sven.

„Ja, sehr", gab sie zu.

Felix blickte Tara mitleidig an. „Er ist schwer zu lieben." Wenn es nur das gewesen wäre, hätte Tara die Mühe, ihn zu lieben, gerne auf sich genommen. Doch leider ließ Michael es überhaupt nicht zu, geliebt zu werden.

Sie verabredeten sich zu einem weiteren Mittagessen in drei Wochen.

„Es hat sehr gutgetan, euch wiederzusehen", stellte Tara fest. „Es ist ein wenig, wie nach Hause zu kommen."

„Es tut mir leid, dass es dir nicht gutgeht, Tara." Felix umarmte sie zum Abschied.

Auch Sven umarmte sie und gab ihr einen Kuss auf die Stirn. „Pass auf dich auf."

Anschließend ging Tara ein Stück am Neckar entlang spazieren. Sie blickte auf das Wasser, das schillernd die Sonnenstrahlen reflektierte. Sven und Felix hatten beide glücklich gewirkt. Felix hatte eine ganz andere Ausstrahlung bekommen. Er wirkte sicher und stark. Sogar sein Kleidungsstil hatte sich verändert. Vorher war er konservativ gekleidet gewesen, meistens mit Hemd und Stoffhose. Heute hatte er eine eng sitzende, gut geschnittene Jeans und ein modisches T-Shirt getragen. Drei junge Mädchen, die an einem der Nachbartische gesessen hatten, hatten ihm kichernd auf den Hintern gestarrt, als er aufgestanden war. Felix hatte sich nach ihnen umgedreht und ihnen ein umwerfendes Lächeln geschenkt. So souverän hätte er noch vor wenigen Monaten nicht reagiert.

Sven hatte gewirkt wie ein zufriedener, satter Bär. Man sah ihm sein erfülltes Sexualleben an. Tara war sich sicher, dass Christine viel Spaß mit ihm im Bett hatte.

Und sie? Felix hatte ausgesprochen, was sie sich selbst nicht hatte eingestehen wollen: Sie war unglücklich. Es war nicht nur wegen Michael. Die Reise nach Namibia hatte ihr erschreckend vor Augen geführt, dass sie sich mit den weißen Besatzern des Landes mehr identifizierte als mit seinen afrikanischen Bewohnern. Michael hatte vehementer gegen die sozialen Ungerechtigkeiten, den Elitegedanken der Weißen und die strikte Rassentrennung aufbegehrt als sie. Sein Herz schlug stärker für die schwarze Bevölkerung als ihr eigenes, das musste sie widerwillig zugeben. Für ihren Vater, dessen schwarze Wurzeln ihn mit einer stolzen Selbstverständlichkeit im Boden verankerten, wäre Taras Haltung unverständlich. Und doch war es so. Die starke Bindung an die Vorfahren, die über Generationen durch Geschichten aufrechterhalten wurde, war bei Tara verloren gegangen. Die Wurzeln hatten der Verschleppung, Versklavung, Demütigung, den Foltern und der Ausbeutung standgehalten, um bei Tara, die in Freiheit und Wohlstand aufgewachsen war, zu zerreißen. Diese Erkenntnis hatte Tara den Boden unter den Füßen weggezogen. Sie hatte zwar schon immer geahnt, dass sie nicht so viel Kraft aus ihrer Geschichte ziehen konnte wie ihr Vater. Doch erst seit sie Afrika kennengelernt hatte, war ihr klar, dass sie eigene Wurzeln bilden musste, die ihr Halt gaben und mit deren Hilfe sie wachsen konnte. Dieses Wissen schmerzte Tara sehr, und seit

Monaten war sie damit beschäftigt, die Eckpfeiler ihres Lebens neu zu positionieren.

Michaels Worte zur Wertigkeit ihres Lebens im Vergleich zum Leben der Ju/'hoansi beschäftigten sie immer noch. Sie würde nicht mit den Ju/'hoansi tauschen wollen, so viel wusste sie. Sie war unendlich dankbar, dass ihre Vorfahren – wenn auch unfreiwillig – all die unmenschlichen Strapazen der Sklaverei auf sich genommen und es ihr damit ermöglicht hatten, Ärztin zu werden und ein sicheres Leben ohne materielle Sorgen zu führen. Natürlich gab es keinerlei Entschuldigung für die Grausamkeit des Menschenhandels und für die vielen tausend Opfer, die er gekostet hatte. Doch wo wäre sie, Tara, heute, wenn ihre Vorfahren nicht versklavt worden wären? Wenn es sie dann überhaupt in irgendeiner Form gäbe, wäre sie wohl in der Demokratischen Republik Kongo geboren worden, einem Land, das nach einem grausamen belgischen Kolonialregime zweiunddreißig Jahre lang von einem Diktator regiert wurde. Nach dessen Sturz durch Rebellen wütete 1997 bis 2002 ein Bürgerkrieg im Land, der so heftig war und so viele Nachbarländer mit erfasste, dass er als Afrikanischer Weltkrieg bezeichnet wurde. Noch immer fanden im Osten des Landes Kämpfe statt, und trotz seines Rohstoffreichtums zählte das Land zu den ärmsten Staaten der Welt. Im Human Development Index der Vereinten Nationen nahm die Demokratische Republik Kongo gemeinsam mit Niger den traurigen letzten Platz ein. Es existierte kein öffentliches Bildungssystem und auch kein öffentliches Gesundheitssystem. Die Lebenserwartung der Menschen lag bei etwas über fünfzig Jahren. Dieses Land wäre dann wohl ihre Heimat. Für sich ganz persönlich konnte sie nicht anders und musste einfach froh sein über den Lauf der Geschichte, wenn sie auch noch so grausam gewesen war.

Sie war jedoch Michael sehr dankbar, dass er ihr mit seinen Worten die Augen geöffnet hatte. Er hatte ihr bewusst gemacht, dass ihr Blickwinkel nur einer von vielen war. Es gab keine Möglichkeit, Lebensformen zu bewerten. Und woher sollte sie das Recht nehmen, über andere zu urteilen? Außerdem hatte Xaoba in der kurzen Zeit, die sie mit ihm verbringen konnte, sehr glücklich gewirkt. Dagegen war sie zurzeit alles andere als glücklich. Sie hatte viel über Xaoba und seine Familie nachgedacht. Es gab so viele Fragen, die sie ihm stellen wollte, doch jetzt war es zu spät. Sie hatte die Gelegenheit verpasst, diesen Zweig ihrer Familie kennenzulernen und ihr Leben zu verstehen, was sie sehr bedauerte. In der kurzen Zeit in Grashoek war sie zu sehr mit ihren Vorurteilen und ihrem Entsetzen beschäftigt gewesen, um offen dafür zu sein.

Das Treffen mit Sven und Felix hatte Tara mit erschreckender Klarheit vor Augen geführt, wie sehr sie litt. Auch das Feuer der Sehnsucht nach Michael, das in ihr brannte, hatte dadurch neue Nahrung bekommen. Ihr Verlangen danach, ihn zu sehen, wuchs von Tag zu Tag. Anfangs hatte sie gehofft, dass er sich bei ihr melden würde, hatte sie ihm doch ihre Liebe gestanden. Doch er hatte nicht angerufen. Ihr wurde klar, dass sie ihn nicht einfach aufgeben konnte. Mehrmals hatte sie ihr Handy in der Hand und starrte auf seine eingespeicherte Nummer, nur um es danach wieder wegzulegen.

Eines Abends jedoch fasste sie sich ein Herz und ließ es klingeln.

„Hallo Michael, hier ist Tara."

„Hallo Tara." Michaels Stimme klang überrascht.

„Geht es dir gut?"

„Ja, danke. Und dir? Wie geht es dir?"

„Es geht so", antwortete Tara und fügte hinzu: „Können wir zusammen einen Kaffee trinken?"

„Ja, natürlich", kam es ohne Zögern von Michael.

„Hast du am Wochenende frei?"

„Am Samstag arbeite ich, aber wir können uns am Sonntag nach meinem Dienst zum Frühstück treffen, wenn du möchtest."

„Ja, gerne."

Nachdem sie aufgelegt hatte, wusste Tara nicht, was sie von dem Gespräch halten sollte. Mehr als belangloser Smalltalk war es nicht gewesen, doch immerhin hatte Michael überhaupt mit ihr gesprochen und war bereit, sich mit ihr zu treffen.

Sie hatten sich am Sonntag für elf Uhr im Café Rossi verabredet. Tara hatte einen schönen Tisch im Garten unter den Ahornbäumen ergattert und wartete dort eine Stunde, bis Michael endlich erschien. Sicher hatte es noch einen Notfall in der Klinik gegeben, um den Michael sich kümmerte. Tara beschloss, sich nicht darüber zu ärgern. So war er eben. Er fühlte sich verantwortlich für seine Patientinnen und wäre gar nicht auf die Idee gekommen, seine Rechte einzufordern und die Versorgung einer Patientin dem nachfolgenden Kollegen zu überlassen. Wenn sie sich auf Michael einlassen wollte, dann musste sie ihn so akzeptieren, wie er war.

Mit großen Schritten kam Michael auf sie zu. Taras Herz setzte für einen Moment lang aus, als sie die vertraute Gestalt erblickte. Seine Haltung, sein Gang und seine Angewohnheit, mit dem einen Arm etwas stärker zu schlenkern als mit dem anderen, waren noch genau so, wie sie es in Erinnerung hatte. Wie sehr hatte sie das alles vermisst.

„Sorry, Tara, kurz vor der Übergabe hat noch eine Patientin entbunden, und bis alles fertig war ..."

„Ist schon in Ordnung." Sie lächelte Michael an.

Michael entspannte sich, als er merkte, dass sie keine großen Erklärungen von ihm erwartete.

Als sie ihren Kaffee bestellt und sich am Frühstücksbuffet bedient hatten, beschloss sie, einfach mit der Tür ins Haus zu fallen. Was hatte sie schon zu verlieren? Daher sagte sie ohne Umschweife: „Ich habe dich vermisst, Michael. Du und deine verrückte Art haben mir furchtbar gefehlt."

Michael blickte sie überrascht an.

„Ich kann nicht akzeptieren, dass du einfach aus meinem Leben verschwunden bist", fügte sie leise hinzu.

Ein breites Grinsen erschien auf Michaels Gesicht. „Du hast mir auch gefehlt, Tara Svenson, sehr sogar. Und wenn du dich nach allem, was geschehen ist, immer noch auf mich einlassen willst, dann bist du noch viel verrückter als ich."

Er beugte sich über den Tisch und küsste sie.

EPILOG

Windhoek, im September 2013

Gestern haben wir Michaels Geburtstag gefeiert. Es war eine ganz kleine Feier. Wir haben gearbeitet und sind abends in ein Restaurant gegangen. Überhaupt ist mein Leben sehr viel bescheidener und einfacher geworden. Ich vermisse den Luxus nicht und fühle mich wohl in unserem kleinen Apartment in der Nähe des Krankenhauses in Windhoek, in dem wir beide seit einem Jahr arbeiten. Das Wichtigste in meinem Leben liegt jede Nacht neben mir, es sei denn, einer von uns hat Dienst. Alles andere ist für mich nebensächlich geworden.

Michael und ich haben unsere Facharztprüfungen bestanden und uns anschließend in Windhoek beworben, wo wir problemlos Stellen in der Kinder- und in der Frauenklinik bekommen haben. Eine Zeit lang wollen wir noch in der Hauptstadt bleiben, um uns besser mit dem Leben und den verschiedenen Sprachen in Namibia vertraut zu machen. Dann haben wir vor, in den ländlichen Regionen zu arbeiten, wo unsere Tätigkeit noch dringender gebraucht wird.

Vor ein paar Monaten haben uns meine Eltern besucht. Gemeinsam sind wir nach Grashoek gefahren, wo Michael und ich schon wie Familienmitglieder behandelt werden. Michael kann sich sogar schon etwas in der Klicksprache der San verständigen. Meine Bemühungen werden von Xaoba immer mit einem lauten Lachen quittiert. Überhaupt lachen Xaoba und seine Familienmitglieder sehr gerne und sehr viel. Sogar Michael, der sonst nicht so viel lacht, lässt sich von ihrer

Fröhlichkeit anstecken. Mein Vater hat den Bewohnern Grashoeks ziemlich viel Respekt eingeflößt. Im Vergleich zu den San wirkt er wie ein Riese, und ich glaube, genau so haben sie den Großen Löwen immer vor Augen gehabt. Mein Vater war sehr ergriffen, Yos Geschichte auch von Xaoba zu hören.

Auch Felix und Anton waren schon bei uns. Er war sehr schön, mit den beiden ein paar Tage im Etosha-Nationalpark zu verbringen. Sven wird uns so bald wohl nicht besuchen. Er ist mittlerweile Oberarzt in einem Krankenhaus in einer schwäbischen Kleinstadt geworden, hat geheiratet, und seine Frau Christine erwartet ein Kind.

Ich habe mein Zuhause gefunden. An Michaels Seite würde ich mich vermutlich auch am Nordpol wohlfühlen, aber es gefällt mir in Namibia. Hier falle ich nicht auf. In diesem Schmelztiegel stelle ich keine Besonderheit dar, und das ist gut so.

Seit wir in Windhoek leben, ist Michael ruhiger geworden. Nur noch selten wacht er nachts schweißgebadet aus einem Albtraum auf. Für ihn ist Namibia das Land seiner Träume, und er arbeitet bis zum Umfallen, um dem Land und seinen Bewohnern zu helfen. Allerdings ist die Wasserknappheit seit unserer Ankunft noch gravierender geworden. Seine exzessiven Duschangewohnheiten hat Michael beibehalten, denn er fühlt sich immer schmutzig. Er hat mir nur sehr wenig aus seiner Kindheit erzählt. Um dieses Thema macht er noch immer einen Bogen. Es gibt, glaube ich, noch mehr, was ihn belastet. Ich habe auch eine Ahnung, worum es sich handelt. Doch ich werde ihn nicht drängen, mir davon zu erzählen. Ich habe gelernt, Geduld mit ihm zu haben. Er hat meine Liebe akzeptiert, und allmählich spüre ich auch, wie seine Sorge, doch noch von mir verletzt zu werden, kleiner wird.

NOCH EIN NACHWORT

Mein Dank gilt allen, die mich beim Zustandekommen dieses Romans unterstützt haben. Vor allem möchte ich meinem Mann danken, der nahezu klaglos meine Sucht, Geschichten aufs Papier zu bringen, erträgt. Er unterstützt und ermutigt mich stets und ist doch gleichzeitig mein schärfster Kritiker. Nur durch ihn habe ich überhaupt die Freiheit, mich dem Schreiben widmen zu können.

Außerdem möchte ich mich bei meinen Eltern bedanken, die mich zu einem unabhängig denkenden Menschen erzogen und mir dadurch die Fähigkeit gegeben haben, mich auf Neues und Unbekanntes einzulassen. Von ihnen habe ich mein Fernweh und mein Interesse an fremden Kulturen.

Bei meiner Lektorin Susanne Jauss, die für mich in allen Fragen des Schreibens eine unverzichtbare Ratgeberin ist, möchte ich mich ebenso bedanken wie bei Alexander Pohl von Ideekarree für seine Unterstützung und anregende Diskussionen.

Obwohl es sich bei „Mutterland" um einen fiktiven Roman handelt, habe ich Fotos in das Buch aufgenommen. Es sind eigene Fotos, die während meiner beiden Reisen nach Namibia entstanden sind. Manchmal sagt ein Bild mehr als tausend Worte, und ich hoffe, dass meine Leserinnen und Leser durch diese Bilder noch stärker an der Faszination teilhaben können, die das Land Namibia ausstrahlt. In der Taschenbuchausgabe befinden sich Schwarzweiß-Fotografien, da Farbfotos die Druckkosten in schwindelerregende Höhen getrieben hätten. Wer das Taschenbuch über Amazon erwirbt, kann ohne weitere Kosten auch das eBook herunterladen, in dem sich Farbfotos befinden. Auch ohne Kindle kann das eBook auf jedem PC mit der kostenlosen Software gelesen werden.

Sowohl bei meinen Reisen als auch bei den Recherchen für diesen Roman war der Reiseführer *Namibia* von Iwanowski (26. Auflage, 2013, Reisebuchverlag Iwanowski GmbH) eine zuverlässige Quelle.

Für den Roman habe ich eingehend zu den San, den Buschmännern des südlichen Afrika recherchiert. Wer an weiteren Informationen interessiert ist, dem kann ich folgende Bücher, Artikel und Dokumentarfilme empfehlen:

Biesele, Megan und Hitchcock, Robert K.: The Ju/'hoan San of Nyae Nyae and Namibian Independence, Development, Democracy, and Indigenous Voices in Southern Africa. New York, Oxford: Berghahn Verlag, 2013

Dieckmann, Ute; Odendaal, Willem; Tarr, Jacquie und Schreij, Arja: Indigenous Peoples and Climate Change in Africa, Report on Case Studies of Namibia's Topnaar and Hai//om Communities. Land, Environment and Development Project, 2013

Van der Post, Laurens: Die verlorene Welt der Kalahari. Zürich: Diogenes Verlag, 1994

Van der Post, Jan J.: Tscha-Tscha, der erste Mensch. 1. Auflage, Stuttgart: Thienemann Verlag, 1973

Quarks & Co - Der Buschmann in uns (2011). WDR Fernsehen, 30.08.2011: http://www.ardmediathek.de/tv/Quarks-Co/Quarks-Co-Der-Buschmann-in-uns

Desert of the Skeletons (2013). New Atlantis Full Documentaries, 12.06.2013: http://www.youtube.com/watch?v=J2UXX9yAQGY

Teufel, Roman: Wenn Stern auf Stern vom Himmel fällt (2008/2009). 55 Minuten, Format: HD, rtv-Studio

Der kleine Sklave Yo aus meinem Buch ist eine fiktive Gestalt, und doch hat es ihn gegeben. Wie Tara suchen auch noch heute die Nachfahren der Sklaven nach ihren Wurzeln. Auf der Internetseite http://www.slavevoyages.org findet man eine Aufstellung der Sklavenschiffe, ihrer Routen und der registrierten „Fracht". Gibt man in der Datenbank der afrikanischen Namen und ihrer Herkunft meinen kleinen Jungen Yo, ein Alter von fünf bis sieben Jahren und einen Zeitraum von 1815 bis 1850 ein, so findet man achtundzwanzig Jungen im entsprechenden Alter, in deren Namen die Buchstabenfolge „yo" enthalten ist und die auf Sklavenschiffen transportiert und registriert wurden. Klickt man beispielsweise auf den Namen Soteyoh, erfährt man, dass der fünfjährige Junge Soteyoh 1929 in Freetown, Sierra Leone von einem internationalen Gericht befreit wurde. Er war 104 Zentimeter groß und befand sich auf dem Sklavenschiff Donna Barbara, das vom Hafen Lagos im heutigen Nigeria aus in See gestochen war, bevor es abgefangen und nach Freetown gebracht wurde. Soteyoh gehörte zu der Sprachgruppe der Yoruba, die in einem Teil des heutigen Nigeria gesprochen wird.

Ich hoffe sehr, dass Soteyoh die Strapazen überstanden hat und seine Nachkommen heute in Freiheit leben können.